문학교육과정론

문학교육과정론

최 지 현

도서출판 역락

이 책은 문학교육과정에 관한 일련의 연구를 바탕으로 하고 있다. 연구는 2003년부터 2006년 봄까지 진행되었고, 그 결과는 2005년 여름과 겨울, 그리고 2006년 여름에 각각 발표한 바 있다. '문학교육과정론'이라는 제목을 달고 있으나, 주된 관심은 교육과정 이해와 개발에 있다. 그렇게 된 내력을 여기에 소개하고자 한다.

2003년에 나는 한국학술진흥재단의 지원을 받아 <중등학교 문학교육과정 설계를 위한 교육과정용어 선정 및 범주화에 관한 연구>라는 제목으로 3년 과제의 다년간 연구를 시작하였다. 도중에 연구 기간이 2년으로 줄어들기는 했지만, 연구에서 다루려고 했던 주요 주제들은 대부분 다룰 수 있었다. 이 연구들에서 나는 모든 교육과정은 그것의 지향이 여하한가와 관계없이 일군(一群)의 핵심적인 개념과 범주들의 관계를 포함하고 있고, 그것이 교육과정용어에 반영된다고 보았다. 또한 교육과정의 성격은 표명하고 있는 추상적 명제가 아니라 이 개념과 범주들의 관계에 의해 규정될 것이라고 여겼다. 이러한 관점에서 문학교육과정에 대한 통시적·공시적 비교 연구를 해 보고자 하였고, 그 결과를 문학교육과정 이론으로 체계화하려고 하였다.

2차년도의 연구는 좀 더 실제적인 목표가 있기도 했다. 2004년 12월에 2차년도 연구를 시작했을 때, 나는 이 연구가 교육과정 개정을 위해 외국의 사례를 참조할 때 무엇에 주목하고 어떻게 분석해야 할지를 판단하게 하는 분석틀을 제공할 수 있게 되기를 기대했다. 새로운 교육과정을 설계할 때 외국의 경험을 참조하는 것은 잘못된 가정과 실행의 오류를 막기 위해 중요한 일이다. 그러나 그동안 교육과정 개발 과정에서 외국의 사례들이 자의적으로 인용되고 있다는 논란이 적지 않았다. 이를테면 외국의 교육과정이 정당화의 근거 자료로서 인용되었다는 비판이 있었는가 하면, 인용의 과정에서 용어들의 의미나 용법이 다르게 번역되었다는 비판이 있기도 했던 것이다. 나는 이 문제가 각국 교육과정에 전제되거나 가정된 개념과 범주들의 관계를 오해한 데서 비롯되었다고 보았다. 이러한 인식은 우리가 사용해 온 교육과정용어들을 전체적으로 재검토하기를 요구하는 것이었다.

의도한 대로라면 연구는 체계를 갖춘 이론으로 구체화되었어야 했고, 부분적으로라도 실제 교육과정 개발 과정에서 검증되어야 했다. 하지만 연구의 결과를 얻기도 전에 이미 교육과정 최종 시안이 공론화되었고, 개발 협력 위원이라는 절반의 참여자로서 제기하거나 조언했던 내용들은 이 과정에서 거의 반영되지 않았다. 그보다 더 큰 문제는 그동안 진행해 왔던 일련의 연구들이 문학교육과정 이해와 개발에 필요한 충분히 효과적인 분석 도구를 만들어내지 못했다는 점이었다. 결과 보고서를 작성할 무렵, 나는 이 사실을 이미 깨닫고 있었다. 연구는 지나치게 교육과정용어에 치중해 있었고, 내게는 여전히 문학교육과정 전반을 설명할 수 있는 이론이 필요했다.

결과적으로 이 책에서 제시한 '교육과정 개념틀'이 그 산출물이 된 셈이다. 이 개념틀의 이론적 정합성이 어느 정도 될지는 계속 검증해 볼 필요가 있을 것 같다. 이미 수행한 연구의 세부 내용들을 이 책에 수용하면서 검토하고 재해석하는 과정을 거치기는 했지만, 아직 이 용어의 작명(作名)은 흡족하지 않은 상태이다.

왜 이 책의 제목은 『문학교육과정론』인가. 나는 이 주제를 감당할 만한 역량을 갖추었는가. 그리고 책은 이 주제를 감당하고 있는가. 이 질문들에 대해 나는 자신하지 못한다. 나는 교과서를 쓰려고 했던 것이 아니다. 따라서 이 책의 내용들은 공준(公準)된 것이라거나 학계 일각에서 상식화된 것도 아니다. 이 책은 흔히 우리가 대할 수 있는 '교육과정론'의 주요 주제들을 섭렵하고 있지도 않다. 그렇지만 나는 이 책의 이름을 붙일 때 따로 제한을 두지 않았다. 논쟁이 일어날 것을 각오하고 있고, 내심 기대하고 있기도 하다. 그리고 이 작명에 대해서는 어느 정도 흡족하다.

나는 특정한 관점과 입장에서 문학교육과정을 이해한다. 그 관점과 입장을 굳이 숨기지 않고 Ⅰ부의 논의를 통해 밝혔다. 기존의 교육과정 담론의 분류방식으로 본다면 심각하게 절충적이고 혼성적(混成的)인 것으로 보일 수 있겠다. 개념주의와 기능주의가 곳곳에서 충돌하고 있고, 공학적인 기술(記述)과 비판적 담론분석이 교차하기도 한다. 이 책 내부에서 들리는 웅성거림은 교육과정에 대한 여전히 부족한 내 이해 수준을 반영하고 있을 것이다. 그렇다고 해도 나는 이 책의 장정(裝幀)처럼 내용을 깔끔하게 꾸미기 위해 모난 생각과 불완전한 가설들을 감추려고 하지 않았다. 견해와 가정과 관점들을 드러냄으로써 공론화하는 것, 그것이 내가 가진 수많은 잘못된 생각들 중에서 그런대로 쓸 만한 생각들을 건져낼 수 있는 그런대로 괜찮은 방도라고 여기고 있기 때문이다.

내게 교육과정은 모형(model)과 실제(fact) 사이에 존재한다. 공식적 교육과정과 개별화된 교육과정이 겹쳐 있고, 명시적 교육과정과 잠재적 교육과정이 공존한다. 교육과정의 그 어떤 것도 확정되어 있지 않아서, 심지어는 국가 교육과정도 지배적인 독립 변인으로 작용하지 않는다. 교육과정의 모호함은 내게 교육과정의 모든 것을 살펴서 기술해야 한다는 의무감보다는 결절점(結節點)을 찾아 집중해야겠다는 의욕을 갖게 한다. 이 책은 설명을 제시하기 위한 것이라기보다는 의문을 명확히 하기 위한 것이다.

일련의 연구에 기초를 두고 있는 것이기는 하나 Ⅱ부와 Ⅲ부의 기술 방식이 달라진 것은 어쩔 수 없는 한계이다. 그 사이에 생각의 변화가 있었기 때문이고, 잘 모를 뿐 아니라 잘 읽혀지지 않는 대상을 다루려다 보니 좀 더 심하게 궁리한 때문이기도 하다. 그렇더라도 일관된 논리가 없지는 않다. 그 논리를 Ⅳ부에서 체계화하려고 했다.

이 체계가 당장 쓰일 만한 곳이 있을까? 한국교육과정평가원에서 펴낸 「국어과 교육과정 개정(시안) 연구 개발」이라는 제목의 교육부 보고서(이인제 외, 2005)에서는 결론 삼아 몇 가지 제언을 담고 있는데, 그 제언의 핵심은 교육과정 연구와 평가가 국가적 지원과 관심 아래 지속적이고 장기적이며 상시적으로 이루어져야 한다는 것이었다. 이 말대로라면 나는 이 책을 들고 다시 몇 년을 기다리지 않아도 된다.

끝으로 이 책의 체제와 관련하여 몇 가지 덧붙여 두기로 한다.

이 책은 문학교육과정에 대한 학술적 논의를 담고 있다. 하지만 그 이면에는 공감 받고 싶어 하는, '논의'보다는 좀 더 단호하고, 취약하고, 골몰하고, 달뜬 저자의 학문적 태도와 내면이 담겨져 있기도 하다. 감히 뒤섞을 수 없어 각 부의 1장에서 지면 일부를 빌려 설핏 내비쳤다. 순전히 그렇게 하지 않으면 안 될 것 같은 강박(強迫)이 있었다. 이런 까닭에 개관은 각 부에 대한 간략한 소개이기도 하면서 해당 부분을 집필하면서 갖게 된 저자의 생각에 대한 안내로서 의미를 갖게 되었다. 그때마다 서슴없이 '나'라는 서술 주체를 노출시켰다.

이 책의 각 장은 전혀 새로 쓴 부분도 있지만, 전반적으로는 2003~2005년도 연구에 기초하고 있다. 책 전체가 하나의 주제를 가지면서 꼬이고 성긴 대로 체계를 이루고 있기는 하나, 이미 발표한 논문의 일부를 다시 가져온 것도 있는 만큼 그때마다 하나하나 인용을 달 수도, 생략할 수도 없었다. 이 때문에 저본(底本)이 있는 경우 각 장의 제목 밑에 해당 원문 출전을 각주로 밝혀 두었다. 하지만 서로 다른 논문들이 하나의 책으로 통합되는 과정에서 재해석과 재분류가 불가피했다. 그런

만큼 이 책의 내용은 그 바탕이 되는 글들과 같으면서도 다르다. 해당 주제에 대한 좀 더 자세한 논의를 확인하고자 한다면, 원문 텍스트를 참조하기 바란다.

이 책의 집필 동기가 되었던 문학교육과정용어의 목록은 비록 불완전하고 모호한 부분이 있더라도 따로 제시하는 것이 합당하다고 여겨 책의 말미에 포함시켰다. 학계 공동의 노력으로 이에 대한 합의나 정리가 있다면 얼마나 좋겠는가 아쉬워하고 있는 중이다.

저술을 인격화하는 것이 합당한지 어떤지에 대해서는 아직도 자신이 없다. 저술이나 논문에 대한 인식이 많이 바뀐 것은 분명하고, 내 자신의 연구 스타일이나 논문 체제 또한 이러한 변화를 어느 정도 반영하고 있는 것이 사실이지만, 조심스러운 생각이 드는 것만은 어쩔 수 없다. 하지만 그렇게 주저하며 지금까지 미루어온 끝에 깁고 다듬어 펴내는 책인 까닭에 첫 모습이 중요한 의미를 가질 것이라고 속 편히 생각하기로 했다. 누구나 처음에는 자기 이야기로 창작을 하기 마련이라는 작법(作法)의 제일 원리(第一原理)가 여기에도 적용된 때문이려니 하고 너그럽게 보아 주시기를 바랄 뿐이다.

2006. 10.

궁리 끝에

궁리하는 법을 배워 가며

저자 씀

“내 덕에 산다.” 의례적 겸손과 상투적 치사가 싫어 언제든 기회가 된다면 이렇게 말하리라 생각한 때가 있었다. 하지만 내가 지금껏 작은 성취라도 얻은 것이 있었다면, 그건 내게 좋은 스승과 선후배 동학들이 있었기 때문이다. 공치사(空致辭)로 돌아간 것이 아니라, 초고를 써 놓고 읽다 보니 곳곳이 영향의 흔적들이고, 인용의 자취들임에 너무나 명백하여 하는 말이다. 이러한 까닭에 무슨 대단한 책을 쓴 것은 아니지만 ‘감사의 글’을 남기는 것은 마땅한 도리일 것이다.

이 책의 문제의식은 개인적으로는 연구자로서 문학교육을 공부해 온 과정과 이력을 같이하고 있다. 일관하고 있다는 것 말고는 아직도 만족할 만한 진척이 없는 것이 실상이라 당당히 말할 처지는 아니지만, 그나마 처음의 문제의식이 여전히 유지되고 있는 것은 지도교수이셨던 김은전 선생님 덕분이다. 내 부끄러운 연구 목록의 첫 줄에 얹힌 석사 학위 논문의 초록(抄錄) 첫 문장을 “문학교육이론에서 지식은 여전히 정립되지 못한 개념으로 남아 있다.”고 썼을 때, 이 용맹 무쌍하고 단순 과격한 선언을 선생님께서는 너그럽게 받아들여 주셨다. 여차하면 빼 버릴 수도 있다며 요행을 바라던 내게 선생님의 반응은 오히려 무거운 책임감을 갖게 만들었다. 아마도 선생님께서는 네 스스로 입증해 보라며 믿음을 보여 주신 것이리라.

그리하여 지식이 문제이고, 지식 교육은 더 큰 문제였던 90년대 중·후반을 나는 우리에게 지식으로 주어졌던 것은 과연 무엇이었던가 자문하고 자답하면서 보냈다. 그때 구인환, 김은전, 이상익 선생님께서는 자유로운 학술담론의 공간을 열어 놓으셨고, 김창원, 김상욱, 정재찬 형들은 거기서 각자의 길을 열었다. 그들로 인해 동학(同學) 중에 가장 혜택을 많이 받은 사람이 나였을 것이다.

생각해 보면, 대학에 자리를 얻고 학생들을 가르치면서도 나는 끊임없이 그때를 그리워하고 있다. 인정 투쟁(認定鬪爭)의 열정이 잠시 식을 때마다 다시는 혼자 공부 못 하겠다는 탄식이 절로 나온다. 그러니 장성해서도 자립하지 못한 사람처럼 선배와 동학의 성과에 기대어 간신히 학자로서의 이름을 지탱하고 있는 중이다.

김대행 선생님은 오랜 동안 내 마음 속에서 대화하고 논쟁하고 투정하고 해명하고 할 때마다 일일이 상대해 주셨던 분이다. 학교를 졸업하고 나서 오히려 더 많이 배울 수 있게 되었는데, 이것은 내게 분에 넘치는 행운이다. 우한용 선생님께는, 크게 그리고 섬세하게 볼 수 있는 안목을 배웠다. 하지만 아직 그 경지에는 이르지 못했다. 책을 내는 일에 두려움과 조심스러움이 있었던 까닭에 여태 미루고 피해 왔던 일에 그만 용기를 낼 수 있게 되었던 것은 윤여탁 선생님의 독려 덕분이다. 김은전 선생님께서 정년퇴임을 하신 후로 고약한 이론을 만들어놓고 전전긍긍하던 내 박사 학위 논문의 지도 교수로서 고역(苦役)을 넘겨받으시기도 했으니, 이제 두 번째 산파 역할을 하신 셈이다. 이럴 때에는 그저 잘 키워 번듯하게 길러 내는 것이 내가 할 수 있는 유일한 보답이다.

교육과정 개정 과정에 한 발을 들이밀고 살펴볼 수 있도록 도와준 것에 대해 문영진 선생님에게 감사를 드린다. 최미숙 교수와 유영희 교수는 한국교육과정평가원에 근무할 때부터 교육과정과 관련한 정보와 자료를 함께 나누는 배려를 아끼지 않았다. 염은열 교수와는 교육과정 개정을 위해 개별협력위원으로 참여한 과정에서와 한국문학교육학회 학술대회의 기획 주제를 함께 맡아 준비하는 과정에서 생산적인 의견 교환을 함께 할 수 있었다. 그리고 하나하나 이름을 들어 고마움을 표하기에는 너무 많은 서원대학교 사범대학 국어교육과 학생들이 이런 저런 계기들을 통해 중등학교 교실과 연구실 사이를 중계해 주었다.

이 책에 가장 큰 영감을 준 사람이 누구였을까 하고 마음속에 짚어 본다. 이 생각 끝에 새삼 놀라고 있지만, 윤희원, 박인기 두 분 선생님의 이름을 기꺼운 마음으로 앞자리에 올린다. 이 분들은 내가 문학교육과정에 대해 본격적으로 사유할 수 있도록 하는 계기를 마련해 주셨다. 한 분은 수업을 통해, 다른 한 분은 논문을 통해서다. 그런 까닭에 이 책 제목의 절반은 그 분들에게 빚진 것이라 해도 과언이 아니다.

아내 정숙은 요즈음 자기 스스로를 격려하고 단련시킴으로써 나를 분발하게 만들고 있다. 고마운 일이다. 그녀의 새로운 전략은 꽤 효과적이다. 이제 그녀에게도 그 노력에 어울리는 결실이 생길 것으로 믿는다. 도서출판 '역락'의 이대현 사장은 잘 될 사업과 그렇지 못한 사업을 정확히 가려볼 수 있는 안목을 가지고 있으면서도 계산이 안 맞을 학술출판에 준비하고 있었다는 듯이 동의해 주었다. 이것도 감사한 일이다. 말이 나온 김에 학회에 더 크게 후원해 달라고 그에게 부탁한다. 그러려면 '역락'은 날로 달로 성장해야 한다.

나는 언제쯤 내 자신에 대해 감사의 글을 남길 수 있게 될까. 내 잘난 덕에 학문적 성취를 얻었다는 말을 남기려면 우선 제대로 된 숯구이 총각부터 찾아봐야 할 터인데, 언제쯤에야 그런 재목(材木)을 알아볼 수 있게 된단 말인가.

| 차 례 |

III. 외국의 문학교육과정

IV. 문학교육과정의 설계

I. 문학교육과정의 이해

1. 개관

문학교육과정은 문학교육에 관한 가치 지향과 판단에 근거하여 기획되고 개발되며 실행된다. 이 책에서의 문학교육과정 논의 역시 특정한 교육적 관점과 철학에 기대고 있다. 하지만 자신의 철학을 표명하는 것으로부터 이 책을 시작하고 싶지는 않다. 그 대신 문학교육과정의 논쟁적인 지점을 찾아 문제점을 밝히고 그에 대한 대안적 논의를 해 가는 과정에서 교육과정의 성격을 밝히는 기술 방식을 택하려고 한다.

이러한 글쓰기를 하는 것은 교육과정 논의의 빈틈을 사방에 만들어 두는 일이 될 수 있다. 하지만 이것은 내게는 어쩔 수 없는 일인 것 같다. 우선 나는 문학교육과정 전반에 걸쳐 체계적인 이론을 제시할 수 있을 정도로 충분한 이론적·실제적 이해를 갖추고 있지 못하다.[1] 그리고 이 책은 그보다는 좁은 관심사인 문학교육과정의 개념틀(conceptual framework)에 대한 논의에 초점을 두고 있다. 이 개념틀이 문학교육과정의 이해와 개발에서 핵심적인 역할을 한다는 것이 내 기본 입장이며,

---

[1] 그 대신 독자들은 박인기(1996), 우한용 외(1997), 김창원 외(2003)를 참조할 수 있을 것이다.

Ⅰ부는 그 까닭을 밝히기 위해 설정된 것이다.

2장에서는 문학교육과정이 오늘날의 학교 교육 제도 속에서 어떤 성격을 지니는지 모색하게 된다. 먼저 문학교육의 성격 논의에서 논란이 되고 있는 문학과 교육의 관계 범주를 살피면서 각각 교육과정 실행에서 어떤 문제가 야기될 수 있는지 점검하고 이 문제를 해소하기 위한 어떤 교육과정적 관계 설정이 요구되는지 검토할 것이다. 3장에서는 문학교육과정에 영향을 미치는 주요 변인들을 통합축(교육내용, 학습자, 교사, 교실 맥락)과 계열축(교수 모델, 수업 담화, 문학 작품 / 텍스트)으로 나누어 살펴볼 것이다. 이렇게 나눈 것은 교육과정 변인의 작용이 단선적이거나 평면적으로 이루어지지 않기 때문이다. 그 이유와 의미를 이 장에서 함께 다루게 될 것이다. 4장에서는 문학교육과정을 연구하기 위한 이론적 수단들을 도출해 내게 된다. 여기서 이 책의 핵심 개념의 하나인 '교육과정 개념틀'이라는 용어가 논의될 것인데, 이 개념은 이 책의 나머지 부분에서 문학교육과정을 분석하거나 개발하는 데 기초 도구가 될 것이다.

2. 문학교육과정의 성격[2]

가. 문학교육과 문학교육과정

1) 문학교육의 관계적 성격과 문학교육과정

일찍이 문학교육은 '문학'과 '교육' 간의 관계 설정을 두고 오랜 논란

---

[2] 이 장에서 다루어진 내용은 '문학교육과정의 쟁점' 부분은 최지현(2005a)와 최지현(2003)의 문제 제기 부분에 기초한 것이다. 이 쟁점에 대해서는 최지현(2005b)와 최지현(2006a)에서 후속 논의를 전개한 바 있다.

을 벌여 온 바 있다. 사용된 용어들은 유사해 보였지만, 근본적인 입장 차이를 배경으로 목적과 수단, 혹은 그 역(逆), 내용과 방법, 목표와 과정 같은 관계 개념들로 제시된 바 있고, 직접 대응하는 용어는 없더라도 교육에서 문학으로 가는 중층화된 관계로 보는 입장3)도 있었다. 내용과 방법의 관계로 이해하는 입장은 나중에 내용과 형식의 관계로 발전하였는데, 이 변증법적 범주는 본질적으로 문학과 교육은 독자적이지 않다는 이해에 바탕을 두고 있다.

문학교육과정을 이해하기 위해서는 불가불 이 개념들이 사용되는 맥락을 이해해야만 한다. 결국 문학교육과정은 문학교육이 바라보고 있고 또 내다보고 있는 현재와 미래 사이의 계기적인 과정이며, 그 설계이기 때문이다. 만약 우리가 특정한 목적지를 향하여 나아가는 여정(旅程)과 유사한 맥락에서 교육과정을 이해하고 있다면, 그 목적지가 '문학'이 되거나, 혹은 '교육'된 다른 어떤 가치가 되거나 간에 목적과 수단의 기능적 관계를 가정하게 된다.

교육이라는 목적지가 있다면, 그래서 예컨대 비판적 인식 능력, 혹은 창의적 표현 능력 같은 것이 그 목적지에 놓인 표지(標識)가 될 수 있다면, 문학은 이를 위한 수단이나 도구로서 활용된다. 실제 수업이 작품의 이해나 수용을 다루고 있는 경우라 하더라도 핵심은 작품의 이해나 수용에 있지 않다.4) 문학이라는 목적지가 있다면, 그때에는 이미 문학의 '본질'이 가정되고 있을 때이다. 교육은 형이상학적인 가치를 표지로 삼겠지만, 그 가치에는 직접적으로 도달할 수 없기 때문에 중계자로서 이

---

3) 이 입장이란 국어교육과 문학교육을 선후적 관계로 이해하고, 초기에는 문학을 국어교육을 위한 수단이나 방법으로 활용하다가 점차 국어교육이 문학 그 자체에 대한 이해를 심화시키는 데 기여하게 한다는 입장을 말한다.
4) 『국어』 교과서에서 동일한 학습 목표를 달성하기 위해 같은 단원 안에 문학 텍스트와 이른바 '비문학 텍스트'를 묶어 놓은 예를 볼 수 있는데, 이것이 여기에 해당한다.

론이라는 지식 형식을 선택하여 목적지에 놓인 표지로 삼게 된다. 이때에는 설령 목적지인 이론에 중등학교 마지막 학년의 모든 학생들이 도달하게 된다고 가정하더라도 그 이전의 모든 학년은 '유사 문학(pseudo-literature)'을 하게 될 뿐이라는 아이러니가 발생한다.5) 곧 교육하는 모든 것은 목적지에 도달하지 못하는 모든 것이 되고 만다. 결국 그것이 문학이었든, 교육이었든 간에 목적지를 설정하고 다른 한쪽을 그 수단으로 삼게 되는 문학교육은 실체성을 잃고 만다.

그보다는 나은 선택이겠지만, 문학과 교육의 관계를 내용과 방법으로 이해했을 때에도 문학교육에 생기는 문제는 본질적으로는 달라지지 않는다. '내용－방법' 관계로서의 이해는 교육과정을 학습자의 내적인 변화를 추구하는 계기적이고 연속된 흐름으로 보는 관점에서 비롯된다. 그리고 문학교육은 문학 체험(文學體驗)이라는 내용을 가능하게 하는 전략적 선택과 모색의 과정으로 여겨지게 된다. 그런데 이렇게 보면 교육과정의 공식적이고 의도된 차원은 잘 드러나게 되지만 문학교육의 핵심적인 과정인 학습자의 내적 체험이 영향을 받는 전체적 국면과 상호작용은 온전히 드러나지는 않게 된다. 달리 말한다면, 이때 문학교육과정에서는 방법이 과도하게 강조되는 반면, 내용은 수동적이게 되는 것이다.6) 비록 표현 형식은 다를지 몰라도 '목표－과정'의 관계 범주로서도 이 문제는 해소되지 않는다.

내용과 형식은 그 범주 자체가 매력적이다. 내용과 형식은 서로를 자신의 외부에 둘 수 없는 조건을 전제한다. 교육이 변화된다면 문학의 어떤 부분－수준이든, 국면이든, 분야든, 혹은 층위이든 간에－을 더 다룰 수

---

5) 그럼에도 불구하고 이러한 '목적－수단' 관계는 현실 교육과정에서는 실현되기 어려운데 왜냐하면 현실의 교육과정은 상이한 수준을 갖는 대규모로 집단화된 학습자들에 대한 교육내용의 계열과 위계화에 진지한 관심을 가지기 마련이기 때문이다.
6) 제6차 교육과정기의 고등학교 『국어』 교과서는 이렇게 표준화된 학습자의 체험을 지향하도록 설계되어 있었다.

있게 된다거나 혹은 다룰 수 없게 된다거나 하는 것이 아니라, 문학 그 자체가 함께 변화하게 된다. 마치 초등학교에서의 '이야기'가 중등학교에서 '서사'로 바뀌는 것과 같다. '이야기'는 내용일 수도, 형식일 수도 있다.

바로 이러한 이유 때문에 문학교육을 내용과 형식의 관계 범주로 이해할 때에는 무엇이 내용이 되고 무엇이 형식이 되느냐를 판단하는 것이 곤란한 문제이다. 내용과 형식은 곧잘 표리(表裏)의 관계처럼 비유된다. 이러한 비유에 덧붙여 이 관계가 '질료(質料)'와 '형태'의 관계처럼 오해되어서는 안 된다는 주의가 따라다니기도 한다. 하지만 문학교육을 설명하기 위해 선택하기에는 오히려 동전의 '앞뒷면'이 더 적절한 비유가 될 것 같다. 이 지극히 단조(單調)해 보이는 관계는 단지 어느 쪽이든 겉면이 될 수 있다든가, 한 면의 형질 변화가 곧장 다른 면에도 같은 형질 변화를 가져온다는 식의 유비적 이해를 돕는 데 그치지 않고 '앞면'과 '뒷면'의 결정이 임의적 선택에서 비롯된 것이라는 핵심적인 성격을 보여주기까지 한다. 부언하자면, '이야기'는 내용일 수도, 형식일 수도 있다. 앞면을 선택했으면, 뒷면은 그것의 배후가 된다. '이야기'가 내용이라면 그에 맞게끔 교육을 해야 한다. '이야기'가 형식이라면 어째서 '이야기'를 통해 교육을 해야 하는지를 정당화해야 한다.

이런 관계 범주라면 내용과 형식은 잠재적이고 개별화된 교육의 과정을 설명하기에 모순적이지 않다. 교육은 보이는 부분에 고착될 이유가 없다.

2) 확산성과 수렴성의 조정으로서의 문학교육과정

내용과 형식의 관계로서 문학과 교육은 문학교육에서 한 몸이기는 하지만, 그 출발이 같지 않고 그 가치 지향적 성격도 일치하지 않는다. 문학교육에서 문학은 체험의 형식이 되고 교육은 체험의 제도적 실현이 된다. 이는 문학과 교육이 본질적으로 서로 다른 방향의 가치 지향을 함을 보여준다. 체험 형식으로서의 문학은 확산적이다. 반면에 제도로서의 교육은 수렴적이다. 이런 까닭에 문학과 교육은 목적과 수단, 혹은 그 역, 내용과 방법, 목표와 과정 같은 관계 범주로 단순 결합되지 않는다. 문학교육을 연구하거나 실행하는 사람은 이 둘의 한쪽 혹은 양쪽 모두를 변화시켜 불일치를 해소해야 한다.

덜 확산시키고 덜 수렴함으로써 문제를 해소할 방법이 없는 만큼, 문학교육과정은 어느 한쪽에 강조점을 두고 이해하거나 설계해야 한다. 예컨대 체험 형식을 다시 규정하는 방식으로 불일치를 해소하려 할 수 있다. 최대한 일반화할 수 있는 체험을 문학의 외연으로 삼고 가치 있는 목표를 정해 지향하는 것을 그것의 제도적 실현으로 삼는 것이다. 만약 이렇게 할 수 있다면, 문학의 체험은 교육의 일정한 목표나 수준으로 수렴될 수 있게 된다.

최대한 일반화할 수 있는 체험이란 작품 전체에 대한 체험이기보다는 특정한 요소나 작품의 일부분에 대한 체험을 말한다. 특히 이러한 접근에서는 특정한 요소에 대한 체험이 선호되는데, 문학교육 연구에서는 이를 '속성으로서의 문학교육'이라고 명명한 바도 있다. 느슨한 체험 형식을 요구하는 이러한 접근에서는 주로 국어교육으로서의 문학교육이 문학교육과정의 초점이 된다.

하지만 이렇게 접근하는 것이 문학교육을 포괄할 수 있을지는 의문이다(정재찬, 2006 : 396~399). 국어교육 내에서의 문학교육이 문학교육의 중요한 한 국면이 될 수 있기는 하겠으나, 여전히 문학교육에는 남겨진 더 중요한 국면이 있고(최지현, 1999 : 132~133), 그 국면은 초·중등학교에서 불가능하기 때문이 아니라 우선적이지 않다고 '판단'되어 유보되었기 때문이다. 이 판단의 내용은, 그리고 그 근거는 자명한 것이 아니다.[7] 더욱이 '우선적'으로 실행되어야 할 문학교육을 문학성에 대한 교

육으로 환원시키는 것이 타당한지 여부도 재검토될 필요가 있는 부분
이다.

수렴되어야 할 목표[8]가 아닌 공유되어야 할 전제나 조건을 선택함으
로써 불일치를 해소하려 할 수도 있다. 교육의 수렴적 가치를 결과보다
는 과정에서 실현하려는 이러한 방식은 적어도 형식상으로는 다원주의
(多元主義)를 택하고 있다. 이 때문에 교육과정 이해에서 현실적으로 선
택할 수 있는 유력한 방안 중 하나로 논의되기도 한다.

하지만 때로는 '드러나지 않게 공유된 전제나 조건'이 드러난 '목표'
보다 더욱 불평등하고 편파적인 교육과정을 만들어내기도 한다. 전제나
조건을 공유함으로써 교육의 출발점 자체가 왜곡될 수도 있기 때문이
다. 이 문제를 해소하면서도 실질적인 선택 방안이 되기 위해서는 전제
나 조건이 은폐되지 않도록 노출시키는 것이 필요하다.

3) 내면화와 제도화의 공진화(共振化)로서의 문학교육과정

문학과 교육은 또한 그것의 실천적 성격에서 차이를 보인다. 학습자
를 기준으로 삼는다면, 문학이든 교육이든 모두 학습자의 내적 변화에
작용하지만, 그 각각의 위치에서 보면 문학은 생명력을 유지하기 위해
학습자의 내면에서 체험되고 실현되는 반면, 교육은 그 자체가 지속되
기 위해 학습자를 매개로 삼는다. 문학은 학습자 내면에서 살아가지만,
교육은 '줄지어 서 있는 학습자들'을 따라가며 살아간다.

이를 각각 '내면화'와 '제도화'로 명명해 두자. 이 두 원리는 문학과
교육이 제각기 존재할 경우 학습자를 양쪽에서 끌어당기는 갈등의 소
인(所因)이 된다. 예컨대 교육은 그 자체로 존재할 때에는 지속에 유익한

---

7) 그 이유를 III부 4장, IV부 3장에서 살필 것이다.
8) 이는 문학교육의 성격 규정에 따라 '목표점 행동', '예상되는 학습 결과', '기대 수
　준', '교육과정적 기대' 등으로 표현되고 있다.

고전(古典)과 정전(正典)을 내면화 가능성보다 우선하여 제시한다. 그것들은 다른 작품들보다 후대로 전달되기에 유리한 조건을 가지고 있기 때문이다. 반면에 문학은 그 자체로 존재할 때에는 지속에 유익한 작품들을 고전이나 정전-만약 그것들 사이에 차이가 있다면-에 우선하여 제시한다. 문학은 우선 읽혀져야 하며, 그것도 자발적으로 읽혀져야 생명력을 유지할 수 있기 때문이다. 그래서 학습자에게 매혹적인 것들을 제도적 차원에서 가치 있는 것들보다 우선하게 되는 것이다.

당연히 문학과 교육의 독립적인 병존(竝存)으로는 문학교육은 지속될 수 없다. 따라서 문학교육을 실현시키는 교육과정에서는 이 둘을 조율하는 또 다른 원리가 필요하게 된다.

내면화와 제도화를 조율함에 있어서 곧잘 다루어지는 것은 문학교육을 인문학적 전통과 사회과학적 전통 중에서 어느 한쪽에 놓고 접근해야 하는가 하는 문제이다. 인문학적 전통은 다분히 문학 중심이며 전통적 문학교육이 강조해 왔던 것이기는 하나, 문학 쪽에서 제도화의 가능성을 모색한 경우이다. 대개 그 방향은 고전과 교양 교육과정으로 향도(嚮導)된다.9) 반면 사회과학적 전통은 교육을 중심에 두고 학습자에 친연(親緣)한 문학'적' 텍스트를 제공함으로써 내면화의 가능성을 모색하는 경우이다. 이때 학습자에 친연한 문학'적' 텍스트는 주로 문학의 외연 확장을 통해 확보된다. 따라서 확장된 문학교육과정은, 전술한 바처럼 국어과 교육과정으로 환원되거나 문화교육과정, 혹은 매체교육과정처럼 변용된다(정현선, 1998).

논리 하나가 전혀 상반된 결과를 가져오는 것은 아이러니컬한 일이다.10) 게다가 이러한 논리의 선택은 결과적으로 문학교육의 문제를 '문

---

9) 유종호(1995)나 김봉군(1996)의 입장처럼 이것은 전통적 문학교육의 태도이다. 반면에 강내희(2004), 정재찬(2005) 등에서는 문학교육의 외연 확장을 보게 된다.
10) 문학은 생리적으로 내면화를 생존의 원리로 갖는데, 문학 중심적인 인문학적 전

학’과 ‘교육’의 관계 문제, 특히 ‘목적’과 ‘수단’이라고 하는 관계 문제
로 되돌리고 만다. 거기에는 형이상학적 문학이 남거나 아니면 문학성
(文學性)으로 환원된 텍스트가 남을 뿐이다.

그 대신 우리는 개인화한 제도와 집단적 내면을 만들어내는, 내면화
와 제도화의 상호 간섭과 작용을 원리적으로 그려낼 수 있어야 한다.
이를 ‘공진화(共振化 : resonation)’라 부르기로 하자. 두 진자 사이에 공명이
일어나는 것을 가리키는 용어에서 이끌어 온 공진화의 개념은 내면화
와 제도화 모두를 상태나 결과가 아닌 ‘과정’으로 이해할 수 있게 한다.
내면화와 제도화의 이러한 상호 계기적인 관계에 대해서는 3장에서 구
체적으로 다룰 것이다.

나. 잠재적 교육과정으로서의 문학교육과정

1) 의도되지 않은 ‘더 많은 가능성’의 영역

흔히 교육은 “더 나은 가치를 지향하는 의도되고 계획된 실천 행위”
로 정의된다. 이러한 정의에서 교육은 우연히 조직되지 않은 형식으로
이루어지게 되는 자발적인 학습과 변별된다.

하지만 이러한 일반적 정의에도 불구하고, 교육은 불가불 의도하지
않고 계획하지 않은 가운데 이루어지는 더 폭넓고 광범한 교육적 변화
를 포괄한다. 즉, 가르치는 것보다 더 많은 것을 배우게 되는 불균등한

통이 제도적 가치가 강조된 고전(혹은 정전)이나 교양 교육과정을 이끌어오기 때
문에 그렇다. 이 모순은 ‘인문학적 전통’이라는 것이 인문학으로 위장한 사회과학
적 실천이기 때문에 발생한다. 뒤집어 보면, 교육은 생리적으로 제도화를 생존의
원리로 갖는데, 교육 중심적인 사회과학적 전통이 문학적’ 텍스트로 풍성한 문화
교육과정 — 매체교육과정이나 국어과 교육과정 모두를 포함하여 — 을 이끌어오는
것도 같은 맥락에서 설명할 수 있다. 이 ‘사회과학적 전통’이라는 것은 사회과학
으로 위장한 인문학적 실천 — 문학은 보편적 원리를 가지고 있다(!) — 인 셈이다.

상호 실천 과정인 것이다. 만약 가르치는 것보다 적거나 기껏 가르치는 것 정도에서 배우는 일이 가능하다면, 학습자는 교사보다, 후속 세대는 이전 세대보다 미숙한 상태로 남겨지게 될 것이고, 그것은 인류 전체의 쇠퇴로 이어지게 된다. 물론 지금까지의 역사 과정은 적어도 달라지거나 발전했다고 보는 것이 일반적이다. 이는 교사가 '제공해 준 것'보다 더 많은 것을 학습자가 '획득했음'을 시사한다.

명시적으로는 전수(傳授)하지 않았으나 의도되고 계획된 변화가 이루어지는 경우를 생각할 수도 있다. 하지만 어떤 변화를 의도하거나 계획했다면 그것은 통제될 수 있어야 한다. 이 말은 명시적인 것이 교사의 '표현된' 교수 행위라면 '표현되지 않고도' 의도하거나 계획한 교수 행위가 여전히 존재할 가능성도 있겠지만, 이 경우에는 앞서의 '가르친 것보다 더 많은(혹은 더 심화된)' 학습은 일어날 수 없다. 우리의 관심사는 교사가 말하거나 그밖의 수단으로 직접 표현했느냐가 아니라 의도하고 계획했느냐 하는 것에 있다.

그렇다면 이러한 불균등한 상호 실천에서 발생한 더 많은 가능성이 교육적으로 가치 있다고 볼 수 있는 근거는 무엇인가? 더 많은 가능성의 발생 시점에서 이미 알 수 없다면 그 가치는 사후적(事後的)으로 확인되겠지만, 이 경우에는 교육이 이루어졌는지 여부도 시간이 지나서야 비로소 판단된다는 자기모순이 생기고 만다. 이 모순은 교육이 이루어지는 시점에서 더 많은 가능성이 발생했는지, 아니면 사후에 교육과 무관하게 발생했는지를 판단할 수 없게 한다.

따라서 교육적으로 가치 있는 더 많은 가능성이 교육의 과정에서 발생했다고 믿을 만한 충분한 근거가 있으려면, 우선 그 변화가 의도하거나 계획한 것은 아니지만 지향하고 있었던 것이었다는 전제 조건이 필요하다. 이 전제 조건에서 비로소 '교수 행위의 개입'과 '가능성을 담보한 학습'과 '결과로서의 성장과 발전'이라는 교육의 필수적인 요소들이 승인되며, 모순은 해소된다.

2) 근접발달영역(ZPD)과 문학교육

이러한 불균등한 상호 실천에서 발생한 '더 많은 가능성'은 어디에서 일어나며 어떻게 형성될까.

의도하지 않은 변화는 일차적으로 학습자의 내면(內面)에서 이루어진다. 이 내면을 정서나 인식, 의식 세계, 그 어떤 것으로 상정한다 하더라도, 기본적으로 이 내면이 단일한 체험역(體驗域 : experiential field)을 가지고 있지 않다는 것이 전제되어야 한다. 이는 개인으로도 그러하며, 집단으로도 그러하다. 이것이 동일한 교육 상황에서 상이한 체험들이 공존하게 되는 까닭이며 동일한 체험이 반복되지 않고 새로워지는 까닭이기도 하다.

내면적 발달이라는 측면에서는 비고츠키(Vygotsky)의 근접발달영역(ZPD : Zone of Proximal Development)이 이에 대해 유력한 설명을 제공한다. 그에 따르면, 학습자는 독립적으로 문제를 해결하는 것으로써 판단되는 실제적 발달 수준과 부모나 교사와 같은 성인의 지도에 의해 문제를 해결함으로써 판단되는 잠재적 발달 수준(level of potential development)을 아울러 가지고 있다고 한다(Vygotsky, 1978 : 86). 근접발달영역이란 이 두 수준 사이의 진폭을 뜻하게 된다.

잠재적 발달은 학습자가 자신보다 뛰어난 타자(他者)를 만나 상호작용을 하는 과정에서 이루어지기 때문에 타자가 반드시 성인이어야 할 필요는 없다. 같은 또래 집단 내에서도 실제적 수준의 발달이 상이한 학습자들 사이의 협동적 관계는 잠재적 발달을 가능하게 한다. 하지만 사회적 상호작용 자체가 직접적으로 잠재적 발달을 이끄는 것은 아니다. 여기에는 몇 가지 조건이 요구된다.

첫째, 근접발달영역 내에서만 사회적 상호작용은 유의미한 발달을 이

끈다. 둘째, 사회적 상호작용은 학습자의 내면에서 다시 재현됨으로써
비로소 유의미한 발달이 시작된다. 셋째, 사회적 상호작용이 사회적 언
어를 중재(mediation)의 주된 수단이자 통로로 취하고 있는 것처럼 내면에
서 재현되는 상호작용에는 개인화된 언어, 즉 속내말(inner speech)이 그
수단이 된다.

같은 교실에서 함께 공부를 하는 학습자들 사이에도 상이한 잠재적
발달 수준이 존재한다. 그 결과 같은 교실에서 서로 다른 교육이 실행
될 수 있게 된다. 중요한 점은 이 차이가 단지 높은 수준과 낮은 수준
사이에서 나타나는 선후(先後) 간의 차이를 뜻하지만은 않는다는 것이다.
왜냐하면 학습자의 내면에서 재현되는 것은 전이(轉移)된 것이 아니라
형성된 것이기 때문이다. 따라서 이 내면에서 이루어지는 재현은 원칙
적으로 다양한 방향으로의 분화를 가정한다.

문학교육에서 목표를 고정시키지 않는 것의 중요성은 그렇게 했을
때 교육이 실종되는 것이 아니라 다양한 방향으로 교육적 작용과 효과
가 나타날 수 있기 때문이다. 학습자는 문학교육의 중재된 언어를 통해
만난 문학 텍스트를 내면에서 개인화된 언어를 통해 다시 만나게 된다.
만약 문학 수업에서 교사에 의해 학습자에게 전달된 사회적 언어가 중
재의 기능을 하지 못한다면, 그래서 학습자의 잠재발달영역을 넘어서는
수준에서 교육적(사회적) 상호작용이 시도된다면, 학습자의 내면에서는
개인화된 언어를 통한 재현은 일어나지 않는다. 결과적으로 개인화된
언어는 사회적 언어와의 거리를 좁히지 못하게 되는 것이다.

따라서 문학교육은 두 가지 수준의 언어를 면밀히 고려해야 한다. 문
학교육과정에서 소통되는 사회적 언어와 학습자의 내면에서 의미화에
기능하는 개인화된 언어. 전자는 중재로서의 기능을 수행할 수 있게 하
기 위해, 그리고 후자는 '내면화'의 기능을 수행할 수 있게 하기 위해서
이다.

3) 내면화와 잠재적 발달

문학교육에서 내면화라는 용어가 널리 사용되기 시작한 것은 구인환 등이 공저한『문학교육론』(1988)에서 교수학습모형의 중요한 단계로 '내면화 단계'를 설정하면서부터이다. 이 이후로 내면화는 작품의 가치를 학습자 자신의 것으로 수용하는 과정으로서 이해되었다. 말하자면 결과로서의 내면화였고, 목표 행동에서 일치를 보이기를 기대했던 내면화였던 것이다.

이 책은 학습자의 심미적 체험을 교육과정 속에 반영시킨 커다란 미덕을 지니고 있지만, 그럼에도 불구하고 작품과 심리 과정의 비환원적(非還元的) 관계를 고려하지 못했다(최지현, 1998 : 329). 만약 학습자가 작품의 주제나 가치에 대해 공감하기 어려워진다면, 교육의 수행이 완결되지 않은 것으로 판단될 것이다.[11]

따라서 내면화는 결과로서가 아니라 과정으로서 의미를 지녀야 하며, 그것은 문학 작품으로부터 어떤 가치를 수용하여 자기화하는 것이라기보다는 가치를 수용할 수 있기 위해 문학의 체험을 기호화하는 것을 말한다(최지현, 1998 : 349).

비고츠키에 따르면, 내면화는 외적 조작의 내적 재구성(internal reconstruction of an external operation)을 의미한다(Vygotsky, 1978 : 56). 이는 사회적 기능이 개인적 기능으로 바뀌어 가는 의미화 과정을 뜻한다. 이 재구성 과정에서 개별화되는 다양한 의미화가 발생할 수 있다. 비고츠키는 또한 이 내면화 과정을 사회적 언어가 혼잣말(private speech)을 거쳐 속내말

---

11) 이러한 문제가 생긴 까닭은 이 책의 저자들이 문학 / 텍스트를 심미적으로나 정서적으로 가치 있는 체험 대상으로 전제했기 때문이다. 나는 이것이 문학교육과정 이해에 관한 중요하고 의미 있는 가정 중의 하나임을 인정한다. 따라서 좀 더 거시적 차원에서 논의해야 할 주제가 되겠으나, 여기서는 제6차 교육과정 이후로 문학 / 텍스트 개념의 확장과 변화가 이루어진 현실 조건을 전제로 논의를 진행하고 있는 중이다.

(inner speech)로 바뀌는 과정으로 설명하기도 했는데, 문학교육에서 본다면 속내말을 갖게 된 학습자는 이제 그 수준에서 문학 향유를 할 수 있게 되었다고 평가되겠지만, 그것 말고도 세 가지 함의를 더 얻을 수 있다.

첫째, 교육과정에 명시된 모든 문학 체험의 소통 수단들, 예컨대 이론이나 도식이나 그밖의 용어들의 의미는 학습자의 내면에서 재구성될 것이다.

둘째, 교사는 학습자가 내적으로 재구성할 수 있는 문학 체험의 소통 수단들을 선택함으로써 학습자와 실제적으로 교수·학습할 수 있게 된다.

셋째, 교사는 학습자가 문학을 체험하는 과정에서 사용하게 되는, 내적으로 재구성된 수단들, 곧 이론이나 도식이나 그밖의 용어들을 외화(外化)시킴으로써 교수·학습을 조정하고 발전시킬 조건을 형성할 수 있다.

이 세 가지 함의는 개별 학습자에 대해서 얻게 되는 것이므로, 학습자 집단에서의 다기(多岐)한 문학 체험에 대해서는 훨씬 복잡하고 곤란한 교육적 과제가 생길 것임을 알기 어렵지 않다. 하지만 분명한 것은 이러한 함의가 학습자의 잠재적 발달을 방기(放棄)하지 않게 하는 근거가 된다는 것이다.

4) 정의적 영역에서의 잠재적 교육과정

그동안 학습자의 문학 체험은 그것이 정의적 영역에서 이루어지고 있는 까닭에 명시적 교육과정 층위에 잘 다루어지지 않았다. 또한 그 까닭에 정의적 영역에서 이루어지는 문학의 체험 그 자체는 잠재적 교육과정으로만 남게 되는 문제도 안고 있었다. 하지만 정의적 영역이라 할지라도 인지적 속성을 함께 가지고 있다는 점에 유의해야 한다(최지현, 2000a).

한때 문학교육에서 주로 정의적 측면에 관심을 가지고 비법적(秘法的)이고 비언어적(非言語的)으로 이루어지는 감상교육의 관점이 부각되었던 때가 있었다. 이것과 여기서 말하는 잠재적 교육과정의 문제는 그 성격이 전혀 다른 것이다. 그 시작이 유교적 성정론(性情論)에 기반했던 비법적, 비언어적 문학교육관은 제2차 교육과정까지는 지배적인 문학교육관이었으며, 지나친 지식 중심의 교육 논리가 감상교육 자체가 위협당하였던 제3, 4차 교육과정에서는 오히려 주변부 담론으로서 감상의 유지를 위한 환경이 되기도 하였다.12) 제5차 교육과정에서도 1990년대에 이르러서야 다른 한 편향(해석학적 접근)에 의해 위축되기 시작한 관점이자 실천이었다.

하지만 정의적 영역에서의 잠재적 교육과정은 비법적이고 비언어적인 문학교육 실천을 의미하지 않는다. 문학교사의 감화(感化)를 거의 유일한 교육적 수단으로 보는 비법적, 비언어적 문학교육과는 달리, 정의적 영역에서의 잠재적 교육과정은 전면적이고 구체적인 교육 수행이 이루어지는 과정이다. 이것은 교육의 불능(不能)이나 신비주의를 뜻하지 않는다. 그 결과를 의도하고 계획하지 못한다13)는 점이 다를 뿐이지 명시적 교육과정처럼 목표로 설정하고 기대하며 촉진시키고 반성하는 교육 수행을 갖는다.

잠재적 교육과정을 중요하게 고려하는 것은 '암흑상자(Black Box)' 같은 학습자의 정신 구조 때문이 아니라 내면화되고 개별화되는 문학 체험의 소중함 때문이다. 그것이 문학교육의 본령이기 때문이다. 말하자면 그 본령에 문학 체험이 있기에 정의적 영역은 교육적으로 중요하게 고려되어야만 하며, 그것이 교육목표에 맞닿아 있기에 잠재적 교육과정은 '잠재적'인 것이 아니라 '현재적'인 것이 된다.

---

12) 문학교육학의 전사(前史)를 논의할 때면 어김없이 앞자리에 놓이게 되는 것이 김은전(1979)의 소견인 바, 이 논문이 문학교육의 필요와 가능성에 대해 본격적으로 논의한 사실과 국어교육에서 실용성의 문제가 점증하는 관심사였다는 사실은 매우 의미심장한 연관성을 갖는다.
13) 그렇게 하지 '않는다'는 것이 더 정확한 표현일 것이다.

다. 학교 교육과정으로서의 문학교육과정

　문학교육과정은 국어과 교육과정과의 관계 속에서 고려되어 왔고, 적어도 앞으로도 상당 기간 동안은 그 관계 속에서 고려될 것이다. 그렇기 때문에 문학교육과정을 이해하거나 개발하기 위해서는 국어과 교육과정을 함께 고려해야만 한다.

　국어과 교육과정을 고려한다는 것은 적어도 세 가지 함축을 갖는다. 첫째, 문학교육과정은 학교 교육과정으로 이해해야 한다. 그것은 문학교육과정의 경계를 비교적 명확하게 긋는 일이 된다. 교육 참여자는 통학하고 일정한 시간 동안 집중하여 다른 교과목들과 함께 국어 과목의 학습 체험을 하게 되는 학습자이고, 그들의 학습 체험에 동참하여 교육적 상호작용을 하게 되는 '문학교사'14)이다. 그들은 특정한 시·공간 속에서 문학 수업이라는 형식을 통해 교수·학습을 하게 된다. 이 교수, 학습에는 특정한 관습과 문화가 전제되고 교재와 작품 / 텍스트가 통제된다. 이런 것들이 학교 교육과정을 전제함으로써 중요한 통제 변인들이 된다.

　둘째, 문학교육과정은 그보다 일반화된 교육목표와의 통합적 설정을 전제해야 한다. 말하자면 문학교육과정의 교육목표는 국어과 교육목표로 통합되어 있어야 한다. 그러면서도 동시에 독자성이 있어야 한다. 그때 비로소 문학교육과정을 논의할 수 있기 때문이다.

　우리가 거쳐 왔던 역대 교육과정들에서는 서로 다른 영역들이 있어 왔다. 경험 중심 교육과정에서는 학습자의 가치 있는 경험을 조직할 영역이 있었고, 학문 중심 교육과정에서는 학문 체계에 근거한 영역이 있었다. 학생 중심 교육과정에서는 학습자가 익히고 수행해야 할 주요한 과제들을 중심으로 영역이 설정될 수 있었다.15) 제7차 교육과정도 교육

---

14) 문학교사의 정체성에 대한 검토는 최지현(2006b)을 참조할 것.

목표를 근거로 영역들을 설정했던 것은 아니었지만 일정한 영역 구분 준거틀에 따라 과목들로 구체화되어 있었다.[16] 하지만 문학교육과정의 교육목표／내용은 그것이 어떤 영역에 속한다거나 어떤 과목으로 규정된다거나 하는 판단을 하기 어렵게 한다. 이는 문학교육과정 논의의 현실적 어려움을 의미한다. 문학교육과정은 그 자체 논리만으로는 성립되기 어렵기 때문에, 교육과정 개선은 반드시 국어과 교육과정의 개선을 동반 요구한다.

셋째, 문학교육과정은 국어과 교육과정을 넘어서는 부분에 대해 분명한 입장을 가지고 있어야 한다. 그러니까, 이 말은 국어과 교육과정을 고려할 때, 그것이 문학교육과정의 어떤 가능성까지를 열어주고 또 어떤 가능성을 막고 있는지를·따져 그 이상의 가능한 부분을 '통합교육'이나 '범교과적 교육' 혹은 그밖의 고유한 교육 영역으로 실현하려는 구상을 가지고 있어야 한다는 뜻이다. 오늘날 문화교육이나 매체교육의 논의들이 문학교육과정에는 어떤 의미를 지니는지 성찰하는 것도 함께 주어지는 과제이다.

---

15) 실제 영역 구분에서는 그 양상이 다르게 나타났다.
16) 현실이 반드시 이론과 부합하지는 않는 까닭에, 각 영역들이 교과나 주제로 구체화될 때 불일치한 양상이 생긴다. 이 때문에 영역을 단일하게 기술하지 않고 일종의 매트릭스(matrix, 행렬 구조)로 조직하여 영역 설정의 적정성을 판단하게 된다. 예컨대, 학문 중심 교육과정에서 영역의 설정 근거인 지식 영역의 분류와 교과 영역의 분류는 학습내용 및 경험을 선정하기 위한 매트릭스를 만든다. 학문 중심 교육과정에서는 학문의 분류가 지식을 범주화하고 이를 가치 있는 경험 내용으로 만드는 데 중요하게 기여한다. 그런데 지식을 분류하는 데에는 여러 기준이 있을 것이기에 특정한 교과로 직접 대응시키는 것이 적절하지 않게 된다. 따라서 실재하는 교과를 지식의 분류에 수직으로 교직하는 축으로 삼아 매트릭스를 만든다. 이 매트릭스는 교과 내에서도 만들어질 수 있다. 한 축에는 학문 분류, 다른 한 축에는 경험 내용을 두고 조직을 하게 된다. 이 매트릭스는 지식의 편중이나 간과를 판단할 수 있는 자료로 활용되기도 한다.

라. 문학교육과정의 쟁점

1) 교육내용의 가치

교육의 실행은 교육과정에 근거하여 이루어진다. 이것은 제도로서의 '교육'을 한 개인의 '학습'으로부터 변별되게 하는 중요한 차이를 이룬다. 특정한 시기의 교육과정은, 교육에 관한 특정한 관점과 철학에 기초한 패러다임을 공유하는 것으로 평가된다. 패러다임에 기초한 교육과정은 교육의 목표를 공허하지 않게 하며, 그 내용을 구체화할 수 있게 하는 근거와 준거를 제공해 주고, 교육 방법을 기술(技術)의 차원으로 전락하지 않게 한다. 또한 패러다임에 기초한 교육과정은 평가와 그 결과의 송환 모두에서 검증되고 개선될 수 있는 제도적 가능성을 얻을 수 있게 한다.

예컨대 교육과정은 아래와 같은 내용 진술들을 통해 구체화된다.[17]

- 문학의 갈래에 따른 작품의 미적 가치를 파악한다.
- 작가, 작품, 독자의 관계를 알고, 이를 작품 수용에 능동적으로 수용한다.
- 작품에 드러난 사회·문화적 상황을 파악하고, 이를 작품 수용에 능동적으로 수용한다.
- 자신의 생각이나 느낌을 문학적으로 표현한다.

이 진술들은 지식이나 활동의 형태로 개념화되어 있는 핵심적인 내용 요소들과 그것의 수행 방식·수준·활동 지표 등을 나타내는 행위 양식으로 이루어져 있다. 여기서 문학교육과정은 문학 행위를 '수용'과 '표현'을 함께 갖는 하나의 짝으로 모형화한다. '미적 가치'는 수용 과정에서뿐 아니라 표현 과정에서도 '파악'될 수 있는 것으로 간주한다.

---

17) 이하의 논의는 제7차 국어과 교육과정 '문학 영역' 교육내용을 대상으로 하고 있다.

다만, '미적 가치'가 '범례'를 통해 구현되는 과정에는 다음과 같은 제한이 따른다. 곧, 수용 과정에서 문학은 본질적으로 사회·문화적 조건에 제한되어 있을 뿐 아니라 사회적 행위의 결과로서 생산되는 것이라고 인정된다. 그러나 표현 과정에서는 개인적 체험과 사상으로 국한된다. 여기서 '미적 가치'는 수용과 표현 간의 불균등한 속성으로 여겨지며, 적어도 중등학교 학습자들에게는 개인을 넘어서는 것으로는 다루어지지 않는다. 더 나아가 이렇게 규정되는 '미적 가치'는 '문학적'이라는 내용 요소를 제한한다.

이 예에서처럼 교육과정에서 사용되는 용어들은 특정한 문학관을 구현하도록 동원되기도 하면서 동시에 모순된 설명 속에 놓이기도 하고 한편으로는 모호한 설명으로 표현되는 것 이상으로는 실현되기 어려운 과제를 요구하는 듯 보이기도 한다. 중요한 점은 대부분의 용어들이 정의되지 않은 채 사용되고 있으며, 그러면서도 은연중에 특정한 문학적 관점을 옹호하고 있다는 것이다.

이는 교육과정이 가치 있는 교육 패러다임(혹은 패러다임적 성향)을 구축하거나 대체하는 데 요구되는 객관적 판단 자료들을 그다지 성공적으로 제공하지 못하고 있음을 보여준다.[18] 이 판단 자료는 교육목표나 그것을 풀이한 진술들을 통해 제시되는 것이 아니라, 교육목표를 이루고 있는 용어들의 개념 체계와 그 항목들을 통해 제시되는 것인 바, 핵심적으로는 '교육과정을 구성하거나 기술하기 위해 사용되는 용어들의 목록'이 그 역할을 하게 되어 있다. 하지만 그간 우리는 목록을 가져본 적이 없었다.

---

18) 물론 주지하는 바와 같이, 각 교육과정기마다 교육목표와 내용에 대한 진술이 있었으며 그것의 해설도 제시된 바 있다. 그러나 문제는 그 진술들이 '정의(定義)'되지 않은 것이었다는 데 있다. 정의와 관련하여 이 연구에서 '교육과정용어'라는 용어를 사용한다. 이 용어의 개념에 대해서는 II장 2절에서 다루기로 한다.

이러한 문제의식은 다음과 같이 구체화된다. 1) 총론 차원에서 특정한 패러다임을 지향했다거나 혹은 그것에 기초했다고 언명한 경우에조차 각론 차원에서는 이전 교육과정과 실질적으로 변별되는 교육내용 체계와 접근 방법을 갖지 못할 수 있다. 정의되지 않은 용어들, 그리고 그것들이 은폐하고 있는 개념과 범주들의 관계로는 특정한 교육 패러다임을 설명할 수 있는 방법이 없다. '학문 중심 교육과정'이 결국 '지식 교육'으로 비판 받았던 것도 같은 이유 때문이다. 당시의 교육과정적 지향을 놓고 말하자면, 적어도 문학 현상을 설명하는 학술용어들은 그것이 어떤 배경에서 만들어졌고, 무엇을 설명하기 위해 사용되며, 그와 대응되는 다른 용어와는 어떤 점에서 설명력의 차이를 보이는지 이해될 수 있는 교육용어들로 정리되었어야 했다. 그래야 그것이 중점을 두었던 사고력 교육을 실질적으로 뒷받침할 수 있었을 것이다. 하지만 용어들은 그것의 기원이 되는 상이한 이론들과 관점들의 차이가 감추어진 채 뒤섞여 사용되어 왔다. 30여 년이 지난 오늘날에도 같은 문제가 계속 반복되고 있는 중이다.[19]

2) 위와 같은 문제를 해소하기 위해 교육과정으로 하여금 교육내용을 구성하거나 혹은 그것을 기술하기 위해 사용될 용어들의 목록을 갖추게 하려면, 그 전에 어떤 용어들이 선정되고 범주화되어야 하는지에 관한 충분한 사전 논의가 필요할 것이다. 이때에는 아마도 하나의 패러다임을 먼저 제시하고 그에 맞는 용어들을 선별하는 과정을 거치기보다는 먼저 교육 수행에 필요할 뿐 아니라 적절할 것으로 판단되는 용어들을 선정하고 그것의 범주화를 시도하는 가운데 패러다임의 윤곽을 그리는 과정을 거치게 될 것이다. 이는 패러다임이 목표의 이동이 아닌

---

19) 이는 교육담론을 지배하는 학술담론의 비전일성 때문이다. 말하자면, 교육담론은 그 속에서 지배적 담론이 여타의 담론들을 '단편화'하면서 공존하게 되는 일종의 절충 지대가 되고 있는 것이다(최지현, 1994).

체계의 이동이며, 체계의 이동은 그것을 이루는 기초들이 개별적으로 시험되는 가운데 점진적으로, 그러나 비가역적(非可逆的)으로, 그리고 결정적인 순간에 이르러서는 급속하게 이루어지기 때문이다.[20]

2) 문학능력의 판단

비록 발달 단계를 설정하지는 않았지만, 정의적 발달을 수직적 위계화로 이해하고 있는 연구들은 주로 문학 텍스트에 대한 이해의 심도를 감상의 수준으로 가정한다. 말하자면, 높은 문학 감상 능력을 갖고 있다는 것은 작품에 대해 잘 이해하는 수준에 있다고 보는 것이다. 여기서 '이해'와 '공감'이 거의 같은 의미로 사용되고 있음에 주목해야 한다. 학습 독자는 문학 텍스트의 의미(또는 저자의 의도)에 근접할 것을 요구받고 있는 것이다.

경규진(1993, 1995)은 로젠블레트(Rosenblatt)의 '독자 반응 이론'을 도입하여 학습 독자의 감상을 '텍스트와의 심미적 거래'로 규정한다. 이 거래는 학습 독자들이 자신의 반응을 충분히 표출할 수 있는, 강제되지 않는 자유로운 교실 환경을 전제로 설정된다. 경규진은 로젠블레트가 학습 독자의 문학 체험을 문학사나 문학 지식으로 대치하는 것에 반대한다는 점에 주목한다. 무엇보다 학습 독자의 자발성에 대한 신뢰에 공감한다. 그에 따르면, 이런 조건에서 학습 독자들은 텍스트'에' 몰입하여 자연스럽게 자신의 언어적이고 문화적인 삶의 경험으로부터 온 생각과 감각, 느낌, 이미지 등을 선택하여 그것을 새 경험으로 종합(환기)하면서, 이에 반응하게 된다는 것이다.

경규진의 논점은 텍스트에 지나치게 의존하는 문학교육이나 학습 독

---

20) 이는 교육과정 개정과 관련한 논의는 충분한 시간을 가지고 이루어져야 하며, 따라서 미리 시간 계획이 설정된 로드맵에 따라 이루어져서는 안 된다는 것을 뜻하기도 한다.

자의 주관적 심리를 무조건적으로 추종하는 문학교육을 모두 경계한다. 그러나 '거래'라는 개념을 통해 텍스트의 상대방으로 학습 독자를 둠으로써 공평성의 가정을 은연중 설정하며, 학습 독자의 주관적 심리의 문제는 다시 논란 괄호 안으로 묶어둔다. 어떻게 하면 이 모순에서 벗어날 수 있을까? 독서의 오류와 부적절한 감상의 위치는 어떻게 방지할 수 있을까? 이에 대해 그는 논문의 한 절을 할애하여 교사의 역할을 강조한다. 그 역할이란 대개 이런 것들이다.

> 학생들의 반응을 모두 미리 예상하기 어렵다는 점에서 문학교실에서 반응을 다루는 데는 도전이 필요하다. 따라서 교사는 수업이 무방향, 무질서로 흐르지 않도록 더욱 충분한 계획을 토대로 수업을 구조화시키고 단계화시킬 필요가 있다.(1995, 18)

이러한 교사의 역할은 다른 문학교육이론들에서라면 특별한 문제가 되지 않는다. 그러나 독자반응이론에 근거했다면, 학습 독자들의 자유로운 거래 뒤편에 거래를 성사시키는 잘 조직된 조건이 있다는 것이 문제가 된다. 보이지 않는 실험실 환경을 가정하는 것은 대단히 행동주의적이다. 여기서 학습 독자의 감상은 (기대되는 바) 종국적으로 의도한 방향으로 이끌리게 된다.

경규진과 같은 입장에서 학습 독자와 문학 텍스트의 관계를 몰입과 일치로 보는 논의들 반대편에는 주로 모더니즘적 문제의식에 동의하는 입장에서 문학 텍스트에 대한 일정한 '거리두기'를 가치 있게 보는 논의들이 있다.21) 이 논의들은 학습 독자의 공감 전략이 문학 텍스트를 절대화하고 신비화한다는 우려를 바탕에 둔다. 또한 학습 독자의 수용적 태도가 낮은 수준의 문학 감상 능력을 향상시키지 못하게 한다는 문

---

21) 김정우(1998), 김혜영(2002) 등을 포함하여, '비판적 주체 형성'을 강조한 논의들에서도 같은 양상을 볼 수 있다.

제의식을 가지고 있다. 그렇기 때문에, 거리두기에 가치를 부여하는 입장은 학습 독자가 문학 텍스트에 비판적 입장을 취하게 하는 것을 학습 목표로 삼고 이를 위한 교육내용과 방법을 구안한다.

> 텍스트의 수사적 장치가 수용자를 특정 주체로 구성한다는 점을 토대로 텍스트 읽기의 방향성을 모색할 수 있다. 그 중 하나는 비판적 읽기의 방향을 설정하는 문제와 관련된다. 수사적 장치는 수용자의 읽기 행위를 조건화하기 때문에 텍스트 읽기에서 수용자가 가지고 있다고 생각되는 자율성의 범위는 제한되지 않을 수 없다. 최근 논의되고 있는 비판적 읽기의 패러다임은 텍스트를 있는 그대로 읽는 것이 아니고 텍스트 내에서 기술되는 바를 수용자의 관점에서 다시 읽는 행위를 통해 자신의 가치를 수정하거나 재구성하며, 텍스트에 대한 새로운 담론을 구성하는 과정을 지향한다. 이러한 관점은 텍스트를 해석하고 새로운 담론을 생산해 낼 수 있는 수용자의 자율성을 이론 수립의 전제로 삼고 있다.(김혜영, 2002 : 326)

인용문을 통해 확인할 수 있다시피, 비판적 거리두기를 강조하는 입장들은 '정서적 거리'의 설정에서 혼란을 느끼기도 한다. 감상 없는 해석이 문학교육을 대신하는 예들이 이 외에도 적지 않게 발견된다.

공감과 거리두기를 포괄하여 연구하는 사례도 있다. 최인자(1993)는 작중 인물과 수용자의 거리 조절에 의한 내면화 양상을 고찰하면서 '동화'와 '거리두기'라는 문학 텍스트와의 정서적 거리를 설정하였다. 또한 최지현(1999)은 감상의 전략으로 동일시, 감정이입, 투사, 대상화를 제시하였는데, 이 중 동일시와 감정이입, 투사는 공감의 원리에 의해, 그리고 대상화는 거리두기의 원리에 의해 선택된다고 하였다. 공감을 중심으로 살피고는 있지만, 그 변화 양상을 실증적으로 밝힌 구영산(2001)에서도 이와 유사한 연구 결과가 도출되었다. 그녀는 독자의 체험 여부와 학습 독자의 상상 작용을 관련지었는데, 여기서는 세 가지 다른 상상의 유형이 도출되었다. 즉, 독자 자신의 기존 체험을 중심으로 상상하는 경우와 작품에서 화자의 체험과 자신의 체험 사이에서 두 체험의 공유를 목적으로 상상하는 경우, 그리고 독자 자신의 기존 체험이 없음에도 불구하고 작품에 나타난 화자의 체험에 관심을 보이는 경우가 그것이다. 이는 각기 최지현(1999)에서 논의된 동일시, 감정이입, 투사 범주들과 연결된다.

문학 감상 능력을 판단할 수 있게 하는 감상의 내용 범주가 있고, 이것이 앞서 논의된 바와 같이 '동일시'와 '감정 이입', '투사', '거리두기' 같은 것들로 분류될 수 있다면, 이 내용 범주들과 감상 능력 간에는 직접적인 대응 관계를 설정하지 않는 편이 오히려 합리적이다. 이미 앞의 세 범주는 '거리 두기'와는 다른 방향을 취하고 있고 앞의 세 범주 사이에도 방향의 차이가 있어서, 단계적 능력 설정이 원천적으로 불가능한 데다 적어도 상반된 두 방향으로는 문학 체험에 대한 상반된 인식 지평이 자리 잡고 있기 때문이다.

'감정 이입'과 '투사'가 서로 다른 방향의 공감적 체험을 나타낸다는 점을 고려해 보더라도, '비판적 거리두기'를 '공감'보다 높은 수준의 감상 능력으로 규정하는 것보다는 다양한 방향으로의 수용을 더 높은 감상 능력의 실현이라고 규정하는 편이 합당해 보인다. 그리고 이렇게 감상 전략이 공감과 거리두기를 포괄할 경우에는 문학 감상 능력은 선형적(線型的)인 지표를 갖지 않게 된다.

공감에 있어서도 정서적 공명(대상과 같은 정서를 경험하는 것)과 공감적 관심(대상에 대한 동정, 관심의 정서를 경험하는 것)이 변별되는 것처럼,[22] 문학 텍스트에 대한 정서적 거리는 다양하게 조성될 수 있다. 게다가 감상의 가능성 확대라는 측면에서 문학 감상 능력을 살필 경우, 문학 텍

---

22) 신경일(1994) 참조. 여기서 '정서적 공명'은 감정이입과 '공감적 관심'은 투사와 연관되어 있다.

스트에 대한 정서적 거리가 다양하게 분기하는 것은 바람직하다. 각각의 감상 방향에 따라 설정되는 정서적 거리 내에서도 다시 분화될 수 있는 심화와 발전의 교육내용들이 존재한다는 점도 중요한 교육적 의미를 지닌다(구영산, 2001).

그렇다면, 이러한 정서적 거리가 학습 독자와 문학 텍스트 사이에서 자율적이고 독립적으로 조성될 수 있을까?

김남희의 참여 관찰 연구(1997)는 학생들의 자발적인 참여를 중시하고 이를 수업의 구조화하는 데 적극적인 한 문학 교사의 수업을 자세히 보여준다. 그녀의 보고에 따르면, 이 문학 교사는 수업을 모둠 학습의 방식으로 진행하고, 학생들이 각 차시마다 모둠별로 보고서를 작성, 제출하거나 발표하는 방식으로 진행하였다. 또한 주교재 외에도 보충 자료를 제공하여 교과서 밖의 문학 작품들도 함께 경험할 수 있게 하였다. 그 결과 실제 수업에서 학생들의 분위기가 매우 자유롭고 그 태도도 유형별로 다양했다고 보고하고 있다.

이 수업의 실제 과정을 보자. 이 교사는 문학 수업을 통해 문학 작품을 즐겨 읽게 하고, 세상을 보는 눈을 키우게 하려는 목표를 세우고 있다. 그러다 보니, 이 교사가 학생들에게 제공하게 되는 교과서 외의 작품들은 대부분 저항적이거나 비판적인 성향을 지닌 시인들의 작품이다(앞의 글, 50~51). 이것은 자연스럽게 '읽지 않은 작품에 대한 감상의 위치를 규정하게 된다. 그러니까, 이 문학 교사의 수업은 형식상으로는 학습 독자의 자율적이고 주도적인 역할이 문학 체험을 이끌어 내는 것으로 되어 있지만, 실제로는 특정한 교수 모델이나 제한된 문학 텍스트라는 교육과정이 강제되고 있는 것이다.

이 교사의 문학 수업은 학습 독자들로 하여금 작품을 역사주의적으로 독해하게 하는 관성을 갖게 하고 있으며, 학습 독자들의 감상의 위치에서 작품의 상황을 대상화하는 결과를 낳고 있다. 더 나아가 '시에 대한 신비화'(앞의 글, 55~56) 경향도 나타나는데,23) 그것은 결국 문학 텍스트에 대한 '정서적 거리'가 학습 독자 자신에 의해서보다는 그 외부로부터 주어지고 있기 때문이다. 체험 없이는 공감이든, 거리두기이든 모두 문학의 신비화로 연결된다.

아마도 이 교사는 문학 수업에서 학습 독자들의 '비판적 주체성'과 '비판적 읽기'를 강조할 것이다. 그러나 실제로는 문학 텍스트에 따라 학습 독자의 비판적 위치가 전혀 다르게 설정될 것임을 간파하기가 어렵지 않다. 이른바 '친일시(親日詩)'에 대해 발휘되는 '비판적 주체성'은 '항일 저항시(抗日 抵抗詩)'를 대하는 순간 피동적이고 수용적인 위치로 떨어지기 쉽다. 우리는 한 장면에서 친일시의 정체를 낱낱이 분석하는 비평가와 항일 저항시의 고결하고 강건한 정신세계 앞에서 어쩔 줄 몰라 하는 구도자를 동시에 보게 될 수 있다.

이 둘 중 누가 더 높은, 혹은 더 발달한 문학능력을 가지고 있다고 해야 할 것인가? 선택을 통해 그 답을 이끌어낼 수는 없어도, 우리는 적어도 서로 다른 방향의 감상의 위치 중 어느 한 쪽에 문학교육의 목표를 설정할 수 없게 하는, 교육 실천에 개입하는 교육과정 변인 틀의 존재를 말할 수는 있다. 말하자면, 감상이 문학 텍스트와 학습 독자 사이에서 자율적으로 이루어지는 것이 아니라 이를 둘러싸고 있는 제반 교육 상황들과 변인들, 특히 교육과정변인들이 문학 텍스트와 학습 독자의 관계 속으로 침투해 들어오면서 이루어진다는 것이다.

근래의 문학교육연구들 역시 학습 독자의 감상 과정과 교육과정의 관계를 깊이 있게 다루기 시작했다(정재찬, 1996 ; 최지현, 1997, 1998a, 1998b,

---

23) 이와 관련하여 연구자는 '패러프레이즈'가 시에 대한 신비평적인 신비화를 깨뜨리는 저항 수단으로 학생들에 의해 사용되고 있다고 주장하고 있다. 하지만, '패러프레이즈'야말로 시의 신비화를 유지시키는 강력한 수단이 된다. 학습 독자들은 패러프레이즈로는 도저히 시에 도달할 수 없기 때문이다.

2000, 2003 ; 박인기, 2000). 이 연구들은 잠재적 교육과정을 끌어들이고 제도적·이데올로기적 층위에서의 영향 요인들을 살핌으로써 학교 교육이 근거로 삼는 '계획된 교육과정'24)과는 변별되는 틀을 연구대상으로 취하였다. 이것은 기술공학적 설계에 의해 '계획된 교육과정'이 기본적으로 교육의 효율성을 지향하는 계량적이고 가치중립적인 교육과정을 가정함으로써, 목표는 도전받지 않고, 내용과 방법은 목표의 효율적 달성에 의해서만 평가받도록 교육과정 자체를 은폐시키려는 시도를 깨뜨리는 이론적 실천들로서 의미를 지닌다.

하지만 교육과정이 어떤 기제와 장치에 의해 유지되고 순환되는지에 대한 구체적인 논의에 이르기 위해서는 교육과정 변인들에 대한 검토가 반드시 동반해야 한다.

3. 문학교육과정의 주요 변인25)

문학교육과정은 문학교육이 이루어지는 담론 공동체 내에서 실현된다. 이 공동체는 다층적일 뿐 아니라 다중적이기 때문에 어느 하나로

---

24) 일반적으로 이 교육과정은 교육인적자원부에 의해 고시되는 국가 교육과정을 전제하는데, 흔히 '고전모형'이라 불리는 타일러(R. Tyler)의 합리주의적, 관리주의적인 교육과정에 기초를 두고 있다고 평가된다.

25) 이 장에서 다루어진 교육과정 변인에 대한 논의는 최지현(1998a)과 최지현(2003)을 기초로 한 것이다. 최지현(1998a)에서는 문학 교수·학습 모형의 기초가 되는 교육과정 변인들을 다루었기 때문에 미시적 국면의 논의에 초점이 있었다. 이를 일반화하여 논의하는 과정에서 몇몇 용어들의 개념을 확장시켰다. 한편 최지현(2003)에서는 문학교육에서 문학 감상이 억압되거나 왜곡되거나 변환되는 까닭을 교육과정 차원에서 논의하면서 추상화 수준에 따라 교육과정 변인들이 어떻게 개입하게 되는지 살핀 바 있다. 여기서는 이 논의와 최지현(1998a)의 관련성을 검토하여, 통합된 설명을 하려고 하였다.

규정하기는 어렵다.26) 또한 2장에서 검토한 바와 같이, 문학교육의 성격 자체에 영향을 미치는 잠재적 교육과정이 공시적인 교육과정 차원에서도 함께 검토되어 하는 중대한 이유가 있다. 이 말은 일반적으로 교육과정을 이해하려 할 때 고려하게 되는 변인들, 예컨대 학습자, 교사, 교육내용, 교실 맥락이나 사회·제도적 조건 같은 요소들이 예외 없이 서로에 대해 종속 변인으로서 작용할 수 있음을 의미한다.27)

교육과정 변인을 도출하고 분석하는 이유가 교육과정이 어떤 동인(動因)에 의해 구축되고 실현되는지 이해하기 위함이고, 뒤집어 말해 교육과정을 개발하는 데에서 논리성과 실효성을 높이기 위함이기 때문에, 이렇게 각 주요한 변인들—그렇게 이해되는 것들—이 서로에 대해 종속 변인으로서 작용할 수 있다는 것은 교육과정 이해를 어렵게 하는 요인이 된다. 단적으로 말해, 문학교육과정에 대한 이해는 "학습자가 어떠한 상태에 있다면, 문학교육과정은 어찌어찌하게 설계되고 실행된다."거나 "교육목표가 이러저러하면, 문학교육과정은 그러저러하게 실현된다."28)

---

26) 문학교육이 소통을 전제로 성립한다고 할 때, 이 담론 공동체는 교사와 학습자로 이루어진 교실 공동체로부터 국가 교육과정에 '걸쳐 있는' 문학교육담론 공동체를 거쳐 문학 텍스트에 대한 해석 공동체(들)에 이르기까지 다층적으로 구성되어 있으며, 그것들은 서로에 대해 완전히 복속되어 있지 않기 때문에 교육과정에 대해서는 다중적인 영향 관계를 갖게 된다.

27) 일반적으로 교육과정 이해에서 학습자는 독립 변인으로 이해된다. 그것은 교육과정이라는 것이 학습자의 현상태를 있는 그대로 인정하고 나서 연후에 그의 필요와 요구에 기반하여 목표/내용을 설정하고 필요한 교육 환경을 조성하여 교수 행위를 하게 되는 것으로 가정되기 때문이다. 그런데 2장에서 우리가 확인한 바로는 학습자의 현상태라는 것도 결정적인 것은 아니다. 비유하자면, 학습자는 옥토(沃土)에 떨어지기를 기다리는 씨앗과 같은 존재라기보다는 인연이 시작되기 전의 연인과 같은 존재이다. 사실 만나기 전에는 어떤 인연이 만들어질지 알 수 없는, 따라서 만나고 나서 보면 상대방이 다를 수 연인이 되는 조건, 그것이 학습자인 것이다.

28) 교육과정의 성격을 규정할 때 교육목표를 독립 변인으로 이해하는 경우도 빈번하다. 이를테면 '기능 중심 교육과정'이니 '과제 중심 교육과정'이니 하는 규정은 교육이 무엇을 지향하느냐에 따라 성격이 달라지는 교육과정 실현을 지시한다. 앞의 명제와 이 명제가 다른 독립 변인을 상정하는 것은 교육이 한 개인의 경험 속

같은 형식의 명제를 검증하거나 평가하는 일이 되기 어렵다는 것이며, 변인들 가운데 어느 하나를 독립 변인으로 삼는 일은 가능하지 않을 수도 있다는 것을 뜻한다.

그럼에도 불구하고 문학교육과정을 합당하게 이해하거나 개발하기 위해서는 다른 변인들에 대해 좀 더 지배적인 관여성(關與性)을 갖는 독립 변인을 설정할 수 있어야 한다. 그러기 위해서는 먼저 교육과정 변인들의 다층적, 다원적 관계와 작용 양상을 살펴야 한다.

문학교육과정은 수평적 층위에서 서로 결합하면서 영향 관계를 갖는 변인들 외에도 교육과정이 구체화되고 추상화되는 수직적 차원에서 변인들 간의 결합에 의해 만들어진 또 다른 변인들이 존재한다. 서로 다른 변인들의 영향 관계를 통합축과 계열축으로 구분하여 부를 수 있다면, 계열축은 통합축의 변인들이 서로 통합하여 만들어진 변인들을 가지고 있기 때문에 훨씬 복합적이고 그 영향도 직접적으로 미치고 있을 것이다. 대개 그것들은 변인으로서보다는 기능적인 단위로서 보이기 때문에 그 작용의 본질이 은폐된다.

통합축의 각 변인들이 특수한 조건과 성격들을 가지고 있다면, 계열축의 변인들은 독특한 기능과 작용들을 가지고 있는 것으로 보인다. 이하 각 절에서 구체적으로 이를 살피기로 한다.

가. 통합축의 변인들

통합축의 변인에는 일반적으로 우리가 교육의 변인, 또는 교육과정 변인으로 언급하는 것들이 포함된다. 그 각각은 교육내용, 학습자, 교사, 그리고 교실 맥락이다. 이 가운데 교육내용과 교실 맥락은 교육과정의

에서도, 또한 한 사회의 제도 속에서도 실현되기 때문이다. 어느 쪽에 강조점을 두느냐에 따라 교육을 결정짓는 동인은 다르게 이해되는 것이다.

작용 양상을 분석하는 과정에서는 다른 용어로 고쳐 사용하게 된다. 문학교육의 특성상 교육내용은 문학 텍스트를 매개로 제시되는가 하면, 동시에 그 텍스트를 특정한 작품으로 읽게 하는 공인된 방식으로 제시되기도 한다. 한편 교실 맥락은 특정한 텍스트에 대한 호오(好惡)나 취사(取捨)에 영향을 미치는 공통감(consensus)으로서 작용하는가 하면, 특정한 텍스트를 이러저러한 문학 작품으로 받아들이게 하는 관습으로서 작용하기도 한다. 교육내용이나 교실 맥락 모두 작품/텍스트와 그것을 향유하게 하는 관습에 영향을 미치지만 그 성격은 다른데, 왜냐하면 전자가 공식적이며 의식화된 것인 반면, 후자는 비공식적이며 자연화된 것이기 때문이다. 여기서는 먼저 각각의 교육과정 변인들의 성격과 양상을 기술한 다음, 실제 교육과정 실행에서 나타나는 요소들로 변환시켜 통합적으로 기술하기로 하겠다.

1) 교육내용

교육내용은 국가 차원에서 정당화되고 있는 문서화된 교육과정을 뜻한다. 대개는 교재(특히 교과서)를 통해 구체화된다. 이 책에서 논의되고 있는 문학교육과정은 공적 영역에서의 교육을 전제하기 때문에, 교육내용의 결정에 영향을 미치는 교육 주체로서 국가의 개입에 대해 고려하지 않을 수 없다. 교육과정의 성격을 따질 때 교육내용을 독립 변인으로 보는 입장이 주요한 것도 이 때문이다.

국가의 개입은 교육과정에서 사회 통합과 유지, 공동체의 지속적 발전 등을 구체화한 교육내용을 포함시키며 이를 최종적 도달점으로 삼게 한다. 국어과 교육과정이 이러저러한 교육내용을 열거한 이후에 "이를 통해 국어 문화를 바르게 이해하고 존중하며 사랑하는 태도를 길러 성숙한 문화 시민으로서의 역할을 다 하도록 한다."29)고 밝힌 것은 이와 같은 맥락이다. 이에 따라 문학교육에서는 언어 문화 유산으로서 고전(古典)과 윤리적 가치성을 지닌 체험을 강조하게 된다.

하지만 문학교육이 한 개인의 성장을 위한 또 다른 지향성을 지니고 있음은 2장에서 이미 확인한 바 있다. 이러한 까닭에 교육내용 변인은 불가불 문화적 유산과 창조적 잠재성 사이에서 진자(振子)처럼 이동하면서 교육과정에 영향을 끼치게 된다.

한편 문학교육에서 교육내용은 좀 더 특수한 조건을 갖기도 한다. 일반적으로 교육과정에서 교육내용은 명제적 진술을 통해서 지식의 형태로 제시된다. 또한 학습자는 그것을 기능이라 부르든, 혹은 전략이라 부르든, 아니면 그대로 지식이라 부르든 간에 독립적으로 자기화된 능력 수준으로 갖추고 있게 된다. 하지만 문학교육에서는 문학 작품을 배제하고서는 그 능력이 판단될 수 없는 근본 조건을 갖는다.[30] 학습자가

---

29) 교육부(1997), 『초·중등학교 교육과정 ─ 국민공통기본교육과정 ─』, 교육부 고시 제 1997-15호 [별책 1], p.22.

30) 유사한 비교 대상을 찾기 위해 읽기 교육의 예를 든다면, 여기서는 '자기 스스로 책을 끝까지 읽어낼 수 있는 능력', 또는 '글을 요약할 수 있는 능력' 같은 지표화할 수 있는 능력 수준을 상정할 수 있다. 그런데 문학교육에서 이처럼 지표화할 수 있는 능력 수준을 상정하게 되는 경우, 예컨대 '소설의 시점을 아는 능력'이나 '작품의 주제를 파악하는 능력' 같은 것을 상정하게 되는 경우에는 읽기 교육과 변별되는 경계가 사라지고 만다. 결국 요구되는 능력은 동일하지만 대상 텍스트의 차이 때문에 교육의 성격이 달라지는 것으로 보게 되는 셈인데, 이는 꽤 심각한 논란거리이다. 그렇지 않고 '인물의 심리를 이해하는 능력'이나 '시의 어조를 파악하는 능력'과 같은 것을 상정할 때에는 그것이 텍스트를 전제하지 않고도 판단할 수 있는, 지표화될 만한 능력 수준인지 판단하기 매우 어렵다. 인물의 심리란, 그것이 인물이나 서술자에 의해 어떻게 중계되느냐에 따라, (창작 주체로서의) 작가가 어떻게 설정하고 있느냐에 따라, 표현 방식이 어떤 문학적·문화적 관습 속에서 형성되고 수용되느냐에 따라, 나아가 독자의 내적 심리나 태도, 이해 정도나 '인식 지평'에 따라, 다르게 이해되고 평가될 수 있다.(마치 「병신과 머저리」의 '내'가 형과 대결 의식을 가진 인물로도, 형에 의해 자기 치유의 모색을 시작하는 인물로도 이해될 수 있는 것과 같다.) 시의 어조란, 시인─청자, 화자─독자의 관계 설정이 어떻게 판단되느냐에 따라 달리 이해된다.(「진달래꽃」의 서정적 주체는 참을 수 없는 슬픔을 억누르며 말을 하고 있는 것으로도, 미련을 갖고 있지만 그래 봐야 어찌할 수 없는 비감의 목소리로 말을 하고 있는 것으로도, 심지어는 지금 서로 지극한 사랑의 환희에 빠져서 이별의 가정일랑 아예 하지 못하도록 다

어떤 능력의 수준, 예컨대 문화적 감수성과 심미적 상상력을 갖추고 있다고 판단될 때, 그 판단은 그에 의해 인지되고 향유되는 특정한 문학 작품[31]을 두고 이루어진다.

문학 작품은, 특정한 장르의 특정한 주제를 담고 있는 텍스트로서 교사와 학습자에게 주어진다. 이들에게 텍스트는 가르치고 배울 만한 가치를 내재한 것으로 받아들여질 것이다. 하지만 그 텍스트의 가치를 결정하는 것은 교실 맥락이며, 그것을 판단할 수 있게 하는 단서는 이 텍스트에 대한 체험의 형식, 곧 특정한 문학 작품을 인식하거나 향유할 수 있게 되는 지식이나 수행이다. 교육과정에서 교실 맥락은 유동적이지만, 이 체험의 형식에 대해서는 따로 정리해 문서화할 수 있다.

이런 이유 때문에 실제로는 텍스트가 교육내용이 되는 것이 아니라 문학 작품이 교육내용이 되며, 그보다 앞서 그것의 체험 형식으로서의 지식과 수행이 교육내용이 되는 것이다. 그리고 이는 교육내용의 어떤 부분은 교육과정에서 오지 않고 교사와 학습자로부터 온다는 것을 의미하게 된다.

2) 학습자

일반적인 교육에서도 그러하겠지만, 문학교육과정에서 학습자는 교수·학습의 실질적인 중심이다. 학습자는 문학 체험을 학습의 계기로 삼는다. 체험 없이는 교육이 실행되지 않으므로, 학습자에게는 자발적 참여가 필수적이다.

짐을 받고자 말을 하고 있는 것으로도 이해될 수 있다.) 여러 가능한 이해에는 해석 층위가 다르게 작용하고 있으며 거기에는 능력 수준의 차이도 존재한다고 판단된다. 어떤 해석의 층위는 특정 텍스트에 대해 직접적으로 작용하지면, 다른 텍스트에 대해서는 더 많은 단서들을 요구하게 될 수도 있다.

31) 주지하다시피, 이 말은 이미 학습자에게 어떤 텍스트가 문학으로 실현되었다는 것을 뜻한다.

학습자는 성장 과정에 있는 존재이다. 그것 때문에 교육과정에 참여하는 것이기도 하지만, 그것이 바로 교육의 조건이 되기도 한다. 학습자가 습득하거나 체험하게 되는 것은 성인 세계의 언어가 아닐 뿐 아니라 그 세계의 문학도 아니요, 그 문학의 해석 도구 혹은 비평 도구도 아니다. 교사는 가르치지만, 학습자는 배운다. 그리고 교육과정은 가르칠 것들을 기술하고 있지만, 정작 배운 것이 '실행될 때에만' 실현되는 것이 교육과정이기도 하다. 따라서 실행의 차원에서 본다면, 문학교육과정은 학습자 측면에서 기술되어야 한다.

학습자는 저마다 상이한 근접발달영역을 가지고 교육과정에 참여한다. 어떤 학습자는 잠재적 발달 수준의 폭이 넓은 반면, 어떤 학습자는 그 폭이 좁을 수 있다. 실재적 발달 수준은 학습자가 가지고 있는 문학에 대한 해석 도구, 혹은 비평 도구를 통해 판단되는 반면, 잠재적 발달 수준은 그 학습자의 체험역, 곧 체험할 수 있는 가능한 영역을 통해 판단된다. 이 체험역에는 이해될 수 있는, 달리 말해 활용될 수 있는 문학의 해석 도구, 혹은 비평 도구들이 다소 모호한 상태로 존재한다. 이것들은 교사나 부모의 중재에 의해 실재 적용이 가능한 도구들로 바뀌게 된다. 파이너(Pinar, W. F., 김영천 역, 2005 : 44~45)의 주장대로, 이것은 공적 영역의 교육을 통해 사적 영역의 재구성을 도모하는 일인 것이다.

3) 교사

교사는 일반적으로 교실 맥락과 유사한 환경 요소로 여겨지기도 한다. 학습자의 체험을 중심에 놓고 보았을 때에는 교사가 이 체험에 영향을 미치는 가장 유력한 학습의 환경적 조건 중 하나로 여겨질 수도 있다. 하지만 교사는 교육과 교육 아닌 것을 판단하는 결정적 요소로서 중요한 차별성을 지니고 있다. 교사가 있음으로써 교육은 학습과 변별되며, 교육의 의도성과 계획성이 실현될 수 있게 된다.

세부적으로 보면, 교사는 적어도 세 가지 측면에서 교육의 본질적 요
소가 된다. 첫째. 교사는 그 자신이 교육내용의 담지자(擔持者)이자 구현
자로서 기능한다. 문학교육에서 문학은 지적 탐구 대상이기 이전에 체
험의 내용이기 때문에 교사는 체험을 통해 학습자와 만나게 된다.

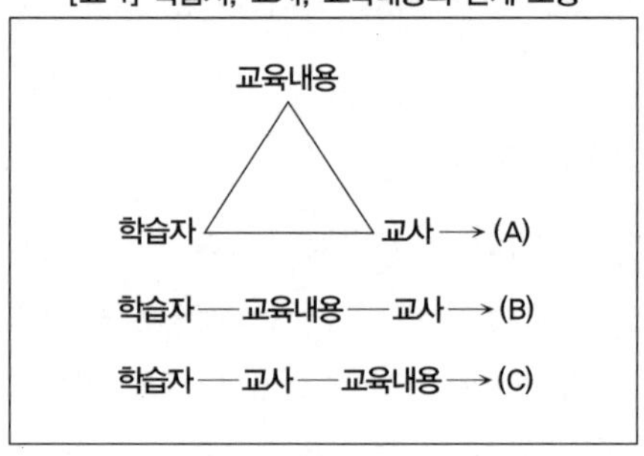

[표 1] 학습자, 교사, 교육내용의 관계 모형

따라서 문학교육에서 교사는 (A)나 (B)가 아니라 (C)와 같은 관계 속
에서 학습자와 만난다. 즉, 교사와 학습자를 교육내용이 중재하는 관계
가 아니라 학습자와 교육내용을 교사가 중재하는 관계가 만들어진다.
다시 말해 교사와 학습자가 교육내용을 매개로 의사소통을 하는 관계
가 아니라 교육내용을 학습자가 내면화하고 자기화할 수 있도록 교사
가 중재하는 관계가 만들어지는 것이다.

둘째, 이러한 이유 때문에 학습자에게 교육내용이 확정적이지 않은
것처럼—교사의 중재에 따라 학습자가 내면화하고 자기화할 수 있는 교육내용이
결정되기 때문에—, 교사에게도 교육내용은 잠정적인 것이 된다. 교사는
학습자의 잠재발달영역 내에서 체험의 동반자로서 교육내용을 구체화
하는 역할을 한다.

셋째, 교사와 학습자의 관계는 교육적인 관계이다. 교육내용은 교사
와 학습자에게 절대화된 가치가 아닐 뿐 아니라 접촉과 상호 작용을 위
한 수단도 아니다. 학습자는 교사를 통해 교육내용에 접근하게 되는데,

이 내용은 교사와의 교수·학습 과정을 통해 달라질 수 있다.

4) 교실 맥락

교실 맥락은 교육이 이루어지는 시·공간을 근거로 해서 만들어지는 관계적 조건을 말한다. 교실 맥락이라고 했지만, 교실이 교사가 중재하는 교육내용과 학습자의 관계가 이루어지는 곳이라면 어떤 공간도 가능하기 때문에, 건물로서의 교실로 제한되는 맥락이 조성되는 것은 아니다. 작게는 교사와 학습자 사이에 교수·학습을 실현시키는 교실 내의 교사―학습자 관계, 교수 담화, 시·공간의 환경적 조건, 기타 자원들 들이 해당되지만, 크게는 교육의 상황적 조건이나 학교, 지역 사회, 각 층위와 수준의 공동체들, 제도적·이데올로기적 맥락들이 교실 맥락의 기능을 수행할 수 있다.

교실 맥락은 단순히 교사나 학습자가 '참조할 수 있는' 선택적 조건이 아니다. 또한 분석이나 해석을 동원하여 판단하게 되는 외부적 환경 같은 것이 아니다. 교실 맥락은 교사와 학습자 사이의 교수·학습에 직접적으로 영향을 미칠 뿐 아니라 대개 그것이 자각되지 않도록 하는 자연화(naturalization)를 통해 영향을 미친다. 따라서 교사로서는 교실 맥락을 배제하거나 무시하는 것이 아니라 오히려 그 조건을 드러냄으로써 교육과정에서의 영향을 상대화해야 한다.

문학교육에서 교실 맥락은 '문화적 합의(cultural consensus)'라는 형식으로 교수·학습 과정에 영향을 미친다. 이것은 교사와 학습자, 그리고 작품을 경유한 텍스트를 특정한 의사소통적 맥락에 놓게 하는 규범 일체를 말하는데,32) 텍스트에 반응하는 학습자의 심미적 감수성과 문화적 상상력을 자연화하고, 장르 관습이나 문학적 가치 등을 일치시키는 작

---

32) 따라서 교육과정 문서나 교재 등을 통해 명시적이며 공식적인 방법으로 제시되기도 한다.

용을 한다. 이런 까닭에 문화적 합의는 텍스트의 언어 맥락을 원전성 (originality)에 기초한 규범적 질서를 통해 '작품'이라는 보편적 화용(話用) 으로 정착되게 한다. 하지만 교사와 학습자의 교수·학습을 통해 그 질 서의 변화 요인이 생기기도 하기 때문에, 기본적으로는 유동적(流動的)인 성격을 지니고 있다고 보아야 한다.

나. 통합축에서의 변인들의 작용

문학교육과정은 기본적으로 이 네 가지 교육과정 변인들의 작용을 통해 실현된다. 그 작용은 각 변인들에 대해 상대적이다. 교육내용은 교 육적 상호작용을 통해 구체화되면서 동시에 변화되기도 한다. 따라서 교육내용은 특정한 텍스트를 통해 이 상호작용으로 이끌려 들어오지만 하나의 작품이 아닌, 복수(複數)의 작품으로 실현될 수도 있다.

학습자는 일정한 수준의 문학능력을 가지고 교육과정에 참여하게 되 지만 그가 어느 정도의 잠재적 능력 수준을 가지고 있는지는 교사와 어 떤 교수·학습 과정을 갖게 될 것이냐에 따라 달라질 수 있다. 이는 교 육과정 문서를 통해 학습자의 명시적인 능력 수준을 규정해 둔다거나 혹은 기대하는 것이 현실적으로나 이론적으로 어려운 이유를 설명한다. 문학교육은 기능 중심 교육과정33)과 어울리지 않는다.

교사는 교육내용과 변별되고 교실 맥락과도 구분되지만, 그러기 위해 서는 그 자신이 학습자와 마찬가지로 문학 체험의 주체가 되어야 하며 동시에 자신과 학습자와 교수·학습 과정에 작용하는 다양한 층위의 교실 맥락을 드러내고 상대화해 주는 역할을 수행해야 한다. 비유컨대, 문학 체험의 주체로서 교사는 교관이 아닌 시범 조교이며, 시범 조교인

---

33) 이것의 본질은 특정한 목표점 행동을 도달점으로 삼는 목표 중심 교육과정이다.

동시에 동료가 될 수 있어야 하는 것이다.

교실 맥락은 교사와 학습자의 문학 체험에 영향을 미치지만, 반대로 교사와 학습자에 의해 변화되기도 한다. 교사와 학습자가 교실 맥락을 변화시키기도 한다는 사실은 문학교육과정에서 작품의 의미나 가치를 불안정하게도 또한 개방적이게도 할 수 있게 하는 기반이 된다. 이런 점에서 보면, 문학교육과정에서의 텍스트는 문화적 합의에 의해 작품으로 교사와 학습자에게 주어지지만, 그러면서도 여전히 텍스트로서의 개방성을 지닌 변인이 된다고 할 수 있다.

각 변인들의 작용을 고려하여 문학교육과정을 [표 2]와 같이 모형화하여 제시한다.

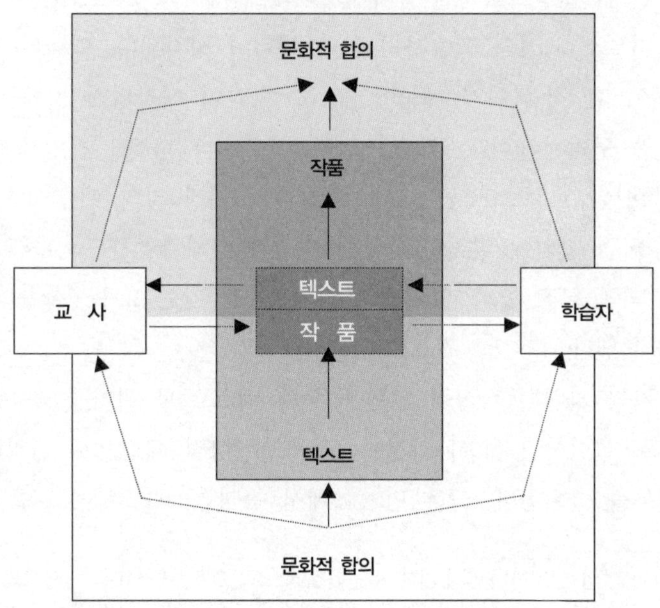

[표 2] 문학교육과정 변인들의 작용

이 모형에서 교수·학습의 중심에는 교사와 학습자의 문학 체험이 놓인다. 교사·학습자에게 주어지는 것은 특정한 교실 맥락에서의 텍스트다. 문학교육과정에서는 문화적 합의(이를 잠정적으로 '문화적 합의[1]'이라 부른다)가 이 교실 맥락을 구성한다. 그런데 문화적 합의[1]은 교사와 학습자에게 텍스트를 특정한 작품으로 읽게 하는 자연화된 관습이기 때문에, 대개 교사·학습자에게 주어진 텍스트는 이미 특정한 작품으로 존재하게 된다.[34] 예컨대, 교실에서 교사와 학습자는 '문학'을 공부한다. '근대시' 작품을 읽으며, 20년대의 '낭만주의 시'를 읽고, '낭만주의자'이기도 했고, '애국 지사'이기도 했던 '문학 청년', '백조 동인'이었던 '이상화'의 시를 읽는다. 이것은 이미 어떤 텍스트가 어떤 작품으로 교실에 들어와 있음을 의미한다.

특정한 작품은 교사와 학습자에게 새로 읽힐 텍스트로 규정된다. 그럴 때 비로소 교사와 학습자의 문학 체험이 시작된다. 텍스트는 이제 '씌어져야 할 작품'이기 때문에, 교수·학습이 시작되기 전에 선택된 텍스트와 구별된다(이를 '텍스트[2]'로 부르기로 한다. 따라서 앞서의 텍스트는 '텍스트[1]'이 된다). 텍스트[2]는 교사·학습자의 배경 지식, 개인사적 환경, 또는 문화적 합의에 일치하지 않는 관점과 이해(理解)들[35]의 개입을 통해 기존의 문화적 합의[1]과 완전히 일치하지는 않는 교수·학습의 조건을 만들어낸다.

학습자는 자신의 상상적 체험을 통해 텍스트[2]를 하나, 또는 복수의 담론으로 실현시킨다. 이 과정에 교사도 상상적 체험으로 개입하면서 교육내용을 중재한다. 그 이면(裏面)에서 특정한 텍스트[1]이 교육과정에

---

34) 문화적 합의는 교사나 학습자에게는 간접적으로, 또한 텍스트에 대해서는 직접적으로 작용한다. 이는 문화적 합의가 교육과정에 전일적이지 않기 때문에 비롯된다. 그런데 이 차이로 인해 하나의 텍스트를 다르게 읽을 수 있는 가능성이 생긴다.
35) 이를 문화적 합의에 작용하는 지배적 담론(최지현, 1994 : 7)에 대한 경쟁하는 주변적 담론으로 규정할 수 있을 것이다.

들어오는 목적과 맥락은 학습자에게 직접 노출되는 것이 아니라 교사의 개입(공통의 상상적 체험)을 통해 간접적으로 확인된다. 이 때문에 텍스트[2]는 일종의 중재된 교육내용으로서의 의미를 갖게 된다. 다시 말해, 교육내용은 교사와 학습자의 상상적 체험이 공진(共振)할 수 있는 체험역 안에서 결정된다는 것이며, 그렇기 때문에 전적으로 사전에 결정되어 있다거나 교사에 의해 결정된다거나 할 수 없다는 것이다. 어디까지나 교육내용은 가르쳐진 것이 아닌 학습된 것으로서 판단되어야 함을 텍스트[2]의 작품[2]로의 과정이 설명해 준다.[36]

교사와 학습자의 상상적 체험을 통한 교수·학습은 텍스트[2]를 작품[2]로 실현시킴으로써 교수·학습 이전의 문화적 합의[1]을 문화적 합의[2]로 변화시킬 수 있게 된다. 이 가능성이 아마도 문학교육의 가능성이라 할 수 있을 것이다.

다. 계열축의 변인들

동일 층위에서의 교육과정 변인과는 달리 이 변인들이 결합하여 만들어내는 또 다른 층위(들)의 변인들이 있다. 이것들이 복합적 요인들의 작용이라는 점에서 그 성격이나 작용, 효과 등이 은폐되어 있는 반면 그 영향은 더 크다. 이 변인들은 서로 계열적 관계에 놓여 있어서 구체적 층위에서 추상적 층위로 올라가면서 기능적인 것에서 본질적인 것으로 바뀌어가는 것처럼 보인다. 이 변인들에는 교수 모델, 수업 담화, 문학 작품 / 텍스트 등이 있다.

---

36) 이 둘의 관계와 차이에 대한 쉽고도 명확한 설명을 오경종(1998)에서 확인할 수 있다.

1) 교수 모델

문학교육에서는 학습 독자의 문학적 정서 체험이 교수·학습의 내용이자 활동으로서 중요한 의미를 지닌다. 이 때문에 브루너(Bruner, J. S.)의 내용 모형을 선택한 『문학교육론』(1988)의 저자들은 학습자의 '내면화'가 교육목표로부터가 아닌, 작품의 내재적 가치로부터 비롯된다고 주장한 바 있으며, 수용론적 입장을 취한 강현재(1991)나 거래이론을 택한 경규진(1993), 그리고 그 이후로 문학교육연구의 대부분은 학습 독자의 능동적 체험 과정에 중요한 교육적 의의를 부여해 왔다.

그러나 이러한 일련의 연구들이 교육과정 개발 과정에서 수용되고 교실 현장에 상당한 영향력을 끼친 제5차 교육과정 이후로도 현실의 문학교육은 교사에게 지나치게 의존적인 교수 모델[37]을 따르는 것으로 나타났다. 그리고 이것은 현실적으로 제7차 교육과정에 와서도 크게 달라지지 않았다. 명시적 관계에서 규율이 강제되거나 역할이 분담되는 것이 아니라 하더라도 학습 독자는 교사와 교사가 표상하는 교육목표를 달성하기 위해 학습하며, 수업 장면에는 목표나 과업이 계열화되고 통합되는 교수 모델이 도입되는 것이다.

교사가 주도해 가는 일제식(一齊式) 수업에서의 '질문과 대답의 시퀀스'를 연구한 손민호(2001)는 교사─학생의 관계가 다음과 같은 특성을 갖는다고 본다. 즉, 교사에 대해 학생들은 하나의 범주(즉, 개별적 학생들의 합이 아니라)로서 집단적 행위를 보이는데, 이 때문에 교사의 질문이 한 개인에게 제한되어 있을 경우에도 다른 학생들이 그 다음에 대답할 사람으로 약속되며, 따라서 "교사의 1차적 관심은 누가 무엇을 생각하

---

37) 여기서는 교사(를 통해 구현되는 국가 교육과정의 공식적 교육내용)로부터 가치가 학습 독자로 이전되며, 학습 독자의 심미적 정서 체험이 교육적으로 가치 있는가, 합목적적인가를 검증하기 위해서는 다시 교사에게 탐조해야 하는 교수 모델을 말한다.

나보다는 누가 언제 정답을 누설하나, 어느 만큼의 학생들이 그 대답을 알고 있고 또 어느 만큼 모르고 있는가에 기울어진다.”는 것이다. 또한 이 교실 공간에서 교사는 이미 학생들 중 누군가는 대답을 알고 있다고 가정함으로써 정답이 주어지지 않은 교실 공간에서 일어나는 것과는 다른 학생들의 행동 방식을 요구하게 된다는 것이다.

이와 같은 교수 모델 속에서 교사와 학습 독자의 관계는 계층화된다. 말하자면, 학습 독자로 하여금 교사를 모방하고 그에 동일시하게 하는 모델이라고 할 것인데, 심지어는 교사가 ‘비판적 주체 형성’을 지향하는 경우에조차 본질적으로 이와 같은 양상이 나타나곤 한다. 학습 독자들이 문학 텍스트에 대해 쉽게 수용적 태도를 취하고, 동일시의 정서적 거리에서 잘 벗어나지 않게 되는 것도 이와 같은 교수 모델로부터 비롯된 교사에 대한 의존성과 동일시 지향성 때문인 것으로 보인다.

2) 수업 담화

교사와 학습 독자의 실제적인 의사소통은 ‘수업 담화’라는 제도화된 담화 형식을 따라 이루어진다. 이때 교사와 학생의 담화 기능은 일정하게 분화된다. 노경주(1999)에 의해 이루어진 수업 담화 분석에서, 학습 독자들의 진술 수는 교사의 1 / 3 정도에 지나지 않았고, 그 중 60% 정도가 동조적이거나 단답(短答)으로 구성되어 있었으며, 나머지에서 16.7%가 중얼거림이나 소음이었고, 30% 정도가 농담이나 주제에서 벗어난 말, 웃음, 고함 등이었다고 한다.[38] 이것은 수업 담화가 교사에 의해 주도되는 한편, 학습 독자들은 부분적으로 이에 저항하면서도 대부

---

38) 손민호(2001 : 36)에서도 비슷한 양상이 보인다. 교사 주도의 일제식 수업에서 학습 독자 개인을 대상으로 질문을 하는 교사는 교실의 학습 독자 집단 전체를 향해 질문을 열어둔다는 것이다. 이로 인해 수업 담화는 대개 한쪽으로 터진 비완결적인 구조를 취하게 된다. 학습 독자의 위치에서 볼 때, 이것은 무기력의 반영이기도 하지만, 저항의 기반이 되기도 한다.

분 이를 수용하는 태도를 취하였기 때문이다.

교사는 진술의 약 40%를 교과서에 근거하여 발화하며, 학습 독자들의 동조적 반응을 기대했는데, 흥미로운 것은 그러면서도 그가 학습 독자들로 하여금 비판적 사고 기능과 성향을 갖기를 기대한다는 것이다. 이는 학생 주도적 교육이 현실적으로 이루어지지 않는 현재의 교육과정 여건에서는 매우 빈번하게 나타나는 양상이라고 판단된다.

교사가 학습 독자들에게 동조적 반응을 기대하고, 학습 독자들의 진술이 또한 그에 수긍하는 '감정 이입적 교실 분위기'는 어느 정도 현실적인 근거를 가지고 있다. 수업 담화 자체가 불평등성을 내포한 까닭도 있지만, 학습 독자들이 수업 담화의 양식이나 관습에 무지하거나 익숙지 않은 까닭일 수 있는 것이다. 학습 독자들은 교실에서 무엇을 배우고 익히든 간에 수업 담화라는 담화 양식을 통해 이를 수행하게 된다. 그런데 그들은 이 수업 담화에 대해 따로 배울 기회를 갖지 못한다. 반면에 교사는 수 년 간에 걸친 교사 양성과정과 '교무실'로 대표되는 직업적 담화 환경, 그리고 학교 교육과정과 교과서 등을 통해 교사의 담화 양식과 관습을 익힌다. 따라서 이 담화 양식과 관습에 관한 한 교사와 학습 독자는 또 다른 의미의 불평등한 관계를 갖는 것이다.

문학 수업의 경우에는 학습 독자들이 자신의 감상을 표현할 충분한 어휘를 가지고 있지 못한 것도 중요한 이유가 된다. 그래서 '좋다'나 '싫다', '짜증 난다' 같은 표현들이 그 자리를 대신하게 되며, 이는 교사로 하여금 한층 더 지배적이고 주도적인 역할을 수행하게 한다.

3) 문학 작품 / 텍스트

문학 수업에서 텍스트는 작품으로 제시되는 경우가 일반적이다. 학습 독자의 입장에서는 감상의 대상이 작품으로 제시될 때에 그것에 결부된 해석의 틀을 벗어나기가 쉽지 않다. 여기에는 '문화적 합의'라고 부

른 텍스트 해석의 규범, 학습 독자들에게 보편적 화용처럼 여겨지는 장
르 관습, 또는 이데올로기적 교육 효과가 자리 잡고 있다.

  그렇다고 텍스트로 제시되는 것이 다양한 정서체험을 보장하는 것도
아니다. 학습 독자가 문학 텍스트에 대해 정서적 거리를 조정하고 그에
따르는 감상 전략을 사용할 실질적인 중심이 되는 것은 사실이지만, 단
독적으로 이 일에 나설 수 없다. 이미 교수 모델과 수업 담화를 통해 그
제약성을 살피기도 하였거니와, 무엇보다도 텍스트가 그 자체의 고유한
조건인 언어 맥락만으로는 어떤 의미의 실현도 보장하지 못하기 때문
이다. 학습 독자는 교사의 개입과 상호작용하면서 기왕의 '문화적 합의'
에 능동적으로 대응해야 한다.

  문학 수업에서 학습 독자들에게 직접 제시되는 '작품'들 중에는 이른
바 '정전(正典)'이 포함된다. 이것들은 문학 이론의 근거하여, 또는 윤리
적으로, 또는 현실에 비추어 학습 독자들에게 특별히 규범적인 것으로
수용된다. 특히 여기에 중요하게 작용하는 것이 '교과서'이다. 항상 타
협의 소산으로 문학 수업에 제시된 교과서는, 바로 그 타협의 성격으로
인해 '비어 있는 정전', 작품으로는 존재하지 않지만 이론으로 존재하는
정전 체제(최지현, 2000 : 65~65)도 무난하게 견뎌내며, 학습 독자들의 기
능주의적 훈련을 뒷받침한다.

라. 계열축에서의 변인들의 작용

1) 외삽 : 윤리적 가치의 내면화

  현장의 문학 수업을 관찰해 보면, 놀랍게도 수업 개선에 적극적인 현
장 교사들일수록 경험주의적 교육관을 갖는 경향이 있음을 발견하게
된다. 그들은 교사의 일방적 교시나 훈육을 반대한다. 그들은 수업의 가

치를 판단하는 준거를 학생들에게 둔다. 대개 이들 교사들은 학습 독자들의 흥미를 매우 중요한 동기화 요인으로 삼는다. 이런 교사들이 참여하는 문학 수업에서 학습 독자들의 문학 텍스트에 대한 정서적 거리는 보통은 사후적—강제나 유도를 통해—으로 조정되거나 조율되지 않는다. 교사는 학습 독자들이 어떻게 받아들이느냐에 크게 관계하지 않고[39] 그들의 자율적인 수용과 판단에 맡긴다. 이것이 방임에 가까운 것인지 어떤지는 여기서 따로 논하지는 않는다. 여기서 중요한 것은 교사에 의해 이루어지는 학습 독자들의 정서적 거리의 조정은 주로 사전 조정(事前調整)이라는 점이다. 그리고 그것은 경험적으로 축적된다.

이 사전 조정은 교사가 의식적으로 수행한다기보다는 오히려 무의식적으로 수행하게 되는 경향성을 지닌다. 이를테면 기능주의적 교수 모델에 의해 사전 조정이 일어난다. 수업 상황에서 학습 독자들은 '학습 활동 목표'보다는 교사의 선언적 진술들, 예컨대 "오늘 우리가 공부하는 이육사 시인의 「교목(喬木)」은 일제 치하에서 강인한 절조와 독립 의지를 꺾지 않았던 시인의 지사적 풍모를 보여주는 작품이다. 이 작품을 이해하기 위해서 우리는……" 같은 단언(斷言)과 범주화와 지시로 이루어진 요구에 더 민감하게 반응하게 된다. 이 첫 안내로부터 학습 독자들은 「교목(喬木)」을 이 요구에 따르기 위해 자발적으로 범주화하고,[40] 분류하고,[41] 선험적으로 가치를 부여하는[42] 활동을 재현하게 된다.

---

39) 물론 그 정도가 매우 심한 경우에는 서둘러 이야기를 막고 다른 화제로 이야기를 넘길 수도 있다. 김미순(2001)의 수업일기를 참조할 것.

40) '<저항시>는 절조와 지사적 풍모를 그 내용으로 삼는구나.'

41) '이육사나 조지훈은 이 범주에 완벽히 부합하는 걸. 김수영은 시를 통해 지식인의 모습을 근대적 선비상으로 그려냈다는 점에서 보면 부분적으로 부합한다고 할 수 있겠지. 한용운은 주로 구도적 자세의 불교시를 썼지만 그 본질이 제도적(濟導的)인 까닭에 삶의 태도에서 지사적 풍모를 읽을 수 있게 한다는 점에서 역시 부분적으로 부합한다고 할 수 있겠고…… 그렇게 보면, 절조를 지킨다는 점에서 윤동주도 포함시킬 수 있겠어.'

42) '그러니 결론적으로 말해서 <저항시>는 훌륭한 시라는 뜻이야.'

사전 조정은 특정한 담화의 장(場)과 규칙들, 특정한 어휘들을 통해 이루어지기도 한다. 특정한 담화는 교실 장면을 (판결문 읽는 것만 남은) 법정으로 만들기도 하고, (대개는 이미 결과가 밝혀진) 무대로 만들기도 하며, (치유의 공간이 되는) 병원으로 만들기도 한다. 「교목(喬木)」을 교수·학습할 때처럼 문학 교사들이 쉽게 선택하는 수업 담화의 모델은 '서사화(敍事化)'이며 이것은 일종의 보도 담론처럼 객관성과 반영성에 대한 환상을 갖게 한다.43) 하지만 대개 담화의 주된 내용을 이루는 것은 환언(換言 : paraphrase)이다.

특정한 어휘의 선택이나 금기, 혹은 특정한 용례로의 제한 등이 작품의 감상을 규제하기도 한다. 이러한 양상은 '퇴폐적 낭만주의'니 '병적 감상주의' 같은 인상주의적 문학사 규정, 역설과 반어, 화자와 서정적 주체, 은유와 상징 같은 비평적 용어의 무차별적 혼용과 속화(俗化), 여성시 / 여성적 어조, 한(恨) 등의 선형적 범주화 등에서 특징적으로 나타난다. 수업 담화에서의 이러한 사전 조정은 특정한 감상의 방향으로 문학능력 평가를 재단(裁斷)하게 할 뿐 아니라 교사들로 하여금 그것을 계속 망각하게 하는 작용을 한다.

정서적 거리의 사전 조정과 관련하여 최지현(1999)에서는 '선별'과 '경합'이라는 작용적 양상을 살핀 바 있었는데, 감상 과정에 직접 개입하는 기제를 밝히기 위해, 이것 대신 좀 더 엄밀히 개념화한 '외삽'과 '환치'라는 개념을 사용하고자 한다. 여기서는 특히 외삽(外揷)의 범주에 주목해야 할 터인데, 이것은 감상의 외부로부터 들어온─따라서 필연적일 수 없는─ 가치가 내재적인 것처럼 작용하는 것을 의미한다.

학습 독자에게 주어지는 문학 텍스트는 주어지는 순간에 이미 특정한 가치를 실현하는 작품으로 주어지는 경우가 대부분이다. 교사들 또

---

43) 이것이 '시인은 바로 그러한 이유 때문에 이 시를 쓴 것이다' 하는 믿음을 자연스럽게 수용하게 만든다.

한 특정한 교수 모델과 수업 담화를 통해 학습 독자들이 이 문학 텍스트를 작품으로 받아들이게 되는 교수·학습 과정에 참여하게 된다. 이때 외삽의 실제적 힘은 그것이 '외부로부터' 끼어들어온 것이라는 사실을 망각하게 하는 데 있다. 윤리적 가치의 지향은 마치 체험된 정서에 이미 그 가치가 내재되어 있었던 것 같은 느낌을 갖게 한다.[44]

2) 환치 : 관습의 재생산

문학 수업에서 학습 독자들은 사용할 수 있는 정서 어휘들을 매우 적게 가지고 있다. 학교급이 낮을수록, 그리고 학년이 낮을수록 가지고 있는 정서 어휘와 동원할 수 있는 표현 수단이 적기 때문에, 정작 문학 텍스트에 대해 적절한 정서적 거리를 취하더라도 다양하거나 풍부한 감상을 하는 데에는 어려움이 발생하게 된다. 학습 독자들로 하여금 적극적으로 감상에 참여하게 하고, 다양한 어휘로 표현하게 하며, 또한 변형하게 하는 교수 모델이나 수업 담화의 부재는 이 어려움의 주요한 원인이 된다.

앞서 언급한 바와 같이, 학습 독자들은 제한된 어휘를 사용하여 문학 텍스트에 대한 감상을 산문화하거나 서사화한다. 이를 환언(換言 : paraphrase)한다고 한다. 그러나 학습 독자들에게 산문화나 서사화는 단순히 표현의 제약에서 비롯된 우회 전략이 아닌, 감상의 어려움에서 생기는 양상일 경우가 많다. 이때 감상의 내용 자체가 산문화나 서사화에 의해 대체되는 현상을 환치(換置 : displacement)라고 한다. 환치는 원본 삭제의 힘을 지니고 있고, 이러한 원인으로 인해 실제 수업 현장에서는

---

44) 여기서는 깊이 따지지는 않겠지만, 사실 정서적 거리 조정에서는 사후적인 조정의 측면에서도 다룰 내용이 있다. 일부 교사의 경우는 그들 자신의 독서체험을 감동적으로 재연해 보임으로써 사후적으로 교수 모델을 활용하는 경향도 있고, 그 결과 긍정적 강화가 이루어진 경우 중에는 학습 독자들이 작품보다 교사를 떠올리며 특정한 감상이나 정서 체험을 고백하게 되기도 한다.

이상보다 김영랑의 시가 더 어려운 일이 발생한다.

환치의 사례는 다양하다. 그 가운데서도 학생 주도적 수업을 강조하는 오늘날에 와서 눈에 띄게 나타나는 것이 문학 감상에 대한 대체 활동들이다. 교과서 문학 텍스트를 '교과서 밖 문학 텍스트'로 대체하는 것, 소설을 영화로, 시를 회화나 노래로 대체하는 것, 읽고 감상하기를 쓰기로 대체하는 것 등이 그 예들이다.

많은 교사들은 시 교육의 상황을 다음과 같이 상정한다 : 가르치고 배우는 시는 재미있어야 한다. 여기서 재미라는 것은 아이들의 경험을 반영하거나 그에 가까운 것을 말한다. 교과서는 아이들의 경험 세계를 반영하고 있지 못하다. 그렇기 때문에 교과서의 시는 재미없다.[45]

교사의 생각에 가르치고 배우는 시의 가치는 이중적이다. 교사는 교육과정에 따라 선택된 이상 교과서에 실린 시의 가치를 인정해야 한다고 여긴다. 동시에 이 시들이 재미가 없기 때문에 실제적인 가치를 인정하기 어렵다고 여긴다. 교사는 교과서에 실린 시를 전제로 아이들의 경험으로부터 교육 내용을 이끌어 내려고 노력하게 된다. 그러나 그것이 어렵다면—현실적으로 어렵다고 여기고 있다— 교과서에 실린 시와 '비슷한', 그러나 재미있는 시를 선택하게 된다.

'비슷하다'는 것이 시적 발상이나 형상화가 될 수 없음은 분명하다. 이것들은 시적 체험 세계 속에 존재하는 것인데, 체험 세계가 달라지면 시적 발상이나 형상화도 달라지기 때문이다. 그보다는 제재나 소재가 유사하다는 뜻으로 읽히는데, 그러나 문제는 여기서 발생한다. 만약 제재나 소재가 유사한, 교과서 밖의 시를 학습한다면 학생들은 이 수업을 통해 학습 목표에 도달하게 될 수 있다고 할 수 있을까? 그렇다고 할 수 없다.

---

45) 따라서 교사들은 실제로는 이렇게 생각한다. '시 수업은 실제로는 재미없다.'

분절적인 교육내용에 대해 비판적인 교사들은 그것이 학생들에게 일방적으로 주어지는 기성 제도의 지배 작용이라는 것을 간파한다(최지현, 1994). 그래서 그 다음에 교사가 취하는 행동은 배우는 입장인 학생의 위치에서 '학생들이 스스로 묻고, 찾아가고, 직접 체험해 보고, 그리고 난 뒤 자신의 안으로 깨달음을 담아가는, 살아 있는 국어 학습'을 모색하는 것이다.

이제 이 부분을 조심스럽게 읽어야 한다. 교사들이 문학 수업에서 중요하게 생각하는 것은 학생들의 주체성과 그들의 경험, 그리고 재미이다. 재미있다는 것은 주체성의 근거가 된다. 그래서 교사들은 다양한 방식의 활동들을 모색한다. 지식이 아닌 체험을 위해 "시를 노래로 불러 보기(일종의 노래 가사 바꿔 부르기), 시 외우기, 애송시를 시화로 그려 보기, 시 낭송 테이프 제작하기, 시를 장면으로 나눠 이야기해 보기 등등"의 활동을 수행하게 하기도 하고, 대체시나 노래를 감상하게 하기도 하며, 경험을 시로 쓰게 하기도 한다. 이러한 활동들은 수업을 생동감 있게 만들 것이다. 그러나 이 수업에서 교사는 교육내용을 활동들로 대체하고 만다. 만약 활동들이 목표를 인지할 수 있게 하는 절차를 갖추지 못한다면, 이 수업은 학습 독자들이 일상 속에서의 특별한 경험 중 하나에 그치고 말 것이다.

문학 텍스트에 대한 감상 활동이 쉽지 않을 수도 있다. 그러나 그런 까닭에 선택된 다양한 매체 활동들이 감상 자체를 불가능하게 만들 수도 있다. 어떤 학습 독자들에게는 감상 이전에 독해의 문제가 제기되기도 한다. 먼저 이해해야 그 다음에 감상할 수 있다는 가정인 것이다.

4. 문학교육과정 분석 도구[46]

가. 문학교육과정용어

1) 교육과정 이해에서 용어에 주목하는 까닭

왜 문학교육과정용어인가? 문학은 몽롱하게 이해하거나 감상할 수 있는 것이 아니다. 그리블(Gribble, 1987 : 76)의 지적대로 "예술 작품을 올바르게 지각하지 못한다면 감상자는 예술 작품에 올바르게 반응할 수 없다." 감상자로서 학습자는 감상의 적합한 수단을 가져야 하고 그것은 개념이나 범주들의 관계로 이루어진 개념틀이다. 문학교육과정용어란 학습자의 내면에서 재구성되는 이 개념틀의 구성 요소들인 것이다.

'문학교육과정용어'는 문학교육과정이 명시하는 최소한의 교육목표이자 내용으로 제한하여 선정하고 범주화한 용어들의 목록에 해당한다. 용어 목록을 작성해야 하는 취지를 고려해 볼 때, 용어의 수나 범위, 수준, 위계성 등은 개별 연구자나 연구자 집단이 특정한 문학교육이론에 근거하여 일관된 관점에서 가지고 결정하는 것은 바람직하지 않다. 공적 담론의 장(場)에서 다양한 관점과 입장을 지닌 문학교육(학)자들의 숙의(熟議)[47]를 근거로 문학교육내용 체계의 윤곽을 그려낸 뒤 교육과정

---

46) 이 장에서 다루어진 '문학교육과정용어'와 관련한 논의는 최지현(2005a)에 기초하고 있다. 이후 용어 차원의 논의가 교육과정 전반을 아우를 수 없다는 문제의식으로 인해 이 책에서부터 '교육과정 개념틀'이라는 개념을 도입하여 일반화하려고 하였다.
47) 따라서 여기서 '문학교육과정용어'의 후보군이 만들어질 것이다. 물론 이러한 공론화 과정에는 적어도 논의 과정과 절차에서 다음의 원칙이 지켜져야 할 것이다. 즉, 문학교육(학)자들의 자유로운 참여가 보장되는, 공적이며 지속적이고 학술적인 공론화의 공간이 마련되어야 한다는 것과 문학교육의 목표와 내용에 대한 검토를 선행하며, 이에 대해 합의한 바에 기초하여 '문학교육과정용어'를 선정해야 한다는 것이다.

개발자들이 정리하는 방식으로 결정하는 것이 바람직하다.

문학교육과정용어에 대해서는 다음과 같은 질문을 던져볼 수 있다.

ㄱ. 문학교육과정은 명시적, 혹은 잠정적으로 설정한 교육 목적이나 목
표, 중점 등을 뒷받침할 특징적인 교육용어들을 포함하고 있는가?
ㄴ. 문학교육과정은 주요한 교육용어들에 대한 명시적 개념화, 혹은 범
주화를 시도하였는가? 그리고 그 시도는 실제 교육과정을 통해 성
공적으로 수행되었는가?
ㄷ. 문학교육과정은 이전 교육과정의 한계나 문제점을 지양하는 과정
에서 교육용어 수정, 혹은 재개념화를 시도하였는가?

이 질문들에 대해서 '그렇다'고 답할 수 있어야 한다. 그 까닭은 문학
교육과정에서 이 용어들이 사용되는 맥락에서의 문제를 해결해야 하기
때문이다. 그것은 다음과 같은 새로운 질문들에 대한 답변에서 확인된다.

ㄱ. 다른 범주이지만 혼동되어 사용되고 있는 용어는 무엇인가?
ㄴ. 같은 범주이지만 다르게 표현되고 있는 용어는 무엇인가?
ㄷ. 급별, 학년별 용어의 사용 빈도와 분포는 어떠한가?
ㄹ. 학문 용어와 다른 의미로 사용되고 있는 용어는 무엇인가?
ㅁ. 학문 용어로는 아직 정립되지 않았으나 사용되고 있는 용어는 무엇
인가?
ㅂ. 기본적인 학문 용어에 속하고 있으나 실제로는 사용되고 있지 않은
용어는 무엇인가?

이 문제들이 교육과정의 모호하고 경직된 성격을 만든다. 따라서 문
학교육을 위해서는 이러한 문제들을 해결해야 하며, 이를 위한 개념들
과 분석 도구를 마련해야 하는데, 이하에서는 이 개념적 도구가 형성되
는 과정을 재구(再構)해 보려고 한다. 먼저 관련 용어들과의 비교를 수행
하고 연후에 '문학교육과정용어'가 어떻게 분석 도구로 사용되는지 보
기로 하겠다.

2) 비교 검토 1 : 교육용어 · 학습용어 · 편수용어

일반적으로 교육 활동에는 교육의 내용이나 대상, 교육 행위, 교육 행위로 인해 결과하게 될 상태나 능력 등을 지시하는 언어적 수단이 필요하게 된다. 이를 '교육용어'라 한다.

교육용어는 크게 세 가지 의미로 사용될 수 있으며, 또 그렇게 사용되고 있다. 첫째, 교육용어는 교육의 내용이나 대상을 지칭하는 특정한 개념어나 고유어라는 뜻으로 사용된다. 이것은 교육의 내용이나 대상이 일정한 지식의 형태로 이루어졌다는 것을 나타내는 바, 해당 분야의 필요 지식의 습득과 운용이 주요한 교육 활동이 되는 교과들에서 특히 중요한 의미를 지닌다. 대개 학술용어에 기반을 둔 전문용어들 중에서 선정되는 것이 일반적이다.

예컨대 수학교육에서는 삼각형의 내각(內角)의 합을 구하기 위해서 먼저 '삼각형'이라는 용어의 개념을 제시한다. '삼각형'이라는 용어와 그것의 개념을 모르고서는 그것과 관련된 도형의 문제 상황들을 해결할 수 없기 때문이다. 여기서 '삼각형'은 교육용어가 된다. 마찬가지로 역사교육에서 '삼국시대'는 역사상 특정한 시점(대략 기원후 4세기 초에서 7세기 중엽까지)에 형성·진행되었던 한반도 일대의 정치적 지형(고구려·백제·신라가 정립(鼎立)하여 서로 경쟁하였다는 사실)을 시대사적으로 규정한 용어로서, 수학적 개념과는 변별되지만 그 자체를 인지하고 이해하는 것이 교육적인 의미를 갖게 되는 특정한 개념어로서 사용된다. '해금(奚琴)'이나 '세잔느(Cézanne, Paul)'는 각기 고유어로서 음악과나 미술과에서 가르쳐지는 교육용어들이다. 이것들 또한 학습자들이 익혀야 할 교육내용이 된다. 물론 이 용어들을 습득해야 하는 이유와 근거를 얻기 위해서는 교육과정이라는 또 다른 준거가 요구된다.

둘째, 교육용어는 일련의 교육 행위로부터 결과하게 되는 학습자의 능력이나 상태를 기술하는 용어로서 사용된다. 이때의 학습자의 능력이나 상태란, 이것은 교육목표를 학습자 중심으로 재기술한 것이기도 하고, 교육내용의 구현상을 기술한 것이기도 하므로, 앞의 첫째와 둘째 의미와 거의 일치하는 목록을 갖게 될 수 있다. 그러나 학습자의 능력이나 상태에 대한 교육 모델은, 넓게 보면 각 교육과정이 지향하는 인간상(人間象)으로부터, 그리고 직접적으로는 각 교과(여기서는 '문학 영역'이나 '문학 과목')가 상정하고 있는 인간 능력으로부터 형성되는 것이기 때문에, 지향하는 인간상이나 인간 능력을 객관화하는 것이 중요하다. 예컨대 '안다'와 '(수행)할 수 있다', 혹은 '(수행)한다'의 관계를 분별하는 것이 이러한 의미에서는 중요한 과제 중 하나가 된다.

셋째, 교육용어는 교육 행위 자체를 지시하는 용어로서 사용된다. 여기서 교육 행위란 (학습자가 익히는 바) 내용으로서의 행위라는 뜻도 가지고 있지만, (교사가 특정한 학습자의 행위를 요구한다는) 지시로서의 행위라는 뜻도 아울러 갖는다. 예컨대 전자는 '설명하다', '기술하다', '비교하다', '정의하다', '수행하다', '명료화하다', '내면화하다', '~한 태도를 지니다' 등과 같은 학습자의 학습 활동 영역을 나타내며, 후자는 '설명하다', '질문하다', '예시하다', '시범을 보이다', '평가하다' 등과 같은 교사의 교수 활동 영역을 나타낸다.

교육 행위로서 교육용어가 미리 약속되고 사용되고 있을 때, 교사의 개인적인 교수 능력이나 자질보다는 교육내용과 교수·학습 활동의 절차가 교육목표 달성에 더욱 관여적(關與的)이게 된다. 이것은 교육 행위가 예측가능하고 평가 가능한 것이 될 수 있다는 것을 뜻한다. 목표 지향적인 교육에서는 교육목표 달성을 위한 계량적 접근을 꾀할 수 있다. 과정 지향적인 교육에서는 교육적 상호작용의 내용과 성격을 분명히 파악할 수 있다. 그러나 교육 행위로서 '교육용어'를 어떻게 한정하고 기술(記述)할 것인가 하는 문제는 기술적(技術的)으로 확정해 둘 수 있는 문제가 아니다. 결국 이러한 의미에서의 '교육용어'는 어떤 교육적 관점과 접근을 취하느냐에 따라 달라지기 때문이다.

이처럼 교육용어는 교육 활동의 전체 과정에서 교육의 '의도적', '과정적' 특성을 충족시키는 데 중요한 역할을 한다. 달리 말하면, 교육용어 없이도 학습은 이루어질 수 있으나 교육이라는 특정한 목적을 달성하기 위해 학습자들에게 일련의 의도된 학습의 경험을 제공하는 활동은 이루어지기 어려운 것이다.

하지만 교육용어에는 몇 가지 개념상의 제한이 있다. 우선 이 용어에서는 행위의 주체가 명확하지 않다. 관점에 따라서는 '학습'과 대응되는 개념으로 '교육'을 상정하여 교수 행위자인 교사가 행위 주체가 될 수 있을 것으로 볼 수도 있겠으나, 오늘날 일반적으로 받아들여지고 있는 바와 같이, 교육의 주체는 국가로부터 학습자에 이르기까지 매우 폭넓고 다양한 스펙트럼을 지니고 있기 때문에 이러한 가정에는 근본적인 한계가 따른다. 그리고 바로 이러한 서로 다른 주체들의 존재로 인해 교육용어는 정치적 힘의 관계 속에서, 특정한 학술담론의 영향 관계 속에서, 교육 정책이나 교육 이해 집단 간의 갈등과 조정 속에서 그 수와 범위의 한정에 커다란 영향을 받게 될 수 있다.[48]

교육용어에는 '학습용어'라는 대응 관계를 갖는 용어가 있고, 이 용어 역시 일반적으로 사용되고 있기도 하므로, 불가불 '교수용 용어'라는 축소(왜곡)된 관념을 갖게 할 우려도 있다. 아닌 게 아니라, 세 가지의 의미 가운데 둘째와 셋째 의미는 학습용어와 대응되는, 제한된 개념으로 사용되기도 한다. 더군다나 교육용어의 개념은 그 수와 범위를 판단하

---

48) 대표적인 예가 교육용 한자의 선정 문제일 것이다. 그러나 그 외에도 현대사 기술 문제나 특정 과학 이론에 관련된 쟁점 문제, 개발과 보존의 생태적 문제, 정상이론에 대한 대항이론의 등장 문제, 사회적 관점과 심리적 관점의 차이 문제, 그 밖의 다양한 긴장 요인들이 포함될 수 있을 것이다.

게 하는 일정한(급별·학년별) 준거를 내포하고 있지도 않다. 이것은 '가르칠 내용'으로서의 용어를 가리킬 뿐이다.

이런 점을 고려하여 학습자가 습득해야 하거나 혹은 그러기 위해 도구적으로 사용해야 하는 용어를 뜻하는 '학습용어'를 선택하는 것은 교육 행위의 주체를 드러낼 수 있다는 점에서 장점이 있는 것으로 보인다. 용어 자체가 학습자 중심적이어서 학습자의 언어 발달에 대응하는 어휘 통제를 할 수 있을 것 같기도 하다. 또한 교육용어와는 달리 이 용어는 국어과 교육과정에서 실제로 사용된 사례가 있기도 하다.[49]

하지만 학습용어에도 학습해야 할 용어들의 개념적·범주적 엄밀성이나 의미론적 심급(深級), 수(數)나 범위, 배열과 조직 등을 판단할 기준은 존재하지 않는다. 또한 학습자가 성취한 기능이나 태도 등과 같은 능력 자체를 범주화하거나 표준화할 방법이 없다. 게다가 이 용어는 무엇을 배울 것인지를 말해주기는 하나, 어떤 목적 때문에 배워야 하는지, 어떻게 계열화된 과정을 통해 배워야 하는지 등은 말해 주지 않는다. 특히 마지막 문제는 또 다른 단서나 조건을 요구하는데, 이것은 상위 수준에서 학습용어의 요구와 적절성을 판단할 수 있는 용어 선정과 범주화의 논리이다.

교육용어가 '교수용 용어'로 이해되기 쉬운 것처럼 학습용어가 '학습용 용어'로 이해되기 쉬운 것은 교육과정에 기술될 교육적 지식의 항목들이 교사와 학습자 사이에서 실제로 사용되는 용어들의 목록과 자주 혼동되기 때문이다. 이 둘은 비슷해 보이기는 해도, 서로 층위가 다르다. 교육과정에서는 '작가'를 사용했더라도 실제 수업에서는 '지은이', '작자', '글쓴이', '소설가' 등을 선택적으로 사용하게 된다. 더 나아가

---

49) 『중학교 교육과정 해설(2)—국어, 도덕, 사회』(교육부, 1999)의 한 각주에서 '기능'과 '전략'에 관한 논란을 정리하는 가운데 이 용어를 사용하였다. 하지만 어떤 의미로 사용하였는지에 대해서는 따로 밝히지 않았다.

면, 실제 수업에서 사용되는 용어라고는 하나, 이들 각각이 이른바 '전문용어'로 이루어지며, 그 중 상당수는 학술용어들이기 때문에, 교육과정에 명시되는 용어와의 위계 관계가 논란이 될 수 있다. 여기에 이미 '한자 교육론자'들 사이에서는 각 교과 학습을 위한 '학습할 어휘'들을 학습용어로 지칭하고 있기도 하기 때문에 해당 용어의 교육과정적 규정성을 따지기란 쉽지가 않다.

만약 어떤 용어들의 목록이 교수·학습의 내용을 기술하기 위해 필요하다고 해 보자. 이때에는 용어 목록의 규모나 범위, 층위, 수준 등이 중요한 문제가 될 수밖에 없다. 만일 교실에서 교사의 재량에 의해 교육용어(또는 학습용어)의 수가 임의로 늘거나 줄 수 있다면, 교육과정에서 급별·학년별 교육목표와 수준을 나누어 설정하고 기술하는 일이 무의미해질 것이기 때문이다. 당장에는 교수·학습 활동에서 일종의 의사소통적 장애가 발생할 수 있고, 그 다음으로는 교육내용에 대한 정당한 판단(단위 수업에서부터 교육과정까지 설정된 교육목표를 달성했는지 여부, 어떻게 어느 정도로 성취했는지 여부에 대한 판단)을 하는 것이 어려워지게 될 수 있다.

특히 관련 학문이나 사실들의 지식을 습득하는 일이 중요한 비중을 차지하는 교과의 교육에서는 이 문제가 여간 심각할 수밖에 없다. 이 때문에 이들 교과에서는 교육의 내용과 대상이 되는 개념어나 고유어의 수를 한정하고, 그 범위를 특정해 두는 일이 필요하게 된다. 실제로 일부 교과들에서는 교육과정 개발 과정에서, 혹은 학회 차원의 기획을 통해서 '교육용어'의 수와 범위를 한정하는 작업을 수행하고, 그 과정에서 도출된 용어들을 교과의 명칭을 따서 '국사 용어', '지리 용어', '음악 용어' 등의 이름으로 정하여 교실 현장에 제공해 오고 있다.

교육과정 개발 전체 차원에서 보면, 교육인적자원부(과거 문교부와 교육부)가 관련 학계의 연구 성과 등을 참조하여 정리하였던 '편수용어'도

이러한 노력의 일환으로 볼 수 있다. 1959년부터 발행되어 계속 수정 보완된 편수 자료들을 통해 편수용어들은 교과서 개발의 중요한 지침이 되어 왔다. 비록 문학 관련 편수용어는 없지만, 국어과에서는 문법 용어나 표준어, 외래어 표기 등에서 편수용어들을 정비해 왔던 전례가 있기도 하다.

대개 필수 교육용어들로 구성되기 마련인 편수용어는 국가라는 교육 용어 선정의 주체를 밝히고 있고, 교육과정 개발 및 운용 그리고 교과서 개발과 교실 수업이라는 계기마다 일관성과 강제성을 부여한다는 장점도 가지고 있다.[50] 국가 차원에서 이루어지는 교육용어의 선정이 학계와 사회의 연구 성과를 총합하는 데 필요한 데이터베이스와 인력, 예산 등을 효율적으로 활용할 수 있다는 점도 또 다른 장점이 될 수 있다. 따라서 많은 부분에서 교육용어와 중첩이 되는 개념으로 이해된다 (박삼서, 2003).

그런데 편수용어는 국가라는 유일한 주체를 가진 까닭에 상충하는 담론들의 사이에서 합리적인 설명이 아닌 절충을 택할 수밖에 없는 근 본적인 한계를 지닌다.[51] 사실 좀 더 심각한 것은 이 절충이 주류에 대 한 암묵적인 지지로서의 성격을 띠게 된다는 점이다. 학술담론 가운데 서도 이른바 '정상학문'을 일반적이고 보편적이라는 이유로 선택하고, 이해관계 사이에서는 정치적인 다수를 선택함으로써 은연중에 특정한 입장을 강제한다는 것이다.

현실적으로는 문학교육을 위한 편수용어가 아직 선정되어 있지 않다 는 것도 문제이고, 편수용어의 선정과 범주화에 관한 일정한 준거도 마

---

50) 교과서 검정 기준에는 교과서에 사용된 용어들이 편수 자료를 따르고 있는지 여 부가 중요한 점검 항목으로 설정되어 있다.

51) 주지하는 바와 같이, 이 용어들은 결국 학술담론에서 생산된 것들로서 각기 이론 적 가정이나 전제를 가지고 있기 때문이다.

련되어 있지 못한 것도 문제이다. 그뿐 아니라 편수용어의 적용이 주로 지식 체계에 기초한 교과들의 교과서 편찬과 관련하여 이루어지고 있는 것도 한계가 여겨진다.[52] 편수용어가 교육과정을 개발하고 기술하는 과정에는 개입하지 못하기 때문에 교육과정과 교과서에 사용된 용어에 불일치가 발생하기도 한다.

결국 정리해 보자면, 문학교육과정의 내용 체계를 구성하고 또 이를 기술하기 위해 사용하게 될 용어로 교육용어, 학습용어, 편수용어 등이 모두 적절해 보이지 않는다. 용어들의 목록이라면 논리적 일관성과 학문적 정합성, 개념적 엄밀성 등을 모두 갖추고 있어야 하며, 학습자에 맞게 그 수와 범위, 배열과 위계성 등을 충족시켜야 하고, 교사와 학습자, 교육 전문가, 예비 교육자, 그 중 어느 누가 이것들에 의해 구성되고 기술된 교육과정을 읽고 이해하려고 할 때 동일한 의미와 수준을 뜻하는 것이 되어야 하기 때문이다. 물론 전술한 바와 같이 이 용어들은 그 중 일부 요건들에 대해서는 매우 낮은 설명력을 가지고 있는 것이 중대한 결함이 되기도 한다.

3) 비교 검토 2 : 문학용어 · 교육과정용어 · 문학교육과정용어

만약 용어들의 목록에 논리적 일관성과 학문적 정합성, 개념적 엄밀성 등을 갖추고자 한다면, 학술담론으로부터 직접 용어 목록을 가져오는 방법도 생각해 볼 수 있다. 이 용어 목록에서 뽑아낸 것들을 예컨대 문학이론에서 빌려 온 '문학용어'라고 할 수도 있다. 만약 어떤 학술담론이 이론적으로 정당하며 교육적으로 합당하여 문학교육담론에 대한 전일적(全一的)인 설명력을 가질 수 있게 된다면, 문학용어는 그것의 수와 범위, 배열과 위계성 등에서 적합한 준거를 갖출 수 있게 될 것이며,

---

52) 편수용어도 관련 분야의 학술담론이 만들어내는 지식들을 내용으로 삼기 때문에 학습용어와 마찬가지로 학습자의 능력을 범주화하거나 표준화하지 못한다.

교육과정 참여자 모두에게도 동일한 의미와 수준으로 이해될 수 있는 용어 목록으로 구축될 수도 있을 것이다.

하지만 이러한 가정은 현실화되기는 어렵다. 교육과정을 특정한 이론이나 이론적 접근이 전일적으로 관장한다는 것부터가 비현실적이며, 설령 특수한 상황에서 그러한 조건이 현실화되는 일이 벌어지게 된다 하더라도 학술담론과 교육담론은 서로 다른 층위에서 서로 다른 목적을 달성하기 위해 서로 다른 방식으로 생산·소통되기 때문에 실현된 담론 차원에서 일치할 수 없기 때문이다.

이를 고려하여 교육과정 차원에서 용어 목록을 구축하는 대안을 마련할 수도 있다. 수업 장면에서 일상적으로 사용되는 교육용, 학습용 용어들과 구분하기 위해 이 용어들을 '교육과정용어'로 부르기로 하자. 교육과정용어는 교육과정에서 사용되는 내용 항목들을 가리키게 된다. 엄밀한 정의가 동원된 예는 없으나, 지금까지 두루 사용되어 온 데다 교육과정을 직접적으로 지시하고 있다는 점에서 일반화가 가능한 용어이다. 전술한 바와 같이 교육용어나 학습용어, 편수용어 등이 지닌 개념적 한계를 고려해 본다면, 이 용어를 좀 더 엄밀히 규정하고 제한하여 사용할 수 있을 것으로 본다.

다만 우리의 관심이 문학교육에 있고, 그 중에서도 문학교육과정의 이해와 개발에 초점이 있으므로, 교육과정용어라 하더라도 교육과정 일반의 모든 용어들이 대상이 되기는 어려울 것이다. 따라서 교육과정용어를 '교과별 교육과정용어'로 제한하고 이를 구성하거나 기술하는 데 사용되는 용어들로서 문서화된 것들에 한정하여 개념을 규정하는 것이 합당할 것으로 본다.[53]

---

53) 그렇기 때문에 이 용어의 외연을 확정하기 위해 분석 대상으로 삼는 것은 국어과 교육과정 '문학 영역' 및 '문학 과목'이 될 것이며, 교사나 학습자 변인, 환경 변인, 그 밖의 거시적 교육과정 변인들은 따로 논의하지 않는다.

또한 교과별 교육과정이 교육목표와 내용 체계로 구성되고, 실질적으로는 교사와 학습자 사이에서 이루어지게 되는 교수·학습을 이룬다는 점에서 교육과정용어는 교과별 교육과정에서 설정한 교육목표를 달성하기 위해 수행하게 되는 교수·학습 활동의 명시적인 내용 항목들로 이루어진다고 판단한다.

교육의 주체라는 측면에서 보면, 교육과정용어는 국가 수준 교육과정에 관여하는 국가라는 주체를 일차적으로 떠올리게 한다. 여기서 교육과정용어는 편수용어로 제시될 수 있는 가능성을 열어둔다. 동시에 교육과정용어는 교육과정에 관여하는 국가 이외의 다양한 주체들을 함께 고려하게 한다. 관련 학계의 연구 성과가 절충되어 제시되기보다는 다원주의적 설명으로 제시될 것이라는 상황 조건을 받아들이며, 학습자에 초점을 두고 교수·학습 과정에서 습득되고 내면화될 수 있는 지식 수행의 상태, 태도의 양상 등을 구체적으로 밝히게 된다.54)

이러한 면에서 보면 교육과정용어는 주체와 내용 범위, 규범의 측면에서 '교육용어', '학습용어', '편수용어' 등을 포괄할 수 있다고 할 수 있는데, 다만 이들 용어와는 달리 교육목표와 관련된 내용 체계화, 학습자에 따른 위계적 설정, 그리고 교육 수행상의 동질성과 일반성 등을 모두 충족시킨다는 점에서 변별된다.

이제 교육과정이 실행되는 구체적인 장면에서 반드시 배워야 할, 또는 이를 위해 동원해야 할 용어들을 목록화하는 일이 남을 것인데, 이것은 일반적인 교육과정용어에 더해 문학교육과정의 내용 체계를 구성하고 기술하는 기능을 갖게 된다. 이를 '문학교육과정용어'55)라고 부르

---

54) 이러한 구체적 명시는 '교육과정용어'의 수를 제한하는 효과를 지닌다.
55) 이해를 돕기 위해서는 잠정적으로 '문학교육과정용어'를 제7차 국어과 교육과정의 본질, 원리, 태도의 학습요소에 대응시켜 볼 수도 있을 것이다. 제7차 국어과 교육과정은 '본질'을 명제적 지식으로, '원리'를 '절차적 지식'으로, 그리고 '태도'를 자세, 태도, 습관, 흥미, 동기, 가치를 포괄하는 문학에 관한 심리적 물리적 요

기로 한다. 이 용어가 성립되는 것은 문학교육에 고유한 교육내용이나 대상이 있고, 이를 교수·학습하기 위한 교육적 행위들이 있으며, 그 결과 도달하게 될 특별한 학습자의 능력이나 상태가 있다는 뜻이다.

4) 문학교육과정용어의 교육과정적 요구

그간의 문학교육과정에 기술된 내용들을 분석해 보면, 여기에 사용된 주요한 용어들은 '문화주의적 반영론'[56]이라 부를 수 있을 만한 특정한 문학관과 관련되어 있으면서도 동시에 모순된 설명들을 요구하는 다른 용어들과 아무런 조건이나 제한 없이 공존하는, 비체계성을 보여주고 있다. 중요한 점은 대다수의 용어들이 정의되지 않고 사용되고 있다는 것이며, 그렇다고 하여 그것들이 일반적으로 특정한 의미로 동의되고 있지는 않다는 것이다.

또한 어떤 용어들이 사용될 수 있으며, 어느 정도로 사용될 수 있고, 어떤 의미로 풀이되어야 하며, 무엇을 습득하거나 학습하는 데 동원되어야 하는지, 또한 그것이 지식의 형태로 학습되어야 하는지, 혹은 체험적 형식으로 습득되어야 하는지, 일정한 이론 체계를 구성하도록 도와줄 수 있는 것들이어야 하는지, 혹은 다양한 이론들을 견주어 볼 수 있도록 배려되어야 하는지 등에 관한 적절한 설명이 없었다. 말하자면, 우

인으로 설정하고 있으므로, 문학교육과정용어에는 학습의 내용과 대상이 되는 주요 지식들이 용어의 형태로 포함될 수 있다. 또한 행위 능력이나 양상을 지시하는 용어들도 여기에 포함될 수 있다(하지만 엄밀히 따진다면 본질, 원리, 태도로 내용 요소가 분류된다는 생각에는 나는 동의하지 않는다. 이에 대해서는 Ⅳ부 3장에서 따로 밝힐 것이다).

56) 이 새로운 용어는 문학이 사회적 현실을 반영하고 있다는 것에 동의하고 있으면서도 그 반영의 대상(원천)을 포괄적인 의미에서 '문화'로 보는, 일면에서는 소박한 반영론이면서도 다른 일면에서는 객관적 관념론을 벗어나지 못하는 접근을 가리키기 위해 조작적 정의로 사용한 것이다. 여기서 '문화'는 이를테면 이데올로기 같은 상부구조적 산물에 가깝기 때문에 실제의(물질적인) 역동적 사회관계를 다루는 접근과는 어느 정도 거리를 두는 입장이라 할 수 있다.

리가 목도(目睹)하는 것이 추상적 총론 차원의 교육목표와 구체적인 지식 형식으로서의 문학용어가 직접 대응하고 있는 상황이라는 것이며, 이 둘 사이에서 해석의 개별성과 주관성이라는 문제가 자리 잡고 있다는 것이다.

교육과정용어에 대한 학계의 전반적인 연구는 주로 학문적 지식의 교육적 적용과 관련되어 있었다. 예컨대 수학과나 지리과, 생물과 등에서 학술용어와 교육용어의 조정 문제, 교육용어의 수와 계열화 문제, 교육용어의 용어화와 개념화 문제 등이 대표적인 연구 주제들이었다.

국어과 교육에서도 이른바 '학문 중심 교육과정'으로 불리던 지난 4차 교육과정기에 학문의 지식으로서 '가르쳐야 할 내용'과 관련한 약간의 논의가 있었다. 그러나 이 시기의 교육과정이 '목표'와 '내용' 층위를 혼동했다는 비판, 혹은 '내용' 항목들에 '목표'를 기술했다는 비판을 받고 있는 것(심영택, 1992)은 '내용'의 규정에서 국어학이나 문학, 수사학 같은 학문의 주요 개념이나 범주들과 교육용어를 직접 대응시킨 까닭이었으므로, 학술용어와 변별되는 교육용어를 사용했다고 보기는 어려우며, 실제로 이를 따로 선정하고 범주화했던 것도 아니었다. 다만 오랫동안 국어지식영역에서는 '내용' 측면에서 교육용어들이 정리되어 왔으며, 용어 다듬기도 이와 관련하여 어느 정도 진척이 있었던 것으로 평가할 만하다(권재일, 1995).

교육용어의 선정과 범주화에 대한 관심 부족은, 이를테면 교육과정 개발 과정에서 이에 관한 언급이 부재했다는 사실(교육부, 1997)만으로도 확인할 수 있다. 제7차 국어과 교육과정에 대한 정혜승(2005)의 비판적 검토 또한 그 핵심에서 보면 교육과정용어의 불명확한 규정이나 잘못된 정의로부터 빚어지는 문제들을 집중적으로 지적한 것을 알 수 있다. 이미 제7차 교육과정이 시작되기 이전부터 국어교육의 성격에서부터 목표 진술, 내용 및 영역의 구분, 수준별 교육의 실현 등 국어교육의 전반적인 영역에서 개념과 실상의 부합 문제에 대한 문제 제기가 있었던 것도 같은 맥락이라 할 수 있다(김대행, 1996).

학교 교육은 적합한 방향과 수준을 갖춘 교육목표를 수립하고 이에 부합하는 교육내용과 방법을 구체화·체계화함으로써 제도적으로 개선되고 검증될 수 있게 된다. 이러한 관점에서 볼 때, 지금까지 초·중등학교의 문학교육(나아가 국어교육)이 여러 차례의 교육과정 개정에도 불구하고 계속해서 교육내용의 적합성과 실효성에 관한 같은 문제제기에 직면해야 했던 것은 교육내용요소들을 선정하여 개념화하고 교육과정 용어로 범주화하지 못한 데 있었던 것이라고 추정하게 된다. 제4차 국어과 교육과정 이래로 표면적인 논란의 중심에는 포괄적인 교육목표와 그것을 지탱하고 있다고 여겨진 언어관과 교육 철학이 있었지만, 교육과정 비판이 결국 도달한 곳은 언제나 교육내용이었고, 그것의 의미와 작용이었으며, 특히 이 내용을 구체화하는 데 동원된 교육과정용어들이었던 것이다(김창원, 1991 ; 심영택, 1992 ; 이삼형, 1994 ; 김대행, 1996 ; 박수자, 2003 등).

문제는 기왕의 연구들에서 교육내용에 대해 상당한 관심을 보이는 동안에도 교육과정용어의 개념적 모호성이나 학문적 부정합성, 수행 곤란성 등을 지적하는 것에 값하는 대안 목록이 제시된 바 없으며, 이는 공식적인 교육과정에서도 찾아보기 쉽지 않다는 데 있다. 더군다나 문학교육에서는 교육용어의 상당 부분이 심화 선택 과목인 『문학』 과목에 제시되어 있고, 이 과목은 학교 현장에서 채택되는 다수의 검인정 교과서에 따라 제각기 다른 용어 선정 기준을 가지고 있다.

현실적으로 문학교육을 위한 교육용어들의 선정과 범주화는 제6차 교육과정 이전까지는 거의 다루어진 바 없고 제7차 교육과정에 들어와서도 전체 65개의 국어과 교육용어 중 문학교육 영역으로 인정할 만한 것이 5개에 불과한 실정이다.[57]

그나마 5개의 용어 역시 문학 수업의 장면에서 교사와 학습 독자 모두에게 높은 설명력을 갖는 것이 아니어서, 급별·학년별로 적절한 내용 수준과 범위, 관점과 접근 방법 등에 대해 거의 전적으로 교사와 교사가 참조하는 각종 이론서 및 학습 독자용 자습서 등에 영향을 받을 수밖에 없다.

그런 만큼 이제 문학교육과정용어의 교육과정적 요구가 클 수밖에

---

57) 나머지의 대부분은 최근 각론 연구가 활발하게 진척된 '읽기'와 '쓰기' 영역의 용어들로 채워지고 있는데, 이 용어들이 과연 교육과정용어에 값하는지는 따로 평가되어야 할 필요가 있다고 본다. '교육과정용어' 혹은 '교육용어'라기보다는 '학술용어'에 가까운 것들이 적지 않게 눈에 띄기 때문이다.

없다. 이 용어는 문학교육내용의 이론적 기반이자, 성취하기를 기대하는 능력이며 목표로서, 그리고 이를 점검하고 평가하는 기준 요소로서 교육과정에서 특별한 지위를 지닌다.

나. 교육과정 개념틀

1) 문학교육과정용어의 세 측면과 그 결합

문학교육과정용어는 교육과정의 개념과 범주들을 세 측면에서 반영한다. 첫째는 이론으로서의 문학교육과정용어이다. '반영론', '표현론', '낭만주의', '모더니즘' 같은 개념으로 사용되는 것들이나 또는 이 개념들이 핵심적으로 함축하고 있는 범주들, 예컨대 '상징'이나 '은유', '아이러니' 같은 범주들이 그것이다.

둘째는, 방법으로서의 문학교육과정용어이다. 문학교육을 통해 달성하거나 성취하고자 하는 인식적, 표현적 능력들, 곧 '문화적 감수성'이나 '상상력', '심미적 체험', '윤리적 가치 판단', '비판적 인식(혹은 비판적 주체성)' 등과 같은 범주들이 그것이다.

그리고 셋째는, 평가 행위로서의 문학교육과정용어이다. 교육용어와 마찬가지로 교수·학습을 규정하는 '이해', '수용', '비판', '감상', '표현' 등과 같은 행위·능력 범주들과 '기술하다', '해석하다', '설명하다', '감상하다', '재구성하다', '수행하다' 등과 같은 행위·양상 범주들이 여기에 해당한다.[58]

---

58) 블룸(Bloom, B. S.)이 이끌었던 대학 위원회에서는 교육 활동의 세 영역—인지적, 정의적, 심동적—을 정의하고 이른바 '훈련 과정의 목표'로 삼을 만한 학습 행동의 분류법(taxonomy)을 제시하였다. 각각의 영역은 범주들로서 이해되는데, 인지적 영역은 정신 기능에 해당하고, 정의적 영역은 정서나 태도에 해당하며, 심동적 (psychomotor) 영역은 신체 기능에 해당하는 것으로 보았다. 위원회가 출간한 두 권의 책(*Taxonomy of the Educational Objectives*)에는 인지적 영역과 정의적 영역이

이 중 첫 번째 국면의 문학교육과정용어들은 보통 학교 현장에서는 분편화(分片化)된 지식으로 다루어져 왔던 것들이다. 때로는 마치 선택적으로 취할 수 있는 문학 기술(技術)처럼 취급되기도 한다. 이 용어들이 내용 학습의 조건이자, 인식의 기반이 되는 것들로 문학을 보는 시야를 갖게 하는데, 분편화는 문학을 인식론적인 층위에서 수사적 층위

다음 표와 같이 분류되어 있다.

[표 3] 블룸(Bloom, B. S.) 등이 분류한 인지적 · 정의적 영역의 학습행동 분류

Cognitive	knowledge : recall of data	defines, describes, identifies, knows, labels, lists, matches, names, outlines, recalls, recognizes, reproduces, selects, states
	Comprehension	comprehends, converts, defends, distinguishes, estimates, explains, extends, generalizes, gives examples, infers, interprets, paraphrases, predicts, rewrites, summarizes, translates
	Application	applies, changes, computes, constructs, demonstrates, discovers, manipulates, modifies, operates, predicts, prepares, produces, relates, shows, solves, uses
	Analysis	analyzes, breaks down, compares, contrasts, diagrams, deconstructs, differentiates, discriminates, distinguishes, identifies, illustrates, infers, outlines, relates, selects, separates
	Synthesis	categorizes, combines, compiles, composes, creates, devises, designs, explains, generates, modifies, organizes, plans, rearranges, reconstructs, relates, reorganizes, revises, rewrites, summarizes, tells, writes
	Evaluation	appraises, compares, concludes, contrasts, criticizes, critiques, defends, describes, discriminates, evaluates, explains, interprets, justifies, relates, summarizes, supports
Affective	Receiving phenomena	asks, chooses, describes, follows, gives, holds, identifies, locates, names, points to, selects, sits, erects, replies, uses
	Responding to phenomena	answers, assists, aids, complies, conforms, discusses, greets, helps, labels, performs, practices, presents, reads, recites, reports, selects, tells, writes
	Valuing	completes, demonstrates, differentiates, explains, follows, forms, initiates, invites, joins, justifies, proposes, reads, reports, selects, shares, studies, works
	Organization	adheres, alters, arranges, combines, compares, completes, defends, explains, formulates, generalizes, identifies, integrates, modifies, orders, organizes, prepares, relates, synthesizes
	Internalizing values	acts, discriminates, displays, influences, listens, modifies, performs, practices, proposes, qualifies, questions, revises, serves, solves, verifies

로 전락시키는 문제를 야기한다. 그러나 이론의 형성 과정을 고려해볼 때, 각각의 용어들은 분편화된 지식으로 존재한다기보다는 전체 이론 체계와 그것의 철학적 관점을 함축하는 '하나의 우주'처럼 존재한다고 보는 것이 옳다. 이러한 입장을 취하는 것이 쉬운 일은 아니지만, 문학교육이 지향하는 바, 교육목표의 달성을 위해서는 매우 중요한 전제가 된다.

이 첫 번째 국면의 문학교육과정용어들 가운데 이론을 구성하는 하위 개념들은 문학교육에서는 대부분 모호하고 혼란스러운 용례들을 통해 사용되고 있는 실정이다. 예컨대 화자─(시적) 주체(시적 자아, 서정적 자아, 서정적 주체 등)의 범주 혼란 같은 것이 대표적인 예가 된다. 중학교에서 고등학교에 이르는 교육과정 전반에 걸쳐 혼란스러운 이 용어의 사용은 제7차 교육과정에 이르면 공식적으로는 '말하는이'로 묶어 사용되는 것으로 정리된 셈이지만, 그렇다고 문제가 해소된 것은 아니다. 화자와 (시적) 주체는 용어의 문제의식이나 이론적 기반, 문제틀 등에서 상당한 차이를 보이며, 따라서 어떤 용어를 선택하느냐에 따라 다른 이해의 방향이 조성되기도 한다. 이를 획일적으로 하나의 용어로 사용하는 것은─특히 그 용어의 개념이 정리되지 않은 상태로 사용되는 것은─ 오히려 문학교육을 더욱 혼란스럽게 만들 수 있다.

이와 비슷한 혼란 속에 있는 것들이 '역설'과 '반어'이며,59) '상징'과 '은유' 역시 같은 문제 상황에 있고, '운'과 '율'의 문제, '시점'과 '초점화'의 문제, '구성'과 '모티브'의 문제, '인물'과 '성격'의 문제, '정형시'와 '자유시'의 문제 등이 교사들 개인의 이해에 따라 상이한 설명을 통

---

59) 이 용어들은 용어 선택 자체도 재검토가 필요하다고 본다. 'paradox'와 'irony'가 '역설'과 '반어'로 번역됨으로써 학교 현장에서는 언어적 표현 방법으로서의 역설과 반어가 인식론적 차원의 그것을 압도해 버렸기 때문이다. 역설법과 반어법이 결국 대체해 버린 이 용어들을 통해 학습 독자들은 작품의 역설적 문제 상황을 반어적 표현으로 이해하고 마는 '아이러니'한 문제 상황에 빠지고 만다.

해 학습 독자들에게 전달되고 있는 중이다. 기본적으로 이러한 혼란은 여러 학술담론들이 교육담론에 걸러지지 않고 틈입해 왔기 때문에 발생한다. 문학교육의 담론적 규정을 분명히 하는 것이 여기서 중요하다.

두 번째 국면의 문학교육과정용어는 대개 추상적으로 진술되기 때문에 용어의 수도 많지 않고 그 의미도 명확히 하기가 쉽지 않다. 하지만 이것들은 학습자들이 갖게 될 실제 능력을 개념화하거나 범주화한 것이기 때문에 단독적으로도 문학교육의 목표로 설정될 수 있다는 특징을 지닌다. 표현 형식으로는 명사적으로도(작품에 대한 가치 있는 체험을 언어로 표현한다.) 또한 동사적으로도(작품에 대해 가치 있는 체험을 한다.) 사용될 수 있다. 이 주변의 문학교육과정용어가 과연 사용될 필요가 있는가에 대해서는 논란이 있을 수 있다. 이는 문학교육과정을 보는 관점과 접근 태도에 관련이 있기 때문이다.[60]

두 번째 국면의 문학교육과정용어와 비교해 본다면, 세 번째 국면의 문학교육과정용어는 동사적이며 따라서 학습자의 능력에 대해 서술하는 기능을 한다. 내용적으로 '정서적 체험'과 '감상'은 같은 의미를 가질 수 있지만 '감상'이 평가 행위로서의 문학교육과정용어로 사용될 때에는 '체험한 바를 일정한 담화 형식으로 이해하거나 표현할 수 있다.'는 뜻을 갖게 된다. 여기서 '체험한 바'가 바로 두 번째 국면의 문학교육과정용어에 해당하게 된다.[61]

세 번째 국면의 문학교육과정용어는 일반적 의미의 교육과정용어로 연결되는 통로가 된다. 그러나 한편으로는 그 의미가 과연 일반적 의미의 교육과정용어와 동일하다고 보는 것이 적합할지는 좀 더 논의할

---

60) Ⅲ부에서 보게 되겠지만 미국이나 캐나다의 문학교육과정(정확히 말해서 '교육과정 문서')에서는 '방법'으로서의 문학교육과정용어를 찾아보기가 힘든데 그 까닭은 이들 교육과정이 문학능력의 수준을 독립적으로 제시하지 않았을 뿐 아니라 본디 성취 수준(Level)보다는 성취 기준(Standards)에 초점을 두고 있기 때문이다.

61) 이는 '감상'에 대해서도 마찬가지이다.

필요가 있다. 예컨대, '이해(comprehension)'라는 용어는 일반적으로 '이해(understanding)'과 구분되어 대상의 본질이나 실체를 파악하는 상태를 가리키는 것으로 풀이된다. 그런데 문학교육과정에서는 항용 '문학작품의 이해와 감상'이라는 표현을 사용하여 '감상'과 대응되는 개념이나 범주로 써 왔다. 그리고 그 결과 인지적 차원에서의 문학 수용이라는 의미로 '이해'를 파악했던 것이 사실이다. 그러나 오늘날 '이해'가 정서적 차원에도 관련되어 있다는 연구들이 힘을 얻고 있을 뿐 아니라, 문학의 경우 인지적 차원과 정서적 차원의 이분법적 구분이 오히려 실제 현상을 왜곡한다는 점을 고려한다면, 과연 문학교육과정용어와 일반적 의미의 교육과정용어를 동일한 의미로 파악해도 되는 것인지에 대해서는 의문이 생길 수밖에 없다. '수용', '비판', '감상', '표현(설명, 기술)' 등의 용어들도 모두 이러한 문제 상황에 놓여 있는 것으로 보인다.

이제 이 용어들이 교육과정으로부터 추출되었음을 상기할 때다. 교육과정의 이론적 가정과 입장들을 반영하는 용어들과 그것을 수행하는 구체적인 지표들을 반영하는 용어들, 그리고 그 결과 갖게 될 능력이나 수준의 상태를 반영한 용어들이 어떻게 결합하느냐에 따라 문학교육과정의 모습은 달라지게 된다.

2) 교육과정 개념틀의 구조와 진술 방식

마땅히 우리는 교육과정용어들을 계열화하고 위계화하게 되는 조직 원리를 검토해야 할 터인데, 이 원리를 모형화한 것을 '교육과정 개념틀'이라 부르기로 하겠다. 교육과정의 지향과 목표를 구체화하는 기능을 하는 교육과정 개념틀은, 말하자면, 실제적으로는 이러저러한 문학교육과정용어들을 선택하고, 분류하며, 조직함으로써 교육과정의 내용 요소와 하위 내용 요소, 그리고 그것들의 계열과 위계를 구조화하는 원리가 되는 셈이다.

　　교육과정 개념틀은 교육과정의 지향과 목표에 따라 교육내용의 영역 준거가 되는 이론, 방법, 평가 행위를 조합 또는 분류하여 내용 요소로 확정하고, 이를 상세화하여 하위 내용 요소로 삼는다. 이때 문학교육과정용어들이 선정되며, 분류되고, 조직된다. 선택된 문학교육과정용어들은 이론, 방법, 평가 행위의 세 측면이 결합되는 방식에 따라 성취 기준이나 활동으로 구체화된다. 결합은 목표 / 내용 진술처럼 문장 형식을 취하는데, 여기에는 네 가지 방식이 있다.

　　첫째는 '이론＋평가 행위' 유형이다. 이 유형은 지식을 어떤 수준에서 어떻게 획득했느냐를 진술한다. 예컨대 "문학의 기능을 안다."고 진술하고 있다면, 이것은 '문학의 기능'이라고 하는 이론을 '안다(이해)'는 인지적 수준을 말하고 있는 것이다.

　　둘째는 '이론＋평가 행위＋방법' 유형이다. 이 유형은 첫 번째 유형에서의 진술을 전제로 하여 학습자가 획득하게 될 능력의 수준이나 상태를 진술한다. 예컨대 "작품의 가치를 자신의 삶과 연관 지어 내면화한다."고 진술하고 있다면, 이는 '작품의 가치를 안다'(이론＋평가 행위)는 것을 전제로 '내면화'라고 하는 능력을 지향하고 있음을 말하는 것이다.

　　셋째는 '방법' 유형이다. 이 유형은 어떤 활동을 통해 학습자가 획득하게 될 능력의 수준이나 상태를 진술한다. 예컨대 "작품을 읽으면서 미적 가치를 발견한다."고 진술하고 있다면, 이는 작품을 읽는 것을 미적 가치를 발견하는 과정으로 판단하는 것이다. 여기서 발견이란 미적 가치의 내면화를 뜻하므로, 결과적으로 이 목표 / 내용 진술은 방법으로서의 문학교육과정용어만으로 이루어진 것이 된다.62)

　　넷째는 '방법＋평가 행위' 유형이다. 이 유형은 획득한 능력이 어떤 의미를 지니는지를 진술한다. 예컨대 "창작한 작품을 발표하고 서로 평

---

62) 이 유형은 실제로 진술되는 목표(내용)이기는 하지만 학습의 과정을 보여주지 못한다는 측면에서 다른 유형들에 비해 취약하다.

가한다.”는 진술은 창작 능력에 대한 평가 행위가 초점이 된다. 이 예에서처럼 ‘방법＋평가 행위’는 전반적으로 다른 문학교육 활동에 대한 메타적 검증 활동을 목표로 삼는다.

학습자의 문학능력은 획득된 이론이 될 수도 있고 아니면 방법이 될 수도 있다. 학습자의 문학능력이 문학교육이 성취하려고 하는 목표이다. 그러므로 뒤집어 생각해 보면, 문학교육과정용어의 선정이나 범주화는 어떤 문학능력을 목표로 삼는가에 따라 결정될 수 있을 것이다.[63]

---

[63] 어떤 면에서 보면, 교육과정에 명시된 교육목표 중에는 부적절하거나 모호한 진술을 취한 것들이 있을 수 있다. 그것을 그대로 인용했을 때 의도하지 않은 왜곡이 생길 수도 있다. 하지만 이 책에서는 이와 관련된 전면적 문제제기는 유보하였다. 이러한 문제의 가능성에 대한 우려는 지난 국어과 교육의 실천 과정이 각 교육과정에 명시된 바에 따라 충실하게 이루어져 왔는지를 묻는 것이기는 하지만, 다른 한편에서는 교육과정 평가가 불가능하다는 비관론으로 연결될 수 있는 문제를 안고 있다. 현실적 한계는 그것대로 인정하면서 취할 수 있는 차선의 방안들을 계속 모색하는 것이 우리가 할 수 있는 최선의 방안이다.

II. 문학교육과정의 역사적 변천

1. 개관

Ⅱ부에서 나는 문학교육과정의 역사적 변천 과정을 크게 세 시기로 구분하여 다루려고 한다. 지금까지 모두 일곱 차례의 교육과정 개정이 있었고, 기수(期數)를 산정할 때 총 여덟 번의 교육과정을 이름 붙여 정리하고 있지만, 문학교육과정에 대해서는 이를 묶고 나누어 세 시기로 통괄했다. 어째서 1988년과 2002년을 시기 구분의 기준점을 삼았는가. 그 이유는 다음과 같다.

1988년은 제5차 교육과정이 시작된 해이다. 이 시기가 문학교육과정의 역사적 변천 과정에서 특별히 의미 있는 까닭은 국어교육에서 언어 기능이 교육내용으로 복권되었고 한편으로는 문학이 지식의 영역으로 물러서면서 국어 능력(혹은 문학능력)의 일정 부분, 혹은 일정 지위를 얻게 되었기 때문이다.[1] 이후 두 번의 교육과정 기간 동안 문학교육에서 해석학적 접근이 주류를 얻었던 것은 어느 정도는 교육과정과의 타협

---

1) 이것도 아이러니컬한 사실(史實)인데, 문학교육의 위기 상황이 문학교육의 가능성을 모색하게 했다기보다는 바로 그 위기적 조건에서 가능성의 조건이 만들어졌기 때문이다. 물론 그 가능성이란 근본적으로 제한된 성격을 갖고 있었다.

의 소산으로서의 의미를 지닌다. 그 결과는 이중적이었는데, 한편에서
는 문학능력의 객관적 판별 기준이 만들어지면서 문학교육의 가능성이
열렸는가 하면, 다른 한편에서는 문학교육의 핵심적 과정이 학습자의
체험을 우회하면서도 문학교육이 성립할 수 있다는 환상이 생기기도
했다. 문학교육은 바야흐로 가능하기도 했고 불가능하기도 했다. 이러
한 특성은 제6차 교육과정에 이르기까지 지속되었다.[2]

90년대 후반에 이르면서 문학교육학의 각론들, 곧 내용론과 방법론의
두 축이 성과를 얻기 시작함에 따라 그 성과와 부작용이 제7차 교육과
정에 거의 전면적으로 드러나게 되었다. 이를테면 제6차 교육과정까지
의 해석학적 접근이 현상학적, 수용론적, 소통론적, 문화론적 접근 등으
로 풍부하고 다양해지면서 학습자와 교실 맥락의 변인들이 본격적으로
주목되기에 이르렀다. 문학교육에서 교육내용으로서의 문학 체험의 위
치가 다시 중요성을 갖게 되면서 교육내용과 교사의 변인들도 고정적
인 요소가 아닌 역동적인 요소로서 고려할 수 있게 되었다.

그런가 하면 교재 구성이나 교수·학습 차원에서는 이론적 정합성이
나 실제적 효과성이 검증되지 않은 접근이나 방법들이 유행처럼 번지
는 일이 일어났는가 하면 반대로 하나의 흐름이나 접근으로 묶기에는
이질적인 매우 다양한 입장의 이론적 논의들이 단편적으로 인용되는
양상도 나타났다. 이것이 제7차 교육과정이 시작된 2002년을 또 다른
기점(基點)으로 삼게 하는 이유이다.

1988년과 2002년의 두 기점을 두고 지금까지의 문학교육과정의 경과
를 살폈을 때, 우리는 제5차 교육과정과 제6차 교육과정 사이의 다른
것 같으면서도 일치하고 있는 문학교육적 가정과 접근을 확인할 수 있
으며, 제7차 교육과정 들어와 어째서 문학교육과정이 모호한 성격을 갖

---

2) 최지현(1996)에서 이것의 의의와 문제점을 다룬 바 있다.

게 되었는지 이해할 수 있다.

이하 각 장에서는 시기별로 문학교육과정이 어떤 교육과정적 특성과 개념틀을 가지고 있었는지를 살필 것이다. 2장에서 1988년 이전까지의 문학교육과정을, 3장에서 1988년부터 2002년 이전까지의 문학교육과정을, 4장에서 2002년 이후의 문학교육과정을 다룰 것이며, 5장에서는 문학교육과정의 변화를 이끌 내적 동력에 대해 논의하게 될 것이다.

2. 1988년 이전까지[3]

가. 교육과정 특성

'1988년 이전'이라 함은 교육과정으로는 교수요목기로부터 제4차 교육과정까지의 시기를 말한다.

1946년의 '교수요목(敎授要目)'은 문학을 국어의 하위 영역으로 두기는 했으나 실제 학습 시간을 놓고 보자면, 실제로는 문학교육이라 할 만한 교육 활동이 매우 미흡했다. 초급 1, 2, 3과 고급 1, 2, 3의 6년간에 걸쳐 고급 3학년의 1년 동안에만 연간 교수 시수 111시간 중 37시간을 배정하고 있었기 때문이다. 영역은 읽기, 말하기, 짓기, 쓰기, 문법, 국문학사로 나뉘어져 있었는데, 국문학사가 설정된 것은 고전 독해의 중요성이 강조된 까닭으로 판단된다. 실제 교육에서도 주로 문예문 중심의 강독식 교육이 이루어졌던 것으로 보인다. 문학교육과정 개념틀을 이룰 만한 개념과 범주 체계가 없었고, 내용 항목도 제대로 갖추어지지 않았다.

---

3) 이 장을 비롯하여 3, 4장에서 다루어진 '역대 교육과정별 문학교육과정의 특성과 개념틀'에 대한 논의는 최지현(2005b)에 기초한 것이다. 다만 책에서는 문학교육과정용어 부분을 교육과정 개념틀의 차원에서 일반화하여 논의하고 있다.

물론 고전을 읽는 것도 좋고, 문학 작품을 바르게 이해하도록 하는 것도 필요한 일이나, 종래에는 너무나 지나치게 그러한 학습에 중점을 두어 왔기 때문에, 그것이 국어 학습의 본연의 자태에서 벗어난 것이 되고 말았다.[4]

제1차 교육과정의 이러한 문제의식은 국어과 교육이 언어생활의 실제에 부합하는 교육 수행을 해야 한다는 점에 놓여 있었는데, 따라서 문학 작품을 다루는 경우에라도 말하기, 듣기, 쓰기, 읽기의 기능을 모두 훈련할 수 있게 하기를 요구한 것은 당연한 귀결이었다.

하지만 제1차 국어과 교육과정에서는 문학교육의 내용을 일부 체계를 갖추어 제시하기도 하였는데, 중학교의 경우 교육 목적으로는 "심미적 정서를 함양하여 숭고한 예술을 감상 창작하고 자연의 미를 즐기며, 여유의 시간을 유효히 사용하여, 화해(和諧) 명랑한 생활을 하게 한다."는 방향을 정하였고, 지도 목표로는 '읽기 영역'에 "문학 작품을 바르게 읽을 수 있다."를 두었으며, 지도 요소로는 '언어 문화의 체험과 창조'라는 항목 아래 문학과 예술 작품을 다루게 하였다. 또한 지도 내용으로는 문학에 관한 항목을 따로 설정하여 '기초적인 언어 능력'에서 "문학 작품을 바르게 이해한다."와 "문학 작품의 여러 가지 종류에 대하여 안다."를 두고 '언어 운용(運用)의 면'에 "문학 작품을 바르게 감상한다."와 "바른 감상이 그 작품의 이해를 더욱 깊게 할 수 있도록 한다."를 설정하였으며, '언어 사용의 기술'에서는 그에 관한 구체적인 실제 활동을 정리하여 제시하였다.

1963년에 공포된 제2차 교육과정은 교육과정 구성에서 과학적 원칙이 적용되어야 한다는 관점 하에 학교급 간, 학년 간, 교과 간 계통적 발전을 강조하였다. 실제 지도 내용에서는 이전 교육과정에 비해 다듬

---

4) 문교부(1955), 『중학교 교육과정』, 문교부령 제45호 별책, p.8.

어지고 구체화되는 측면은 있었으나 큰 차이를 보이지는 않았다. 다만 문학교육이 요구하는 전반적인 수준은 심화되었으며, 창작에 대한 관심도 커지고 확장되었다.

한편 고등학교 문학교육과정에서는 좀 더 주목할 만한 변화가 있었는데, 이전 교육과정의 고등학교 문학교육이 현대문학과 고전, 세계 문학과 영화, 연극에서 다소 느슨한 의미의 '이해와 감상'에 초점을 두고 항목화했던 것에 비해 좀 더 체계적인 분류 체계를 설정하였다.

이른바 '국적 있는 교육'을 강조한 제3차 교육과정은 1968년 12월 선포한 국민교육헌장을 이념적 기반으로 하여 가치관 교육과 지식, 기술 교육을 강조하였다. 교육과정 내용에서도 지식으로 항목화할 수 있는 지도 사항과 형식, 그리고 제재 등이 중요성을 갖게 되었다. 당시 문교부 편수국에서 작성한 「교육과정 및 교과서 실험 세부 계획」(1972. 2. 2)에서는 국어 교육내용이 교육과정과 일치하는지, 그리고 학문 내용과 통합성, 연계성을 가지고 있는지, 용어 사용은 통일성 있게 이루어졌는지 등에 관심을 갖고 있었음을 확인할 수 있다.

하지만 중학교에서의 문학교육과정은 별도의 목표나 내용 항목을 갖는 것은 아니었다. 관련 있는 것으로는,

> (다) 읽기의 효율적 기능을 길러서, 상상적인 글을 중심으로 여러 가지 형식의 글을 개방적인 심정으로 잘 읽을 수 있게 한다.
> (라) 쓰기의 창조적 기능을 길러서, 상상적인 글을 중심으로 여러 가지 형식의 글을 개성을 살려 잘 쓸 수 있게 하고, 바르고 빠르고 깨끗한 글씨 쓰기를 익숙하게 하도록 한다.5)

이와 같은 항목이 3학년 학년 목표로 제시되어 있어 '상상적인 글'과 관련한 읽기, 쓰기 활동을 수행할 수 있게 하였다. 하지만 이를 지도 사

---

5) 문교부(1968), 『중학교 교육과정』 참조.

항으로 판단하기는 쉽지 않은데다가,[6] 그나마 제2차 교육과정의 이해, 감상, 평가 중심의 활동은 새로운 교육과정에 와서는 지식의 습득 쪽으로 상당히 기운 모습을 보였다.

1974년 개정에서는 문학을 독립 영역으로 설정하지 않는 대신 '읽기 영역' 안에서 다루게 하였으며, 다만 일반 목표 가운데 아래와 같은 항목을 설정해 두었는데,

> 라. 국어 국문학의 기초적인 이론 및 각종 형식의 문장을 학습하게 하여, 국어와 국어로 표현된 문화를 사랑하고, 이에 대한 넓은 이해를 가지게 한다.[7]

에서처럼 문학 지식을 학습하는 것에 강조점이 있었다. 실제로 제3차 교육과정 고등학교『국어 I 』의 2학년 교과서에서는 단원 설정에서 '국문학의 발달(2)', '문학 이야기' 같은 이론 지향적인 모습을 보이기도 했다. 중학교 교육과정에서와 마찬가지로 문학교육은 학년이나 영역 목표에 근거하여 이루어졌던 것이 아니라 별도로 설정된 지식이나 제재 자체의 요구에 따라 이루어졌던 것이다.

제4차 교육과정은 처음으로 바람직한 인간 형성 자체를 교육의 목적과 방향으로 삼고 '자주적이고 창의적인 국민'이라는 인간 가치를 내세웠다. 이를 받아 국어과 교육에서는 문학과 관련한 목표를 "문학에 관한 기초적인 지식을 습득시키고, 문학 작품 감상력과 상상력을 기르며, 삶의 다양한 모습을 이해하게 한다(중학교).", "문학에 관한 체계적인 지

---

6) 그럼에도 불구하고, <제재 선정의 기준>에서는 '국어과 특유의 지식 체계에 관한 제재'라 하여 우리 문학에 대한 이해를 높이기 위한 것으로서 ① 문학과 우리 문학의 개념. ② 우리 문학의 형태, ③ 우리 문학의 발달 개요, ④ 세계 고전에의 접근 등을 언급하였다. 말하자면 목표나 지도 사항(교육내용) 없이도 문학 이론이나 문학사에 대한 교수·학습을 암시했던 것이다.

7) 문교부(1974), 『고등학교 교육과정』, 참조.

식을 습득시키고, 문학 감상력과 상상력을 기르며, 인간의 내면 세계를 이해하게 한다(고등학교)."로 각기 정하였는데, 진술 형식상 여기에는 인간의 '지·정·의'적 측면을 함께 발양시키겠다는 의도를 내비친 것이었으나, 대개는 이를 인지적·정의적 능력의 배양이 '삶'과 '인간'에 대한 이해로 발전되는 것이라고 이해했다. 어쨌든 제4차 국어과 교육의 문학교육과정은 '지식의 습득'과 '감상력 및 상상력의 배양'이 교육의 주요한 목표로 설정한 셈이었는데, 이를 뒷받침하기 위해 국어과의 하위 영역을 '표현·이해', '언어', '문학'으로 나누었다.

'문학' 영역이 독립적으로 구성됨에 따라, 각 학년의 '문학 영역' 목표들도 구체화되었다. 이를 전체적으로 나타내 보면 아래 [표 4]와 같다.

[표 4] 제4차 국어과 교육과정에서 '문학 영역' 학년별 내용

중 학 교	고등학교
1학년 (1) 역사나 실화 등을 허구화한 소설을 통하여, 이야깃거리와 소설적 구성이 다름을 안다. (2) 낭만적 소설이나 모험적 소설을 즐기며, 거기에 등장하는 인물들의 유형을 파악한다. (3) 소설에서 시간적, 공간적 배경을 파악한다. (4) 소설에서 작자와 작중 화자를 구별하여 이해한다. (5) 희곡은 본질적으로 작자의 개입 없이, 인물들의 말과 행위만으로 표현된다는 것을 안다. (6) 희곡의 대사는 인물들의 속성에 각각 어울리는 억양이나 말투로 이루어져 있음을 안다. (7) 시의 율격을 이루는 요소들을 이해하고, 시의 음악적 효과를 즐긴다. (8) 시에서 시인과, 시 속에서 노래하는 사람을 구별하여 이해한다. (9) 문학적 산문의 내재율적 속성을 느낀다. (10) 사람과 사람 사이의 관계를 주제로 한 문학에 흥미를 느낀다.	**국어 I** 가) 소설 속의 모든 요소들이 주제를 향하여 통일되어 있음을 알고, 거기 동원된 삽화나 사건들이 논리적 일관성을 유지하고 있는지 판단하며, 사건의 필연성과 우연성의 효과를 안다. 나) 인물의 성격이 단순한가 복잡한가, 개성적인가 전형적인가, 성격의 변화가 있는지 없는가를 파악한다. 다) 소설의 역사적, 사상적 배경을 작품을 통하여 파악한다. 라) 시점에 따라 소설의 진술 방식을 구별한다. 마) 공연 예술의 대본으로서의 희곡과, 영상 예술의 대본으로서의 시나리오가 지닌 차이를 안다. 바) 어떤 사실이나 생각에 대한 여러 인물들의 의견과 태도가 다름에 따라 어떤 말을 하는지에 흥미를 느낀다. 사) 소리와 뜻의 어울림을 파악함으로써 시의 음악성과 암시성을 이해한다. 아) 시 작품에서 서정적 목소리의 주인을 파악하여 작품을 감상한다. 자) 문학적 산문과 실용적 산문과의 차이를 파악한다.
2학년 (1) 소설에서 사건을 전개시키는 방식이 여러 가지임을 작품을 통하여 안다. (2) 사실적 소설을 즐기며, 거기에 등장하는 인물의 유형을 파악한다.	차) 한 인간의 내적 자아와 외적 자아 사이의 갈등 관계를 주제로 한 작품에 흥미를 느낀다.

(3) 소설의 시간적, 공간적 배경은 작품에 있어서 큰 구실을 한다는 것을 안다.
(4) 희극에서 대사를 통하여 작자의 생각을 대변하는 인물이 누구인지를 안다.
(5) 희극에서 해학적 분위기와 행복한 결말을 즐긴다.
(6) 시의 심상을 이루는 여러 가지 표현법을 알아서 시의 감각적 효과를 즐긴다.
(7) 노래하는 시와 생각하는 시를 작품을 통하여 구별하고 감상한다.
(8) 산문적인 시에서 내재율을 느낀다.
(9) 문학적 산문의 서정적 분위기를 즐기며, 작자의 명상적 태도 속에 감추어진 생각을 파악한다.
(10) 사람과 환경 사이에 관계를 주제로 한 문학에 흥미를 느낀다.

3학년
(1) 소설에서 중심이 되는 갈등이 무엇인지 안다.
(2) 소설에서 인물의 성격을 드러내는 방식이 여러 가지임을 작품을 통하여 안다.
(3) 소설의 배경은 물리적 환경으로서의 역할뿐만 아니라, 상징적 의미로서의 역할도 할 수 있음을 안다.
(4) 어떤 사실이나 생각에 대하여, 작자의 생각과 주인공의 생각이 반드시 같은 것은 아님을 안다.
(5) 소설이 누구의 눈을 통하여 진술되고 있는지 안다.
(6) 희곡에서 대화, 독백, 방백을 구별하며, 이들의 기능을 안다.
(7) 비극에서 가치 있는 것을 위해 희생되는 중심 인물을 통하여 삶의 엄숙한 진실을 깨닫는다.
(8) 시의 음악적 효과를 높이는 언어적 요소를 가려낸다.
(9) 시에 자주 쓰이는 비유나 관습적인 상징을 이해한다.
(10) 시에서 설득적인 목소리와 명상적인 목소리를 구별하고 감상한다.
(11) 문학적 산문과 실용적 산문과의 차이를 파악한다.
(12) 문학적 산문의 설득력을 높이는 여러 가지 표현법을 안다.
(13) 사람과 영적 존재 사이의 관계를 주제로 한 문학에 흥미를 느낀다.

카) 문학 작품에 대한 비평에 흥미를 느낀다.
타) 한국의 대표적인 고전 및 현대 작품을 읽고 이해한다.
파) 한국 문학의 발달 과정과 세계 문학의 대체적인 흐름을 안다.

‘기초적인 지식’이든, ‘체계적인 지식’이든 간에 학습자들이 습득해야 할 지식이 상당한 수준과 분량임을 알기 어렵지 않다. 이에 대해 교육과정에서는 ‘지도 및 평가 상의 유의점’에서 교수·학습에서는 “작품을 감상하기 위한 기초적인 지식을 지도하”게 하였고, 평가에서는 “작품의 이해와 감상을 중심으로 하여 평가한다.”고 하여 학습자들이 문학에 대한 지식을 습득하게 되면 감상력과 상상력이 생길 것이라고 보고 있음을 드러내기도 하였다.

나. 개념틀의 변화

제1차 교육과정에서는 말하기, 듣기, 쓰기, 읽기의 실제 활동을 강조하였기에 문학교육의 성격이나 내용을 특정(特定)하는 개념이나 범주들이 거의 사용되지 않았으나, 텍스트의 대상이 폭넓게 설정되어 있었고[8] ‘평가 행위로서의 문학교육과정용어’들이 교수요목기의 ‘이해’ 하나에서 ‘이해’, ‘감상’, ‘생각한다’ 등으로 확장되어 있었다. 하지만 이 용어들이 ‘문예에 대하여 기초적인 이해와 기능’을 제대로 지표화한 것은 아니었다.

제2차 교육과정에서는 24개로 구체화한 항목들을 통해 학습 목표를 제시하면서 국문학사, 고전, 작가, 형식, 배경, 외국 문학, 주제, 문체, 표현 효과, 문장, 인물, 작가 의식, 개성, 작품의 평가, 주인공, 성격, 공상, 비평, 감상, 가치 있는 경험, 미와 감수성, 문학 사상, 문학적 사유, 정서 등의 교육내용을 익히게 하였다.

비로소 방법으로서의 문학교육과정용어들이 등장하고 있는데,[9] 평가

---

8) 흥미롭게도 여기에는 시가류, 소설류, 수필류, 희곡 및 극 영화, 현대 문학, 세계 문학, 고전 문학 등과 함께 일기, 전기, 기록, 논설류 등이 포함되어 있다.
9) (비판적, 통찰적) 인식, 공상, 가치 있는 경험, 미와 감수성, 문학적 사유, 풍부한 정

행위로서의 문학교육과정용어도 '안다(이해, 추론)', '적응시키다(적용)', '의견을 가지다(평가, 구별)', '분석', '해석', '생각을 깊이하다(사용된 맥락으로 보면, 이 말의 뜻은 '설명'에 가깝다.)', '감상' 등과 같이 좀 더 체계적이고 분석적으로 제시되고 있음을 알게 된다. 한편 이론으로서의 용어로는 국문학사, 고전, 외국 문학, 작가, 작가 의식, 형식, 배경, 주제, 문체, 표현 효과, 문장, 인물, 개성, 주인공, 성격, 문학 사상 등이 제시되었다.

이를테면 교육과정 개념틀은 성긴 형태로나마 갖추어지기 시작하였던 때가 이때이다. 하지만 이것들은 이전 교육과정에서와 달리 문학교육의 내용이 매우 구체적인 층위에서 다루어질 것임을 짐작하게 하면서도, 분류법(taxonomy)으로 보기에는 층위가 맞지 않고 전반적으로 큰 개념들이어서 실제 교수·학습에서는 어느 수준에서 어느 정도의 지식으로 다루어질지 판단하기 어렵게 되어 있었다.

하지만 제3차 교육과정에 이르면 오히려 문학교육은 학년이나 영역 목표보다는 별도로 설정된 지식이나 제재 자체의 요구에 따라 이루어지면서 교육과정 개념틀 자체가 형성되기 어렵게 되고 만다.

제4차 교육과정에서는 지식의 문제가 용어의 문제이기도 했다. 전반적으로 이론으로서의 문학교육과정용어가 상당히 많이 증가하였다. 중학교에 등장하는 용어만 하더라도, 이론으로서의 문학교육과정용어로는 '허구화', '(소설적) 구성', '낭만적', '인물(들의 유형)', '(공간적, 시간적) 배경', '작자', '작중 화자', '대사', '율격', '시 속에서 노래하는 사람', '내재율(적 속성)', '사건 전개 방식', '해학적 분위기', '행복한 결말', '심상', '산문적인 시', '문학적 산문', '서정적 분위기', '갈등', '성격', '작가의 생각', '누구의 눈', '대화', '독백', '방백', '비극', '음악적 효과를 높이는 언어적 요소', '비유', '관습적 상징' 등이 사용되었고, 방법으로

서, 흥미, 관심, 감정 도야 등.

서의 문학교육과정용어로는 '흥미', 그리고 평가 행위로서의 문학교육
과정용어로는 '안다', '느낀다', '즐긴다', '깨닫는다' 등이 사용되었다.

　고등학교『국어Ⅰ』에서는 이론으로서의 문학교육과정용어로서 '(소설
의) 요소', '주제', '삽화', '사건(의 필연성과 우연성)', '인물', '성격', '개성
적', '전형적', '(역사적, 사상적) 배경', '시점', '진술 방식', '희곡', '시나리
오', '(시의) 음악성', '(시의) 암시성', '서정적 목소리', '감상', '문학적 산
문', '내적 자아', '외적 자아', '비평' 등이 사용되었고, 방법으로서의 문
학교육과정용어로서는 '흥미', 그리고 평가 행위로서의 문학교육과정용
어로는 '안다', '판단', '감상' 등이 제시되었다.

　이 시기에 방법으로서의 문학교육과정용어가 거의 사용되지 않았음
은 가장 주목되는 점이다. 말하자면, 문학교육을 통해 학습자가 갖게 되
길 기대하는 능력에서 문학 작품에 '흥미를 느낀다'는 것 외에는 개념
적으로 정의하거나 규정할 만한 문학능력을 적시(摘示)하기 어려웠음을
시사한다.

　목표들의 대부분이 '안다'나 '이해한다', '파악한다' 등으로 기술되어
있는 점도 주목할 만하다. 이것들은 인지적 영역에 속하는 것들로서 대
부분이 지식 습득과 관련이 있다. 더욱이 '지각', '구별', '이해', '파악',
'판단', '감지', '수용', '감상', '통찰' 같은 표현을 통해 개념적 의미를
분명히 하는 대신, '안다', 상대적으로 그 의미가 모호해진 용어들을 선
택하였다. 목표 진술을 이해하기 쉬운 형태로 하기 위해 그렇게 했는지,
아니면 개념적 엄밀성을 갖추지 못해 그렇게 했는지 판단하기는 쉽지
않지만, 적어도 이른바 '목표점 행동'이 불명료해졌다는 점은 분명하다.
전술한 바와 같이 교육과정은 '안다'는 것을 곧 감상하고 상상할 수 있
는 상태의 다른 표현으로 가정하고 있기 때문에 상상이나 감상을 자동
적으로 보증해 주지 못하는 '지각'이나 '구별'이나 '이해(understand)' 같은
용어들과 이것이 어떻게 변별되는지를 밝히는 일이 새롭게 문제로 부

각될 수 있었다.

　이론으로서의 문학교육과정용어들은 많이 사용되었으나 의도한 바와는 달리 기초적이거나 체계적이지 않았다. 어떤 항목은 급별, 학년별 위계성을 지니고 있었으나, '낭만적', '내재율(적 속성)', '해학적 분위기', '행복한 결말', '산문적인 시', '관습적 상징', '서정적 목소리', '내적 자아', '외적 자아' 등은 상위 개념의 전제 없이 바로 사용되었고, 중학교 교육과정의 경우 '시 속에서 노래하는 사람', '산문적인 시', '작가의 생각', '누구의 눈', '음악적 효과를 높이는 언어적 요소'처럼 모호한 표현들도 사용되었다.10) 중학교 교육과정에서 나타난 문제일 것으로 보이지만, 아마도 작품에 따라 이론적 지식을 동원한 결과가 아닐까 추정된다.

　여기서는 따로 제시하지는 않았으나 '고등학교 국어Ⅱ'는 현대문학과 고전문학에 대한 총 51개의 목표를 따로 설정하여 제시하였는데, 그 내용은 일반적으로 대학의 국문학 개설 수준이었다.11)

---

10) 이것이 특별히 지식을 평이하게 풀이하여 사용한다는 원칙이 적용되었기 때문으로 해석하기는 어려울 듯하다. 이에 관한 교육과정 기술도 없을뿐더러, '허구화', '낭만적', '관습적 상징' 등 정작 어려운 개념들로 이루어진 다른 용어들도 병존하고 있기 때문이다.

11) 따라서 이것을 포함하여 제5차 교육과정 이후의 '문학' 과목들의 교육과정에 대해서는 따로 그 내용을 다루지 않도록 한다. 다만 그 차이를 짐작하기 위해 현대시에 국한하여 '목소리 / 화자', '심상(이미지)', '운율 / 율격'에 관한 목표 진술을 비교해 보기로 하겠다. 이를테면, 제4차 국어과 교육과정의 '고등학교 국어Ⅱ'의 <현대문학>에서는 다음과 같은 목표가 제시되어 있다.

　거) 시에서, 노래하는 사람이 독자에게 직접 설득하는 목소리, 스스로 자신에게 독백하는 목소리, 인물간의 대화를 모방하는 목소리, 남의 사건을 이야기하듯 하는 목소리 등을 구별함으로써, 서정시의 다양한 표현방식을 구체적인 작품을 통해 감상한다.

　너) 시의 문학적 효과는 흔히 심상의 세계를 표현하는 언어에 있음을 알고, 감각적 인상을 나타내기 위한 사적 언어의 여러 가지 특수한 기법을 구체적인 작품을 통해 분석한다.

　더) 구체적인 작품을 통해, 정형시와 자유시와 산문시의 개념을 서로 사이의 상관적 관계에서 파악하며, 내재율에서 느끼는 즐거움의 차이를 안다.

　러) 구체적인 작품을 통해 언어 요소들의 규칙적인 반복이나 그 변조의 효과를

3. 1988년 이후부터 2002년 이전까지

가. 교육과정 특성

제5차 교육과정에 이르자, 국어 사용 기능의 신장과 관련하여 말하기, 듣기, 읽기, 쓰기의 영역을 설정하고, 국어와 문학에 대한 이해와 관심과 관련하여 언어와 '문학 영역'을 설정한 가운데, '문학' 영역은 문학 작품의 이해(comprehension / understanding)와 감상(appreciation), 그리고 이에 필요한 지식을 다루는 영역으로 보았다. 목표에서도 이것이 드러나고 있는데, 내용 자체는 제4차 국어과 교육과정과 크게 다르지 않았다.

> 문학에 관한 기초적인 지식을 갖추고, 작품 감상력과 상상력을 기르게 한다.(중학교 문학 관련 목표)

> 문학 작품을 통하여 문학에 관한 체계적인 지식을 갖추고 창조적인 체험을 함으로써 미적 감수성을 기르며, 인간의 삶을 총체적으로 이해하게 한다.(고등학교 문학 관련 목표)

제4차 교육과정 때와 마찬가지로 이때에도 지식을 갖추는 것이 '감상력'과 '상상력'에, 그리고 '창조적인 체험'이나 '미적 감수성', '총체적 이해'에 어떻게 연결될 수 있느냐가 중요한 문제였다. 그런데 이에 대해 제5차 국어과 교육과정에서는 다음과 같이 밝혔다.

> 바) 문학 작품의 이해와 감상은 작품의 형식, 작가의 의도나 주제에 대한 인지, 그리고 작가 자신의 의도를 드러내는 방식에 크게 의존하게 된다. 그러므로, '문학 영역'의 지도에서 문학의 여러 요소(인물, 구성, 배경, 시점, 주제, 운율 등)에 대한 지도는 문학적 체험의 측면

알고, 소리와 뜻의 어울림을 파악함으로써 시의 음악성과 암시성을 이해한다.

에서 이루어지도록 하고, 이것은 또 문학 작품을 즐겨 읽고 감상하는 과정에서 습득되도록 하는 것이 바람직하다. 특히, 학생들에게 작품 감상력을 신장시켜 주기 위하여는 교사 중심의 작품 분석이나 해설보다는 읽은 작품에 대한 각자의 생각이나 느낌을 즐겨 발표할 수 있도록 권장해 주어야 한다.[12]

그러니까, 문학의 지식들은 '문학적 체험'이 이루어지는 조건에서 다루도록 하라는 뜻이다. 하지만 실제에서는 거의 그럴 수 없었으리라 판단되는데, 그 까닭은 교과서 내용 체제가 문학 양식과 그 양식의 기본 요소[13]에 따라 구분되고, 이를 바탕으로 교수·학습이 이루어지게 되어 있었기 때문이다.

[표 5] 제5차 국어과 교육과정에서 '문학 영역' 학년별 내용

중 학 교	고등학교
1학년 (1-문-가) 문학 작품을 즐겨 읽고, 상상의 세계에 흥미를 가지기 (1-문-나) 한 편의 글에서 감동적인 요소를 찾아 보고 그 이유를 밝히기 (1-문-다) 어조나 운율이 시의 분위기 형성에 미치는 효과를 살펴보고 이에 맞게 시를 낭송하기 (1-문-라) 여러 종류의 시를 읽어 보고 시의 종류에 따른 형식의 차이와 특정 알기 (1-문-마) 소설은 기본적으로 사람의 삶에 대한 허구적 이야기임을 이해하기 (1-문-바) 소설에 나오는 인물들을 통하여 삶의 모습을 이해하기 (1-문-사) 희곡에 나오는 해설, 대사, 지문을 살펴보고, 각각의 기능에 대하여 이해하기 (1-문-아) 수필은 시, 소설, 희곡과 비교하여 보고, 수필의 특징을 이해하기	1) 문학의 본질과 한국 문학의 특질을 파악한다. 2) 한국의 고전 및 대표적인 현대 작품을 읽고 감상한다. 3) 문학 작품을 이루는 기본 요소들을 고려하면서 작품을 바르게 이해하고 감상한다. 4) 여러 유형의 문학 작품의 특성을 이해한다. 5) 문학 작품에 대한 비평을 읽고, 작품 감상력을 기른다. 6) 문학과 언어, 인생, 사회, 문화와의 관계를 이해한다.

---

12) 문교부(1987), 『중학교 국어과 교육과정 해설』, 문교부 고시 제 87-7호(1987. 3. 31), p.116.
13) 인용문에서 밝힌 '인물, 구성, 배경, 시점, 주제, 운율' 같은 것들

2학년	
(2-문-가) 여러 종류의 문학 작품을 폭 넓게 읽고, 각 작품의 아름다움이나 특징 찾기	
(2-문-다) 일상어나 과학어와 달리 쓰인 시어를 시에서 찾아보고 시어의 특징 파악하기	
(2-문-라) 시의 주제를 파악하고, 주제가 어떤 방법으로 표현되고 있는지 살피기	
(2-문-마) 여러 소설을 읽어 보고 각 작품의 구성상의 특징 살피기	
(2-문-바) 소설의 배경을 살펴보고, 배경이 사건의 전개나 주제와 어떻게 연관되는지 살피기	
(2-문-사) 희곡의 짜임새를 알아보고, 사건의 진행 과정과 그 주된 갈등의 양상을 살피기	
(2-문-아) 여러 가지 수필을 읽어 보고, 수필에 담긴 지은이의 생활 태도를 찾기	
3학년	
(3-문-가) 문학 작품 속의 삶과 현실의 삶을 비교, 문학의 창조성을 이해하기	
(3-문-다) 시의 심상을 이루는 여러 가지 표현법을 이해하기	
(3-문-라) 시에 자주 쓰이는 비유와 상징을 이해하기	
(3-문-마) 소설을 읽고 시점에 따른 각 작품의 구성 효과를 살피기	
(3-문-바) 소설의 내용과 주제를 살피고, 서술 양식에 따라 소설의 종류를 구별하기	
(3-문-사) 희곡의 종류를 알아보고, 희곡에 나오는 등장 인물들의 말과 행동을 통하여 그 인물들의 성격, 심리적 상태 등을 살피기	
(3-문-아) 여러 가지 수필을 읽어 보고, 수필에 담긴 지은이의 가치관을 찾기	

교육과정 차원에서 기술된 문학교육과정용어를 살펴보면, 이론으로서의 문학교육과정용어로는 '감동적 요소', '어조', '운율', '시의 종류', '시의 형식', '허구적', '인물', '해설', '대사', '지문', '수필의 특성', '시어', '주제', '구성', '배경', '갈등', '심상', '표현법', '비유', '상징', '시점', '서술 양식', '소설의 종류', '희곡의 종류' 등이 사용되었는데, 특징적인 면은 '감동적 요소'니 '시의 종류'이니 '시의 형식', '수필의 특성', '표현법', '서술 양식', '소설의 종류', '희곡의 종류' 같은 집합적 범주들

이 목표 / 내용 진술에 노출된 점이다. 겉으로는 설명적이고 비개념적인 것처럼 보이지만, 이 목표들을 구체화하기 위해서는 각기 대여섯은 족히 되는 추가적인 개념들을 동원해야 하게 되어 있다.[14] 그래서 실제로는 더 많은 이론적 용어들을 거느리는 셈인 것이다.

방법으로서의 문학교육과정용어로는 '흥미' 하나만 제시되었다. 그리고 평가 행위로의 문학교육과정용어로는 '살피기', '찾기', '이해하기', '구별하기', '낭송하기', '파악하기' 등이 사용되었다. 이것들도 '탐구', '설명', '이해', '평가', '구별', '추론', '파악', '수용' 등에 대응하는 용어들이지만 의미가 여전히 모호하고 주로 인지적 활동에 초점이 있는 것들임을 알 수 있다.

고등학교 국어과 교육의 문학교육과정에서는 좀 더 포괄적인 이론 체계가 제시된 부분도 있지만, '감상'하거나 '통찰'[15]하는 수준에서 방법으로서의 문학교육과정용어들이 등장했다는 점은 특기해 둘 일이다.[16]

제6차 교육과정은 총론 차원에서는 교육과정 운용과 관련한 문제점이 교육과정 개정의 이유가 되고 있다. 이 때문에 제6차 교육과정이 지향하는 인간상, 즉 교육의 방향에서는 이전 교육과정과 달라진 점이 없다.[17] 하지만 교육과정 내용에서는 상당한 변화가 있어서,

---

14) 그 까닭은 제5차 국어과 교육과정에서 '문학 영역'의 목표 / 내용 진술이 문학 양식별로 나뉘어 제시되었기 때문이기도 했다.

15) 예컨대 "6) 문학과 언어, 인생, 사회, 문화와의 관계를 이해한다."에서 '이해'의 의미에 해당한다.

16) 제5차 국어과 교육과정 고등학교『문학』과목 교육과정에서는 제4차 교육과정에서 살펴보았던, '운율', '심상', '목소리 / 화자'에 대해 아래와 같은 항목들이 대응하고 있다. 짐작할 수 있듯이, 이 개념들은 각기 독립된 별개의 항목을 통해서가 아니라 문학 이론 체계의 맥락에서 통합적으로 학습하게 되어 있다.

   5) 문학 작품을 이루는 여러 기본 요소들의 기능을 이해하고, 작품 속에서 이들 요소들의 유기적 관계를 파악한다.

   6) 문학 작품에 내재하고 있는 미적 구조를 파악한다.

   문교부(1988), 『고등학교 교육과정』, 문교부 고시 제88-7호(1988. 3. 31)

17) 교육부(1992), 『중학교 교육과정』, 교육부 고시 제1992-11호 참조.

> 　　제5차 교육과정에서는 서로 이질적이라 할 수 있는 내용들이 평면적
> 으로 나열되어 있고, 지식, 원리, 개념, 활동, 기능들이 단순 혼합된 형
> 태로 진술되어 국어과 교육의 체계성에 대한 논란이 계속 제기되게 하
> 였다. 이 문제는 국어과 교육의 내용을 정선하고 구조화하여 개선할 필
> 요가 있다.[18)]

에서처럼 교육내용의 구조화가 중요한 과제가 되었다. 이것은 국어 사
용 기능, 언어 지식, 문학의 세 영역－형식상 여섯 개의 영역－에 대한 교
육내용을 모두 '본질', '이해', '실제'로 체계화한 것에서도 잘 드러난다.
이렇게 구조화한 것은 특히 문학교육에 중요한 의미를 지니는 일이었
다. 왜냐하면 이러한 구조화가 이전 교육과정이 국어의 기본 영역을 말
하기, 듣기, 읽기, 쓰기로 설정하고, 언어와 문학을 배경 지식 영역으로
봄으로써, 주변화했던 것－형식상 여섯 개의 영역, 실제적으로는 절충적으로
편입된 영역－을 되돌리는 작용을 했기 때문이다. 국어 사용 기능에서도
'본질'이 있고 '이해'가 있고 '실제'가 있다면, 이제 더 이상 문학은 지
식 영역이라고 말할 수 없게 되기 때문이다.

[표 6] 제6차 국어과 교육과정에서 '문학 영역'의 내용 체계

	1. 문학의 본질 　1) 문학의 특성 　2) 문학의 기능	2. 문학 작품의 이해 　1) 작품과의 친화 　2) 작품 구성 요소의 기능 　3) 작품의 미적 구조 　4) 작품 세계의 내면화 　5) 인간과 세계의 이해	3. 문학 작품 감상의 실제 　1) 시 감상 　2) 소설 감상 　3) 희곡 감상 　4) 수필 감상 　5) 문학 작품을 바르게 이 　　해하고 감상하는 태도 　　및 습관
문학			

　하지만 지식 습득과 감상이라는 이원적인 구조가 본질, 이해, 실제라
는 삼원적인 구조로 바뀌면서, 여기서 개념적으로 모호한 위치를 차지

---

18) 교육부(1992), 『중학교 교육과정 해설－(2) 국어』, 참조.

하게 된 것이 '이해'였다. '이해와 감상'이라는 맥락으로 보면, '이해'의 설정에는 아무 문제가 없어 보이지만 '문학의 본질'이라는 항목이 이해의 대상이고 보면, '이해'의 의미가 불분명해지고 말기 때문이다. 다만 말하기, 듣기, 읽기, '쓰기 영역'을 참조해 보면, 이 '문학 작품의 이해'라는 말이 결국 '문학의 원리'에 대응함을 짐작하게 되는데, 바로 이것이 제6차 국어과 교육과정의 문학교육과정용어의 위치를 말해 준다.

[표 7] 제6차 국어과 교육과정에서 '문학 영역' 학년별 내용

중 학 교	고등학교
1학년 〈문학의 본질〉 (1) 작품의 내용을 일상의 경험과 관련지어 이야기하여 보고, 작품 세계는 일상 세계의 반영임을 안다. 〈문학 작품의 이해와 감상의 실제〉 (2) 시를 어조와 운율을 살려 낭송하여 보고, 시의 어조나 운율이 시의 분위기에 미치는 효과에 대하여 파악한다. (3) 시 속에서 말하는 이와 시인과의 관계를 안다. (4) 소설은 기본적으로 인간의 삶에 대한 허구적 이야기임을 이해하고, 소설에서 배경으로 형상화된 시간과 공간을 파악한다. (5) 소설에 나오는 인물의 성격을 파악하고, 인물들이 보여 주는 인간의 다양한 삶의 모습을 이야기한다. (6) 희곡에서 해설, 대사, 지문의 기능을 알아보고, 인물들의 성격, 장면이나 분위기 등에 어울리게 낭독한다. (7) 수필을 시, 소설, 희곡과 비교하여 보고, 수필의 특징을 파악한다. (8) 문학 작품에서 감동적인 요소를 찾아보고, 그 이유를 말한다. (9) 여러 종류의 문학 작품을 즐겨 읽는 태도를 가진다.	〈문학의 본질〉 (1) 문학의 일반적 특성을 안다. (2) 문학의 일반적 기능을 안다. (3) 문학의 본질과 한국 문학의 특질을 안다. 〈문학 작품의 이해와 감상의 실제〉 (4) 여러 문학 작품의 유형상의 특성을 알고, 여러 유형의 문학 작품을 이해하고 감상한다. (5) 여러 유형의 문학 작품을 읽고, 작품 창작의 동기에 대하여 토론한다. (6) 작가와 작품과 독자의 관계에 대하여 알고, 능동적으로 작품을 이해하고 감상한다. (7) 문학 작품을 이루는 구성 요소들의 기능과 관계를 알고, 작품을 총체적으로 감상한다. (8) 여러 유형의 문학 작품을 읽고, 역사와 현실에 대한 올바른 인식을 통해 창조적 체험을 확장한다. (9) 한국의 대표적인 고전 및 현대의 작품을 읽고, 다양한 삶의 방식과 가치에 대해 토론한다. (10) 여러 유형의 문학 작품을 읽고, 작품이 지닌 아름다움과 가치를 창조적으로 수용한다. (11) 개방적인 태도로 문학 작품을 읽고, 작품에 대한 자신의 생각이나 느낌을 글로 표현하는 습관을 가진다.
2학년 〈문학의 본질〉 (1) 하나의 문학 작품에 대하여 생각하거나 느낀 점을 서로 이야기하여 보고, 읽는 이에 따라 감상이 다를 수 있음을 안다.	

〈문학 작품의 이해와 감상의 실제〉

(2) 시에 쓰인 언어를 일상어나 과학어와 비교하여 보고, 시어의 특징을 파악한다.

(3) 시의 주제를 알아보고, 주제가 어떤 방식으로 표현되는지 말한다.

(4) 소설에 형상화된 시간이나 공간이 사건의 전개나 주제와 어떻게 연관되는지를 말한다.

(5) 소설에서 사건이나 문제가 어떤 과정을 거쳐 해결되었는지를 토의한다.

(6) 희곡에 나타난 갈등을 찾아보고, 갈등이 해결되는 과정을 파악한다.

(7) 여러 편의 수필을 읽어 보고, 지은이의 개성이 어떻게 드러나 있는지를 비교하여 말한다.

(8) 읽은 문학 작품에서 공감하거나 아쉽다고 생각하는 점에 대하여 서로 이야기한다.

(9) 여러 종류의 문학 작품을 스스로 찾아 읽는 태도를 가진다.

3학년

〈문학의 본질〉

(1) 문학 작품 속의 삶과 현실의 삶을 비교하여 보고, 작품 세계는 현실을 바탕으로 상상에 의하여 창조된 세계임을 안다.

〈문학 작품의 이해와 감상의 실제〉

(2) 시를 읽고 떠오르는 심상에 대하여 말해 보고, 심상의 다양한 표현 방식에 대하여 안다.

(3) 시에 쓰인 비유, 상징 등의 표현 방법에 대하여 알아보고, 그 표현 효과에 대하여 안다.

(4) 소설 속의 인물의 성격이나 행동 등이 누구의 눈을 통하여 이야기되고 있는지를 말하여 보고, 작품의 구성에 미치는 효과를 파악한다.

(5) 여러 소설에 나오는 인물들의 성격에 대하여 이야기해 보고, 인물들과 주제의 영향 관계를 파악한다.

(6) 희곡에 나오는 인물의 심리 상태가 잘 드러나 있는 부분을 찾아보고, 그러한 심리 상태와 사건 전개의 영향 관계를 파악한다.

(7) 여러 편의 수필을 읽어 보고, 지은이의 세계관이 어떻게 드러나 있는지를 비교하여 말한다.

(8) 문학 작품 속에 나타난 다양한 삶의 모습에 대하여 이야기해 보고, 이를 창조적으로 수용한다.

(9) 문학 작품을 읽고, 느낀 점을 글로 표현하는 습관을 가진다.

　‘문학의 본질’과 ‘문학 작품의 이해와 감상의 실제’로 나뉘어 있는 만큼, 이에 따라 이론, 방법, 평가 행위로서의 문학교육과정용어를 분석해 보기로 한다.

　우선 중학교 교육과정을 놓고 분석해 볼 때, ‘문학의 본질’에서는 이론으로서의 문학교육과정용어로 ‘작품 세계’, ‘반영’, ‘상상’, ‘창조된 세계’ 등이 제시되었고, 이것은 교육목표가 밝힌 바, ‘기초적인 지식’으로 삼기에 적합한 것으로 판단된다. 방법으로서의 문학교육과정용어로는 ‘생각하거나 느낀’,[19] ‘감상’ 등이 있었고, 평가 행위로서의 문학교육과정용어로는 ‘관련지어 이야기하여’,[20] ‘이해’, ‘비교’, ‘안다’ 등이 있었다. ‘기초적’이라는 단서를 전제한다면, ‘문학의 본질’에 관한 학습 역시 ‘문학 작품의 이해와 감상’에 값하는 활동으로 전개될 것이라 판단된다.

　‘문학 작품의 이해와 감상의 실제’에서는 ‘실제’에 해당하는 교수·학습 활동으로 삼기에 적절하지 않은 부분들도 적지 않게 발견된다. 우선 이론으로서의 문학교육과정용어들은 ‘어조’, ‘운율’, ‘시적 분위기’, ‘말하는 이’, ‘시인’, ‘허구적 이야기’, ‘배경’, ‘형상화된 시간과 공간’, ‘인물’, ‘성격’, ‘해설’, ‘대사’, ‘지문’, ‘장면’, ‘수필의 특징’, ‘감동적인 요소’, ‘시어’, ‘주제’, ‘갈등’, ‘개성’, ‘심상’, ‘비유’, ‘상징’, ‘누구의 눈’, ‘구성’, ‘세계관’ 등으로 추출되는데, 제5차 교육과정기와 비교해 보면, 제5차에 비해 제6차 교육과정의 문학교육과정용어들이 좀 더 작품 내적 가치에 접근한 것으로 보이지만, 내용의 수준과 난이도 측면에서 ‘개성’, ‘성격’, ‘세계관’, ‘형상화된 시간과 공간’ 등의 용어들이 중학교 교육과정에 적합하다고 할 수 있을지 의문이다. 여기서도 나타나는 공통적인 기술 내용에는 그 용어가 가리키는 개념이나 범주의 이해가 작품의 이해와 감상과 긴밀히 연계되는 것들도 있으나, 수필이나 희곡의

---

19) 주어진 맥락에서는 ‘체험’으로 풀이된다.
20) 주어진 맥락에서는 ‘구별(변별)’, ‘비교’ 등으로 풀이된다.

용어들처럼 문학적 지식 차원에 어울리는 것들도 있다. 그렇더라도 전반적으로 제6차 교육과정의 이론으로서의 문학교육과정용어들은 비교적 이론과 실제를 연계할 수 있는 것들로 이루어져 있다고 판단된다.

> • 제5차와 제6차 교육과정에 공통적인 용어
>
> '갈등', '감동적 요소', '구성', '대사', '배경', '비유', '상징', '수필의 특성', '시점'(누구의 눈), '심상', '어조', '운율', '인물', '주제', '지문', '해설', '허구(적)'
>
> • 제5차 교육과정에만 나오는 용어
>
> '구성', '서술 양식', '소설의 종류', '시어', '시의 종류', '시의 형식', '표현법', '희곡의 종류'
>
> • 제6차 교육과정에만 나오는 용어
>
> '개성', '말하는 이', '성격', '세계관', '시어', '시인', '시적 분위기', '장면', '형상화된 시간과 공간'

방법으로서의 문학교육과정용어는 '즐겨 읽는',[21] '공감', '아쉽게 생각하는',[22] '창조적 수용' 등이 제시되었다. 여전히 이에 관한 용어는 빈약한 편이다. 다만 '감상력과 상상력'을 뒷받침하는 최소한의 요소들이 포함되었다는 점은 인정할 만하다. 하지만 제6차 국어과 교육과정의 매우 특징적인 목표 / 내용 진술 방식은 교육목표를 이해하는 과정이나 실제로 그에 따라 교수·학습하는 과정에서 학습자의 '감상력과 상상력' 발달에 별로 기여하지 못한 것으로 생각된다.

이 목표 / 내용 진술 방식이란, 이름 붙이자면 '복합 요소들의 복합적 결합'이라 할 만한데, 특히 '문학 영역'에서 두드러졌다. 예컨대, 중학교 3학년 '문학 영역'의 목표 중 네 번째 항목은 "소설 속의 인물의 성격이나 행동 등이 누구의 눈을 통하여 이야기되고 있는지를 말하여 보고,

---

21) 태도 요소로서 '내적 동기'로 개념화할 수 있다.
22) '비평적 거리두기'의 감상 능력을 평가한 것으로 보아 포함시켰다.

작품의 구성에 미치는 효과를 파악한다.”와 같이 진술되어 있다. 이 목표를 달성하려면, 교수·학습 활동은 다음과 같은 과정을 거쳐야 한다.

> 우선 소설에서 주요 인물(주인공이나 문제적 인물)을 찾아 그의 말이나 행동, 심리 <u>등으로부터</u> ‘성격’을 찾아내고, 그의 ‘행동’들을 조사하여 그것들 간의 <u>연관성이나 통일성</u>을 확인한 다음, 이 성격이나 행동이 누구의 ‘시점’에서 <u>의미 있는 것</u>으로 진술된 것인지를 추정하여 이해하고, 이를 다른 학생들과의 토론(대화) 과정에서 정리하게 해야 한다. 그리고 이와는 별도로 이 과정에서 인물의 성격이나 행동을 의미 있는 일련의 과정으로 이해하게 만드는 시점이 작품의 ‘구성’에는 <u>어떤 작용을</u> 하여 문학적 ‘효과’를 야기하는지 파악하게 해야 한다.

단원 학습 목표 / 내용으로 상정되었을 터이므로, 복합적인 교육목표 / 내용이 물리적으로나 심리적으로(학습 단계상) 가능할 수 있을지 의문이다. 진술된 목표 / 내용은 서로 다른 두 개의 목표를 ‘시점’이라고 하는 하나의 개념에 기대어 묶어 놓고 있다. 목표 / 내용 진술이 분명한 도달점을 보여주어야 한다는 점에 비추어 보면, 이것은 바람직하지 않다. 또한 ‘인물’, ‘성격’, ‘행동’, ‘시점’, ‘구성’, ‘효과’ 등은 적어도 이 목표 / 내용으로 통합되기 위한 의미로는 처음 사용되었다. 물론 이 중에는 명시되지 않아 위에서는 빠뜨린 것들도 있다. 아마도 이 용어들은 실제 교수·학습에서는 동원되어야 할 개념이나 범주들이 될 것이다. 따라서 하나의 목표 / 내용을 위해 지나치게 많은 개념과 범주들이 동원되고 있다는 문제도 나타난다.

아울러 이 용어들은 그것의 개념이나 범주를 이해하는 것만으로는 결코 충분치 않은 활동 속에 놓인다. 위에서 밑줄 친 부분들은 모두 개념이나 범주를 이해하기 위해 반드시 수행해야 하는 활동이거나 이해해야 하는 내용들이다. ‘인물’을 선정하려면 우선 누구를 그 대상(주인공, 혹은 문제적 인물)으로 해야 찾아야 한다. 인물의 ‘성격’을 알기 위해서는 그의 말이나 행동, 심리 등을 분석할 수 있어야 한다. 인물의 '행동'이 어떤 의미를 지니는지를 알기 위해서는[23] 우선 그 행동들 간의 공통점이나 연계성을 이해할 수 있어야 한다. 누구의 '시점'인지를 파악하려면 우선 소설이 개별적인 사건들을 유기적으로 조직하여 서사를 만든다는 것을 이해할 수 있어야 한다. 그리고 시점이 '구성'에 어떤 '효과'를 미치는지 파악하기 위해서는 먼저 '구성'에 어떤 작용을 하는지를 파악할 수 있어야 한다. 그러니 이 목표 / 내용 진술은 내용 요소도 복합적일 뿐 아니라, 그것의 결합도 복합적인 것이다. 이에 따를 때 실제 교수·학습이 제대로 이루어질 수 있을지도 의문인데, 다른 목표 / 내용 진술도 대개가 이러하다.

덧붙여 평가 행위로서의 문학교육과정용어는 '파악', '안다(이해, 탐구)', '말한다(설명)', '비교', '찾아보고(분석)', '살펴보고(추정)' 등으로 되어 있는데, 이것들 역시 인지적 영역의 학습 행동들에 치중되어 있음을 주목할 필요가 있다. 공교롭게도 목표 / 내용 진술의 최종적 활동은 이런 것들이다. 따라서 만약 학교 현장의 교육이 충분한 시간을 확보하고 있지 못하다면, 실제 교수·학습은 문학적 지식을 작품에 적용하여 비교하고 분석하고 이해하고 설명하는 것이 될 가능성이 있다.

제6차 교육과정에서는 오히려 고등학교 교육과정의 문학교육과정용어들이 의미 있게 여겨진다. 방법으로서의 문학교육과정용어만 하더라도 '(총체적으로) 감상', '(역사와 현실에 대한 올바른) 인식', '창조적 체험', '(아름다움과 가치의) 창조적 수용', '개방적 태도' 등과 같이 다소 막연하고 큰 개념들이기는 하나 도전해 볼 만한 것들이 사용되고 있다. 오히려 문학교육은 정교하지 않을수록 더 많은 가능성이 생길 수 있을지 모른다.[24]

---

23) 당연한 말이지만, 만약 그 행동에 '어떤' 의미가 없다면 그것이 (서술자에게) 주목될(따라서 기술될) 이유가 없다.

나. 개념틀의 변화

노명완 외(1989)는 제4차 국어과 교육과정의 문제점을 분석하는 가운데 각 영역과 그것의 배경 학문의 관계 설정이 적합하지 못하다는 점에 근거하여 영역별 교육내용의 근거를 문제 삼았다. 제5차 국어과 교육과정이 학문 중심이 아닌 기능 중심의 교육과정이 된 일도 이러한 문제의식에 근거한 것인데, 여기서 우리가 주목하게 되는 것은 교육과정의 내용 영역이 학문적 지식 체계로부터 '기능'으로 불리는 인간 능력으로 옮겨지면서 교육과정 개념틀도 상당한 변화를 겪게 되었다는 것이다.

이것은 '이론으로서의 문학교육과정용어'로부터 '방법으로서의 문학교육과정용어'로 무게중심이 옮겨졌다는 것을 뜻한다. 이때의 '방법'이란 언어 사용 기능을 의미하는 것으로서, 따라서 용어의 목록도 언어 사용 기능의 항목들과 그것들의 체계가 된다. 하지만 실제에서 문학교육과정용어와 그것들의 목록이 제시되었던 것은 아니었다.

그런데 우리가 반드시 짚고 넘어가야 할 점은, 이러한 변화가 가져온 교육내용의 분편화와 신비화이다. 제5차 국어과 교육과정에서 문학교육과정 개념틀은 기능적으로 사용된 여러 개념과 범주들이 그 필연성을 확인시켜 주지 않는 항목이나 목록으로 분편화하거나 신비화하는 방식으로 그 (이론적) 기원이나 과정을 은폐함으로써 궁극적으로 지식을 객

---

24) 이전 교육과정 '문학' 과목의 내용 중 '화자 / 시적 자아', '운율', '심상'과 관련하여 대응하는 목표 / 내용 진술은 제5차 교육과정기와 크게 다르지 않게 체계화된 진술이다.
  • 문학 작품은 갈래에 따라 그 미적 구조가 다양함을 안다.
  • 문학적 언어와 일상적 언어의 관계를 안다.
  • 각 갈래별로 해당 작품의 구성 요소들에 관해서 이해한다.
  • 작품의 각 구성 요소들의 전체 작품 구조와의 관계를 이해한다.
  • 문학의 미적 구조와 표현상의 특질과의 관계를 이해한다.
교육부(1992), 『고등학교 국어과 교육과정 해설－국어, 화법, 독서, 작문, 문법, 문학－』, 교육부 고시 제1992-19호('92. 10. 30.) 참조.

관적이며 기능적인 것처럼 만드는 효과를 낳았다(최지현, 1994 : 13~19).
문학 관련 용어들이 특히 그러했다.

이러한 분편화와 신비화는 이론의 체계를 함께 제공하지 않아서 발생한 것이 아니라 이론의 배경을 제시하지 않음에 따라 이루어진 것이었다. '산문시'를 산문시라고만 가르쳤을 때에는 그것은 시 작품에 대한 '기술(記述)'처럼 보인다. 그런데 이렇게 하고 나면 무엇이 남는 걸까? 왜 우리는 산문시를 알아야 하는 걸까? 학습자는─심지어는 교사 자신도─ 이를 잊게 되고 만다. 그냥 산문시라서 산문시가 되는 것이다. 하지만 이것의 역사적 맥락을 보려 한다면, 형식은 '형식적'인 것이 아니라 절실한 문학적, 철학적 과제였던 사실이 드러나게 된다.

우리는 모두 그러한 역사적 배경을 바탕에 두고 개념과 범주를 대하는 것이다. 반드시 어떤 것들은 후경(後景)에 있던 것을 전경(前景)으로 끌어내야 하는데, 문제는 문학교육과정이 대부분에 대해 역사적 배경 자체를 망각하게 해 왔다는 것이다.

이런 점에서 보면, 제6차 교육과정에 오면서 문학교육 개념틀은 오히려 이론이 강하고 그 하위 개념과 범주들은 취약한 양상을 보였다. 국어과 교육목표에 제시된 문학교육목표는 이 점을 분명히 드러내 보여준다.

> 다. 문학 작품을 통하여 <u>문학에 관한 체계적인 지식</u>을 갖추고 <u>창조적인</u>
> <u>체험</u>을 함으로써 미적 감수성을 기르며, 인간의 삶을 총체적으로
> 이해하게 한다.

이 목표는 '문학에 관한 체계적인 지식'을 강조하고 있다. 그런가 하면 '창조적인 체험'을 병렬 진술하기도 했는데, 이 부분이 개념틀의 논리적인 착종점(錯綜點)이 되고 있다. 이때의 논리성의 문제는 다음과 같은 것이다. '문학에 관한 체계적인 지식을 갖추'는 것과 '창조적인 체험을' 하는 것은 독립적인 것인가, 아니면 계기적인 것인가. 이를 통해서

감수성의 발양과 총체적인 이해[25]라는 독립적인 목표에 각기 도달하게 되는 것인가, 아니면 '미적 감수성을 기'른 다음 궁극적으로 '인간의 삶을 총체적으로 이해하게' 하는 것인가.

문학에 관한 체계적인 지식을 갖추는 것과 창조적인 체험을 하는 것을 독립적으로 병행해야 할 교수학습과정의 두 가지 내용 요소로 본다면, 그것은 지(知)와 정(情)처럼 인간의 정신적 속성을 지칭하는 범주 관계가 이 둘에 개념적으로 대응되고 있다는 것을 인정하였기 때문이다. 이때 지·정의 병행적인 발양(發揚)은 문학교육의 궁극적인 목표 달성을 위한 과정적 단계로서의 의미를 지닌다. 하지만, 그것이 뒷받침되기 위해서는 지식을 전수하거나 생산함에 있어서 그 내용을 미리 확정짓고 절차를 조직하며 방법을 구안하고 평가의 척도와 내용을 마련하는 것처럼 창조적인 체험을 위한 교육적 설계도 함께 이루어질 수 있어야 하며 또 이루어져야 한다. 하지만 정서체험을 위한 구체적인 설계가 아직까지 가시화된 바 없기 때문에, 이는 결국 실천할 수 없는 목표를 진술하고 있는 것이 된다.

그렇지 않고 지식의 습득과 창조적인 체험을 계기적인 것으로 본다면, 습득된 지식은 더 이상 지식의 형태로 남지 않고 체험의 틀(framework of experience metaphoric scheme)로서 기능할 수 있도록 질적인 변화를 겪어야 한다. 이러한 조건에서 창조적인 체험은 습득된 지식을 '감수성, 혹은 지적 감지력'(sensibility)으로서 그 내부에 통합할 수 있다. '창조적인 체험'은 문학이라 불리는 가상의 체험 공간을 하나의 현실로 감지하는 것을 뜻한다. 육체를 매개로 한 대상과의 전면적인 만남인 현실의 체험에서처럼, 창조적인 체험 또한 긴장과 이완과 흥분과 평온 같은 생리적인 반응을 동반한다. 따라서 그것은 일종의 정서체험이라 불릴 수 있다. 하

---

25) 여기서 인용된 '이해'라는 용어는 맥락에 따라 comprehension이나 appreciation의 뜻으로 사용되고 있다.

지만 세상사 지식이 체험의 틀이 되는 현실의 체험에서처럼, 문학에 관해 습득된 지식 또한 체험의 틀로서 창조적인 체험에 결합될 것이므로, 체험은 단순히 정서적인 상태라기보다는 인지적이면서 동시에 정서적인 상태로 존재하게 될 것이다.

그러나 진술된 목표에 사용된 '체계적인 지식'이라는 규정은 이러한 해석을 부정하고 있기 때문에 결국 지식의 체계성을 전제하는 '체계적인 지식'―이 경우에는 '문학 이론'이 되겠지만―이 체험의 수단, 혹은 조건이 된다는 논리가 만들어진다. 이러한 기저 논리 위에서 교육과정 개념 틀이 만들어진 까닭에 아이러니컬하게도 문학에 관한 체계적인 지식을 갖춘다는 표현은 행동주의적 지식교육관과의 일종의 타협처럼 나타나기까지 한다. 체계적인 지식이야말로 가장 정량화(定量化)하기 쉬운 교수·학습의 내용이며, 교육의 과정을 추적할 수 있게 하는 거의 유일한 객관적 지표이고, 따라서 외견상 탐조하기가 쉽지 않은 감상교육에 비해 문학교육을 합리적이고 계획적인 실천으로 보이게 하는 장점을 지니고 있다. 하지만 다분히 인지적 측면이 강조된 것처럼 묘사되지만 현실적으로는 문학교육이 작품 감상을 조건으로 이루어지고 있으므로, 이를 반영하기 위해 불가불 이원적인 목표 진술을 하게 되었다고 추정할 수 있다는 것이다.

문학교육에서 인지적 측면과 정서적 측면을 독립적인 것으로 생각하기란 쉽지 않으며, 게다가 합리적이고 계획적인 교육 실천이 대상에 관한 체계적인 지식에서 비롯된다고 판단할 근거를 찾기란 결코 쉬운 일일 수는 없다. 오히려 문학교육에서 교육 실천의 합리성이나 계획성은 오히려 실천 그 자체에 요구된다고 보는 것이 옳을 터인데, 왜냐하면 이해 없는 감상이 존재할 수 없듯이 감상 없는 이해가 의미 있을 수 없으며, 이는 문학교육에 대해 감상의 지도 가능성만이 아니라 필요성까지를 제기하고 있기 때문이다.

4. 2002년 이후부터 현재까지

가. 교육과정 특성

교육과정 개념틀은 교육과정 실행의 근거를 제공하는 이론적인 틀일 뿐 아니라 내용 구체화의 핵심적인 범주 관계이다. 원칙적으로 이 개념틀을 통해 산출되는 교육과정용어들은 실제 교실 수업에서 교사가 사용할 수 있어야 하며, 학습자들이 이해할 수 있는 수준에서 선택되어야 한다.

이것은 정의될 수 있느냐에 문제가 아니라, 사용될 수 있느냐의 문제 범위에 속한다. 파이너 등(Pinar, Reynolds, Slattery & Peter, 김복영 외 역, 1995)은 그들의 공저인 『교육과정의 이해(*Understanding Curriculum*)』에서 우리들이 더 이상 교육과정 개발의 시대에 살고 있지 않다고 언명한다. 우리는 교육과정을 이해해야 하는 시대를 살고 있다는 것이다. 이 말은 교육과정을 담론이나 텍스트로 이해할 때에는 먼저 그 언어를 연구해야 한다는 뜻이다(앞의 책, 31). 그들의 지적이 아니더라도, 교육과정 언어들은 객관적인 대상이나 내용을 갖고 있지 않다.

새로운 교육과정은 기존 교육과정에 대한 근본적인 재개념화를 시도하는 가운데 등장한다. 그렇기 때문에 교육목표나 내용, 대상 등에 대한 설명의 틀이 달라지고, 사용하는 개념들의 목록도 변화하게 된다. 내용이나 방법과 관련된 여러 학술담론들의 경합 과정에서 특정 학술담론이 이 변화를 주도하면서 새로운 주류로 등장하게 되기 때문에, 설명의 틀이나 개념들의 목록에는 일정한 체계가 마련되기 마련이다. 하지만 새로운 교육과정을 구체화하는 과정에서 기존 교육과정의 풍부한 설명들의 매력이 너무나 크기 때문에 여기에 참여하는 교육과정 개발자들이나 관련 학문의 학자들, 교사들은 기존의 개념들이나 범주들을 여전히 활용하려는 경향을 갖게 된다(앞의 책, 39).

제7차 교육과정의 '문학 영역'이나 '문학 과목'은 학습자들로 하여금 문학을 통해 삶을 총체적으로 이해하고 그 과정에서 획득한 지식과 능력, 태도 등을 유기적으로 결합시켜 내면화할 수 있기를 기대한다. '창의적인 국어 사용'이라는 맥락에서 문학능력을 강조하고 있으며, 특히 이 가운데 학습자들의 능동적 역할에 주목함으로써 이전 교육과정과 스스로 변별되고자 한다.

> '문학 영역'의 교육내용은 '문학의 본질', '문학의 수용과 창작', '문학에 대한 태도'의 학습이 개별 문학 작품을 읽고 해석하고 평가하는 실제의 문학 활동과 유기적으로 관련되어야 한다는 관점에서 '내용 체계'를 구조화하였다. …… '문학 영역'의 교육내용인 문학 지식은 문학능력 향상에 도움을 주는 지식이어야 하고, 그 지식은 학습자가 개별 문학 작품을 읽고 해석하고 평가하는 실제의 문학 활동을 전개하는 국면에 활용할 수 있는 것이어야 하며, 실제의 문학 활동을 통해 그러한 지식이 습득되도록 해야 한다는 관점을 유지하였다.[26]

> 제7차 '문학' 과목 교육과정의 설계에서 문학과 교육에 대한 새로운 관점을 반영하고자 노력하였다. 우선, 문학에 대해서는 작품과 작가 중심 접근을 지양하고 문학성과 독자 중심의 접근 방식을 취하였으며, 교육에 관해서도 교사, 결과, 제재 중심 접근 대신 학생, 과정, 활동 중심 접근을 하도록 하였다. 이는 새로운 세기에 들어서면서 변화하는 문학과 교육의 패러다임을 받아들인 것이다.[27]

이는 제7차 국어과 교육과정이 밝히고 있듯이 교육과정 개정이 "교과 내부의 지식 체계의 변화, 일반적인 교육 이론이나 교육관의 변화, 현행 교육과정의 적절성과 타당성에 대한 검토와 평가" 등에 근거하여

---

26) 교육부(1997), 『고등학교 교육과정 해설－국어－』, 교육부 고시 1997-15호, p.25. 『중학교 교육과정 해설(Ⅱ)－국어, 도덕, 사회－』(pp.20~21)에도 같은 내용이 기술되어 있다.

27) 앞의 책, p.302.

요구되었다는 뜻일 것이다. 이에 근거할 때, 교육과정의 변화는 단순히 교육내용의 일부 요소가 바뀌는 것으로 이해되기보다는 교육내용 체계 자체가 바뀌는 것으로 이해되는 것이 타당하다. 그렇다면 교육내용 체계는 실제로 바뀌었을까?

교육과정 개정의 취지는 변화를 표 나게 강조하고 있는 것이 사실이지만, 이것이 내용의 변화를 보증한다고 보기는 어렵다. 학습자 개개인의 창의성 강조, 수준별 교육 강조, 국민 공통 기본 교육 설정, 학습자의 직접적인 수행과 활동 강조 등이 두드러진 점은 인정되는데, 그것이 국어과 교육에서 어떻게 내용적으로 충족되고 있는지는 명확하지 않기 때문이다. 이를테면, 학습자 개개인의 창의성을 강조했다는 것은 교육내용에서 '창의적으로 글을 쓰려는 태도를 지닌다.'라든가 '한국 문학의 전통을 창조적으로 계승, 발전시키려는 태도를 지닌다.' 같은 내용 진술을 통해 확인할 수 있기는 하나, 공교롭게도 '태도'의 진술에 국한되어 있고, 하위 항목으로도 창의성의 본질이나 원리, 창의적 언어 사용 방법 같은 내용 요소를 포함하고 있지 않아 실제로 어떻게 교수·학습이 이루어질지 분명치 않은 아쉬움이 있다.

수준별 교육이 강조된 점은 교육과정에 '수준별 학습 활동의 예'가 제시되고 있기도 하고, 교과서에서 보충·심화 활동을 수행하도록 별도의 활동들이 제시되어 있어서 쉽게 이해할 수 있기는 하나, 단위 학급 수준에서 보충·심화 활동을 수행하게 되어 있어서 국어 교사들은 대개 이를 건너뛰거나 혹은 모두 수행한다고 한다. 국민 공통 기본 교육의 강조 역시 학교급별로 독립적인 교육과정 운영이 불가피한 제도적 제약(초·중·고등학교 교육과정이 따로 존재하는)으로 인해 각각이 완결성을 갖추지 못하는 한계를 너무 일찍 드러내 보였다. 심지어는 각 학년의 교육내용들 간의 위계성 판단이 전반적으로 비판을 받고 있기도 하다.

학습자의 직접적인 수행과 활동은 국어과 내용 체계가 '실제'를 중심으로 구성되어 있다는 점을 고려하면 실제로는 가장 두드러진 변화를 보이는 부분이기는 하지만, 이전 교육과정들이 계속해서 문제로 안고 있었던 '지식'과 '적용'을 어떻게 연계할 것인가에 관해서는 똑같은 과제를 안고 있다고밖에 볼 수 없다.

결국 이를 확인하기 위해서는 내용 체계 요소를 이루는 문학교육과정용어들이 여기에 부합하는지 검토해 보아야 한다.

• 기본적으로 통일시키거나 대체해야 할 용어들

'제재', '글감', '소재', '이야깃거리'. 뒤섞여 사용되는 이 용어들은 '소재'로 통일시켜 사용한다. '말하는 이'는 개념을 풀어 쓴다는 의미에서 선택한 용어로 보이지만, 개념을 풀면서 의미 자체가 해소되어 버렸다. 맥락에 따라 '화자'나 '서술자'로 되돌려 놓고 사용한다. 마찬가지 이유에서 '(누구의) 눈'으로 제시되고 있는 '시점' 역시 원래대로 바꾸어 사용한다.

• 사용 맥락에 따라 제한해야 할 용어들

'운율'과 '율격'은 엄밀히 말해 지칭하는 대상이 다르다. 우리 시에는 '운율'이 없다고 말하기도 하지만, 시의 리듬을 이야기할 때에는 '운율'이라 쓰는 것이 옳다. 하지만 특정한 시 텍스트의 리듬을 이야기할 때에는 "이 시의 율격은 어찌어찌하다."와 같이 나타내야 한다. 각각의 용어들은 비교하여 풀이해 두어야 한다.

• 관계적 개념을 갖는 용어들

작품을 두고 '시인'에 대해 이야기를 할 때에는 반드시 '화자'나 '서정적 자아(시적 자아/ 서정적 주체 / 시적 주체……)'와 결부시켜 논의하도록 한다. '화자'와 '서정적 자아(시적 자아 / 서정적 주체 / 시적 주체……)'는 사용 맥락에 따라 제한해야 할 용어들이기도 하면서 용어 목록에 설명을 붙일 때에는 반드시 상대 개념과 비교 설명하도록 한다.

• 관점 차이가 반영된 용어들

같은 대상을 지칭하면서도 이론적 배경을 달리 가진 용어들은 용어 목록에서 병행 소개하며, 사용할 때에는 사용 맥락에 따라 다르게 사용해야 한다. 이 경우에는 반드시 그 맥락에 해당하는 다른 용어들과 연동하여 함께 사용해야 한다. 예컨대 '시적 자아'는 발화 표현론적 관점에서, '서정적 주체'는 주-객 관계론적 관점에서 사용된다.

• 이론적 중요성이 검토된 용어들

학술적 논의를 통해 중요성이 확인된 일반적인 개념이나 범주들을 포함한다. 예컨대 '초점화', '서사', '서정', '서사적 시간', '담화(담론)' 등

• 외래어 표기의 용어들

외래어로 표기되어 있는 용어들 중에서 우리말로 교체할 것과 교체하지 말아야 할 것을 선별한다. '심상'와 '이미지'('이미지'), '모티브'와 '단서'('단서'), '모티프'와 '주제'('모티프'), '아이러니'와 '반어'('아이러니'), '유머'와 '해학'('해학') 등

1) 교육과정 이해 차원에서

고등학교 국어과 교육과정을 중심으로 '문학 영역'의 내용과 그 해설에 동원된 개념과 범주들을 분석해 보았다.

우선 국어과 교육과정에서는 영역별 교육목표가 따로 제시되지 않은 대신, '실제'를 강조한 내용 체계가 제시되었는데, '문학 영역'은 [표 8]과 같다.

[표 8] 교육부(1997), 『국어과 교육과정』, 교육부 고시 제 1997-15호 [별책 5]

문학	•문학의 본질 – 문학의 특성 – 문학의 갈래 – 한국 문학의 특질 – 한국 문학의 사적 전개	•문학의 수용과 창작 – 작품의 미적 구조 – 작품의 창조적 재구성 – 작품에 반영된 사회·문학의 양상 – 문학의 창작	•문학의 대한 태도 – 동기 – 흥미 – 습관 – 가치
	•작품의 수용과 창작의 실제 – 시(동시) – 소설(동화, 이야기) – 희곡(극본) – 수필		

'문학 영역'에서는 국민 공통 기본 교육과정 기간(1~10학년) 동안 다룰 교육내용들을 [표 9]에 제시하였다.

[표 9] 제6차 국어과 교육과정에서 '문학 영역' 학년별 내용

초등학교	중 학 교
1학년 (1) 작품에 표현된 말에서 재미를 느낀다. [기본] • 동시나 동화에서 재미있는 말을 찾는다. [심화] • 재미있게 표현된 동화나 동시를 친구들에게 들려준다. • 동시나 동화에서 재미있는 표현을 찾아보고, 그 이유를 말한다. (2) 작품에 나오는 인물의 모습이나 성격을 상상한다. [기본] • 동화나 동시를 듣거나 읽고, 작품 속의 인물에 대한 생각이나 느낌을 말한다. [심화] • 동화나 동시로 역할 놀이를 하고, 작품 속 인물의 모습이나 성격을 말한다. (3) 작품을 즐겨 찾아 읽는 습관을 지닌다. [기본] • 동화나 동시에 재미를 느끼고, 즐겨 찾아 읽는다. [심화] • 재미있는 동화나 동시를 친구들에게 들려준다.	7학년 (1) 소통 행위로서의 문학의 특성을 안다. [기본] • 문학이 작품을 중심으로 작가와 독자가 의미를 서로 주고받는 상호 작용임을 설명한다. [심화] • 작품의 수용이 작품 세계와 독자의 삶이 만나는 과정임을 설명한다. (2) 문학과 일상 언어의 관계를 이해한다. [기본] • 작품 속에 쓰인 언어와 일상어의 공통점을 찾는다. [심화] • 문학의 언어와 일상의 언어를 비교하여 그 특징을 말한다. (3) 작품이 지닌 아름다움과 가치를 파악한다. [기본] • 작품이 지닌 아름다움과 가치를 말한다. [심화] • 작품이 지닌 아름다움과 가치를 글로 표현한다. (4) 작품 속에 드러난 갈등의 해결과정과 인물의 심리 상태와의 관계를 파악한다. [기본] • 희곡이나 소설에서 갈등의 해결 과정에 따라 인물의 심리 상태가 어떻게 변하는지 말한다. [심화] • 희곡이나 소설에서 갈등의 해결 과정이 달라진다면 이에 따라 인물의 심리 상태가 어떻게 달라질지 예측하여 말한다. (5) 작품 속에 드러난 역사적 현실 상황을 이해한다. [기본] • 작품을 읽고, 역사적 현실 상황이 드러난 부분을 찾는다. [심화] • 작품에 드러나 역사적 현실 상황을 현재와 비교한다.
2학년 (1) 작품에 반복적으로 나타나는 말의 재미를 느낀다. [기본] • 동시에서 반복적으로 나타나는 언어적 요소가 주는 느낌을 말한다. [심화] • 반복적으로 나타나는 말의 운율을 살려 동시를 낭독한다. (2) 이어질 내용을 상상한다. [기본] • 이야기나 극본의 일부분을 읽고, 다음에 이어질 이야기를 상상하여 말한다. [심화] • 이야기나 극본을 끝까지 읽고, 줄거리의 흐름에 유의하며 이어질 이야기를 상상하여 말한다. (3) 재미있는 말이나 반복되는 말을 넣어서 글을 쓴다. [기본] • 재미있는 말이나 반복되는 말을 넣어서 동시나 이야기를 쓴다.	(6) 작품에 드러난 사회·문화적 상황에서의 인물의 행동을 파악한다. [기본] • 작품에 드러난 사회·문화적 상황에서 인물의 행동에 대하여 토론한다.

[심화] • 재미있는 말이나 반복되는 말을 넣어서 동시나 이야기를 쓰고, 운율을 살려 낭독한다. • 자신이 쓴 글에서 재미있는 말이나 반복되는 말이 어떤 느낌을 주는지 말한다. (4) 작품에 흥미를 가지고 즐겨 읽는 습관을 지닌다. [기본] • 작품 읽기에 흥미를 가지고, 작품을 즐겨 찾아 읽는다. [심화] • 작품을 찾아 즐겨 읽고, 그 내용과 느낌을 말한다.	[심화] • 작품에 드러나 사회·문화적 상황에서의 인물의 행동에 대해 다른 사람의 의견을 듣고, 이를 작품 감상에 활용한다. (7) 작품의 사회적, 문화적, 역사적 상황에 나타난 그 시대의 가치를 이해하려는 태도를 지닌다. [기본] • 작품에서 사회적, 문화적, 역사적 상황을 찾아보고, 그 시대의 가치를 말한다. [심화] • 작품에 드러난 그 시대의 가치를 사회적, 문화적 역사적 상황과 관련지어 토의한다.
3학년 (1) 작품에는 일상의 세계와 비슷한 상상의 세계가 담겨 있음을 안다. [기본] • 이야기나 극본에 드러난 인물, 사건, 배경이나 동시의 정경을 현실 세계와 비교하여 말한다. [심화] • 전기를 읽고, 동화와 서로 비교하여 그 차이점을 말한다. (2) 작품에서 사건이 전개되는 과정을 파악한다. [기본] • 이야기나 극본에서 사건의 원인과 결과를 말한다. [심화] • 이야기나 극본에서 결말을 파악하고, 그 결말의 원인이 되는 행위나 사건을 말한다. (3) 작품의 분위기를 살려서 낭독한다. [기본] • 동시나 동화에서 작품의 분위기를 파악하고, 분위기를 살려서 낭독한다. [심화] • 동시나 동화의 낭독을 듣고, 분위기를 잘 살려서 낭독하였는지 말한다. (4) 작품에 나오는 인물이 되어 본다. [기본] • 이야기나 극본에 나오는 인물이 되어 어울리는 어조나 말투로 말한다. [심화] • 이야기나 극본에 나오는 인물의 말이나 행동을 말한다. (5) 작품을 스스로 찾아 읽는 습관을 지닌다. [기본] • 작품을 스스로 찾아 읽고, 느낌을 글로 표현	8학년 (1) 작품은 사회적, 문화적, 역사적 상황을 바탕으로 창조된 세계임을 안다. [기본] • 작품이 사회적, 문화적, 역사적 상황을 바탕으로 창조된 세계임을 말한다. [심화] • 작품에서 사회적, 문화적, 역사적 상황이 어떻게 재창조되었는지 추론하여 말한다. (2) 작가가 독자의 반응을 불러일으키기 위해 사용한 언어적 표현의 특징과 효과를 파악한다. [기본] • 작품에서 독자의 반응을 불러일으키는 언어적 표현을 찾고, 그 특징과 효과에 대해 말하다. [심화] • 작품에서 독자의 반응을 불러일으키는 언어적 표현을 이용하여 글로 표현한다. (3) 작품이 누구의 눈을 통하여 전달되고 있는지를 파악한다. [기본] • 시나 소설을 읽고, 작품이 주구의 눈을 통하여 전달되고 있는지 말한다. [심화] • 시의 화자나 소설의 시점을 바꾸어 작품을 다시 쓰고, 어떤 점이 달라지는지 비교한다. (4) 다양한 시각과 방법으로 작품을 해석하고 평가한다. [기본] • 같은 작품에 대한 여러 비평문을 읽고, 작품 해석과 평가 관점을 비교한다. • 다양한 시각과 방법으로 작품을 해석하고 평가한다.

한다.
[심화]
• 스스로 찾아 읽은 작품에서 받은 감동을 친구
에게 소개한다.

4학년
(1) 작품의 구성 요소를 안다.
[기본]
• 동시, 동화나 소설, 극본의 구성 요소를 안다.
[심화]
• 작품에서 동시, 동화나 소설, 극본의 구성요소
가 어떤 구실을 하는지 말한다.
(2) 작품의 구성 요소를 통하여 주제를 파악한다.
[기본]
• 인물, 사건, 배경, 등을 통하여 동화나 소설,
극본의 주제를 파악한다.
• 행과 연, 운율, 분위기 등을 통하여 동시의 주
제를 파악한다.
[심화]
• 작품의 주제와 구성 요소가 어떻게 관련되는지
파악한다.
(3) 작품의 구성 요소를 창조적으로 재구성한다.
[기본]
• 자신이 경험이나 처지에 비추어 작품의 구성
요소에 대한 생각이나 느낌을 말한다.
[심화]
• 작품의 구성 요소를 어떻게 바꾸어 보고 싶은
지 친구들과 이야기하다.
(4) 작품에 나타난 인물의 삶의 모습을 이해한다.
[기본]
• 작품의 시대 배경과 관련지어 등장인물의 삶의
모습에 대하여 말한다.
[심화]
• 작품에 나오는 인물의 삶의 모습을 작품에 반
영된 시대적, 문화적 상황과 관련지어 말한다.
(5) 작품에 나오는 인물의 사고방식을 이해한다.
[기본]
• 작품에 나오는 인물의 사고방식에 대한 자신의
의견을 말한다.
[심화]
• 작품에 나오는 인물의 사고방식에 대한 다른 사
람의 의견을 듣고, 이를 작품 읽기에 활용한다.
(6) 읽은 작품에 대해 독서록을 작성하는 태도를
지닌다.
[기본]
• 작품을 스스로 찾아 읽고, 작가, 작품명, 줄거

[심화]
• 다양한 시각과 방법으로 작품을 해석하고 평가
한 여러 비평문을 읽고, 각 관점의 공통점과 차
이점을 파악한다.
(5) 작품에 드러난 작가의 세계관과 그 시대의
사회·문화적 상황을 관련지어 이해한다.
[기본]
• 작품 속에 드러난 작가의 세계관이 그 시대의 사
회·문화적 상황과 어떻게 관련되는지 말한다.
[심화]
• 작품의 사회·문화적 상황이 바뀐다면, 작가의
세계관이 어떻게 될지 토론한다.
(6) 여러 갈래의 글을 쓴다.
[기본]
• 시, 소설, 수필, 희곡 등 여러 갈래의 글을 쓴다.
[심화]
• 쓴 글을 친구와 바꾸어 읽고 잘 된 점을 토론한다.
(7) 작품에 드러난 우리 민족의 전통이나 사상을
비판적으로 수용하는 태도를 지닌다.
[기본]
• 우리나라의 대표적인 작품에 드러난 전통이나
사상의 가치에 대해 토론한다.
[심화]
• 고전 문학 작품과 현대 문학 작품을 읽고, 전통
이나 사상이 어떻게 계승되고 있는지 알아본다.

9학년
(1) 한국 문학의 개념과 특질을 안다.
[기본]
• 한국 문학과 한국 문학이 아닌 것을 구별하는
기준을 말한다.
• 여러 갈래의 한국 문학 작품에 나타나는 공통적
인 특질을 말한다.
[심화]
• 한국 문학의 개념과 특질을 작품을 예로 들어가
며 설명한다.
(2) 한국 문학의 역사적 전개 과정을 이해한다.
[기본]
• 한국 문학의 역사적 전개 과정을 작품을 예로
들어가며 말한다.
[심화]
• 여러 가지 역사적 사건이 한국 문학의 흐름에
미친 영향에 대해 토의한다.

리와 느낌을 정리하여 독서록을 작성한다. [심화] • 독서록을 친구들과 서로 바꾸어 읽고, 책의 내용에 대한 친구들의 생각을 알아본다.	(3) 작품에 쓰인 여러 가지 표현 방식을 이해한다. [기본] • 작품에 쓰인 여러 가지 표현 방식을 찾고, 그 특징과 효과에 대하여 말한다. [심화] • 작품에 쓰인 여러 가지 표현 방식을 이용하여 글을 쓴다.
5학년 (1) 작품을 읽는 이에 따라 수용이 다를 수 있음을 안다. [기본] • 작품에 대한 친구의 다양한 느낌을 듣고, 자신의 느낌과 비교한다. [심화] • 독서 감상문을 서로 바꾸어 읽고, 작품에 대한 여러 사람의 수용 양상을 알아본다. (2) 작품에서 사건의 전개 과정과 인물의 관계를 이해한다. [기본] • 동화나 소설, 극본에서 사건의 전개 과정과 인물의 말이나 행동이 어떻게 관련되는지 말한다. [심화] • 동화나 소설, 극본에서 사건의 전개 과정이 달라진다면 인물의 말이나 행동 등이 어떻게 될지 상상하여 말한다. (3) 작품에서 인상적으로 표현한 부분을 찾는다. [기본] • 작품에서 재미있게 표현한 부분이나 느낌을 잘 살려 포함한 부분을 찾고, 그 결과를 친구들과 비교한다. [심화] • 작품에서 재미있게 표현한 부분이나 느낌을 잘 살려 표현한 부분을 찾고, 효과에 대해 말한다. (4) 작품에 나오는 인물의 다양한 삶을 이해한다. [기본] • 동화나 소설, 극본에 나오는 인물의 다양한 삶을 비교한다. [심화] • 동화나 소설에 나오는 다양한 인물의 삶을 현실 세계의 다양한 인물의 삶과 비교한다. (5) 작품의 일부분을 창조적으로 바꾸어 쓴다. [기본] • 자신의 생각이나 의견을 반영하여 작품의 일부분을 창조적으로 바꾸어 쓴다. [심화] • 친구들이 쓴 글과 바꾸어 읽고, 지신이 쓴 글과 비교한다	[심화] • 작품에 드러난 .작가의 개성을 찾아보고, 이에 대한 자신의 생각이나 느낌을 말한다. [심화] • 작품에 드러난 작가의 개성에 대해 다른 사람의 의견을 듣고, 자신의 생각이나 느낌과 비교한다. (5) 작품에 드러난 사회·문화적 상황과 작품 창작 동기를 관련지어 이해한다. [기본] • 작품에 드러난 사회·문화적 상황이 작가의 창작 동기와 어떻게 관련되는지 말한다. [심화] • 작품을 읽고, 사회·문화적 상황이 바뀐다면 작가는 어떤 글을 쓰게 될지 토론한다. (6) 한국 문학의 대표적인 작품을 찾아 읽고, 자신의 생각과 느낌을 글로 쓴다. [기본] • 한국 문학의 대표적인 작품을 알고, 읽은 작품에 대한 생각과 느낌을 정리하여 글로 쓴다. [심화] • 한국 문학의 대표적인 작품에 대하여 쓴 감상문을 바꾸어 읽고, 친구의 감상문과 비교 한다. (7) 작품 세계를 창조적으로 수용하려는 태도를 지닌다. [기본] • 감상문을 바꾸어 읽어 보고, 작품 수용이 사람에 따라 어떻게 다른지 토의한다. [심화] • 작품을 창조적으로 수용하는 것이 왜 중요한지 토의한다.

	고등학교
(6) 작품에 대한 생각이나 느낌을 글로 표현하려는 태도를 지닌다. [기본] • 작품을 읽고, 줄거리와 느낀 점을 정리하여 글로 쓴다. [심화] • 작품을 읽고, 떠오르는 생각이나 느낌을 구체적으로 표현하여 작품을 쓴다.	**10학년** (1) 문학의 기능을 안다. [기본] • 문학이라 할 수 있는 일에는 어떤 것들이 있는지 말한다. [심화] • 문학의 기능을 구체적인 작품을 예로 들어 설명한다.
6학년 (1) 문학의 갈래를 안다. [기본] • 문학의 갈래 개념을 알고, 문학의 갈래에는 어떤 것이 있는지 말한다. [심화] • 문학의 여러 갈래들을 비교하고, 그 차이점을 말한다. (2) 작품에서 사건의 전개와 배경의 관계를 파악한다. [기본] • 동화나 소설, 극본에서 사건의 전개와 배경의 관계를 말한다. [심화] • 동화나 소설, 극본에서 배경이 달라진다면 사건의 전개 과정이 어떻게 달라질지 상상하여 말한다. (3) 작품에 나오는 여러 가지 감각적 표현을 음미한다. [기본] • 시를 읽으며 여러 가지 감각적 표현을 찾고, 그 느낌을 말한다. [심화] • 시를 읽고, 여러 가지 감각적 표현이 주는 느낌과 그 효과에 대하여 토의한다. (4) 작품에 창의적으로 반응한다. [기본] • 작품에 대한 자기 나름대로의 생각이나 느낌을 말한다. [심화] • 작품에 대한 여러 사람의 생각이나 느낌을 알아보고, 이를 작품 수용에 활용한다. (5) 작품에 반영된 가치나 문화를 이해한다. [기본] • 작품에서 가치나 문화가 드러난 부분을 찾는다.	(2) 작품의 구성 요소와 그 기능을 이해한다. [기본] • 작품에서 작품의 구성요소가 어떤 기능을 하는지 작품의 예를 들어 말한다. [심화] • 작품을 이루는 구성 요소들의 기능과 이들간의 관계에 유의하며 작품을 총체적으로 수용한다. (3) 문학의 갈래에 따른 작품의 미적 가치를 파악한다. [기본] • 여러 갈래의 작품을 읽고, 문학의 갈래에 따라 작품의 미적 가치가 어떻게 다른지 말한다. [심화] • 문학의 갈래에 따른 작품의 미적 가치를 정리하여 표로 나타내고, 이를 바탕으로 설명하는 글을 쓴다. (4) 작가, 작품, 독자의 관계를 알고, 이를 작품 수용에 능동적으로 활용한다. [기본] • 작가, 작품, 독자의 관계를 고려하여 작품을 능동적으로 수용한다. [심화] • 작가, 작품, 독자의 관계를 알고 작품을 읽는 경우와 작품을 모르고 읽는 경우의 차이점에 대하여 토론한다. (5) 작품에 드러난 사회·문화적 상황을 파악하고, 이를 작품 수용에 능동적으로 활용한다. [기본] • 작품에 드러난 사회·문화적 상황을 고려하여 작품을 능동적으로 수용한다. [심화] • 작품에 드러난 사회·문화적 상황을 파악하고 작품을 읽는 경우와 파악하지 못하고 작품을 읽는 경우의 차이점에 대하여 토론한다. (6) 자신의 생각이나 느낌을 문학적으로 표현한다.

[심화]	[기본]
• 작품에 반영된 가치와 문화를 현실 세계의 그 것과 비교한다.	• 자신의 생각이나 느낌을 정리하여 말하고, 이를 문학적인 글로 표현한다.
⑹ 작품을 다른 갈래로 표현한다.	[심화]
[기본]	• 자신이 쓴 작품을 친구들과 바꾸어 읽고 비교한다.
• 동화나 소설의 일부분을 극본으로 바꾸어 쓴다.	⑺ 한국 문학의 전통을 창조적으로 계승, 발전시키려는 태도를 지닌다.
• 극본의 일부분을 동화나 소설로 바꾸어 쓴다.	[기본]
[심화]	• 한국의 대표적인 고전 문학 작품과 현대 문학 작품을 읽고, 계승, 발전시켜야 할 한국 문학의 전통을 찾는다.
• 동화나 소설의 일부분을 시로 바꾸어 쓴다.	[심화]
• 시를 동화나 소설로 바꾸어 쓴다.	• 한국 문학의 전통을 계승, 발전시키려면 어떻게 해야 할지 토의한다.
⑺ 가치 있는 작품이나 영상 자료 등을 선별하여 읽는 태도를 지닌다.	
[기본]	
• 가치 있는 작품이나 영상 자료 등을 선별하는 기준을 말한다.	
[심화]	
• 친구들과 의논하며 가치 있는 작품이나 영상 자료의 목록을 만든다.	

참조를 위해 1~6학년의 이론으로서의 문학교육과정용어들을 추출해 보면, 아래와 같다.

- 1학년 : 작품, 동시, 동화, 인물, 성격
- 2학년 : 언어적 요소, 운율, 이야기, 극본
- 3학년 : 상상의 세계, 사건, 개벽, 결말, 행위, 어조, 말투, 감동
- 4학년 : 구성 요소, 극본, 주제, 행, 연, 운율, 분위기, 구성 요소, 재구성, 반영
- 5학년 : 수용, 사건
- 6학년 : 갈래, 감각적 표현

실제의 교실 장면에서는 이 용어들을 바로 사용하지는 않게 될 것이다. 교육과정에 기술할 때 중등학교 문학교육과정용어로 '말하는 이', '누구의 눈' 등을 사용했던 점을 고려해 본다면, 이 용어들을 급별 수준에 맞게 다시 명명하는 것이 좋지 않았을까?[28] 물론 중학교 교육과정에

---

28) 이는 인지 발달 수준에 따라 학습자의 개념체계가 점점 더 '복잡해지는 것'이 아

서라면, '말하는 이'나 '누구의 눈'이라는 용어가 개념이나 범주를 다루기에는 부적절하다는 점에서 비록 뜻을 새겨 다루기가 쉽지 않다 하더라도 '화자 / 서정적 자아 / 서술자', '시점' 등을 그대로 사용하는 것이 나을 수 있다. 하지만 초등학교의 경우는 추상적 사고 능력의 발달 정도를 고려하거나 어휘 학습 수준을 고려할 때, 불가피하게 고쳐 써야 할 경우가 있을 것이다.

대부분의 용어들이 그 대상이 될 듯하다. 특히 1, 2학년에서는 여기 제시된 용어 가운데서 가장 쉬운 '이야기'조차도 개념으로 따지자면 설명하기 쉽지 않다. 따라서 우선은 쉬운 말로 고쳐 쓰고, 그 다음으로는 (정의하지 않는 대신) 유사한 상황에서 고쳐 쓴 '쉬운 용어'를 자주 반복적으로 사용하게 함으로써 익숙하게 만드는 것이 현명한 접근일 수 있다.

문학교육과정용어를 목록화하기 위해서는 학년이나 급별로 적정한 수준과 분량을 유지하면서 용어들을 선정하고, 이를 체계적으로 분포시키는 것이 필요할 것이다. 그래야 학습의 적정성을 유지할 수 있고, 부하량(負荷量)도 줄일 수 있다. 위 표는 3, 4학년에서 집중적으로 등장하는 용어들이 수준에서만이 아니라 분량에서도 적절하지 않게 구성되어 있음을 단적으로 보여준다.29) '진술의 수사학'을 무시하고 용어 차원에서 말한다면, 3, 4학년의 수준과 5, 6학년의 수준이 맞바꾸어져 있는 듯 보이기도 한다.

그렇다면 중학교와 고등학교교육과정에서는 어떤 문제가 있을까? 우선 이론으로서의 문학교육과정용어를 살펴보자.

7학년에서는, '소통', '작가', '독자', '수용', '문학', '갈등', '인물의 심

니라 다른 '대체되는 것'임을 인정한다는 뜻이다.
29) 학년이 올라갈수록 개념이나 범주를 많이 사용해야 한다는 뜻이 아니라 3, 4학년의 시기는 아직 문학교육과정들을 개념화하여 쓰기에는 이르다는 것을 말하는 것이다.

리’, ‘인물의 행동’, ‘감상’ 등이 사용되었고, 8학년에서는, ‘창조된 세계’, ‘재창조’, ‘(반응을 불러일으키는) 언어적 표현’, ‘누구의 눈’, ‘시점’, ‘화자’, ‘작가의 세계관’, ‘갈래’, ‘(작품의) 전통’, ‘(작품의) 사상’ 등이 사용되었으며, 9학년에서는, ‘한국 문학의 개념과 특질’, ‘한국 문학의 흐름 (한국문학사)’, ‘갈래’, ‘여러 가지 표현 방식’, ‘개성’, ‘창작 동기’ 등이 사용되었다.

그리고 10학년에서는 ‘문학의 기능’, ‘구성 요소’, ‘갈개’, ‘미적 가치’, ‘작가－작품－독자’, ‘문학적인 글’, ‘전통’, ‘고전’ 등이 사용되었다. 7학년에서 10학년까지 이론으로서의 문학교육과정용어는 이전 교육과정과 상당히 다른 부분들을 지니고 있다. 우선 창작 관련된 용어들이 추가되었다. 문학사적 지식에 관한 내용들이 추가되었으며, 이와 더불어 ‘전통’, ‘창조’, ‘고전’ 등의 이론이나 실제 모두에서 비중 있는 용어들이 추가되었다. 전반적으로 보면, 학년이 올라갈수록 용어들은 개념적 심화를 보였고 텍스트에서 메타텍스트로 관심을 옮겨가는 양상을 취하기도 했다.

그렇다면 심화의 측면 말고 다른 특징은 보이지 않는가? 그렇지는 않다. 이른바 ‘병치(竝置)’의 양상도 나타난다. 이를테면, 제7차 교육과정의 국민공통기본교육과정 8학년 ‘문학 영역’에는 “[8-문-(4)] 다양한 시각과 방법으로 작품을 해석하고 평가한다.”는 내용이 있다. 이것을 교육과정 해설에서는 ‘표현론, 구조론, 수용론, 반영론’이라는, 문학 접근 방법의 네 가지 대표적 유형으로 풀이한다. 절충이라면 작품 해석이나 평가에 다양한 시각과 방법이 있음을 알고 적용하게 하는 것이라 하겠고, 이는 수업 장면에서 서로 다른 문학 접근이 공공연한 경합을 벌이도록 하는 것이라 하겠다. 하지만, 실제 내용 구성에서는 7, 8학년에 주로 ‘반영론’이, 8, 9학년에 주로 ‘표현론’이, 9, 10학년에 주로 ‘수용론’이 역할 분담하듯 독립적으로 강조되고 있다. 이러한 배열은 여러 시각과 관점을 체계적으로 배우기 위한 배려 때문이 아니다. 그냥 병치시킨 것이다.

'쓰기 영역'에서도 같은 양상이 보인다. '쓰기 영역'은 다른 '영역'에 비해 기반 이론의 성과나 양상이 직접적으로 반영되어 왔던 '영역'인데, 내용 체계나 학년별 내용 모두에서 그렇다.

- [6-쓰기-(1)] 쓰기가 의미 형성 과정임을 안다.
- [8-쓰기-(1)] 쓰기가 문제 해결 과정임을 안다.
- [9-쓰기-(1)] 쓰기가 사회 · 문화적 과정임을 안다.
- [10-쓰기-(1)] 쓰기가 의사소통 행위임을 안다.

학년별로 '본질' 항목에 설정된 이 내용들은 공교롭게도 작문 이론의 변천사와 일치한다.[30) 비록 계열성을 갖추고 있지는 않지만 '작문 과목'에서도 같은 방식으로 수십 년의 격차와 문제의식의 변화를 뛰어넘어 버린다. 이론의 역사에서는 아래 항목의 근거 이론이 위 항목의 근거 이론을 보완하거나 지양하고 있으나, 교육 장면에서는 마치 이것들이 선택적인 것처럼 가르친다. 그렇다고 경합시키는 것도 아니다. 역시 절충이나 타협이라기보다는 병치에 가깝다.

방법으로서의 문학교육과정용어로는, '아름다움과 가치', '역사적 상황을 이해(역사적 인식)', '그 시대의 가치를 이해(공감)', '작품 해석', '비판적 수용', '창조적 수용', '총체적 수용' 등이 사용되었다. 여기에 사용된 '수용'이라는 개념은 어떤 특정한 의미를 지니고 있는지 좀 더 엄밀하게 정의해 둘 필요가 있다. '비판적 수용'이 '비판' 이상의 무엇인 것은 분명하고 여기에 학습자의 '감상력과 상상력'이 중요하게 작용하는 것도 분명하지만, 교육과정에서는 따로 정의해 두지 않았기 때문에 '비

---

30) 형식주의 작문 이론, 인지주의 작문 이론, 사회적 구성주의적 작문 이론, 의사소통론적 작문 이론―'대화주의적 작문 이론'이라고 부르는 논자도 있다.―이 학년별 내용으로 각각 대응한다. 이 구도는 개인의 성장과 시대적 변화를 은유적 관계로 연결 짓고 있는 느낌이 강하다.

판’이나 ‘창조’, 혹은 ‘인식’ 등의 의미로 불분명하게 뜻이 새겨질 가능성이 있다.

평가 행위로서의 문학교육과정용어로는, ‘안다’, ‘설명’, ‘이해’, ‘찾는다(분석)’, ‘비교’, ‘말한다(파악)’, ‘파악(탐구)’, ‘예측’, ‘평가’, ‘감상에 활용한다(적용)’, ‘토의(주장)’, ‘해석’, ‘추론’ 등이 사용되었다. 제6차 교육과정 때 사용된 평가 행위로서의 용어 모두가 다시 사용되었을 뿐 아니라 ‘예측’, ‘평가’, ‘적용’, ‘주장’, ‘해석’, ‘추론’ 등이 새롭게 등장했으며, 제5차 교육과정에 비교해 볼 때 좀 더 엄밀한 개념성을 갖게 되었음을 짐작하게 된다. 하지만 교수·학습 활동은 ‘평가 행위로서의 문학교육과정용어’의 인지적 영역 중심 편향 때문에 여전히 불완전한 것으로 보인다.

아마도 이것들이 최소의 용어일 것이다. 만약 이 용어들 중 몇 개를 좀 더 엄밀하게 다루려고 한다면, 용어의 수는 쉽게 배증(倍增)한다. 예컨대, ‘감상’이라는 용어를 “감상에는 어떤 감상이 있는가?” 하고 물어 그 뜻을 분명히 하고자 한다면, ‘동일시’, ‘감정 이입’, ‘투사’, ‘객관화(혹은 대상화, 혹은 거리 두기)’ 등의 새로운 용어들이 뒤이어 검토되어야 할 것이다. 아마도 ‘감상’은 감상만으로 설명되거나 실행될 수 없을 터이므로, 실제 동원되고 있고 동원되어야 하는 용어의 수는 여기 제시된 최소의 용어 목록보다는 많을 것이다. 또한 ‘평가 행위로서의 문학교육과정용어’들도 해당 용어의 범주상의 위상을 고려한다면, 목표/내용으로 진술된 것 외에도 다른 용어들이 동반 설명되어야 하거나 이해되어 있어야 할 것이다.

2) 교육과정 수행 차원에서

교육과정 이해는 교과서 분석을 통해 구체화된다. 여기서는 제7차 교육과정에서 교육과정 개념들이 어떻게 구체화되었는지 살펴보기로 하겠는데, 이를 위해 먼저 역대『국어』교과서들을 검토해 본다.

제1차 국어과 교육과정의『고등국어Ⅲ』(문교부, 1959)은 문학의 비중이 지배적이며 외국 문학과 '고전 문학'을 중심으로 했다. 현대 문학의 작품 수도 많지 않았을 뿐더러 "중견 국민으로서의 교양을 갖추는 것"이 고등학교 국어과 학습의 목표였기 때문이기도 했을 것이다. 1968년 제2차 교육과정 개정과 함께 발간된 고등학교 국어 교과서들에서는 '현대 문학' 작품들이 대거 수록된다. 단순히 감상뿐 아니라 소설론(소설의 첫 걸음, 현대 소설의 특질, 단편 소설의 이해), 시론(시조와 자유시, 시적 변용에 대하여, 시인의 사명 등) 등과 함께 창작법과 감상론이 강조되어 있었고, 영화나 극에 관한 내용도 비중 있게 다루었다.[31] 하지만 주목해야 할 점은 정작 작품의 수는 적은 대신 이론적인 글이 대부분을 차지했다는 사실이다.

이 시기의 국어 교과서가 일정한 체계 없이 제재와 내용의 필요에 따라 임의로 단원을 구성했던 것에 비하면, 제3차 국어과 교육과정에서는 국어 교과서(1975년 발행)들이 주제 중심으로 단원을 구성한 특징을 보이게 된다. 외국 문학을 전공한 이양하, 김진섭, 박용철, 최재서, 이하윤, 정인섭 등의 글이 두드러졌던 이전 교과서와는 달리 조윤제, 조연현 등에 의한 국문학사에 대한 틀짜기(고등학교『국어』단원명 "국문학의 발달(1), (2), (3)", "문예 사조에 관하여"), 최재서, 이상섭, 문덕수 등의 이론가들에 의한 모더니즘적 문학관 강조(고등학교『국어』단원명 "문학의 구조", "한국의 현대시", "문학과 인생")가 눈에 띤다. 하지만 이보다는 권순긍(1999)의 지적

---

31) 심지어는 '시나리오 작법'까지 내용으로 다루고 있다(『국어Ⅲ』 Ⅵ단원).

대로 "제3차 개정 교과서의 문학은 국가주의 혹은 국수주의 문학관에 근거하"였던 측면이 더욱 컸다.

제4차 국어과 교육과정에 이르면, 문학에 대한 체계적인 지식과 '문학 감상력과 상상력'이 함께 강조되었다. 국어 교과서(1984~1986 발행) 단원 체제는 주제 중심에서 문종(장르) 중심으로 바뀌었고, 이 과정에서 고등학교 1, 2, 3학년의 『국어』 교과서에는 이론만으로 구성된 "국문학의 이해"라는 단원이 설정되었다. 이 단원에서는 주로 국문학사에 관한 이론들이 제시되었으며, 문학 이론은 설명문 단원에서 제시되었다. 중요한 점은 작품들이 제시된 문학 단원들에서 장르적 지식이 강조되고 있었다는 사실이다.

'문학 영역'이 별도로 설정된 제5차 국어과 교육과정의 국어 교과서들은 영역별 단원 구성을 택했다. 문학 단원은 이론과 작품 제재로 구성되어 있었는데, 언어 사용 기능을 강조하면서 이론에서도 운율, 이미지, 형식, 상징 등과 같은 분석적 개념들이 두드러지게 사용되었다. 이것이 국어과 교육과정 문학 관련 목표에서 강조한 '체계적인 지식'의 실제이다. 이전 교육과정의 지식 중심 교육―이른바 '문학학(文學學)'의 지식들을 학습하는 것―을 비판했던 제5차 국어과 교육과정이 실제로는 그러한 접근을 좀 더 정교하게 다듬었던 셈이다.

이 때문에 제6차 국어과 교육과정에서는 '문학 영역'의 교육목표에서 일상 언어의 수준에서 문학 작품을 이해하고 감상하게 한다고 밝혔고, 문학 이론의 전반적인 윤곽을 고등학교 국어 교과서에 모두 담았음에도 실제 동원하는 개념과 범주들은 일상적인 용어들이었다. 문제는 이 용어들이 일반적인 지식의 층위에서 동원됨으로 인해 개념적 모호성과 혼란성을 그대로 떠안게 된 점이다. 교육담론이 취하는 절충이 가장 두드러지게 나타나게 된 교과서도 제6차 국어과 교육과정 고등학교 『국어』 교과서였다.

역대 국어과 교육과정에서 고등학교 『국어』 교과서들은 교육과정의 방향과 목적, 목표 등에 항상 일치하여 내용 체제를 구성했던 것은 아니었다. 또한 그 방향과 목표가 일치되는 경우라 하더라도, 선택한 이론이나 작품의 여하에 따라 동원되는 이론적 지식들을 변경시키는 결과를 낳기도 했었고, 혹은 그 지식들을 전혀 다른 맥락에서 재규정하게 하는 문제를 안기도 했었다.

제7차 국어과 교육과정에서 『국어』 교과서는 문학 관련 제재의 비율을 60%에 가깝게 증가시켰다. '일러두기'를 통해 강조했던 것은, 제7차 국어과 교육과정이 '창의적인 국어 활동 능력'을 기르기 위해 필요한 적절한 제재를 선별하여 수록했다는 점과 목표 중심의 통합적 교수·학습을 지향하여 제재에 따라 학습 내용이 달라지는 것이 아니라 학습 목표에 따라 제재를 학습하는 방법과 내용이 달라지는 방안을 택했다는 점, 그리고 교육과정의 목표와 내용을 실현하는 데 비교적 적절하다고 평가된 자료를 제시했다는 점이다. 정리하자면, 문학 제재가 많다고 해도, 이는 창의적 국어 활동 능력을 기르는 데 적합하다고 보는 것이며, 또한 통합적 교수·학습 활동에도 적절히 소용된다고 보는 것이다.

그렇다면 실제 『국어』 교과서는 어떤 양상을 보였을까? 문학교육과정용어는 위 취지와 교육과정의 목록에 부합하여 적절히 제시되고 있을까? 아래는 고등학교 『국어』(서울대학교 국어교육연구소 간행) 상·하권에 나타난 문학교육과정용어의 목록이다.

[표 10] 『국어 (상)』교과서 및 교사용 지도서의 문학교육과정용어

단원	교 과 서		교사용 지도서	
	위 치	용 어	위 치	용 어
1			소단원 개관	상상력(형상적으로 구현한)
1			소단원 개관	내면화
1	활동	사건(작품에 제시된)		
1	알아두기	상상	알아두기	상상(간접성, 창조성, 다양성)
1	알아두기	간접성(상상의)	알아두기	상상(간접성)
1	알아두기	창조성(상상의)	알아두기	상상(창조성)
1	알아두기	다양성(상상의)	알아두기	상상(다양성)
1	알아두기	상징성		
1	알아두기	전형성		
1	활동	체험(문학)	학습활동	화자
1			학습활동	감정 이입
1			학습활동	감상
1	알아두기	체험(정서적)	알아두기	정서적 체험(공감, 연민, 인간 이해, 삶의 이해)
1	알아두기	공감		
1	알아두기	연민		
1	알아두기	이해(인간, 삶의)		
3			학습활동	인물
3			학습활동	시적 화자
1	심화	사건	심화	상상적 구조(문학 작품의)
1	심화	주인공		
1	심화	기능(문학의)		
5			소단원 개관	등장 인물
5			소단원 개관	성격(인물의)
3	읽기 전에	인물		
3	읽기 전에	성격(인물의)		
3	보충	시조	보충	시조
			보충	시조 형식
3	심화	희곡	심화	대사(희곡의)
3	심화	행동	심화	지시문(희곡의)
3	심화	대사		
			소단원 개관	문학적 의사소통
			소단원 개관	상징(문학적)
5	도입	작가		
5	도입	독자		
5	알아두기	의사 소통 행위(문학적)		
5	알아두기	대화(의사소통행위로서)		

5			알아두기	**비유**
5	알아두기	언어(상징적)	알아두기	상징(문학적)
5	알아두기	언어(함축적인)		
5			학습활동	문학적 의사소통(상징성, 함축성)
5	알아두기	함축성		
5	알아두기	**수용(작품)**	알아두기	작품 수용(의 다양성)
6			개관	구성요소(작품의)
6			개관	전통(문화적)
6			개관	체험
6			개관	내면화
6	도입	요소(작품을 구성하는)		
6	도입	유기적 관계(요소들의)		
6			준비학습	감동
6			준비학습	시가
6			학습활동	감상
6	알아두기	**아름다움(문학의)**	알아두기	아름다움(시의)
6				
6	알아두기	**형상성**	알아두기	**형상성**
6	활동	화자		
6	알아두기	**음악성**	알아두기	**음악성**
6	알아두기	**함축성**	알아두기	**함축성**
6	알아두기	운율	알아두기	운율
6	알아두기	이미지	알아두기	**이미지**
6	알아두기	비유	알아두기	비유
6	알아두기	상징성	알아두기	상징
6	알아두기	역설	알아두기	역설
6			학습활동	연장체의 시조
6			학습활동	평시조(단형 시조)
6			학습활동	음수율
6			소단원 개관	민요조 서정시
6			학습활동	낭만적 사랑
6			학습활동	허구
6			소단원 개관	형식미
6			소단원 개관	문학 향유 체험
6			심화	전위시
7	활동	의미(상징적)		
8	알아두기	**반영(현실)**		
8	알아두기	동기(창작)		
8	알아두기	창조(인물)		

[표 11] 『국어 (하)』 교과서 및 교사용 지도서의 문학교육과정용어

단원	교 과 서		교사용 지도서	
	위 치	용 어	위 치	용 어
1	알아두기	특성(문학의 허구적)		
2			소단원 개관	반영
2			소단원 개관	감상
2			소단원 개관	작가
2			소단원 개관	상상력
2			소단원 개관	창작 동기
4			소단원 개관	문학적 표현
4			준비학습	함축적 표현
4			준비학습	감동
4			준비학습	정서
4			소단원 개관	상징
4			소단원 개관	비유
4	알아두기	객관적 상관물	알아두기	객관적 상관물
4	알아두기	형상화	알아두기	형상화(객관적 상관물을 통한)
4	알아두기	이해		
4	알아두기	공감		
4	알아두기	우회적 표현	알아두기	우회적 표현
4	알아두기	상징적 표현	알아두기	상징적 표현
4	알아두기	상징		
4			알아두기	은유
4	알아두기	비유(빗대어 표현하기)	알아두기	빗대어 표현하기(비유)
5	알아두기	우아	알아두기	우아
5	알아두기	골계	알아두기	골계
5	알아두기	숭고	알아두기	숭고
5	알아두기	비장	알아두기	비장
5			소단원 개관	가사 문학
5			소단원 개관	고전
5			소단원 개관	고전적인 가치
5			소단원 개관	문학적 전통
5			알아두기	대상(세계)
5			알아두기	자연
5			소단원 개관	미적 범주
5			알아두기	유머(해학)
5			알아두기	풍자
5			알아두기	기지(위트)
5			알아두기	반어(아이러니)
5			보충	문학 향유 방식
5			보충	화자
7			알아두기	전통
7			알아두기	전통의 창조적 계승
7			활동	재창조
7			활동	모티프

분석에 앞서 몇 가지 단서를 달아둘 것이 있다. 위 표들에서 표시된 굵은 글자체로 용어들은 해당 교과서, 혹은 교사용 지도서에서 정의되 거나 혹은 정의에는 값하지 못하더라도 뜻풀이가 되어 있는 것들이다. 교과서에서 뜻풀이가 된 용어의 경우, 대개 교사용 지도서에서는 좀 더 상세하게 뜻풀이를 해 둔다. 위 표에서 확인할 수 있다시피, 개관이나 소단원 개관이 아닌 경우, 대부분의 용어 정의나 풀이는 '알아두기'를 통해 이루어지는데, 이것은 교과서 개발자들이 '알아두기'에 "제재 중 간에 두어 학습 활동의 수행에 요구되는 개념적·방법적 지식을 습득" 하게 하는 기능을 부여했기 때문이다.32)

추출한 용어들의 목록으로부터 주목할 만한 특징적 양상들을 살펴보 기로 한다. 교육과정에서 교육목표로 제시하는 것에 비해 용어의 수는 평균 4배에서 7배 정도 이상 많다. 하지만 목표/내용 진술이 일반적이 고 추상적임을 고려해 본다면, 그 수가 많다고 보기는 어렵다(국어 교과서 58개, 교사용 지도서 85개). 다만 예컨대 "문학의 기능을 안다."와 같은 교육 목표가 설정된 1단원에서 '기능'에 해당하는 내용을 크게 '즐거움'으로 묶고, 세부적으로 '상상, 깨달음, 이해' 같은 개인적인 가치의 측면에 지 나치게 고정시키는 점이 아쉬운 부분이다. 내용의 고착이 강하다 보니, 다른 용어들과 설명 층위가 잘 맞지 않는 '상상의 간접성, 창조성, 다양 성' 같은 용어가 따로 뜻풀이까지 해 가며 제시되는 양상도 나타난다.

사용되는 용어들의 층위에서도 문제들이 나타난다. 예컨대 '정서적 체험'의 경우, 이 용어는 '문학 체험'이나 '상상적 체험'과 서로 바꾸어

---

32) 다만 '알아두기'와 함께 제시되는 '참고자료'는 이 분석에서 제외하였다. 그것은 '참고자료'의 자료들 중에는 10학년 학습자들에게는 적합하지 않은 전문적인 내 용도 포함되어 있고, 논쟁적일 수 있는 내용도 포함되어 있는데다가, '참고자료' 의 본래 취지에 비추어 볼 때 개별화 학습 혹은 수준별 학습에 한해 참조하는 것 이 바람직하다고 보았기 때문이다. 따라서 여기에서 정의되거나 그밖의 방법으로 상세화된 내용이 있는 경우라도 모든 학습자들이 반드시 알아야 하는 내용이 아 니라는 점에서 제외하였다.

가며 사용할 수 있는 공통된 의미 기반을 지니고 있는데, 그 하위 항목을 교과서에서는 '공감', '연민', '인간 이해', '삶의 이해' 등으로 나누었다. 어떤 용어는 동어 반복('인간 이해'와 '삶의 이해'는 굳이 그 뜻을 구별해 쓰려고 할 때 결과적으로는 학습자들이 암기할 내용 외에는 남지 않는 거의 같은 의미이다)이고, 어떤 용어는 내포적 관계('연민'은 '공감'의 한 양상이다)를 갖는 등, 정작 뜻풀이는 되어 있으면서도 개념적 관계는 분명하지 않은 문제를 안고 있는 것이다. 또 다른 예로 교과서는 특정한 이론에 기대어 문학의 미적 범주를 '숭고, 비장, 우아, 골계' 등으로 사분(四分)하였다. 구조주의적 이론을 끌어들였기 때문에 가능한 설명인 셈인데, 이 중 유독 '골계'에 대해서만 하위 분류를 하였다. '유머(해학)', '풍자', '기지(위트)', '반어(아이러니)'가 그것이다. 이 범주들이 특히 근대 문학에서 미학적으로 중요한 의미를 지닌다는 것을 백분 인정한다 하더라도, 이에 관한 상세한 교수·학습이 필요한 별도의 이유가 있지 않았다면, 문학적 인식의 확장이라는 측면에서 다른 미적 범주들에 대해서도 그만한 관심을 가져야 했다. 다른 미적 범주들에 대해서는 언급하지 않거나 개괄적인 설명에서 멈춘 대신, '골계'에 대해서는 이렇게 자의적인 하위 분류를 한 까닭에 실제 교수·학습 상황에서도 교사들이 해당 용어들을 자의적으로 설명하게 될 가능성이 생겼다.

교사용 지도서가 문학교육과정용어를 다루는 범위와 수준은 현재까지 일정한 기준을 가지고 있지 않은 것으로 나타난다. '연장체의 시조', '민요조 서정시', '전위시', '이야기시' 같은 장르 개념이 모두 정의되지 않고 사용되고 있는가 하면, '낭만적 사랑'처럼 특수한 의미를 지니는 개념도 설명적 용어로 취급된다.

고등학교 교육과정 해설에서 '문학의 이론적 범주'로 소개한 다섯 가지 유형의 문학 접근법(반영론, 표현론, 구조론, 소통론, 수용론)은 문학 이해의 다원주의적 관점 수용이라는 측면에서 긍정적일 수 있다. 하지만 『국

어』및『국어 교사용 지도서』는 이러한 관점 문제를 지나쳐서 상대주
의로 나아가 버렸다. 다시 말해, 서로 다른 이론에서 비롯된 개념들, 예
컨대 '반영'과 '빗대어 표현하기'와 '객관적 상관물'과 '문학적 의사소
통'과 '수용'은 평면적으로 제시할 수 있는 개념들이 아님에도 불구하
고, 선택적인 것도 아니요, 오로지 주제에 따라 이 작품을 다룰 때에는
이 개념으로, 저 작품을 다룰 때에는 저 개념으로 접근하게 하고 있다.
이것은 사실 가장 큰 문제점으로 지적될 만한 부분이다.

3) 교육과정 평가 차원에서

평가, 특히 총괄 평가의 경우, 평가자는 학습자들이 성취했을 것으로
기대하는 능력의 중핵적인 준거들을 평가를 위해 사용하게 된다. 이때
평가에 사용된 준거의 구체적인 항목들은 평가를 위한 교육과정용어로
기능한다. 교육과정 평가자는 이것을 보고 교사들이 교육과정에 설정된
교육목표나 내용을 어떻게 해석하고 구현하였는지를 확인하게 된다. 만
약 평가에서 사용된 교육과정용어들이 적절한 수에서 통제된다면, 교과
서를 비롯한 교재들이 교육과정에서 정한 교육내용보다 과도히 많은
전문용어들을 사용하고 있는 경우라도 이를 교수·학습 과정에서 합리
적으로 재조정할 수 있을 것이다.

현행 교육과정에 이르기까지 평가는 문학교육과정용어를 어떻게 동
원하였을까? 전국적 단위에서의 총괄 평가 기능을 하는 대단위 평가가
없고, 그 대신 대학수학능력시험이나 또는 그와 유사한 모의시험들이
이 기능을 일부 수행하고 있다는 점을 고려하여 이를 검토해 보기로 한
다. 대학수학능력시험은 고등학교 교육과정을 정상적으로 이수한 학습
자라면 무난히 치를 수 있다고 표방되고 있는 만큼, 고등학교 문학교육
과정을 통해 학습자들이 습득하거나 성취했을 것으로 기대되는 지식이
나 수행적 능력을 측정하는 평가로서도 일부 기능할 것으로 판단할 수

있을 것이다.

제7차 국어과 교육과정이 2002년부터 시작되었다는 점에 비추어 분석은 정시 평가와 모의 평가를 합하여 2004학년도 6월 모의 평가에서부터 2005학년도 정시 평가까지 여섯 번의 시험을 대상으로 삼는다.

전체적으로 살펴볼 때, 대학수학능력시험에서는 97개의 문학 관련 용어군(用語群)이 사용되었다. 이 용어들은 특정한 분야에, 그리고 분야 내에서도 특정한 부분에 치중되는 양상을 보인다. 고전 문학(산문, 시가) 분야의 출제 문항에서는 문학 관련 용어가 그다지 비중 있게 사용되지 않았다. 그나마 사용되는 용어들은 '기능', '인물', '사건', '갈등', '이야기', '배경', '화자' 같은 구조주의 시학이나 서사학에서 가져온 것들이다. 이 점은 현대 소설 분야에서도 예외는 아니며, 심지어 수필이나 희곡, 시나리오, 비평 등에서는 거의 사용되지 않는 양상을 보인다. 대부분은 현대시 분야에서 사용된 것들이다. 단독으로 사용된 용어 외에 용어들의 조합으로 이루어진 한정적, 수식적 개념들도 대부분 현대시 텍스트를 분석하거나 해석, 설명하기 위해 사용되고 있다.

문학 관련 용어군이 현대시 분야에서 주로 사용된 것은 시험 출제자들이 시 텍스트의 내용을 일상의 언어로 풀이하는 과정이 간단치 않다고 인식하고 있는 데에 기인하는 것으로 보인다. 말하자면 해당 용어들을 사용하지 않고는 시 텍스트의 내용을 설명하기도 쉽지 않고, 또한 이른바 '객관식 시험'이라 불리는 선택형 지필 평가의 정답 확정에도 논란이 있을 수 있다고 여기는 것처럼 보인다는 뜻이다.

개념들은 사고의 틀을 규제하기 때문에 부가적인 단서 조항 없이도 문제 해결의 상황을 통제할 수 있게 한다. 예컨대 2005년 9월 모의 평가에서 현대시 분야의 문제에 나왔던 '상승 이미지'라는 용어는 문제의 다른 어느 곳에서도 언급하지 않고 있는 '하강 이미지'와 대응하면서 시 텍스트의 의미 구조를 균제미를 갖춘 공간적 축조물(築造物)로 이해하게 만든다.

21. (가)~(다)의 표현상의 특징에 대한 설명으로 적절하지 않은 것은?
　① (가)는 상승 이미지를 사용하여 주제를 강조하고 있다.
　② (가)는 첫 연과 끝 연이 상응하는 구성 방법을 사용하고 있다.
　③ (나)는 시각적 이미지를 사용하여 화자의 정서를 형상화하고 있다.
　④ (다)는 활유의 기법을 사용하여 대상에 생동감을 부여하고 있다.
　⑤ (다)는 시간의 역전(逆轉)을 통해 화자의 의지를 강화하고 있다.[33]

이 용어는 시 텍스트를 읽기 시작한 독자(수험생)를 향해 '괴로움', '슬픔', '고난'을 담고 있는 '눈물의 이슬'에 '해바라기', '원광(圓光)', '노고지리'를 함축하는 '한 송이 꽃'을 대응시키라고 요구하는 것이다. 전제를 받아들이고 나서 진술의 논리가 성립한다면 (전제를 잊어버리더라도) 진술은 참이 되는 방식이다.

공교롭게도 단편화를 이용하는 이런 방식의 용어 사용은 해당 용어들의 출처가 단일하지 않음에도 불구하고[34] 작품을 여전히 신비평적 맥락에서 보게 만든다.

이것으로는 제7차 국어과 교육과정에서 밝힌 국어과 교육의 성격 가운데 "문학에 대한 기본적인 지식을 바탕으로 문학 작품을 수용하면서 인간의 다양한 삶을 총체적으로 이해하는 능력과 심미적 정서를 기른다."[35]는 취지에 있어서나 "문학적 감수성과 상상력, 문학에 대한 지식, 태도 및 가치가 학습자 안에서 유기적으로 통합될 수 있"[36]게 한다는 취지에 있어서 성취하기를 기대하는 목표 수준을 측정하는 데 한계가

---

33) 이 문제에서 다루는 작품 (가)는 조지훈의 「마음의 태양」이다.
34) 신비평의 중심 개념들이 중심이 되고 있음은 분명하나, 모더니즘 이론이나 서정 시학에서 비롯된 개념 혹은 범주들도 다수 포함되어 있다.
35) 교육부(1997), 『국어과 교육과정』, 제7차 교육과정 교육부 고시 제1997-15호[별책 5], p.28.
36) 앞의 책, p.150.

있을 수밖에 없다.

[표 12] 제7차 국어과 교육과정 기간 동안 대학수학능력시험 정시 및 모의 평가에 나타난 문학교육과정용어(2004학년도~2005학년도)

구 분	빈도	항 목
이론으로서의 문학교육과정용어	17	화자 (시적-)
	8	정서 (인물의 -), (- 환기) / 인물 (- 대립), (작중 -) / 갈등 (극적 -), (내면적 -), (내적 -) / 이미지 (감각적 -), (대항 -), (상승 -), (시각적 -) / 주제
	7	시어 / 장면 (전환 -) / 분위기 (향토적)
	6	묘사 (배경 -), (행동 -)
	5	어조 (관조적 -), (비판적 -), (열정적 -) / 주인공 / 사건 / 형상 (-화), (-화 방식)
	4	공간 (시적 -) / 독자 / 반어 / 상징 (-적), (-화) / 서술자 / 시상 / (- 전개 방식) / 시인 / 심리 (인물의 -), (내면 -) / 의미 (공간적 -), (상징적 -), (시간적 -), (함축적 -) / 이상 (-화) / 표현 (비유적 -), (- 효과), (- 상의 효과)
	3	기법 (활유의 -) (묘사 -), (표현 -) / 대상 / 배경 (공간적 -), (시간적 -) / 성격 (인물의 -) / 창작 (- 활동), (- 과정) / 태도 (대상을 보는 -), (시인의 -), (화자의 -) / 풍자 / 기능 (서사 전개상의 -), (서사적 -)
	2	거리 (심리적 -) / 구성 (3단 -), (첫 연과 끝 연이 상응하는 -) / 내면 / 대화 / 미 (비장-) / 비유 / 상황 (시대적 -), (시적 -) / 시구 / 시점 (서술 -) / 암시 / 역설 (-적) / 이야기 / 작가 / 작품 / 제재 (중심 -) / 함축 (-적 의미) / 현실 / 형식 (3장 -)
	1	감각화 / 감상성 / 개성 / 개입 / 관계 (대상과의 -) / 긴장 (시적 -) / 낭만적 / 대구 / 대조 / 목소리 / 문체 / 반복 / 병치 / 비극 (-적) / 비평문 / 삽화 / 서정 (목가적 -) / 세계 (초월적 -) / 소재 (중심 -) / 수사 (감각적인 -) / 시 / 시간 (서술하는 시간과 서술되는 시간) / 시조 / 아이러니 / 양식화 / 어투 / 역전 / 원시(原詩) / 율동감 / 응축 / 자아 (시적) / 자연 / 장르 / 재구성 / 전형적 / 전환 (극적 -) / 정형성 / 존재 / 행동 / 행위 / 향유 / 활유 (-적)
방법으로서의 문학교육과정용어	5	감상 / 인식 (반성적-), (상황 -), (현실 -)
	3	상상 (-력)
	2	발상 (시적 -)
	1	체험 / 이해
평가 행위로서의 문학교육과정용어		

　　조금 다른 각도에서 용어 사용의 문제를 살펴볼 수도 있을 것이다. 빈도수에서 두드러지게 사용되는 용어들을 추출해 보면 일련의 경향성

을 발견할 수 있다([표 12] 참조).

'화자'(17회), '정서'(8회), '갈등'(8회), '어조'(5회), '심리'(4회), '태도'(3회)의 공통점은 문학 텍스트를 주체의 내면 진술로 읽게 하는 표지들이다. 이 표지들이 부각되는 것은 제6차 국어과 교육과정 기간 동안 대학수학능력시험에서 사용된 용어[37]들과 비교해 볼 때 확연한 차이를 보이는데([표 13] 참조), 작품의 수용이나 문학적 감수성, 상상력 등과 같은, 국어과 교육의 성격에 부합하는 교육을 평가하려 한 데 원인이 있었을 것으로 짐작하게 한다.

[표 13] 제6차 국어과 교육과정 기간 동안 대학수학능력시험 정시 및 모의 평가에 나타난 문학교육과정용어(1999학년도~2003학년도)

구 분	빈도	항 목
이론으로서의 문학교육과정용어	21	화자 (시적 -)
	16	인물 (대상 -), (동일 -), (등장 -), (-의 심리 상태), (주변 -), (초점 -), (비관적 -)
	10	이미지 (동적 -), (시각적 -), (정적 -), (청각적 -) / 정서 (- 표현), (- 환기), (시적 -)
	9	갈등 (내면 -), (내적 -), (심리적 -), (외적 -)
	7	시상 (- 전개), (- 전환)
	6	배경 (공간적 -), (시·공간적 -), (시간적 -), (시적 -)
	5	묘사 (내면 -) / 시어 (-의 반복) / 현실 (부정적인 -), (- 대응 방식)
	4	독백 / 독자 / 분위기 (환상적 -) / 작품 / 장면 (- 전환) / 청자
	3	대화 / 비평 / 사건 (- 전개), (-의 인과성) / 상징 (-적), (-성) / 서사 (- 진행의 속도), (-적인 특성), (현대적 -성) / 서술 / 서술자 / 시인 (-의 분신) / 심상 (원형적 -) / 한국문학 (-의 세계화), (-의 특수성, 보편성)
	2	거리 (심리적 -) / 결말 (행복한 -) / 내면 세계 / 대상 (시적 -) / 상황 / 소재 (이국적 -) / 소통 구조 / 어조 (설득적 -) / 운율 / 반영 / 표현 / 함축 (-적 의미) / 해석 / 형상 (-화)

---

37) 해당 기간이 다르기 때문에 직접 비교하기는 어렵지만, 1999학년도부터 2003학년도까지 분석한 [표 14]의 자료에서는 모두 95개의 용어군이 사용되고 있어서 용어의 수에서는 [표 13]의 자료와 거의 같은 것으로 나타난다.

이론으로서의 문학교육과정용어	1	각색 / 감동 / 감정 / 고전 / 고전 소설 / 공간 (시적 -) / 구조 / 기능 / 긴장감 (극적 -) / 내레이션 / 대사 / 대중소설 / 리듬감 / 반어 (-적인 표현) / 부제 / 비유 (-적) / 비현실 / 사설 / 상응 / 서술 방식 / 설화 / 소설 / 수미상응 / 시구 / 시나리오 / 시점 / 시행 / 심리 (내면 -) / 암시 / 역설 (-적 효과) / 요소 / 원작 (- 소설) / 원형 / 이상 / 장단 / 접근 방법 (내재적 -) / 정조 (시적 -) / 조력자 / 주인공 / 주제 / 주제 의식 / 진술 (시적 -) / 표상 / 해학 (-적 표현) / 행동 / 환기 / 희곡
방법으로서의 문학교육과정용어	7	태도 (대상을 바라보는 -), (반성적 -), (심리적 -), (자연 친화적 -)
	2	발상 / 상상 (-력)
평가 행위로서의 문학교육과정용어	3	감상
	2	수용
	1	창작 / 반응 / 공감

    그런데 실제 출제된 문제를 보면, 제6차 국어과 교육과정 시기와 그다지 차이를 보이지 않는다. 인용된 문제들만을 놓고 보면 해석에서 감상이나 평가로 옮긴 듯이 보이기는 하나, 다른 문제들에서는 거의 같은 형태의 문제들이 보이기 때문에 섣불리 일반화하기는 어렵다. 오히려 우리가 주목하게 되는 것은 차이를 무화(無化)시키는 출제 방식이다. 일반적으로 문학 수업에서 문학(특히 시) 텍스트의 정서를 이해하게 하려 할 때 설정하게 되는 것이 작품 내의 '시적 자아'38)와 독자의 상황적 유사성, 혹은 상황적 인접성이다. 교사는 이때 보통 '감정 이입'이나 '투사'라는 용어를 매개로 삼아 감상 활동을 하게 한다. 그런데 이 문제들에서는 그러한 절차가 아예 생략되어 있다. 그렇다면 무엇이 정답을 확정해 줄까? 두 가지 가능한 선택만이 남겨진다. 하나는 작품에 대한 이해(감상)를 '답지'의 정보에 대한 지식에 대응시키는 방식이고, 다른 하나는 작품에 대한 지식을 답지에 대한 이해(감상)에 대응시키는 방식이다. 어느 쪽이든 간에 독자(수험생)가 이미 알고 있는 (배경)지식이 정답 확정의 근거가 된다. 여기서 우리가 얻게 되는 판단은 '어떤' 용어의 유

---

38) 인용문에서는 '시적 화자'로 지칭했으나 앞서 밝힌 바와 같이 '정서'나 '태도'는 텍스트 상에서 확인되는 화자가 아니라 작품에서 발견되는 주체에게 문제되는 것이다.

무가 평가의 질이나 가치를 담보해 주는 것이 아니라 어떤 용어'들의
관계'가 그렇게 해 준다는 점이다.

42. [A]에 나타난 시적 화자의 정서와 거리가 가장 먼 것은?
　　① 십 년(十年)을 경영(經營)호여 초려삼간(草廬三間) 지여 내니
　　　나 호 간 둘 호 간에 청풍(淸風) 호 간 맛겨 두고
　　　강산(江山)은 들일 더 업스니 둘러 두고 보리라.
　　　　　　　　　　　　　　　　　　　　　　　　　－송순
　　　　　　　　　　　　　　　　　　　　(2005학년도 정시 평가)

44. (나)의 내용과 관련하여 볼 때, ㉠에 나타난 시적 정서와 가장 가까운 것은?
　　① 어데로 가야 하나/ 어데로 날아가야 하나/ 피흘리며 찾아온 땅/ 꽃
　　　도 없다/ 이슬도 없다/ 녹슨 철조망가에/ 나비는/ 바람에 날린다
　　　　　　　　　　　　　　　　　　　　－박봉우, 휴전선의 나비
　　　　　　　　　　　　　　　　　　(2005학년도 6월 모의 평가)

17. (가)와 (나)의 시적 화자가 대화를 나눈다고 할 때, 작품에서 드러나는 태도와
　　일치하지 않는 것은?[2점]
　　① (나) : 당신은 너무 소극적이라고 생각합니다. 나라면 절대 가지
　　　말라고 임을 붙잡든지, 아니면 고통스럽기는 하지만 미련을 남
　　　기지 않고 헤어지든지 했을 것입니다.
　　　　　　　　　　　　　　　　　　　　　　(1999년 정시 평가)

39. ⓐ～ⓔ 중, 시인이 대상을 바라보는 태도가 가장 이질적인 것은?
　　① ⓐ　　　② ⓑ　　　③ ⓒ　　　④ ⓓ　　　⑤ ⓔ
　　　　　　　　　　　　　　　　　　　　　　(2000년 정시 평가)

　아마도 이러한 문제는 대학수학능력시험에서 묻는 것이 '방법으로서
의 문학교육과정용어'가 되지 않고 '이론으로서의 문학교육과정용어'가
되기 때문에 발생했을 것이다. 문학교육의 목표가 대부분 '방법으로서
의 문학교육과정용어'에 반영된다면, 평가 역시 그것의 성취 여부를 묻
는 것이 적합하다. 그런데 실제로는 '방법으로서의 문학교육과정용어'

들이 각기 뜻하는 바가 무엇인지, 갖추기를 기대하는 능력의 어떤 상태인지, 어떤 행동 양상을 보이는지에 대해 교육과정 수준에서 밝혀지지 않고 있다는 것이 문제다. 게다가 평가에 제시된 용어의 수는 평가 목표 전체를 포괄하기에는 지나치게 적다.

출제된 용어들을 교육과정에 제시된 용어들과 비교해 보면, 일부 용어들[39]을 제외하고는 어휘군에서 거의 일치하고 있음을 알게 된다. 반면에 교과서 및 교사용 지도서와 비교해 보면, 교과서와 교사용 지도서에 사용된 전문적이거나 특수한 의미로 뜻풀이되었다거나 특정한 이론에 근거했다거나 하는 용어들은 거의 사용되지 않고 있음을 확인하게 된다.

결국 이것은 대학수학능력시험의 출제 문항에 포함된 문학교육과정 용어들이 비교적 문학교육의 목표와 내용에 근접한 평가 도구들을 제공하고 있다는 것을 시사한다. 이것은 사전 설계된 용어 목록과 용례들에 근거한 것이 아니었고, 전적으로 관련 전공 영역의 출제진의 숙의 과정에서 도출된 것들이기에 더욱 의미가 있는 일이다.

5. 이론과 현실

문학교육과정은 문학교육의 내적 동력에 의해 그 성과를 검증받을 수 있으며 개선의 가능성을 얻을 수 있다. 그 외의 모든 교육적 동력들은, 심지어 그것이 문학교육과 무관하게 교육철학적 정당성을 주장할 수 있는 것이라 할지라도, 대증적 요법(對症的 療法)을 통해 문학교육과정

---

39) 예컨대 '병치', '양식화', '역전', '응축'처럼 일반적 의미로 풀이하기는 했으나 원래 전문적인 학술용어로 사용된 것들

을 실행하거나 개선할 수 있을 따름이다. 한 명의 학습자, 혹은 하나의 학급, 하나의 학교, 한 해의 교육과정 같은, 특수한 사례들이 성공적이었다 하더라도 문학교육의 내적 동력에 의하지 아니하고서는 다른 사례들로써 같은 결과를 담보할 보장을 받을 수는 없다.

문학교육에는 그 목적을 정당화하는 여러 관점들이 있을 수 있다. 예컨대 행태주의적 관점은 학습자의 경험 영역을 구체화할 수 있고, 인지주의적 관점은 학습자의 지력 성장에 도움을 줄 수 있으며, 의사소통론적 관점은 학습자의 수행력 향상에 기여할 수 있다. 문학교육과정은 이러한 관점들이 채택하는 각기 다른 접근(approach)들에 의해 설계되고 운영될 수 있다. 각각의 접근은 서로 다른 교육철학을 구체화하고 학습자들이 갖추게 되기를 기대하는 모종의 가치 있는 인간 특성의 형성에 긍정적으로 복무하게 된다. 이것들은 단지 '접근법의 지나간 풍조'이거나 혹은 '선택해야 할 하나의 대안'이 아니다. 다행스럽게도 여전히 인지주의적 접근의 가치는 유효하고, 의사소통론적 접근의 방법론은 다른 접근을 취할 때에조차 고려되어야 한다.

만약 이러한 관점들이 문학교육의 내재적 요구로부터 나오지 않고, 그것과 독립적인 교육철학 자체에서 제공되고 있다고 가정해 보자. 이때 다른 접근들은 실효성의 검증 대상이 되거나 유행의 사조(思潮) 속에 던져지는 제한성을 갖게 된다. 문학교육에서 특정한 능력에 방점을 둔 유일한 관점이나 접근은 결국 특정한 능력만이 고도로 발달된 왜곡된 인간형을 기술(記述)하는 일이 될 수 있다.

돌이켜 보건대, 문학교육은 그것이 독립된 영역과 과목으로 운영되기 시작했던 제4차 교육과정 이래로 교육적 당위와 지향의 중심축이 끊임없이 흔들리며 오늘날까지 진행되어 왔다. 때로는 개선되고 때로는 악화되면서도 문제의식은 분명해져 왔으니 전체적으로 보면 긍정적인 변화의 과정이었다고 생각된다. 그렇기는 하더라도 우리는 이제 "왜 배워야 하는가?”와 “무엇을 배워야 하는가?”라는 교육의 근본 질문 앞에서 ‘(민족)언어문화유산을 계승하기 위해서’라거나 ‘바람직한 가치를 내면화하기 위해서’라고 답했던 것이 과연 합당한지 물어야 한다. 그것은 특정한 문학적 지식들을 익히거나 작품으로부터 직접적으로 윤리적 가치를 뽑아내어 익히게 하는 길이기 때문이다.

우리가 지나온 길은 문학교육의 ‘이론적 접근’과 문학교육이 실행되었던 ‘제도로서의 교육과정’이 서로 다른 교육적 기반에 놓여 있어 왔었고,[40] ‘문학교육의 내적 동력’에 대한 각론적 연구와 검토가 미약했다. 문학교육이론의 본격적인 모색이 1990년대 중반부터 이루어졌던 근본적인 상황 조건에다 최근에 이르기까지 문학교육의 목표와 내용 체계에 대한 논의가 서로 어긋나 있었던 것도 큰 영향 요인이었다.[41] 그러했기 때문에 문학교육의 목표 및 내용 설정이 잘못되었던 것이 아니라, 그것이 규정되어 있지 않았다. 이 문제는 좁게는 교실 수업에서 교사가 어떤 개념과 관념들을 동원하여 수업을 이끌어 나가야 하는가에 관한 설계의 부재와 이 설계에 사용되는 요소들—특히 개념과 범주들—의

---

40) 이는 제도로서의 교과 교육과정이 교과교육 자체의 내재적 요구와 필요에 의해 구축되지 못했기 때문이었다. 교육과정 개정이나 개선의 계기는 국가의 교육 정책 차원에서 마련되는, 이른바 ‘하향식 축조’가 그간의 국가 교육과정을 특징지어 왔다는 것은 주지의 사실이다.

41) 실제로 제7차 국어과 교육과정은 그간 교육목표 및 내용 체계가 어떤 관계로 설정되어 왔는지를 다음과 같이 밝히고 있다. “국어 교육의 내용은 교육 목적 내지 이념, 즉 철학적 기반을 고려하고 이에서 도출한 국어과 교육의 목표를 달성하는 데 적합한 것들을 선정해야 한다. 그런데 현행 교육과정에 제시된 교육내용 제시 방식은 활동만 제시한 것, 자료와 내용을 혼합 제시한 것, 방법과 자료와 내용을 함께 제시한 것 등으로 다양하다. 이는 제5차 교육과정을 개정할 때 제기되었던 문제, 예를 들어, 언어 사용 기능 / 언어(지식) / 문학(지식 및 감상)의 관련 내용을 평면적으로 나열하였다거나 내용 진술 면에서 지식, 개념, 활동, 기능 등이 혼합된 진술 방식을 개선한 결과이기는 하지만 ‘내용’과 관련된 문제를 해결하지 못하였다는 구체적인 근거가 된다.” 교육부(1999), 「중학교 국어과 교육과정 해설(2) —국어, 도덕, 사회」. 참조. 그러나 제7차 교육과정 역시 이 문제를 해결하는 데에는 성공하지 못했다.

미확정과 관련된다.

'국어교육을 언어교육'이라고 말하기 위해서는 먼저 '언어'가 무엇인지 충분히 생각해 보아야 한다는 지적(김대행, 2002)은 이 시점에 특별히 중요한 의미를 지닌다. 여기서 충분히 생각해 보아야 하는 것은 학술담론에 국한되지 않는다. 그것이 '언어'이든, '문학'이든 간에 충분한 생각의 결과는 문학교육의 수행에 직접적으로 영향을 미치기 때문이다. 학술담론들 간의 대화가 가져올 수 있는 약간의 합의나 검증도 교육담론에는 매우 중요한 의미를 지닌다. 그것은 문학교육의 근거가 되고, 또한 지침이 된다.[42]

어떤 교육과정 개념틀을 택할 것인가 하는 문제는 교육과정 이론과 관련이 있다. 그렇기 때문에 교육과정 개정 때마다 천명되는 관점이나 접근이 있기 마련이며, 그러한 관점이나 접근에 따라 교육과정 문서를 개발하려고 노력하게 된다. 하지만 교육과정 현상이 교육과정 이론과 일치하지 않는 일은 어렵지 않게 발견된다.

개념틀의 측면에서 볼 때, 현행 교육과정은 기본 교육이 이루어지는 국어과 교육과정의 '문학 영역'에서 문학교육과정용어의 과소화 양상이, 그리고 심화 선택 교육이 이루어지는 '문학 과목'에서는 과다화 양상이 발견된다. 무엇보다도 상충되기까지 하는 문학 및 인접 학술담론들에서 비롯된 서로 다른 용어들이 별다른 설명 없이 혼재(混在)되어 있는 것도 문제점으로 판단된다. 이러한 용어의 혼재는 결과적으로 학습자들의 문학 체험과 이해에 부정적인 영향을 끼칠 수밖에 없다.

현행 교육과정은 학습자 중심 교육이나 과정 중심 교육, 구성주의 같

---

42) 첫째, 학술담론은 교육담론의 가치척도이자, 이론적 준거가 된다.
둘째, 학술담론은 그것에 적절히 반응하고 그 형식 내에서 운용되는 교육담론을 선택한다.
셋째, 학술담론은 그것에 적절히 반응하지 못하고 그 형식 밖에서 운용되는 교육담론을 배제한다(최지현, 194 : 22).

은 여러 근접한 관점과 접근들을 명시적으로 혹은 해석적으로 취택(取擇)하고 있다. 그런 까닭에 교육과정은 그렇게 해석할 수 있게 하는 양상들이 쉽게 주목된다. 하지만 교육과정이 이론적 정합성을 견지하고 있느냐 하고 묻는다면, 긍정적으로 답하기는 쉽지 않다. 교육과정의 목표 진술 하나만 놓고 보더라도, 제7차 국어과 교육과정은 '이론＋평가 행위' 유형이 절대적인 비중을 차지하는 것으로 나타난다. 원리적으로는 '이론＋평가 행위＋방법', '방법＋평가 행위' 등이 모두 가능하고, 교육과정의 개정 취지로 보면 바로 이것들이 목표 진술의 주된 방식이 되어야 하지만, 실제로는 이 유형들은 오히려 소수이다.

이것은 교육과정이 단일한 이론에 의해 구성되지 않음을 시사한다. 그것은 현실적으로 하나의 교육과정이 단일한 이론 체계에 따라 구성되는 것 자체가 어렵기 때문이거나, 표방하는 것과는 달리 교육과정은 실제 이를 구현할 수 있는 용어들의 목록과 조직 원리를 가지고 있지 못하기 때문일 것이다. 방법으로서 '창작'이나 '수용' 같은 용어가 들어온다고 해도, 이를 이론과 평가 행위에 제대로 결합시켜 교육내용으로 진술하지 못하면 실제로는 실현의 가능성을 갖지 못한다.

불일치는, 그러한 교육과정이 여전히 교실 수업에 마술적인 효과를 가져오는 까닭에 대한 궁금증에 이르게 한다. 구성주의 문학 수업은 실제 효과를 거두는 것처럼 논의된다. 논문도 다량 생산되고 교육실천도 활발하다. 하지만 그 과정에서 학습자가 과연 (어떤) 지식을 생성했는지, 또 그것이 자발적이고 창조적인 과정을 통해 이루어졌는지, 학습의 과정마다 이 지식이 어떻게 통합되는지, 학습자들 사이의 지식의 차이가 어떻게 조정이 되거나 '줄어드는지' 학술적·실천적 논의가 이루어졌다는 기억이 없다. 더욱이 4장에서 본 바와 같이 결국 지금까지 문학교육은 교사 중심 지식 교육을 그대로 유지해 왔다고 보아야 한다.

어떤 패러다임이든 문학교육과정의 방향과 성격을 드러낼 수 있으려

면, 먼저 문학교육을 통해 학습자들이 획득하기를 기대하는 여러 수준
과 종류의 문학능력들을 다양한 유형의 목표/내용 진술로 제시할 수
있어야 할 것이다. '방법으로서의 문학교육과정용어'가 추상적으로만
진술되고 구체적인 목표/내용으로는 제시되지 않는 문제가 그대로 남
겨진 조건에서는 제5차 교육과정 이래로 지속적으로 비판해 왔던 지식
중심 교육을 극복하기 어렵다.

'상상적 체험'이나 '미적 감수성' 등이 실제 수업에서 구체화하기 힘
든 개념과 범주들인 것은 분명하지만, 다룰 수 없는 것이 아니라 다루
지 않았기 때문에 구체화되기 힘들었다고 보아야 한다. 예를 들어 "작
품 속 세계를 상상적으로 체험한다."라든가 "문학 활동을 통해 미적 감
수성을 기른다." 같은 목표/내용이 문학교육과정에서 제시될 수 있어
야 하며, 그렇게 제시해야 할 '방법으로서의 문학교육과정용어'에 무엇
이 있는지를 좀 더 적극적으로 찾아보아야 한다.

요컨대, 교육과정 개념틀은 이론, 방법, 평가 행위로서의 문학교육과
정용어들을 고르게 반영하여 선정해야 하며, 이것은 교육내용 체계 및
학년별 내용을 기술하는 데 반영해야 한다. 이론에 치중되면 대상화된
지식을 양산하게 될 수 있고, 방법에 치중되면 구체적인 내용을 놓칠
수 있다. 그런가 하면 평가 행위에 치중될 때에는 문학교육의 특수성이
상실될 문제도 있다. 용어들은 문학 체험과 교육적 상호작용에 따라 긴
밀히 관련될 수 있어야 하기 때문에, 용어 선정도 그에 준하여 체계화
되어야 한다.

Ⅲ. 외국의 문학교육과정

1. 개관

Ⅲ부에서는 미국과 캐나다를 각기 대표하는 몇몇 주의 교육과정을 살펴보려고 한다. 이를 위해 미국의 사례로는 매사추세츠(Massachusetts) 주와 캘리포니아(California) 주 교육과정을 선택하였고, 캐나다의 사례로는 온타리오(Ontario) 주와 브리티시컬럼비아(British Columbia) 주의 교육과정을 선택했다. 사례의 선택에는 대표성과 선도성(先導性)이 기준으로 사용되었다. 미국의 사례들은 주 교육과정 평가에서 가장 좋은 평가 결과를 얻은 것을 근거로 하였고, 캐나다의 사례는 교육과정 규모(학생, 학교, 재정)와 연구·교육의 성과 축적 정도를 반영하였다.

Ⅲ부를 시작하기에 앞서 이러한 비교교육학적 접근이 갖는 의미에 대한 내 자신의 관점을 밝혀 두고자 한다. 그간 교육과정 개정 때마다 개발자들은 참조를 위해 외국의 교육과정을 검토해 왔다. 한때는 일본이나 미국의 교육과정을 검토하기도 했고, 영국의 교육과정을 논의할 때도 있었으며, 최근에는 호주의 교육과정에 주목하고 있다. 각 주별로 교육과정이 운영되는 미국의 경우는 교육과정이 바뀔 때마다 검토되는 주(州)가 달라지기도 했다. 참조는 내 자신의 논리를 보완하거나 강화하

기 위해 하기 마련이다. 이런 관점에서 보면, 그동안 검토되었던 외국의 교육과정들이 주로 교육과정 개정의 취지나 방향을 잘 설명할 수 있는 것들에 초점을 두었던 사실은 충분히 그럴 만하며 자연스러워 보이기도 한다.

하지만 이와 관련하여 명심해야 할 점은 적합성이 있기 때문에 참조하는 것이지 참조함으로써 적합성을 갖게 되는 것은 아니라는 사실이다. 내가 보기에 참조의 대상 중에 어떤 것은 인유(引喩)처럼 가까운 듯 멀고 적실한 듯하면서도 상이한 전제 위에서 만들어진 것이어서, 인용(引用)하기에 적절하지 않은 것들이 있었다. 현상이 아닌 그 이면의 논리를 참조할 때에는 반드시 가정과 전제를 함께 끌어와야 한다.

그렇다면 나는 왜 여기서 외국의 문학교육과정, 그것도 그 중의 극히 일부인 미국과 캐나다의 몇몇 주의 문학교육과정을 참조하고자 하는 것일까. 그 이유는 크게 두 가지이다. 첫째는 이 책의 바탕이 되었던 2003~2005년 연구가 당시 논의되던 '문학 영역'을 떼어버린 새로운 교육과정의 설계에 주목했고, 그 조건에서 문학교육과정을 어떻게 실행할 수 있는지에 대해 교육과정 개발자들과는 다른 시각에서 관심을 가졌기 때문이다. 그리고 둘째는 학제(學制) 운용의 유사성으로 인해 교육내용을 계열화하고 위계화하는 데 있어서 유용한 비교 자료를 얻을 수 있을 것으로 판단했기 때문이다.

일찍부터 미국의 영어과 교육과정은 우리나라 교육과정 개정 과정에서 일차적으로 검토해 왔던 참조 대상이며, 캐나다의 영어과 교육과정은 새로운 국어과 교육과정 개정을 위한 연구 과정에서 미국이 빠지고 대신 포함된 참조 대상이다. 교육이 안고 있는 사회적 과제와 사회 구성적 특성, 그리고 교육과정 제도가 이들 국가와 다른 까닭에, 우리가 이들 국가의 교육과정으로부터 직접적으로 참조할 내용을 얻기는 어려울 것이다. 다만 차이와 유사성의 비교는 필시 자신을 돌아볼 계기를 주기에 충분하다는 관점에서 이러한 작업이 필요하다고 여기고 있다. 나는 그것이 Ⅱ부 4장과 Ⅲ부 4장이 조우(遭遇)하는 과정이라고 여기고 있다.

기술(記述)에서는 2장과 3장을 각기 미국과 캐나다로 나누어 기술하면서 각 장의 내용을 교육과정상의 특징과 개념틀 분석에 할애할 것이다. 그런 다음에 4장에서 개념과 범주 차원, 개념틀 차원, 그리고 용어 목록 차원에서 이에 대한 해석을 하게 될 것이다.

후술하겠지만, 이들 국가에서는 국가 차원의 교육과정 대신 주 차원의 교육과정이 운영되고 있고, 인종적·민족적 다양성으로 인해 사회 통합과 문식성 확대가 교육 정책의 중요한 고려 요인이 되고 있으며, 교육과정 운영 체제도 사뭇 다르다. 하지만 문학교육의 방향 설정과 관련하여 대두되고 있는 복합문화주의적 관점의 수용 문제나 문화·매체와 관련한 다중 문식성 교육으로의 발전 문제는 이들 국가의 교육과정이 참조될 만한 중요성을 지니고 있음을 말해 준다.

2. 미국의 문학교육과정[1]

가. 일반적 특징

미국의 교육과정은 지역 분권과 주민 자치에 근거하여 운영되는 교육 제도적 특성으로 인해 연방 정부가 아닌 주 정부에서 맡아 개발하고 시행하게 되어 있다. 하지만 주 정부 차원에서 이른바 '기준 기반 교육

---

1) 이 장에서 다루어진 '미국의 문학교육과정'은 최지현(2006a)의 논의에 기초하고 있다. 이 역시 문학교육과정용어 대신 개념틀을 사용하여 재해석하였고 그 의미에 대한 평가는 4장으로 독립시켜 다루었다.

(Standards-based Education)'이 이루어지기 시작한 것은 1980년대 후반부터이다. 1983년 '교육 수월성 국가 위원회(NCEE : National Commission on Excellence in Education)'에서 '위기에 처한 국가(A Nation at Risk)'라는 제목의 보고서가 제출되면서, 위기는 외부에 있다기보다는 기초 기능과 학력이 매우 낮은 수준으로 저하되어 버린 미국 내부에 이미 잠복해 있었다는 반성이 일게 되었다. 그 이후로 1989년 수학 교과의 K~12 기준이 개발된 것을 시작으로 각 교과의 교육과정이 주마다 개발되기에 이르렀으며, 그 형식은 연방 정부의 지원 아래 각 주 정부가 공식적인 기준을 설정하여 학생들에게 기대하는 목표 도달점을 명시하고 필수적으로 학습해야 할 지식 내용과 관련 자원들(resources)을 제시하는 방식이 되었다.

교육과정을 기술하고 있는 문서는 우리와는 달리 각각의 주에서 독립적으로 개발된다. 물론 교육과정 결정의 최상위에는 연방 정부 차원의 국가 기준(National Standards)2)이 있다. 하지만 실제적인 교육과정 개발과 운영은 주 정부 차원에서 이루어지기 때문에, 교육과정 결정 방식은 각 주에 따라 서로 다르게 나타나기도 한다. 주 교육과정(State Curriculum)은 교육 이념이나 목적, 기대하는 인간상 같은 거시적이고 추상적인 개념 대신 지도 원리(Guiding Principles)를 제시하여 내용 조직의 근거로 경우가 있는데, 많은 주에서는 그것도 따로 제시하지 않는 대신 구체적인 교수 지침이나 활동 자원을 제공하기도 한다. 이는 교사들이 교실의 상황에 따라 융통성 있게 교육과정—이 경우에는 하위 내용 요소와 기준을 의미한다.—을 운영할 수 있도록 하려는 데 목적이 있는 것으로 보인다.

현재 미국의 주 교육과정은 28개 주에서 핵심 내용 범위의 교육과정

---

2) 이것은 내용 기준(Content Standards)과 학생 성취 기준(Student Performance Standards), 그리고 학습 기회 기준(School Delivery Standards)으로 구성되어 있다.

의 대강을 수립한 1997년부터 발전한 것이다. 이 당시 각 주의 언어예
술교육과정을 평가한 스타츠키 보고서(Stotsky Report, 1997)에서 교육과
정의 중요성과 기준의 상세화 및 교과 포괄성을 강조한 이후,3) 2000년
다시 평가하였을 때에는 주 교육과정이 구축된 주가 48개에 이르렀고,
2005년 평가에서는 51개 주 모두가 평가 대상이 되었다. 또한 전반적
평점도 상향평준화되고 있는 것으로 나타났다.4) 2005년 평가에서의 변
화는 2002년 주창된 'No Child Left Behind Act(NCLB)'에 따라 읽기와 수
학이 강조됨으로써 각 주들이 교육과정을 개정하였기 때문으로 보인다.
　형식상으로 보면, 미국의 문학교육과정은 한국과 유사하게 '언어예술
(English Language Arts)'5)의 내용 영역 안에서 문학 관련 목표 도달점들 간
의 체제로 이루어지며, 대학 준비 과정에서는 '문학(Literature)' 과목으로
특화되기도 한다. 하지만 일부 주에서는 K~9의 경우 '읽기'와 '문학'을

---

3) 이 보고서 외에도 간달(Gandal, M., 1997), 조프터스와 버먼(Joftus, S. & Berman, I.,
　1998) 등의 교육과정 평가 보고서가 있었다. 이들 보고서의 평가 결과는 다소 차이
　를 보이고 있는데, 주로 평가 준거와 척도 설정에서의 차이에 기인하는 것으로 보
　인다. 교육과정 평가의 차이에 주목한 논의로는 더글러스(Douglas A. Archbald,
　1998)을 참조할 것
4) 포덤 재단(Fordham Foundation)에서는 지속적으로 미국 각 주의 교육과정에 대한 평
　가 작업을 수행해 왔다. 스타츠키(Stotsky, Sandra,1997; 2000, 2005), 핀 등(Finn, C.,
　Petrilli, M., & Vanourek, G., 1998)
5) 이 책에서는 'English Language Arts'을 '언어예술'로 옮겨 사용하였다. 직역하면 '영
　어 예술'에 가깝지만, 의미로는 '언어예술'이 더 적합해 보인다. 이렇게 옮기는 까
　닭은 이러한 명칭이 영어(English) 과목과의 성격 차이를 보여주고 있다고 보았기
　때문이다. 우리가 『국어』라는 과목의 성격을 고민할 때 간섭하는 명칭의 문제가
　여기서는 선택의 과정을 통해 어느 정도는 해소되고 있는 것 같다. 흥미롭게도 캘
　리포니아 주를 비롯한 몇몇 주에서는 'English-Language Arts'로 표기하고 있고, 테
　네시 주를 비롯한 몇몇 주에서는 'English / Language Arts'로 표기하고 있는 것을 확
　인할 수 있다. 이 용어의 우리말 번역어에 대한 일반적 합의가 없는 까닭은 개념에
　대응하는 실제의 대상을 한국의 교육과정에서 찾을 수 없기 때문일 것이다. 하지
　만 현실 언어를 가장 잘 반영하고 있다고 평가되는 Wikipedia.org의 'language arts'
　항목에 근거하여 판단할 때, 이것은 '언어예술로서의 영어'를 뜻하는 것으로 이해
　하는 것이 적합할 것으로 본다.(http://wikipedia.org)

같은 영역(Domains)6)으로 묶거나 혹은 '읽기' 속에서 문학 내용 요소를 설정하기도 하는 것으로 나타난다.

이 점은 교육과정 평가에서 논란이 되는 부분이기도 한데, 스타츠키 보고서는 특히 문학교육의 수준과 비중을 강조하여 다루고 있기도 하다. 2005년 시점에 스타츠키가 문학교육과정의 주요 문제로 비판한 내용을 보면 다음과 같다(Stotsky, 2005 : 13~14).

- **내용 부재**

  대부분의 주 교육과정 기준들이 문학교육과정의 독자적 내용을 윤곽 짓지 못했다. 절반 정도의 주에서는 미국 문학 연구가 요구되지 않았고, 극소수의 주에서만 예시 제목, 저자, 문학 연대기, 문학 전통 같은 것들이 읽기 발달과 문학 특성의 지침으로서, 그리고 영어사에서의 획기적 사건의 예로서 제공되었을 뿐이며, 특정한 작품을 통한 교실 활동을 기술했을 뿐이다.

- **가공의 요구들**

  모든 주의 교육과정이 어느 정도는 문학 학습의 형식적 내용을 제시하기는 했으나, 많은 주의 교육과정은 이를 계통적으로 모든 학년을 뛰어넘는 모든 유형의 상상적 활동 속에 위치 잡지 못했다. 특히 극문학은 제시되다가 마는 정도였다. 어떤 주의 형식적인 내용은 지나칠 정도로 어렵게 설정되어 있었지만, 문학적 특성을 지닌 복합적 텍스트에서만이 아니라 간단하거나 낮은 수준의 텍스트에서도 쉽게 설정할 수 있는 것이었다.

---

6) 'Domains'이나 'Scopes', 'Content areas', 'Strands' 등은 모두 '영역'으로 번역될 수 있는 용어들이다. 하지만 그 의미 차가 적지 않기 때문에 혼동되어서는 안 된다. 이 책에서는 'Domains'이나 'Scopes'는 일단 '영역'으로 번역하여 쓰되 괄호 속에 원래의 용어를 병용하였고, 'Content areas'는 '내용 범위'로, 그리고 'Strands'는 '내용 요소'로 구분하여 번역하였다. '영역(Domains)'은 그 용례를 통해 의미를 추정해 볼 때에는 '분야'로 부르는 것이 더 나을 수도 있겠다고 보았으나 우리의 국어과 교육과정이 '영역'이라고 부르는 것과 거의 일치하고 있기 때문에 우선은 그대로 사용하기로 하며, 이미 교육과정의 주요 개념으로 사용되고 있는 '영역(Scopes)'는 목표에 근거한 내용 선정의 준거, 혹은 내용의 범위를 뜻하는 의미로 사용한다.

• 가르쳐질 수 없는 기준들

간명한 내용의 기준보다 중요한 내용의 기준이 오히려 가르쳐질 수 없는 것이었다. (예시) 이러한 기준들은 학교생활이 얼마나 오래되었든지 간에 일반적인 교사가 일반적인 중등학교 학생들을 대상으로 가르칠 수 없는 것들이다. 주 교육과정이 중등학교 수준에서 문학적, 비문학적 읽기를 위해 풍부하고 명확한 내용의 기준들을 제공하는데 실패하는 것은 개선해야 할 주요한 세 가지 범위들에 부정적인 영향을 끼친다. 첫째로 문학 텍스트의 특성과 복잡성이 불명확하게 남겨짐으로써, 교사와 관리자가 학교 전반에서 얻게 될 권한의 근거를 제공받지 못하게 될 수 있다. 둘째로 주 평가에서 사용될 문학 작품의 구절들의 특성에 영향을 미치고, 문학적 읽기의 영향을 축소시킬 수 있다. 셋째로 장래의 예비 영어과 교사가 될 사람들에게 나중의 될 직업적 자기 개발만큼이나 현재의 교양 과목 선택에 심대한 충격을 주게 된다.

이상의 내용은 다음과 같이 다시 정리될 수 있다. 첫째, 많은 주의 교육과정이 적합한 문학 기준을 제시하지 못하고 있다. 둘째, 일부의 교육과정들만이 영미 문학 작품을 특정하여 목록화하고 있다. 셋째, 소수의 교육과정에서만 측정할 수 있는 기준을 가지고 있다. 넷째, 절반 정도의 교육과정이 지적 곤란성이 점차 커지게 되어 있는 수준들을 반영하는데 실패하고 있다.

하지만 그 가운데서도 몇몇 주는 우수한 교육과정을 가지고 있는 것으로 평가되었다. 가장 높은 평점을 받은 매사추세츠(Massachusetts) 주와 캘리포니아(California) 주 교육과정이 대표적인 사례들인데, 이 주들은 1997년 평가에서도 높은 평점을 얻은 바 있었다. 이하에서는 이 두 주의 교육과정을 문학교육과정용어의 선정·범주화와 교육과정 개념틀을 중심으로 살펴보기로 한다.

나. 매사추세츠 주

1) 교육과정 특성

매사추세츠 주의 언어예술 교육과정은 1997년의 교육과정을 개선한 2000년 개정 교육과정(May, 2000)을 구체화한 것으로서 2001년에 확정되었고, 2004년에 증보된 것이다.[7] 2005년도에 작성된 스타츠키 보고서에서는 교육 목적과 기대 수준에서 24점 만점 중에 23점, 교육과정 조직에서 12점 만점 중 12점, 교과 범위에서 28점 만점 중 28점, 질적 수준에서 24점 만점 중 23점, 그리고 감점 평가 기준에서 24점 중 감점 0점으로 총 86점을 얻어 획득 점수 평균(GPA)이 3.91로 최우수 교육과정에 선정된 바 있다.[8]

이 교육과정은 10개의 지도 원리(Guiding Principle)를 설정하여 교육과정 개발의 교육적 관점을 세웠는데, 이 중 문학교육과 관련한 내용은 세 번째 원리이다.

> 효과적인 언어예술 교육과정은, 우리가 공유한 문학적 전통을 반영하고 있는 작품들을 다룸으로써, 다양한 장르와 시대, 그리고 문화들로부터 문학을 이끌어낸다.[9]

이 원리를 통해 확인할 수 있는 사실은 매사추세츠 주 교육과정이 개별 문학 텍스트를 읽고 해석하고 감상하는 것보다는 문학적 전통으로서 작품에 친숙해지는 것에 강조점을 두고 있다는 것이다. 교육과정은

---

7) Massachusetts English Language Arts Curriculum Framework, June 2001 ; Supplement to the Massachusetts English Language Arts Curriculum Framework : Grades 3, 5 and 7 - Grade Level Standards for Vocabulary, Reading, and Literature, May 2004.
8) Stotsky, Sandra(2005 : 46~47) 참조.
9) Massachusetts English Language Arts Curriculum Framework, Massachusetts Department of Education, June 2001, p.4.

이를 위해 부록에 학년군별(PreK~2, 3~5, 6~8, 9~12)로 매우 상세한 수준의 권장 작가와 작품 목록(일부)을 제시하고 있기도 하다.

　매사추세츠 주 교육과정은 또한 '언어', '읽기와 문학', '작문', '매체'를 네 가지 기본 갈래(Strands)[10]로 삼고 있다. 주목할 만한 점은 읽기와 문학이 하나의 갈래로 묶여 있는 것이다. 이는 문학이 독립된 교육과정을 운영하게 되어 있지 않다는 것을 의미한다. 하지만 '읽기와 문학' 갈래에 포함된 12개의 기준[11]에 관여하는 내용 원리는 대부분 문학적 지식을 요구한다. 그렇기 때문에 언어예술 교육과정 내에 독립된 문학교육과정이 있다기보다는 오히려 언어예술 교육과정이 문학 기반 교육과정(Literature-based Curriculum)으로 운영된다고 보는 것이 적합할 것이다.

　[표 14]는 '읽기와 문학'의 일반 기준을 나타낸 것이다.

[표 14] 매사추세츠 주 언어예술 교육과정 '읽기와 문학' 일반 기준

기준 7 : 읽기 시작하기	학생들은 기록된 영어의 본성에 대해 확인하고, 음성 및 문자들과 음성 발화에 대한 문자와 표기 패턴(반복적 규칙)이 갖는 관련성에 대해 이해하게 될 것이다.
기준 8 : 텍스트 이해하기	학생들은 텍스트에 존재하는 기본적인 사실들과 주요 아이디어들을 확인하고, 그것들을 해석의 기반으로 사용하게 될 것이다.

---

10) 교육과정에서는 이를 내용 범위(Content areas)로 풀이하고 있다. 영역(Scopes)의 하위 범주로 사용되기도 하기 때문에, 최지현(2005)에서는 이 용어를 '내용 요소'로 번역하여 사용한 바 있다. 하지만 일반적으로 말하는 '영역'과 이 용어는 혼동해서는 안 된다. 이 분류 범주는 예컨대 다음과 같은 이유로 인해 영역과 구별된다. '듣기와 말하기'는 언어에 포함되어 있으며, 언어 형식, 언어 구조, 공식적・비공식적 (구술) 담화의 특성과 기능 등이 함께 다루어지고 있다. 기준의 배치를 두고 말하자면 '듣기와 말하기'는 구술적 기능에서 언어의 이해로 심화되고 있다. '쓰기'는 작문에 포함되어 있으며, 교정, 조사(research), 시연(presentation) 등과 함께 다루어지고 있다. 이 역시 기준의 배치를 두고 말하자면 전자에서 후자로 심화되는 체제를 갖추고 있다. '문학'은 '읽기'와 함께 하나의 갈래(strand)를 이루고 있지만 언어와 작문, 매체 모두에서도 내용(content)을 가지고 있다.

11) 매사추세츠 언어예술 교육과정에서는 27개의 일반 기준(general standards)을 제시하고 있는데, 이 중 언어가 6개, 읽기와 문학이 12개, 작문이 7개, 매체가 2개이다. 각 기준은 학년군별로 다시 학습 기준(learning standards)으로 구체화되고 있다.

기준 9 : 연관 만들기	학생들은 문학적, 비문학적 작품들을 현대적 맥락과 역사적 배경 속에 관련지음으로써 그 작품들에 대한 그들의 이해를 심화하게 될 것이다.
기준 10 : 장르	학생들은 서로 다른 장르들의 특성들에 관한 지식을 확인하고, 분석하며, 적용하게 될 것이다.
기준 11 : 주제	학생들은 문학 작품의 주제를 확인하고, 분석하며, 적용하게 될 것이며, 이에 관한 그들의 이해를 입증하기 위해 텍스트로부터 근거를 제시하게 될 것이다.
기준 12 : 소설	학생들은 소설의 구조와 요소들에 관한 지식을 확인하고, 분석하며, 적용하게 될 것이고, 이에 관한 그들의 이해를 입증하기 위해 텍스트로부터 근거를 찾아 제시하게 될 것이다.
기준 13 : 비소설 산문	학생들은 비소설이나 정보적 읽을거리의 목적과 구조, 그리고 요소들에 관한 지식을 확인하고, 분석하며, 적용하게 될 것이며, 이에 관한 그들의 이해를 입증하기 위해 텍스트로부터 근거를 찾아 제시하게 될 것이다.
기준 14 : 시	학생들은 시의 주제와 구조, 그리고 요소들에 관한 지식을 확인하고, 분석하며, 적용하게 될 것이고, 이에 관한 그들의 이해를 입증하기 위해 텍스트로부터 근거를 찾아 제시하게 될 것이다.
기준 15 : 문체와 언어	학생들은 작가의 말이 언어가 어떻게 느낌을 만들어내며, 이미지를 창조하고, 분위기를 조성하며, 어조를 조정하는지 확인하고, 분석하게 될 것이며, 이에 관한 그들의 이해를 입증하기 위해 텍스트로부터 근거를 찾아 제시하게 될 것이다.
기준 16 : 신화, 전통적 서사물, 그리고 고전 문학작품	학생들은 신화와 전통적 서사물, 그리고 고전 문학작품의 주제와 구조, 그리고 요소들에 관한 지식을 확인하고, 분석하며, 적용하게 될 것이며 그들의 이해를 입증하기 위해 텍스트로부터 근거를 찾아 제시하게 될 것이다.
기준 17 : 극 문학	학생들은 연극의 주제와 구조, 그리고 요소들에 관한 지식을 확인하고, 분석하며, 적용하게 될 것이며 그들의 이해를 입증하기 위해 텍스트로부터 근거를 찾아 제시하게 될 것이다.
기준 18 : 극적 읽기와 공연	학생들은 청중과 목적의 조건에 어울리는 극적 읽기들과 낭송들과 연기를 계획하고 실행하게 될 것이다.

　이러한 일반 기준은 학년에 따라 구체적인 학습 기준을 갖게 되어 있다. 각 학년에 따라 일반 기준이 학습 기준으로 어떻게 구체화되는지 보기 위해 '일반 기준 10'에 해당하는 '장르'의 학년별 학습 기준을 간략히 [표 15]처럼 나타내 보였다.

[표 15] 매사추세츠 주 언어예술 교육과정 '일반 기준 10' 예시 내용

학년 수준	학습 기준
PreK~4	유치원~2학년 10.1. 문학의 일반적 형식(시, 산문, 소설, 비소설, 극 문학) 들 간의 차이를 확인한다. 3학년~4학년 10.2. 시, 산문, 소설, 비소설, 극과 같은 문학 작품들을 구별하고 이를 읽고 쓰기 위해 필요한 전략과 같은 지식을 적용한다.
5~8	5학년~6학년 10.3. 서로 다른 특성과 목적을 가진 형식으로서 다양한 장르(시, 소설, 비소설, 단편, 극 문학)의 특징들을 확인하고 분석한다. 7학년~8학년 10.4. 작가가 자신의 목적을 달성하기 위해 선택한 형식으로서 다양한 장르(시, 소설, 비소설, 단편, 극 문학)의 특징들을 확인하고 분석한다.
9~10	10.5. 장르의 선택이 어떻게 전언을 구체화하는지 설명하기 위해 장르를 걸친 주제와 화제의 제시를 비교하고 대조한다.
11~12	10.6. 시, 산문, 극, 단편, 에세이, 그리고 사설 등과 같은 장르 분류의 기준선을 겹쳐 지니거나 혹은 초월하고 있는 장르들(풍자, 패러디, 우의, 목가)의 특징을 확인하고 분석한다.

이와 별도로 교육과정 운영에서 학생들의 수준 차이로 인해 학습 기준 적용이 적합하지 않았을 때에는 이전 기준을 적용하거나 혹은 더 어려운 텍스트를 다룰 수 있도록 명시되어 있는 점이 특이하다. 이는 교육과정 운영이 상당 부분 교사에게 위임되어 있음을 보여준다.

2) 교육과정 개념틀

매사추세츠 주의 문학교육과정 개념틀을 분석해 보았다. 자료의 출처는 Massachusetts English Language Arts Curriculum Framework(June, 2001)로 제한했다.[12]

---

12) 이 개념틀에는 문학교육과정에 사용되는 내용 요소 및 하위 내용 요소의 체계, 개념과 범주의 계열 및 위계화 관계(학년군별로 재분류한 개념틀의 경우), 그리고 용어 목록 등이 반영되어 있다. 하지만 목표 진술 방식이나 성취 기준 등은 반영되어 있지 않다. 이는 4장에서 따로 논의한다(이하 도표들도 동일하다).

[표 16] 매사추세츠 주 언어예술 교육과정의 문학교육과정 개념틀

구 분		문학교육과정용어
지식	이론으로서의 문학교육과정 용어	8. Understanding a Text • text, literary text • speaker • poem, story, fiction • setting, character, event • genre • mood, tone • trait, emotion, motivation • structure • theme • imagery, symbolism • point of view
		9. Making Connections • plot • author, illustrator
		10. Genre • literature, poetry, prose, fiction, dramatic literature • satire, parody, allegory, pastoral
		11. Theme • folk tale, fable, Greek myth
		12. Fiction • conflict • foreshadowing, irony • rhetorical, aesthetic
		14. Poetry • rhythm, rhyme • sound(alliteration, onomatopoeia, rhyme scheme, internal rhyme) • figurative language(personification, metaphor, simile, hyperbole) • sound(consonance, assonance) • form(ballad, sonnet, heroic couplets) • dramatic structure • diction, imagery, understatement, overstatement, irony, paradox
		15. Style and Language • sense implied • rhetorical devices
		16. Myth, Traditional Narrative, and Classical Literature • traditional literature • Mother Goose rhymes, fairy tales, lullabies • Greek, Roman, and North mythology • structure(magic helper, rule of three, transformation) • stylistic elements(hyperbole, refrain, simile)

지식	이론으로서의 문학교육과정 용어	• epic tale(extended simile, the quest, the hero's tasks, special weapons, or clothing, helpers) • mythology(ideas of the afterlife, roles and characteristics of deities, types and purposes of myths) • epic poetry
		17. Dramatic Literature • dialogue, play • script • dramatic literature(scenes, acts, cast of characters, stage directions) • setting(place, historical period, time of day) • plot(exposition, conflict, rising action, falling action) • characterization(character motivations, actions, thoughts, development) • dramatic convention(monologue, soliloquy, chorus, aside, dramatic irony)
		18. Dramatic Reading and Performance • acting skills(memorization, sensory recall, concentration, diction, body alignment, expressive derail)
수행	방법으로서의 문학교육과정 용어	(해당 내용 없음)
	평가 행위로서의 문학교육과정 용어	• identify, recognize, acquire, describe • explain. interpret • apply, demonstrate • analyze, compare, contrast distinguish • explain, generate, plan, retell, restate • compare, contrast, evaluate, apply, describe, explain, interpret • respond, present, communicate, retell, restate • demonstrate, present, explain • compare, explain, sustain, show • rehearse, locate, sustain, evaluate

이는 다시 학년군별로 다음과 같이 정리될 수 있다. 학년군마다 처음 등장한 용어만 포함시켰다.[13] 이 개념틀에서는 II부에서 한국의 문학 교육과정 개념틀에서와는 다른 계열과 위계화 양상이 주목된다. 중간 학년 이하에서 제시된 문학교육과정용어의 비중이 매우 크다. 5~8학년 까지 전체 교육과정에 동원되는 주요 개념과 범주를 대부분 학습하게 되어 있는 것처럼 보인다. 평가 행위로서의 문학교육과정용어도 주요한

---

13) 예컨대 identify는 모든 학년군에서 등장하는 용어이지만, PreK~4에만 포함시켰다.

개념(예 : 인식하다, 분석하다, 해석하다, 적용하다, 평가하다, 반응하다 등)은 5~8
학년에서 제시된다.[14)

문학 수업에 동원되는 필수적인 개념도 교육과정에 명시하고 있다.
곧 기본 개념의 상세화를 보여주는 것 같다. 하지만 대개 일반적으로
추상성이 강한 개념들이라기보다는 작품 이해에 직접 동원되는 도구성
이 강한 개념들이다.

한편, 방법으로서의 문학교육과정용어는 별도로 제시되고 있지 않다.
학습자가 갖추어야 할 능력을 직접 제시하기보다는 학습자가 할 수 있
는 활동이 무엇인지를 구체적으로 보여주는 쪽으로 문학교육과정용어
가 사용되고 있다.

'비문학' 텍스트 읽기와 통합적 활동이 가능한 주제들에 있어서는 문
학에 특화되지 않은 일반적 용어들이 주로 사용되고 있고, 문학교육에
특화된 주제들(시, 신화와 전통적 서사, 그리고 고전 문학, 극적 문학 등)에서는
상세화된 개념들이 동원되고 있다.

그리고 극 문학(극)에 대한 강조가 두드러져 있다. 하지만 사용된 용
어들은 범용적이다. 즉, 소설(서사 문학)과 극 문학에 공통적으로 사용되
는 용어들이 제시되고 있다.

[표 17] 매사추세츠 주 언어예술 교육과정의 학년군별 문학교육과정 개념틀

		PreK~4	5~8	9~10	11~12

지식	이론으로
	서의
	문학교육
	과정용어
		• text, literary
		  text
		• poem, story
		• speaker,
		  reader
		• setting,
		  character,
		  event
			• figurative
			  language
			• author
			• genre
			• mood, tone
			• character's
			  trait, emotion,
			  motivation
				• imagery,
				  symbolism
				• theme
				• foreshadowing,
				  irony
				• sound
				  (consonance,
				  assonance)
					• point of view
					• satire, parody,
					  allegory,
					  pastoral
					• rhetorical,
					  aesthetic
					• diction,
					  imagery,

---

14) 이는 9학년 이후에는 문학교육과정용어를 새롭게 배우기보다는 이미 배운 것들
   을 통합적으로 활용하는 교육에 강조점이 있기 때문으로 이해된다.

지식	이론으로
	서의
	문학교육
	과정용어
		• plot
		• author,
		  illustrator
		• literary work
		• literature,
		  poetry, prose,
		  fiction,
		  dramatic
		  literature
		• folk tale, fable,
		  Greek myth
		• rhythm, rhyme
		• image
		• sense implied
		• traditional
		  literature
		• Mother Goose
		  rhymes, fairy
		  tales, lullabies
		• dialogue, play
		• script
		• voice
		  quality(volume,
		  tempo, pitch
		  tone)
			• conflict
			• sound
			  (alliteration,
			  onomatopoeia,
			  rhyme scheme,
			  internal rhyme)
			• figurative
			  anguage
			  (personification,
			  metaphor,
			  simile,
			  hyperbole)
			• Greek, Roman,
			  and North
			  mythology
			• structure(magic
			  helper, rule of
			  three,
			  transformation)
			• stylistic elements
			  (hyperbole,
			  refrain, simile)
			• epic tale
			  (extended simile,
			  the quest,
			  the hero's tasks,
			  special weapons,
			  or clothing,
			  helpers)
			• mythology
			  (ideas of the
			  afterlife, roles
			  and
			  characteristics
			  of deities,
			  types and
			  purposes of
			  myths)
			• dramatic
			  literature
			  (scenes, acts,
			  cast of
			  characters,
			  stage
			  directions)
				• form(ballad,
				  sonnet, heroic
				  couplets)
				• dramatic
				  structure
				• epic poetry
					understatement,
					overstatement,
					irony, paradox
					• rhetorical
					  devices
					• dramatic
					  convention
					  (monologue,
					  soliloquy,
					  chorus, aside,
					  dramatic irony)

지식	이론으로서의 문학교육 과정용어		• setting(place, historical period, time of day) • plot(exposition, conflict, rising action, falling action) • characterization (character motivations, actions, thoughts, development) • acting skills (memorization, sensory recall, concentration, diction, body alignment, expressive derail)		
수행	방법으로서의 문학교육 과정용어				
	평가 행위로서의 문학교육 과정용어	• identify • recognize • relate to • retell, restate • acquire • rehearse • perform • plan • generate	• recognize • analyze • interpret • apply • evaluate • respond to • compare • develop (characters) • present • locate	• contrast • explain • describe • communicate • sustain	• demonstrate

다. 캘리포니아 주

1) 교육과정 특성

캘리포니아 주의 영어-언어예술(English-Language Arts) 교육과정은 1997년의 교육과정을 개편한 1999년의 개정 교육과정 기준과 체제를 따르고 있다.[15] Stotsky 보고서는 이 교육과정이 명확하고 상세하며 측정 가능할 뿐 아니라 영어-언어예술 읽기의 모든 범위들을 충분히 포괄적으로 다루고 있다면서 최고 등급의 평점[16]을 부여한 바 있다.

캘리포니아 주 영어-언어예술 교육과정은 언어의 힘과 풍요함에 점점 더 의존하고 있는 정보 사회에서 학생들이 성공적인 일원이자 사회에 기여할 수 있는 일원으로 성장하게 하는 데 역점을 둔다. 이를 위해 읽기, 쓰기, 문자적·구술적 영어 관습, 듣기와 말하기를 영역(Domains)으로 삼고 내용 요소(Strands)와 하위 내용 요소(Sub-strands), 기준(Standards)으로 계열화하여 필수적인 지식과 기능, 전략 등을 통달할 수 있도록 체계적으로 조직하고 있다.

캘리포니아 주 교육과정에서도 문학교육과정은 독립적으로 구성되어 있지 않다. 다만 영어-언어예술 교육과정 내에 '읽기 영역'(Reading Domain)의 내용 요소로 포함되어 있으면서, 3개의 학년군(K~3, 4~8, 9~12)으로 계열화했는데, 8학년부터는 문학 기반 교육과정의 성격이 분명해지고 있다. 캘리포니아 주 교육과정에서의 문학 기반 교육과정의 특징은 학년이 올라갈수록 고전과 현대의 뛰어난 작품들에 대한 다양한 경

---

15) 이 교육과정은 다음 문서들을 통해 제시되고 있다. English-Language Development Standards for California Public Schools, K-12, July 1999 ; English-Language Arts Content Standards for California Public Schools, K-12, December 1997 ; Reading / Language Arts Framework for California Public Schools, K-12, 1999.

16) 매사추세츠 주에 이어 두 번째로 높은 점수를 얻었다. Sandra Stotsky(2005 : 11, 33) 참조.

험을 강조하는 방향으로 기준들이 마련되고 있다는 점이다.[17]

아래의 [표 18]은 '읽기 영역'의 문학 내용 요소를 재구성한 것이다.[18] 하위 내용 요소는 크게 세 가지(문학의 구조적 특질, 이야기 분석, 문학 비평)로 분류되어 있으며, 학년에 따라 상세화가 이루어져 있다.[19]

[표 18] 캘리포니아 주 영어-언어예술 교육과정 읽기 '영역' 문학교육내용 요소

하위 내용 요소	학년	기　　　　준
	K	(해당 내용 없음)
	G1	(해당 내용 없음)
	G2	(해당 내용 없음)
	G3	3.1. 문학 작품의 일반적 형식을 구별한다.(예 : 시, 극, 소설, 비소설)
	G4	3.1. 판타지, 우화, 신화, 전설, 요정 이야기 등을 포함하여 문학 작품의 다양한 상상적 형식들 간에 어떤 구조적 차이가 있는지 기술한다.
	G5	3.1. 시, 극, 소설, 비소설의 특성을 확인하고 분석하며, 특정한 목적에서 작가가 선택한 문학적 형식의 특유함을 설명한다.
문학의 구조적 특질	G6	3.1. 소설의 형식을 파악하고 각각의 형식이 갖는 주된 특성들을 기술한다.
	G7	3.1. 다양한 산문 형식(예 : 짧은 이야기, 소설, 중편소설, 에세이)의 명시적인 목적이나 특징을 분명히 한다.
	G8	3.1. 시(예 : 민요, 서정시, 대구시, 서사시, 비가, 송가, 소네트)의 다양한 형식이 갖는 목적과 특성 간의 관련성을 판정하고 분명히 밝힌다.
	G9 G10	3.1. 극 문학(예 : 희극, 비극, 극, 독백극)의 다양한 형식들의 명시적 목적과 특성들 간의 관련성을 명확히 밝힌다. 3.2. 장르 선택이 주제나 화제를 어떻게 구체화하는지를 설명하기 위해 장르를 넘나드는 유사 주제나 화제의 표상을 비교하고 대조한다.
	G11 G12	3.1. 시, 산문, 연극, 소설, 단편, 에세이, 그 외의 기본적 장르들에서 사용되는 하위 장르들(예 : 풍자, 패러디, 우의, 목가)의 특징들을 분석한다.
	K	3.1 리얼리즘 텍스트와 판타지를 구분한다. 3.2 일상의 인쇄물(동화책, 시, 신문, 표지, 상표) 양식을 분별한다. 3.3 인물, 배경, 중요 사건을 알아낸다.

---

17) '쓰기 영역'에도 '쓰기의 적용(Writing Applications)' 내용 요소 안에 문학교육 관련 내용이 상세화 되어 있다. 다만 문학교육과정용어와 관련해서는 '읽기 영역'에서와 차이가 없기 때문에, 연구의 초점을 고려하여 생략하였다.

18) Reading / English-Language Arts Framework for California Public Schools-Kindergarten Through Grade Twelve, Adopted by the California State Board of Education, California Department of Education, 1999.

19) 도표 안의 ' * ' 부분은 '읽기 이해'에도 동일하게 적용되고 있다.

학년 수준에 적합한 텍스트에 대한 서사 분석*	G1	3.1 이야기의 발단, 중간, 결말과 더불어 이야기 속의 구성, 배경, 성격 요소를 확인하고 기술한다. 3.2 인쇄물에 대한 작가와 삽화가의 역할과 기여도에 대해 기술한다. 3.3 학년 중 읽은 책을 다시 모아 그에 대해 이야기하고 글을 쓴다.
	G2	3.1 이야기의 발단, 중간, 결말과 더불어 이야기 속의 구성, 배경, 성격 요소를 확인하고 기술한다. 3.2 인쇄물에 대한 작가와 삽화가의 역할과 기여도에 대해 기술한다. 3.3 학년 중 읽은 책을 다시 모아 그에 대해 이야기하고 글을 쓴다.
	G3	3.2. 세상에 널리 퍼져 있는 고전적 요정 이야기, 신화, 민담, 전설, 우화 등의 기본적 구성을 이해한다. 3.3. 인물이 무엇을 말하는지, 그리고 작가나 설명자가 그들에게 어떻게 지시하여 말을 하게 하는지 판별한다. 3.4. 소설이나 비소설 텍스트에 숨어 있는 주제나 작가의 메시지를 판별한다. 3.5. 발췌물에서 단어들 속에 있는 소리의 유사성과 율동적 패턴(예 : 두운, 의성어)을 인식한다. 3.6. 발췌물에서 화자나 서술자를 확인한다.
	G4	3.2. 구성을 이루는 주요 사건들과 그것들이 미래의 행동에 어떤 원인과 영향을 야기하는지를 확인한다. 3.3. 상황과 배경, 인물의 특징과 행동에 원인을 결정하는 동기 등에 대한 지식을 사용한다. 3.4. 하나의 인물형을 어떻게 이용하는지를 추적함으로써 서로 다른 문화에서 온 이야기들을 비교하거나 대조하고, 각기 다른 문화들에 존재하는 유사한 이야기들(예 : 사기꾼 이야기)을 설명할 이론을 만든다. 3.4. 비유적 언어(예 : 직유, 은유, 과장, 의인화)의 뜻을 밝히고 문학 작품에서 그것들의 쓰임을 확인한다.
	G5	3.2. 구성의 주요 문제나 갈등을 확인하고 어떻게 그것이 해결되는지 설명한다. 3.3. 소설 작품에 등장하는 인물의 행동과 동기(예 : 충성, 자존감, 자아의식), 그리고 외적 상황을 대비하고 구성이나 주제에서 이러한 대비가 왜 중요한지 토론한다. 3.4. 주제가 발췌물의 의의나 교훈을 이끌어냄을 이해하고, 예시 작품에서 (함축되어 있든 혹은 명시되어 있든) 주제를 파악한다. 3.5. 일반적인 문학 장치들(예 : 이미지, 은유, 상징)의 기능과 효과를 기술한다.
	G6	3.2. 갈등의 구성과 해결에 대한 인물의 특성들(예 : 용기나 비겁, 야망이나 게으름)이 갖는 효과를 분석한다. 3.3. 문제와 그것의 해결에 대한 배경의 영향을 분석한다. 3.4. 어떻게 어조나 의미가 단어 선택, 비유적 언어, 문장 구조, 행의 길이, 구두점을 통해 전달되는지 규정한다. 3.5. 화자를 확인하고 일인칭과 삼인칭 서술(예 : 전기와 자서전을 비교하면서) 사이의 차이를 파악한다. 3.6. 인물, 행동, 이미지 등을 통해 전달되는 주제의 특징을 파악하고 분석한다. 3.7. 다양한 허구적, 비허구적 텍스트에 있는 일반적인 문학 장치(예 : 상징, 이미지, 은유)의 효과를 설명한다.
	G7	3.2. 구성을 진전시키는 사건들을 지적하고, 각 사건이 어떻게 과거나 현재 행동을 설명해 주고 또는 미래 행동의 징조가 되는지 판단한다.

학년 수준에 적합한 텍스트에 대한 서사 분석*	G7	3.3. 등장인물의 생각, 말, 발화 유형 및 행동(서술자의 묘사, 다른 등장인물의 생각, 말, 행동)을 통해 묘사된 바에 따라 성격화 방식을 분석한다. 3.4. 작품들 간에 자주 등장하는 주제(예 : 용기, 충성, 우정의 가치)를 확인하고 분석한다. 3.5. 서사 텍스트 내에서 시점들을 대비하고(예 : 일인칭과 삼인칭, 제한적과 전지적, 주관적, 관찰자적), 그 작품 전체 주제에 그것이 어떻게 영향을 끼치는지 설명한다.
	G8	3.2 구성의 구조적 요소, 구성의 전개, 갈등이 표현되고 해결되는 과정을 평가한다. 3.3 서로 다른 역사적 시대를 배경으로 하면서 유사한 상황이나 갈등에 처한 문학적 인물의 동기와 반응을 비교하고 대조한다. 3.4 배경이 텍스트의 분위기, 어조, 의미와 맺는 관계를 분석한다. 3.5 전통적 작품과 현대 작품을 넘나들며 자주 등장하는 주제(예 : 선 대 악)를 찾고 분석한다. 3.6 작가의 스타일을 규정해 주는 중요한 문학적 장치들을 찾고 그 요소들을 이용해 작품을 해석한다.
	G9 G10	3.3 문학 텍스트에서 주요 인물과 부차 인물 사이의 상호 작용을 분석한다. 3.4 인물이 서술, 대화, 극적 독백, 혼잣말을 통해 스스로에 대해 말하는 것으로부터 인물의 특성을 판단한다. 3.5 보편적인 주제를 표현하고 있는 작품들을 비교하고 각 작품에서 표현된 사상이 무엇인지 그 근거를 보인다. 3.6 복잡한 문학적 장치(예 : 복선, 회상)를 이용하는 것을 포함하여, 작가가 어떻게 시간과 이야기 흐름을 전개하고 있는지 분석하고 그 흐름을 따라간다. 3.7 수사적 언어, 이미지, 알레고리, 상징 등을 포함한 다양한 문학적 장치들의 의의에 대해 인식하고 이해하며, 그 매력을 설명한다. 3.8 텍스트 내의 애매성, 모호성, 모순, 아이러니, 부조화 등이 갖는 감화 효과를 해석하고 평가한다. 3.9 어조, 퍼스나, 서술자의 선택이 어떻게 성격화와 어조, 구성, 텍스트의 신뢰도에 영향을 끼치는지 설명한다. 3.10 대화, 무대 디자인, 독백, 방백, 성격 대조가 극문학에서 하는 기능을 알고 그에 대해 기술한다.
	G11 G12	3.2 어떤 선집의 주제나 의미가 인생에 대한 관점이나 논평을 가하는 방식을 분석하되 그 주장을 뒷받침할 논거를 텍스트에서 찾는다. 3.3 아이러니, 어조, 작가의 문체, 언어의 소리가 특별한 수사적 미적 혹은 두 가지 목적 모두를 어떻게 성취하는지 그 방식을 분석한다. 3.4 시인이 독자의 정서를 환기하기 위해 이미지, 시적 화자, 발화 문채 및 소리를 어떻게 이용하는지 그 방식을 분석한다. 3.5 다양한 장르와 전통을 대표하는 것으로 공인된 미국 문학 작품들을 분석한다. 　　a. 식민지 시대 이후 미국 문학의 전개 과정을 밟아 간다. 　　b. 주요 시대, 주제, 문체 및 유행을 대조해 보고, 각 시대별로 다양한 문화 구성원들의 작품이 서로 어떻게 연관되는지 기술한다.

학년 수준에 적합한 텍스트에 대한 서사 분석*	G11 G12	c. 인물, 구성, 배경을 구체화하는 데 끼친, 그 당대의 철학적, 정치적, 종교적, 윤리적 사회적 영향을 평가한다. 3.6 문학, 영화, 정치 연설, 종교적 글에 신화와 전통으로부터 끌어온 원형을 수 세기 동안 작가들이 어떻게 사용해 왔는지 그 방식을 분석한다. 3.7 다양한 작가들이 쓴, 공인된 세계 문학 작품들을 분석한다. 　a. 주요한 문학적 시기의 주요한 문학 형식, 기교 및 특성을 서로 대조한다. 　b. 문학 작품과 작가들을 그 당대의 주요 주제 및 이슈와 연관 짓는다. 　c. 인물, 구성, 배경을 구체화하는 데 끼친, 그 당대의 철학적, 정치적, 종교적, 윤리적 사회적 영향을 평가한다.
문학 비평	K	(해당 내용 없음)
	G1	(해당 내용 없음)
	G2	(해당 내용 없음)
	G3	(해당 내용 없음)
	G4	(해당 내용 없음)
	G5	3.6. 서로 다른 시대나 문화로부터 비롯된 문학 작품을 사용하여 신화나 전통에서 발견되는 원형적 패턴이나 상징들의 의미를 평가한다. 3.7. 독자의 시각에 영향을 미치는 작가의 다양한 기술(예 : 그림책에 등장하는 인물의 매력, 구성이나 배경들의 논리나 신뢰성, 비유적 언어의 사용)의 사용을 평가한다.
	G6	3.8. 성격화의 신뢰성이나 구성의 작위성 혹은 실제성 정도(예 : 역사 소설에 등장하는 사실과 환상의 사용을 비교하면서)를 비평한다.
	G7	3.6. 문학 작품에 대한 반응의 범위를 분석하고, 작품 속에 있는 문학적 요소들이 이러한 반응을 어느 정도까지 구체화하는지 판정한다.
	G8	3.7. 문학 작품이 어떻게 작가의 유산과 전통, 태도, 신념을 반영하는지를 보이면서 작품을 분석한다.(전기적 접근)
	G9 G10	3.11. 문학 비평의 용어법을 사용하여 문체의 미학적 특질뿐 아니라 어조나 정조, 주제 등에 관한 어법이나 비유적 언어의 영향을 평가한다.(미학적 접근) 3.12. 문학 작품이 주제나 역사적 시기의 의제와 어떻게 연관되는지 분석한다.(역사적 접근)
	G11 G12	3.8. 하나의 화제에 관해 문학 작품이나 에세이를 선택하는 과정에서 개입하는 정치적 가정의 명확성이나 일관성을 분석한다.(정치적 접근) 3.9. 작가들의 위치가 각 작품의 질이나 인물의 신뢰성에 어떻게 기여하는지를 판정하기 위해 문학 작품을 통해 드러나는 철학적 논의를 분석한다.(철학적 접근)

'읽기 영역' 안에 기준이 제시되어 있기는 하지만 캘리포니아 주 영

어-언어예술 교육과정은 학습자들에게 듣기, 말하기, 읽기, 쓰기를 통합적으로 운용하도록 요구하고 있으며, 같은 해 캘리포니아 교육위원회에서 승인된 English-Language Development Standards for California Public School(1999)에서는 내용 기준으로 '읽기 영역'의 다른 기준들까지 포함하고 있기도 하다.

이 표는 저학년에서 고학년으로 올라가면서 내용 기준이 추가되거나 강화됨을 보여준다. 그뿐 아니라 9학년 이후로는 고급한 수준의 비평 능력도 함께 요구하고 있음을 보여준다. 체계의 구성 원리가 따로 제시되어 있지는 않지만, 하위 내용 요소 간의 관계로부터 추정해 볼 때 이 체계는 '이해 → 적용(또는 해석) → 설명'을 따른 것처럼 보인다.

2) 교육과정 개념틀

캘리포니아 주 영어-언어예술 교육과정에서는 [표 19]와 같은 문학교육과정 개념틀이 사용되고 있다. 이 분석에 사용된 문서는 Reading / English-Language Arts Framework for California Public Schools-Kindergarten Through Grade Twelve(1999)이다.

[표 19] 캘리포니아 주 영어-언어예술 교육과정의 문학교육과정 개념틀

구 분		문학교육과정용어
지식	이론으로서의 문학교육과정 용어	Structural Features of Literature • form of literature(poetry, drama, fiction, nonfiction) • imaginative form(fantasy, fable, myth, legend, fairy tale) • form of fiction • form of prose(short story, novel, novella, essay) • form of poetry(ballad, lyric, couplet, epic, elegy, ode, sonnet) • form of dramatic literature(comedy, tragedy, drama, dramatic monologue) • subgenres(satire, parody, allegory, pastoral) Narrative Analysis of Grade-Level-Appropriate Text • fantasy, storybook, poem • character, setting, event

지식	이론으로서의 문학교육과정 용어	• story(beginning, middle, ending), plot • author • poetry(rhythm, rhyme, alliteration) • fairy tale, myth, folktale, legend, fable • theme • rhythmic pattern(alliteration, onomatopoeia) • speaker, narrator • plot(cause, influence, event) • character(trait, motivation, action) • character type • figurative language(simile, metaphor, hyperbole, personification) • literary work • plot(conflict) • literary device(imagery, metaphor, symbolism) • word choice, figurative language, sentence structure, line length, punctuation, rhythm, repetition, thyme • first- and third-person narration • point of view(first and third person, limited and omniscient, subjectuve and objective) • form of poetry(ballad, lyric, couplet, epic, elegy, ode, sonnet) • elements of the plot(subplot, parallel episodes, climax) • setting(place, time, custom) • mood, tone, meaning • literary device(dialect, irony) • Biographical approach • character (internal and external conflicts, motivations, relationships, influences) • narration, dialogue, dramatic monologue, soliloquy • literary devices(foreshadowing, flashbacks) • ambiguity, subtitle, contradiction, irony, incongruity • voice, persona, choice of a narrator • dramatic literature(dialogue, scene design, soliloquy, aside, character foil) • poet, reader, • imagery, personification, figure of speech • American literature(colonial period) • literary periods(Homeric Greece, medieval, romantic, neoclassic, modern) • author's era • philosophical, political, religious, ethical, and social influence for the historical period Literary Criticism • archetypal pattern, symbol

지식	이론으로서의 문학교육과정 용어	• credibility of characterization, fact and fantasy • Biographical approach • terminology of literary criticism(Aesthetic approach) • Historical approach • Political approach • Philosophical approach
	방법으로서의 문학교육과정 용어	• independent reading • familiarity with literary work
수행	평가 행위로서의 문학교육과정 용어	• identify, recognize, describe, define • interpret, comprehend, understand • use • analyze, compare, contrast, distinguish • explain, generate • compare, contrast, critique, evaluate, describe, explain, interpret, determine, define • describe, identify, use • explain • compare, identify • evaluate

이 목록도 학년군별로 [표 20]처럼 정리될 수 있는데, 역시 가장 큰 특징은 매사추세츠 주 영어-언어예술 교육과정에서와 마찬가지로 중간 학년 이하에서 제시된 문학교육과정용어의 비중이 크다는 점이다. 평가 행위로서의 문학교육과정용어도 대부분 중·저학년에서 제시되고 있다.

문학 수업에 동원되는 필수적인 개념도 매사추세츠 주 영어-언어예술 교육과정처럼 교육과정에 명시하고 있다. 문학 형식에 대한 기본적인 지식과 문학적 장치들에 대한 지식이 상세화되고 있으며, 기본적인 문학 개념들은 초등학교 3학년까지 학습하게 되어 있다.

[표 20] 캘리포니아 주 영어－언어예술 교육과정의 학년군별 문학교육과정 개념틀

		PreK~3	4~8	9~10	11~12
지식	이론으로서의 문학교육과정 용어	• fantasy, storybook, poem • character, setting, event • story(beginning, middle, ending), plot • author • poetry (rhythm, rhyme, alliteration) • poetry, drama, fiction, nonfiction • fairy tale, myth, folktale, legend, fable • theme • rhythmic pattern (alliteration, onomatopoeia) • speaker, narrator	• imaginative form(fantasy, fable, myth, legend, fairy tale) • plot(cause, influence, event) • character(trait, motivation, action) • character type • figurative language (simile, metaphor, hyperbole, personification) • literary work • plot(conflict) • literary devices (imagery, metaphor, symbolism) • archetypal pattern, symbol • form of fiction • word choice, figurative language, sentence structure, line length, punctuation, rhythm, repetition, thyme • first- and third-person narration • credibility of characterization,	• form of dramatic literature (comedy, tragedy, drama, dramatic monologue) • character (internal and external conflicts, motifications, relationships, influences) • narration, dialogue, dramatic monologue, soliloquy • literary devices (foreshadowing, flashbacks) • ambiguity, subtitle, contradiction, irony, incongruity • voice, persona, choice of a narrator • dramatic literature (dialogue, scene design, soliloquy, aside, character foil) • terminology of literary criticism	• subgenre (satire, parody, allegory, pastoral) • poet, reader, • imagery, personification, figure of speech • American literature (colonial period) • literary periods (Homeric Greece, medieval, romantic, neoclassic, modern) • author's era • philosophical, political, religious, ethical, and social influence for the historical period • Political approach • Philosophical approach

지식	이론으로서의 문학교육과정 용어		fact and fantasy • form of prose(short story, novel, novella, essay) • point of view(first and third person, limited and omniscient, subjective and objective) • form of poetry(ballad, lyric, couplet, epic, elegy, ode, sonnet) • elements of the plot(subplot, parallel episodes, climax) • setting(place, time, custom) • mood, tone, meaning • literary devices (dialect, irony) • Biographical approach	(Aesthetic approach) • Historical approach	
	방법으로서의 문학교육과정 용어			• independent reading • familiarity with literary work	• independent reading • familiarity with literary work
수행	평가 행위로서의 문학교육과정 용어	• distinguish • identify • describe • recognize • compare • contrast • generate • comprehend • determine	• use • define • analyze • understand • evaluate • explain • critique • articulate	• interpret	

학습자의 문학능력을 나타내는 '방법으로서의 문학교육과정용어'는 거의 제시되어 있지 않지만, 학년군별로 제시하고 있는 '기준과 교수 (Standards and Instruction)'에 일부가 제시되어 있다. '읽기 영역' 내에 내용 요소로 포함된 까닭에 일반적으로 기대되는 읽기 능력 수준으로 볼 수 있는 '독립적 읽기(independent reading)'와 이것의 내용적 조건이라 할 수 있는 '문학 작품에의 친숙함(familarity with a literary work)'이 확인할 수 있는 몇 안 되는 용어들이다.

캘리포니아 주 영어-언어예술 교육과정의 특징으로 곧잘 지적되는 기능적 관점이 문학교육과정용어 목록에도 그대로 드러나고 있다. 캘리포니아 주의 복잡한 민족적·인종적 구성을 고려한 양상으로 이해된다.

매사추세츠 주 교육과정과는 달리 극-매체(drama-media)로의 확장은 그다지 주목되지 않는다. 그 대신 미국 문학과 세계 문학, 특히 영어권 문학사와 전통을 교수·학습할 수 있게 한 교육내용의 선정이 주목된다.

그 내용을 상세화하지는 않았지만, '문학 비평' 안에 전기적, 미학적, 역사적, 정치적, 철학적 접근을 용어로 제시함으로써 문학교육의 심화를 도모하였다.

3. 캐나다의 문학교육과정[20]

가. 일반적 특징

캐나다의 교육과정도 미국과 마찬가지로 주 정부 차원에서 독자적으

---

20) 이 장에서 다루어진 '캐나다의 문학교육과정'은 최지현(2006a)의 논의에 기초하고 있다. 이 역시 문학교육과정용어 대신 개념틀을 사용하여 재해석하였고 그 의미에 대한 평가는 4장으로 독립시켜 다루었다.

로 구성된다. 학제는 각 주에 따라 다르지만 대개 12학년의 학교 기간이 초·중등학교 급으로 나뉘어져 있다.[21] 따라서 3개의 학년군은 학교급 간의 구분과 반드시 일치하지는 않는다.[22] 온타리오(Ontario) 주와 마니토바(Manitoba) 주는 1~8학년의 초등학교(elementary school)와 9~12학년의 중등학교(secondary school)로 나뉜 학제를, 브리티시컬럼비아(British Columbia) 주는 1~7학년의 초등학교와 8~12학년의 중등학교로 나뉜 학제를 가지고 있다.[23] 이는 교육과정이 학교급별로 분리되어 있다기보다는 오히려 학교급 간에 연계될 수 있도록 조직되어 있음을 뜻한다.

현재의 교육과정은 1997년의 개정 교육과정에 근거하여 각 주에 따라 지속적으로 보완, 개선되어 온 것이다. 일부 주에서는 우리와 같은 방식의 교육과정 문서 대신 통합 자원 패키지(IRP : Integrated Resource Packages, British Columbia)와 같은 문서가 대신 사용되기도 한다. 이는 미국의 경우에서와 마찬가지로 교육과정의 실제성과 현장 적용성을 뒷받침한다. 통합 자원 패키지의 경우는 구체적이고 실제적이기는 하지만, 법적 강제성을 지니고 있다는 측면에서 우리의 교육과정, 교육과정 해설서, 교사용 지도서의 통합된 형태로 이해될 수 있다. 이 문서는 학습 결과, 교수 전략, 학습 자원, 평가 등의 내용을 포함하고 있다.

여기서는 온타리오 주와 브리티시컬럼비아 주의 영어(언어예술) 교육과정을 검토한다. 온타리오 주와 브리티시컬럼비아 주는 캐나다의 동안

---

21) 퀘벡(Quebec) 주는 11학년제를 취하고 있다.
22) 학년군의 구분은 미국과는 차이를 보인다. 미국에서는 낮은 학년들에서 학년군이 나뉘는 데 반해, 캐나다에서는 높은 학년(8 또는 9학년부터 12학년까지)에서 학년군이 나뉘고 있다.
23) 사스케치완(Saskatchewan) 주는 1~6, 7~12의 학제를, 노바스코샤(Nova Scotia), 앨버타(Alberta), 뉴브런즈윅(New Brunswick), 프린스에드워드(Prince Edward), 퀘벡(Quebec) 주 등은 1~6, 7~12의 학제 외에도 1~6, 7~9, 10~12학년으로 나뉘어 있는 초·중·고등학교(elementary school, junior high school, senior high school) 제도가 병행 운영되고 있다.

(東岸)과 서안(西岸)에서 서로 다른 역사·사회·언어적 전통을 가지고 발전해 온, 정치·경제·문화적으로 캐나다를 대표하고 있는 주들로서, 자국어 교육의 복합문화주의적 지향과 기능적·의사소통주의적 관점을 특징적으로 보여준다. 미국의 매사추세츠 주나 캘리포니아 주의 교육과정이 제 스스로를 '세계적인 기준(World Level Standards)'으로 자부하는 것과 마찬가지로 이 두 주의 교육과정도 체계적이고 일관되어 있으며 상세하고 친절한 교육과정의 전형을 보여준다는 점에서 검토할 가치를 충분히 지니고 있다고 판단된다.

온타리오 주와 브리티시컬럼비아 주의 영어(언어예술) 교육과정은 초등학교(각기 1~8학년, 1~7학년) 과정과 중등학교(9~12학년, 8~12학년) 과정으로 나뉜다. 온타리오 주에서는 초등학교에서는 '언어(Language, 1997)'라는 과목으로, 중등학교에서는 '영어(English, 1999, 2000, 2003)'라는 과목으로 운영되고 있고,[24] 브리티시컬럼비아 주에서는 초등학교와 중등학교 모두 '언어예술(English Language Arts)'이라는 과목으로 운영되고 있다.[25] 두 주 모두에서 영어(언어예술) 교육과정은 초등학교에서는 언어 기능 중심으로 교육이 이루어지게 되어 있는 반면, 중등학교에서는 문학이 중심이 된 교육이 이루어지도록 되어 있다. 교육과정은 문학의 의의와 중요성을 매우 강조하는 편이다.

이 두 주의 교육과정에서는 영어(언어예술)교육을 위해 복합문화주의(Multi-culturalism)[26]와 기능적·의사 소통론적 관점을 채택하고 있는 까닭

---

24) The Ontario Curriculum, Grades 9 and 10 : English(1999), The Ontario Curriculum, Grades 11 and 12 : English(2000), The Ontario Curriculum, Grades 12 : The Ontario Secondary School Literacy Course(OSSLC)(2003)
25) English Language Arts K to 7 IRP(1996), English Language Arts 8 to 10 IRP (1996), English Language Arts 11 and 12 IRP(1996), Communications 11 and 12 IRP (1998), English Literature 12 IRP (2003)
26) 캐나다에서 muliti-culturalism은 '다문화주의'가 아닌 '복합문화주의'로 이해된다. 캐나다인들은 자신들의 문화를 설명할 때면 미국식의 'melting pot(도가니)'이 아

에 음성적·시각적 의사소통이 강조되며 매체도 비중 있게 다루어지고 있다. 이는 사회 통합과 공동체 문화적 관계성 증진에 목적이 있기 때문이다.27) 온타리오 주 영어과 교육과정은 이와 관련하여 초등학교(1~8학년) 교육과정에 '음성적·시각적 의사소통' 내용 요소 안에 '매체 의사소통 기술(Media Communication Skills)'라는 하위 내용 요소를 포함시켜 다루고 있고, 중등학교 교육과정 중 대학 준비 교육과정이라 할 수 있는 11~12학년에는 개방 과목(Open Course)으로 '매체 연구(Media Studies)'를 개설해 두고 있다. 한편 브리티시컬럼비아 주 영어과 교육과정에서는 12학년에 '기술적·전문적 의사소통(Technical and Professional Communications 12)'이라는 심화 과목을 설치해 두고 있기도 하다.

나. 온타리오 주

1) 교육과정 특성

온타리오 주 영어 교육과정에서 문학교육과정이 차지하는 지위는 다음과 같은 진술에 잘 담겨 있다.

> 언어는 사고와 의사소통, 그리고 학습의 기초이다. 학생들은 그들이 생각과 정보를 수용하고 이해하기 위해, 관심과 학습의 영역으로 더 탐구해 가기 위해, 그들 자신을 명확히 표현하기 위해, 그리고 그들이 학

닌 'mosaic(모자이크)'라고 구분하면서 자부심을 드러낸다. 실상을 보면 다른 측면도 있지만, 이러한 이데올로기적 효과는 제도와 제도의 실천에 긍정적인 작용을 하기도 하는 것으로 판단된다.

27) 새로운 국어과 교육과정 개발을 위해 개발자들은 캐나다 온타리오 주의 교육과정을 참조하면서 '매체' 활용을 중요한 시사점으로 부각시킨 바 있다. 하지만 그 배경에 대해서는 크게 주목하지 않았다. 하지만 온타리오 주 영어과 교육과정처럼 비언어적 매체교육까지 포함하는 매체교육의 수용을 다만 세계적 추세나 경향으로 설명해서는 당위성이 생기지 않는다. 특히 '매체' 과목의 신설과 관련해서는 앞으로 그 당위성과 성격에 대한 상당한 논란이 발생할 것으로 예상된다.

습한 바를 드러낼 수 있기 위해 문식성 기술들을 필요로 한다. 문식성 기술은 더 높은 교육을 위해, 그리고 종국적으로 일터로 들어설 수 있게 하기 위해서도 중요하다. 중등학교 교육 이후(postsecondary education)를 준비하는 학생들은 반드시 단과 대학과 대학의 학과 과정으로 있는 교양 과목의 학습에 성공적으로 도전하기 위해 이러한 기술들을 개발해야 한다. 실업계나 산업계에서의 경력을 쌓고자 하는 학생들도 이러한 기술들을 익혀 지속적으로 변화하고 있는 일터에 쉽게 적응할 수 있어야 한다. 그들의 중등학교 이후의 목적지가 무엇이든 간에 모든 학생들에게는 명확하고 효과적으로 그들 자신을 표현할 수 있는 능력이 필요하다. 명확함과 정밀함을 갖춘 의사소통을 학습하는 일은 구두나 글쓰기를 모두를 통해서 학생들로 하여금 미래로 번성해 가고, 학교를 벗어나 세계 속으로 진력해 나갈 수 있도록 도울 것이다.

문학은 정체성과 문화의 근본적 요소이다. 학생들이 다양한 문학 작품들과 비정보적 텍스트들과 매체 작품들을 읽고 곰곰이 생각하는 만큼 그들은 그들 자신과 그들을 둘러싼 세계에 대해 더욱 깊은 이해를 가지게 된다. 많은 장르들과 역사적 시기와 문화들로부터 나온 문학 작품을 공부해 가면서, 학생들은 개인적, 사회지향적인 열망에 대해 숙고하게 되고, 가능성들에 대해 탐구하게 된다. 문학 학습을 통해 학생들은 그들 자신의 가능성을 키워 언어를 사고와 표현과 의사소통의 효과적인 도구로 사용할 수 있게 된다.[28]

이 때문에 초등학교와 중등학교에서 운영되는 문학교육의 양상은 매우 다르다. 초등학교에서는 '문학 영역'이나 내용 요소가 포함되어 있지 않고, 다만 '쓰기(Writing)', '읽기(Reading)', 그리고 '음성적 · 시각적 의사소통(Oral and Visual Communication)'의 내용 요소(Strands) 아래 몇 개의 기준이 제시된다. 하지만 중등학교에서는 '문학 연구과 읽기(Literature Studies and Reading)'의 내용 요소[29]가 따로 설정되어 있고, '쓰기(Writing)', '언어

---

28) The Ontario Curriculum, Grades 9 and 10 : English, Language, Ontario Ministry of Education and Training(1999) p.2.
29) 여기서 내용 요소는 '언어 사용 범위(area of language use)'와 대응되는 것으로 설명되고 있다.

(Language)', '매체 연구(Media Studies)'의 요소들에서도 문학 관련 기준들이 제시된다. 중등학교 교육과정에서는 '문학(Literature)'을 중심으로 교육과정의 조직·설계되어 있다.

온타리오 주 교육과정에서는 기준(Standards)라는 용어 대신 '교육과정적 기대(Curriculum Expectations)'라는 용어를 사용한다. 여기서 '기대'는 학생들이 획득할 것으로 기대되는 지식이나 기능을 의미한다.[30]

[표 21] 온타리오 주 영어 교육과정의 문학교육과정 내용

내용 요소 (언어사용 범위)	학년	교육과정적 기대
쓰기	G9 교양 과정	**목적과 독자에 맞는 형식을 선택하기** • 다른 목적과 독자에 부합하는 쓰기 형식을 선택하여 사용함으로써 신화, 시, 단편, 스크립트, 광고, 격식을 갖춘 편지, 리뷰, 옹호하는 글쓰기 같은, 문학적(이고 정보적)인 형식의 글에 대해 이해한 바를 드러낸다.
		글의 아이디어와 정보를 조직하기 • 설명적인 단편 기사나 시를 구조화하기 위해 통일된 이미지나 분위기, 목소리 등을 사용한다. • 서사적인 단편 기사를 구조화하기 위해 시간, 장소, 화자, 시점 등의 변화를 사용한다. • 직접 인용, 스크립트, 대화, 시 등의 특수한 요구에 맞게 구두점과 대문자를 사용한다.
	G10 교양 과정	**목적과 독자에 맞는 형식을 선택하기** • 서로 다른 목적과 독자에 부합하는 쓰기 형식을 선택하여 사용함으로써 시나 서사, 비교·대조나 인과를 사용한 에세이, 연설, 조사 보고서 등과 같은 문학적(이고 정보적)인 형식에 포함되는 글에 대해 이해한 바를 드러낸다. • 짧은 에세이에서 형식적, 객관적 목소리를 사용한다. • 서로 다른 작품에서 유사한 주제들을 어떻게 다루었는지 비교하고 대조한다. • 허구적 작품에서 이미지나 배경이 전체 주제에 어떻게 기여하는지 설명한다. • 형식, 목적, 글의 독자에 부합하게 목소리나 적절한 수준의 언어를 선택한다.
		글의 아이디어와 정보를 조직하기 • 짧은 이야기에 담긴 아이디어를 발전시키기 위해 구성 체계와 인물 특성을 사용한다. • 짧은 이야기에서 갈등을 나타내기 위해 구성 체계와 인물 특성을 사용한다.

30) '교육과정적 기대' 외에 이 교육과정은 '성취 수준(Achievement Levels)'이라는 개념도 사용하고 있으나 이는 브리티시컬럼비아 주 교육과정에서 말하는 '학습 결과(Learning Outcomes)'와 대응한다.

쓰기	**G11 대학 준비 과정**	**목적과 독자에 맞는 형식을 선택하기** • 설득적인 에세이, 문학적 에세이, 리뷰, 단편 서사물, 시, 요약문 등에 대한 쓰기를 통해 다양한 형식의 용도와 관습에 대한 이해를 드러낸다. • 학습한 문학 작품의 주제나 이미지를 분석한 학술적인 에세이를 쓴다. • 학교 신문에 투고할 영화 리뷰를 쓴다. • 의도된 독자와 목적을 고려한 작품을 만들기 위해 적합한 형식을 선택하고 사용한다. • 학습한 문학 작품의 역사적 맥락에 대해 학술적인 독자를 위한 보고서를 쓴다. • 특정한 목적과 독자를 위한 글의 모형으로서 문학적(이고 정보적)인 글의 특성을 분석한다. **글의 아이디어와 정보를 조직하기** • 짧은 이야기, 시, 멀티미디어 시연 자료들을 구조화하기 위해 적합한 조직 장치와 양식들을 선택하여 사용한다. • 시에서 확장된 비유를 사용한다. • 문학 작품으로부터 도출한 한 장면에서 전후의 귀추를 완성하기 위해 스토리보드를 사용한다. **초고 수정하기** • 정서적 영향을 확대시키기 위해 시에서 이미지의 질서를 변화시킨다. • 작품에서 목소리를 명확히 하기 위해 초고를 수정한다. • 구별되는 목소리를 위해 구절을 소리 내어 읽는다. 서로 다른 개성을 반영하기 위해 짧은 이야기의 인물들의 직접 발화를 변화시킨다.
	G12 대학 준비 과정	**목적과 독자에 맞는 형식을 선택하기** • 의도된 독자와 목적에 맞도록 작품을 생산하기 위해 적합한 형식을 선택하고 사용한다. • 특정한 목적과 독자에 맞게 쓰기의 모델로서 문학적(이고 정보적)인 텍스트의 특성을 분석한다.
읽기	**G1**	**추론하고, 비판적으로 사고하기** • 이야기에서 다음에 일어날 수 있는 일을 예측하고, 예측을 수정하며 확정한다.
	G2	**형식과 문체를 이해하기** • 쓰인 자료의 서로 다른 형식의 특성을 안다.
	G3	**추론하고, 비판적으로 사고하기** • 이야기의 어떤 요소들을 알고 말로 나타낸다. • 사실과 허구를 서로 구별한다. **형식과 문체를 이해하기** • 쓰기의 서로 다른 형식들을 알고 말로 나타낸다.
	G4	**추론하고, 비판적으로 사고하기** • 이야기의 요소들을 알고 말로 나타낸다. • 단서를 기초로 하여 서사적인 글의 일부를 읽는 동안 (일어날 일을) 예측한다. **형식과 문체를 이해하기** • 쓰기의 다양한 형식을 안다. • 이야기의 주요 인물들을 안다.
	G5	**추론하고, 비판적으로 사고하기** • 작품에서 이끌어낸 증거를 사용하여 일련의 사건을 기술한다. • 이야기 기능 속에 존재하는 다양한 요소들을 기술한다. • 작가나 인물의 시점을 알기 시작한다.

읽기	G5	**형식과 문체를 이해하기** • 쓰기의 다양한 형식을 알고, 인물 성격을 기술한다. • 특정한 목적에 부합하는 자료들을 선택하는 데 도움을 얻기 위해 다양한 쓰기 형식이 갖는 특성에 대한 지식을 사용한다.
	G6	**추론하고, 비판적으로 사고하기** • 이야기의 요소들을 알고, 그것들이 어떻게 서로 연관되는지 설명한다. • 다양한 단서들을 사용하여 이야기나 소설을 읽는 동안 (일어날 일을) 예측한다. • 작가의 인식 지평이나 인물의 동기를 안다. **형식과 문체를 이해하기** • 쓰기의 서로 다른 형식들을 알고, 그 특성을 기술한다.
	G7	**추론하고, 비판적으로 사고하기** • 이야기 기능 속에 있는 다양한 요소들이 서로 어떻게 연관되는지 설명한다. **형식과 문체를 이해하기** • 쓰기의 다양한 형식을 알고, 그것들을 핵심적인 자질들을 기술한다. • 문학 작품에 있는 몇몇 문체적 장치들을 알고 그것의 쓰임을 설명한다.
	G8	**추론하고, 비판적으로 사고하기** • 이야기 기능 속에 있는 다양한 요소들이 서로 어떻게 연관되는지 설명한다. **형식과 문체를 이해하기** • 쓰기의 다양한 형식을 알고, 그것들을 핵심적인 자질들을 기술한다. • 문학 작품에 사용되는 몇몇 문체적 장치들을 알고 그것의 쓰임을 설명한다.
음성적, 시각적 의사소통	G2	**어휘와 음성 언어의 구조를 사용하기** • 운과 율을 가지고 실험해 보고, 익살스러운 효과를 만들기 위해 단어 놀이를 한다.
	G7	**어휘와 음성 언어의 구조를 사용하기** • 아이디어를 발전시키고 명확히 하기 위해 유비와 비교를 사용한다.
	G8	**어휘와 음성 언어의 구조를 사용하기** • 영화나 극의 대화들에 있는 미묘한 효과들을 식별한다.
문학 연구와 읽기	G9 교양 과정	**텍스트의 의미를 이해하기** • 서로 다른 문화와 역사적 시기 동안 다양한 장르들, 즉, 소설, 짧은 이야기, 희곡, 시, 전기, 짧은 에세이, 신문의 논설, 잡지, 백과사전 등 같은 인쇄되거나 전자 출판된 텍스트들의 정보와 아이디어와 견해와 주제를 기술한다. • 문학 장르의 요소들과 정보적 자료들의 조직을 인식하고, 정보를 수집, 평가하며, 상상적으로 반응하고, 인간의 경험과 가치를 탐구하기 위한 강조점을 갖는 각기 다른 목적에서 텍스트를 선택하여 읽는다. • 의미에 관해 추론하기 위해 텍스트의 정보와 아이디어, 요소들을 분석한다. • 독자들의 서로 다른 배경지식이 그들의 텍스트 이해와 해석에 어떤 영향을 줄 수 있는지 설명한다. • 작가의 배경지식이 텍스트의 정보와 아이디어에 어떤 영향을 줄 수 있는지 설명한다. **텍스트의 형식을 이해하기** • 장르의 실제 사례에 대한 이해와 해석을 위해 구성, 부차적 구성, 인물 특성, 갈등, 극적 구조, 극적 목적, 극적 아이러니, 대화, 무대 지시 등과 같은 드라마의 요소들에 대한 지식을 사용한다.

| 문학
연구와
읽기 | G9
교양
과정 | • 장르의 실제 사례에 대한 이해와 해석을 위해 구성, 성격 묘사, 배경, 갈등, 주제, 분위기, 시점 등과 같은 짧은 이야기의 요소들에 대한 지식을 사용한다.
• 장르의 실제 사례에 대한 이해와 해석을 위해 도입, 주제 진술, 화제문, 세부 보충, 접속어, 결론 등과 같은 짧은 에세이에 대한 지식을 사용한다.

문체의 요소를 이해하기
• 작가가 자신의 작품에서 특수한 효과를 얻기 위해 용어 선택이나 어법을 어떻게 사용했는지 설명한다.
• 작가가 자신의 작품에서 특수한 효과를 얻기 위해 직유, 은유, 의인화, 심상, 암시, 의성어, 모순어법, 두운, 상징 등과 같은 문체적 장치들을 어떻게 사용했는지 설명한다. |
| | G10
교양
과정 | **텍스트의 의미를 이해하기**
• 다양한 문화와 역사적 시기 동안 읽어온 인쇄되거나 전자 출판된 텍스트들에서, 그리고 소설, 희곡, 짧은 이야기, 시, 의견서, 보고서, 짧은 에세이, 장편 논픽션, 신문, 잡지, 참고자료 등을 포함한 다양한 장르 범위에서, 정보와 아이디어, 견해, 주제 등을 기술한다.
• 문학 장르의 요소들과 정보적 자료들의 조직을 인식하고, 정보원으로서 인쇄되거나 전자 출판된 자료들을 평가하며, 텍스트에서 개인적 아이디어와 가치들을 비교하려는 강조점을 갖는, 각기 다른 목적에서 텍스트를 선택하여 읽는다.
• 텍스트를 이해하기 위해 읽기 전, 중, 후의 다양한 읽기 전략들을 선택하여 사용한다.
• 해석을 뒷받침하기 위해 텍스트로부터 연관되고 중요성을 가지며 명백한 정보나 아이디어들을 사용한다.
• 텍스트의 정보와 아이디어와 요소들을 분석하고, 종합하며, 서로 발견한 내용을 소통한다.
• 견해와 판단을 뒷받침하기 위해 텍스트로부터 충분히 중요한 증거들을 제시한다.
• 가치나 독자들의 기대 지평이 텍스트에 대한 그들의 반응이나 해석에 어떤 영향을 미치는지 설명한다.
• 역사적이거나 문화적인 콘텍스트가 텍스트에서 정보와 아이디어를 어떻게 구체화하는지 설명한다.

텍스트의 형식을 이해하기
• 장르의 실제 사례를 이해하고 해석하기 위해 구성, 하위 구성, 인물 성격, 배경, 갈등, 주제, 시점, 문화적, 역사적 콘텍스트 같은 소설의 요소들에 대한 지식을 사용한다.
• 장르의 실제 사례를 이해하고 해석하기 위해 연의 형식, 운, 율, 구두점, 자유시, 심상, 음성 장치 등과 같은 시의 요소들에 대한 지식을 사용한다.

문체의 요소를 이해하기
• 서로 다른 작가들에 의해 씌어진 작품에서 용어 선택이나 어법이 어떻게 사용되었는지 비교하고, 이들 요소들이 주제나 메시지를 어떻게 향상시켰는지 설명한다.
• 작가가 자신의 작품에서 특수한 효과를 얻기 위해 인유, 대조, 과장, 축약, 모순어법, 아이러니, 상징 등과 같은 문체적 장치들을 어떻게 사용했는지 설명한다. |

문학 연구와 읽기	G11 대학 준비 과정	**텍스트의 의미를 이해하기** • 일정한 효과적인 읽기 전략들을 선택하여 사용한다. • 텍스트에 표현되거나 함축된 주제, 가치, 인식 지평을 비교한다. • 텍스트와 텍스트의 해석에 영향을 미치는 사회적 역사적 가치 및 인식 지평에 대해 설명한다. **텍스트의 형식을 이해하기** • (집중적 학습) 소설이나 시적 형식의 핵심적 요소들이 의미에 어떤 영향을 미치는지 분석하고 설명한다. • (확장적 학습) 소설과 시와는 다른 문학 형식의 요소들이 의의를 높이기 위해 어떻게 사용되는지 분석한다. **문체의 요소를 이해하기** • 어법이나 구문이 목적과 독자에 적합한 목소리를 만들어 내기 위해 텍스트에서 어떻게 사용되는지 분석한다. • 텍스트의 의의를 높이기 위해 작가가 곁말, 모방, 상투적 표현, 과장, 대조, 역설, 위트, 비꼼, 독설 등의 수사적이고 문학적인 장치들을 어떻게 사용하는지 기술한다. • 학생들 자신이나 다른 사람에 의한 텍스트의 문체 해석을 검토함으로써, 작가가 어법이나 구문, 문학적, 수사적 장치들을 선택한 것이 독자에게 어떤 효과를 미치는지 분석한다.
	G12 대학 준비 과정	**텍스트의 의미를 이해하기** • 비판적 분석을 뒷받침하기 위해 텍스트로부터 중요하고 강력한 증거를 선택하여 사용한다. • 일정한 효과적인 읽기 전략들을 선택하여 사용한다. • 텍스트에 나타난 가치, 인식 지평, 세계관 등을 비교한다. • 텍스트의 주제나 해석에 대한 사회적, 문화적, 경제적 가치나 인식 지평이 미치는 영향을 분석한다. **텍스트의 형식을 이해하기** • (집중적 학습) 도전적인 연극이나 에세이들이 작품의 주제와 아이디어를 어떻게 강화하였는지 분석한다. • (확장적 학습) 연극이나 에세이와는 다른 도전적인 텍스트들의 요소들이 어떻게 의의를 높이기 위해 사용되었는지 분석하고 평가한다. **문체의 요소를 이해하기** • 어법과 구문이 텍스트에서 특정한 효과를 만들어내기 위해 어떻게 사용되는지 분석한다. • 텍스트의 의미를 전달하고 그 영향을 강화하기 위해 작가가 어떻게 다양한 문학적, 수사적 장치들을 사용하는지 분석한다. • 텍스트의 문체에 대한 학생들, 혹은 다른 사람의 해석을 검토함으로써, 작가가 어법과 구문과 문학적, 수사적 장치들을 선택한 것이 독자에게 어떤 효과를 낳는지 평가한다. • 작가나 편집자가 텍스트의 의의를 높이거나 영향을 강화하기 위해 텍스트의 설계 요소들을 어떻게 사용하는지 분석한다.
매체 연구	G9 교양 과정	**매체 작품 창작하기** • 문학 작품을 다른 매체 형식으로 개작하고, 개작 과정에서 어떤 양상들이 강화되거나 약화되었는지 판정한다.

매체 연구	G9 교양 과정	• 다른 독자들에 부합하는 매체 작품들을 창작하고, 특정한 구상이 특정한 독자에 대해 호소력을 갖는 까닭이 무엇인지 설명한다.
	G10 교양 과정	**매체 및 매체 작품 분석하기** • 다양한 형식으로 매체 작품들을 창작하기 위해 사용하는 핵심적 요소나 기법들을 안다. **매체 작품 창작하기** • 두 개의 서로 연관된 매체 형식으로 시연하기 위해 문학 작품으로부터 이끌어낸 아이디어, 주제, 의제 등을 개작하고, 원 작품의 어떤 양상들이 개작 과정에서 강화되거나 약화되었는지 판정하기 위해 시연 자료를 평가한다.
	G11 대학 준비 과정	**매체 작품 창작하기** • (이 과정에서 검토된) 주제, 아이디어, 의제 등에 기초하여 매체 작품을 구상하거나 창작한다.
	G12 대학 준비 과정	**매체 및 매체 작품 분석하기** • 매체 작품에 외화거나 함축된 메시지 사이의 어긋남을 분명히 하고 차이점을 분석하기 위해 비판적인 사고 기능을 사용한다. • 매체 작품에 나타난 표상, 형식, 문체, 기법 등이 어떻게 사회적, 이데올로기적, 정치적 함축을 지닌 메시지를 전달하는지 설명한다. **매체 작품 창작하기** • (이 과정에서 검토된) 아이디어, 주제, 이슈 등을 근거로 매체 작품을 구상하거나 창작한다. • 형식과 내용, 목적, 독자, 창작에서의 생산 옵션 등의 관계에 대해 이해한 바를 드러낸다. ; 작품의 효과성을 평가한다. ; 생산 과정에서 만들어진 선택들을 평가한다.

내용이 많기 때문에, 여기서는 '필수 과정(Compulsory Courses)'의 하나인, <Language G1~8> → <English G9 Academic> → <English G10 Academic> → <English G11 University> → <English G12 University>을 묶어 제시했다.[31] 제시되지 않은 필수 과정은 공통적인 초·중등학교 교육과정으로부터 전개되는 전문대학 준비 과정과 취업 준비 과정이다.

문학교육과 관련한 내용이 집중적으로 나온 부분은 '문학 연구와 읽기' 영역이다. 이 영역은 세 부분의 '하위 내용 요소(Sub-strands)'로 구성되어 있다. 이는 각각 '텍스트의 의미 이해하기', '텍스트의 형식 이해하

---

31) 위 표에서 구체적인 예시는 생략했다.

기', '문체의 요소 이해하기'에 해당하며, 매우 상세하게 제시되어 있다. 그 배열은 우리와 거의 유사한 원리에 의해 이루어진다.[32] 또한 각 기대(Expectations)에는 구체적인 활동들이 제시되어 있어서 교사들이 쉽게 구체화하여 활용할 수 있게 해 놓았다.

하지만 전술한 바대로 '쓰기', '읽기', '음성적·시각적 의사소통', '매체 연구' 등에서도 관련 내용이 발견되는 점은 주목할 만한 사실이다. 더욱이 '교육과정적 기대'의 구체적 항목들로 제시한 기준에는 표면적으로는 '비문학적' 내용을 다루고 있는 것 같은 진술 안에 문학교육적 과제를 포함한 것들도 있음을 상기할 필요가 있을 것이다. 이는 특히 상급 학년에서 비중 있게 나타나고 있기도 하다.

- 초고 수정하기
  아이디어가 관련된 세부 내용이나 사실들에 의해 적합하게 뒷받침되도록 확실히 하고, 명확성과 통일성과 일관성을 얻기 위해 초고를 수정한다.(예 : 시나 짧은 이야기 속의 이미지를 정교화함으로써 분위기나 감각을 강화한다.)

온타리오 주 교육과정에서는 선택 과정을 통해서도 문학교육을 수행하게 한다. 11학년의 '캐나다 문학(Canadian Literature)', '시연과 말하기 기능(Presentation and Speaking Skills)', '문식성 기능 : 읽기와 쓰기(Literacy Skills : Reading and Writing)' 등의 과목과 12학년의 '문학 연구(Studies in Literature)', '창작법(Writer's Craft)', '실업 및 기술 세계에서의 의사소통(Communication in the World of Business and Technology)' 등의 조합이 여기에 해당한다.

---

32) 쉬운 것에서 어려운 것으로, 개인적인 것에서 사회적인 것으로, 기초 기능에서 고차적 전략의 조절로 배열하는 원리를 말한다.

2) 교육과정 개념틀

온타리오 주의 문학교육과정에서는 평가 행위로서의 문학교육과정용어가 만드는 계통적, 위계적 체계가 주목된다. 여기에 해당하는 용어들은 구체적이며 다양하게 사용되었다. 주요한 평가 지표들도 전체 학년군에 고르게 펼쳐져 있으며, 학년군 간에는 '분별·기술→ 수행·적용→ 분석·창작'의 발전 경로를 취하고 있다.

계열과 위계성은 이론으로서의 문학교육과정용어 목록에서는 엄밀하지 않은 편이다. 미국 캘리포니아 주 교육과정처럼 내용 진술은 상위의 집합적 범주를 먼저 제시하고, 구체적인 예를 따로 드는 방식으로 유목화가 이루어지고 있고, 예시를 포함시켜 교사들이 구체적으로 적용하는 데 있어서 어려움이 발생하지 않도록 배려하였다. 하지만 유사 개념의 중복이나 선후 관계의 엇갈림이 눈에 띄기도 한다. 예컨대 '구성(plot)'은 '이야기의 요소(element of story)'로도 분류되고, '이야기 기능의 요소 (element in a story function)'로도 분류되지만, 극이나 단편의 요소로도 계속 등장한다. 여기에는 일반화를 위한 계열의 고려나 학년에 따른 위계의 고려가 보이지 않는다.

문학교육에서 매체와 관련된 내용은 최근 주목되고 있는 부분인데, 온타리오 주 교육과정에서는 '매체 연구'라는 내용 요소로서 독립적으로 구성되어 있다. 하지만 교육과정용어는 공통적이다.

[표 22]에 교육과정 개념틀을 제시해 두었다. 개념과 범주들은 The Ontario Curriculum, Grades 1-8 : Language(1997), The Ontario Curriculum, Grades 9 and 10 : English(1999), The Ontario Curriculum, Grades 11 and 1 2 : English(2000)에서 도출하였다.

[표 22] 온타리오 주 영어 교육과정의 문학교육과정 개념틀

구 분		문학교육과정용어
지식	이론으로서의 문학교육과정 용어	• story • form(poem, story, children's dictionary, recipe, play) • features of language(alliteration, rhythm, onomatopoeia) • rhyme, rhythm • elements(plot, central idea, characters, setting) of story • fact, fiction • narrative piece • characteristics of form and style(verses, chapter) • novel • elements in a story function(plot, characters, setting) • writer's point of view, writer's perspective, character's point of view, character's motivation • characteristics of writing form(science fiction, biography, mystery stories, historical novel) • figurative language(simile) • key features of writing form(novel, short story, biography, script, play, essay, poetry) • stylistic devices(foreshadowing, personification, simile, metaphor) • analogy, comparison • literary forms(myth, poem, short story, script, poems, narratives) • poem(image, mood, voice) • narrative paragraph(time, place, speaker, or point of view) • a variety of genre(novel, short story, play, poem) • reader's background • elements of drama(plot and subplot, character portrayal, conflict, dramatic structure, dramatic purpose, dramatic irony, dialogue, stage directions) • genre(novel, play, short story, poetry) • monologues, scene • elements of the short story(plot, characterization, setting, conflict, theme, mood, point of view) • stylistic device(simile, metaphor, personification, imagery, foreshadowing, onomatopoeia, oxymoron, alliteration, symbol) • plot structure, character portrayal • flashback • imagery • elements of the novel(plot, subplot, characterization, setting, conflict, theme, point of view, cultural and historical contexts) • elements of poetry(stanza forms, rhyme, rhythm, punctuation, free verse, imagery, sound devices) • stylistic device(allusion, contrast, hyperbole, understatement, oxymoron, irony, symbol) • figurative expression • voice, tone • rhetorical question, emotional appeal, gesture, intonation, and visual aids and technology • extended metaphor • storyboard, sequence, scene

지식	이론으로서의 문학교육과정 용어	• emotional impact • voice, personality • author's choice of narrator, dramatic monologue • rhetorical and literary device(pun, caricature, cliché, hyperbole, antithesis, paradox, wit, sarcasm, and invective) • values, perspectives, world views • tragedy • criticism • dramatic irony, • sympathy, • imagery, analogy, and parallel structures
수행	방법으로서의 문학교육과정 용어	
	평가 행위로서의 문학교육과정 용어	• identify, recognize, notice, describe, outline • explain, interpret, formulate • use, demonstrate, predict, remove, expand • analyze, compare, contrast • create, design, explain, rewrite, summarize, write, revise • compare, contrast, describe, explain, interpret, summarize • describe, identify, locate, use, experiment • respond, present, write, investigate, adapt, select • demonstrate, explain, present • compare, explain, identify, produce, create, design • locate

이 표에서 볼 수 있다시피, '방법으로서의 문학교육과정용어'는 제시되어 있지 않은 대신, '평가 행위로서의 문학교육과정용어'는 비교적 상세하게 제시되어 있다.

이 표를 [표 23]처럼 학년군별로 다시 정리하면 교육내용의 위계가 드러나게 된다. 전체적으로는 많은 수의 개념과 범주 관계가 사용되었지만 9학년 이후와 비교해서 1~8학년에서 사용되는 문학교육과정용어의 수는 상대적으로 적은 편이다. 미국의 교육과정들에 비해서는 개념적 추상도가 덜한 편이며, 우리의 경우와 비교했을 때에도 그러하다. 11~12학년에서 사용된 용어의 수도 적었는데, 이는 문학 작품에만 특화된 활동을 하기보다는 언어 일반으로 확장된 활동을 하게 했기 때문이다. 이 표에서는 학년군마다 처음 등장한 용어만 제시하였다.[33]

---

33) 예컨대 'identify'는 모든 학년군에서 등장하는 용어이지만, PreK~4에만 포함시켰다.

[표 23] 온타리오 주 영어 교육과정의 학년군별 문학교육과정 개념틀

			1~8	9~10	11~12
지식	이론으로서의 문학교육과정 용어		• story • form(poem, story, children's dictionary, recipe, play) • features of language (alliteration, rhythm, onomatopoeia) • rhyme, rhythm • elements(plot, central idea, characters, setting) of story • fact, fiction • narrative piece • characteristics of form and style(verses, chapter) • novel • elements in a story function(plot, characters, setting) • writer's point of view, writer's perspective, character's point of view, character's motivation • characteristics of writing form (science fiction, biography, mystery stories, historical novel) • figurative language(simile) • key features of writing form(novel, short story, biography, script, play, essay, poetry)	• literary forms(myth, poem, short story, script, poems, narratives) • poem(image, mood, voice) • narrative paragraph(time, place, speaker, or point of view) • a variety of genre(novel, short story, play, poem) • reader's background • elements of drama(plot and subplot, character portrayal, conflict, dramatic structure, dramatic purpose, dramatic irony, dialogue, stage directions) • genre(novel, play, short story, poetry) • monologues, scene • elements of the short story(plot, characterization, setting, conflict, theme, mood, point of view) • stylistic device(simile, metaphor, personification, imagery, foreshadowing, onomatopoeia, oxymoron, alliteration, symbol) • plot structure,	• extended metaphor • storyboard, sequence, scene • emotional impact • voice, personality • author's choice of narrator, dramatic monologue • rhetorical and literary device(pun, caricature, cliché, hyperbole, antithesis, paradox, wit, sarcasm, and invective) • values, perspectives, world views • tragedy • criticism • dramatic irony, • sympathy, • imagery, analogy, and parallel structures

지식	이론으로서의 문학교육과정 용어	• stylistic devices (foreshadowing, personification, simile, metaphor) • analogy, comparison	character portrayal • flashback • imagery • elements of the novel(plot, subplot, characterization, setting, conflict, theme, point of view, cultural and historical contexts) • elements of poetry(stanza forms, rhyme, rhythm, punctuation, free verse, imagery, sound devices) • stylistic device(allusion, contrast, hyperbole, understatement, oxymoron, irony, symbol) • figurative expression • voice, tone • rhetorical question, emotional appeal, gesture, intonation, and visual aids and technology	
	방법으로서의 문학교육과정 용어			
수행	평가 행위로서의 문학교육과정 용어	• predict • revise • identify • describe • use • explain • notice • respond • experiment • recognize • interpret	• select • locate • compare • contrast • remove • expand • adapt • summarize • outline • write, rewrite • demonstrate • present • produce	• analyze • design • create • investigate • formulate

다. 브리티시컬럼비아 주

1) 교육과정 특성

브리티시컬럼비아 주의 언어예술 교육과정은 1997년 교육과정 개정에서부터 K~12의 모든 학년에 통합 자원 패키지를 제공하기 시작했다. 교육과정 문서는 통합 자원 패키지의 구성 원리에 따라 다음 네 가지 요소를 포함한다.

- 지역에 따라 요구되는 학습 결과(Provincially Prescribed Learning Outcomes)
- 권장되는 교수 전략(Recommended Instructional Strategies)
- 권장되는 평가 전략(Recommended Assessment Strategies)
- 지역에 따라 권장되는 학습 자원(Provincially Recommended Learning Resources)

이 중 '요구되는 학습 결과'는 세 개의 '교육과정 조직자(Curriculum Organizer)'에 따라 그룹으로 묶이게 된다. 이 교육과정 조직자는 브리티시컬럼비아 주 언어예술 교육과정에서는 '영역(Scopes)'에 가장 가까운 개념이다.

- 이해와 반응(Comprehend and Respond)
- 아이디어와 정보의 소통(Communicate Ideas and Information)
- 자아와 사회(Self and Society)

교육과정 조직자는 다시 내용 기준에 해당하는 '하위 조직자(Sub-organizer)'를 갖는다. 이 하위 조직자에 따라 '요구되는 학습 결과(Prescribed Learning Outcomes)'가 구체화되는 것이다. [표 24]는 이러한 개념 관계에 따라 재구성한 문학교육과정 내용이다.

[표 24] 브리티시컬럼비아 주 언어예술 교육과정의 문학교육과정 내용

교육과정 조직자	학년	요구되는 학습 결과(하위 조직자)
이해와 반응	K~1	**이해** • 이야기 말하기나 쓰기에서 또는 사진을 사용하여 주요 사건의 흐름을 말한다. **개입과 개인적 반응** • 문학적, 정보적 작품의 특수한 유형들에 대한 자신들의 선호를 설명한다. **비판적 분석** • 인쇄되거나 인쇄되지 않은 자료들에서 꾸민 것과 실재를 구별한다. • 이야기나 영화, 비디오 등에서 '선', '악'의 인물이 누구인지 밝힌다.
	2~3	**이해** • 인물과 사건이 일어나는 때와 장소, 그리고 사건의 내용 등을 포함하여 이야기나 대중 매체 서사물의 양상을 기술한다. **개입과 개인적 반응** • 일정한 자료로부터 독립적으로 선택한 문학과 대중 매체 작품에 대한 향유를 드러낸다. • 개인적 선호의 대상이 되는 다양한 문학 작품이나 대중 매체 작품들로부터 화제를 선택한다.
	4	**이해** • 간단하고 솔직한 이야기, 시, 그 밖의 인쇄된 자료나 전자 매체들에서 받은 인상을 해석한다. • 구성, 배경, 인물 등을 포함하여 이야기 구조의 요소들 간의 관계에 대해 아는 바를 나타낸다. **비판적 분석** • 다양한 장르에서 일반적인 문학 요소들을 인지한다.
	5	**이해** • 이야기와 시를 포함하여, 인쇄물이나 비인쇄물에서 주요 아이디어나 사건에 대해 이해한 바를 드러낸다. • 배경, 구성, 절정, 갈등 등을 포함하여, 주어진 발췌물에서 문학적 요소들을 인지한다. **개입과 개인적 반응** • 문학적, 정보적 작품의 특수한 유형에 대한 자신들의 선호를 설명한다. • 개별적 작품들이나 문학적 특색들이 어떻게 개인적 이미지나 기억, 반응 등을 야기하는지 기술한다.
	6	**이해** • 이야기에서의 갈등의 유형이나 의의를 높이는 이미지를 포함하여 문학적 기법의 사례들을 찾아내고 해석한다. **개입과 개인적 반응** • 문학 작품이나 대중 매체에 나타난 실재적, 상상적 시공간을 그들 자신의 시공간과 비교한다.
	7	**이해** • 소설, 이야기, 시, 그 밖의 다른 인쇄물과 전자 매체 등의 다양한 자료들에서의

이해와 반응	7	주요 아이디어와 사건들에 대해 이해한 바를 나타낸다. • 문학적, 정보적 의사소통에서 관점과 견해를 확인한다. • 구성, 절정, 갈등, 어조, 주제, 배경, 속도 등을 포함하여 문학적 요소들의 사례들을 기술하고 찾아낸다.
		개입과 개인적 반응 • 문학 작품과 그들 자신의 경험, 또는 다른 문학 작품들에서의 주제, 인물, 사건 간에 명시적인 연관 관계를 만든다.
	8	**전략과 기능** • 암시, 은유, 두운, 직유, 의성어 등을 포함하여 문학적 기법들과 발화 양상들의 효과를 확인하고 해석한다.
		이해 • 소설, 시, 그 밖의 다른 인쇄물, 전자 매체 등의 다양한 자료에서 주요 아이디어, 사건, 주제 등에 대해 이해한 바를 나타낸다. • 일정한 범위의 과제에 반응하기 위해 이야기, 논문, 소설, 시, 또는 비인쇄된 매체 등의 세부 내용을 확인하고 해석한다.
		개입과 개인적 반응 • 다양한 장르와 매체를 탐색하려는 자발성을 나타낸다. • 다양한 장르나 특정한 작가에 대한 선호에 대해 설명한다.
		비판적 분석 • 음악 비디오, 노래 가사, 인기 텔레비전 연속극, 그 밖의 대중 문화적 양상들에서 실재가 상투화되거나 왜곡된 것을 분석한다.
	9	**전략과 기능** • 비유적인 언어를 포함하여 문학적 기법의 효과성을 평가한다. • 평면적이거나 상투적인 인물들의 사용 사례를 확인한다.
		이해 • 소설, 이야기, 시, 그 밖의 인쇄물과 전자 매체 등의 다양한 자료들에서 주요 아이디어, 사건, 주제 등에 대해 이해한 바를 나타낸다. • 작품과 관련한 자신들의 추론을 뒷받침하고 과제에 반응하기 위해 이야기, 논문, 소설, 시, 대중 매체 등으로부터 특정한 정보들을 인용한다.
		개입과 개인적 반응 • 다양한 장르와 매체를 탐색하려는 자발성을 나타낸다.
	10	**전략과 기능** • 상징을 포함하여 문학적 기법들의 사례를 확인하고 해석한다. • 어조와 분위기가 이야기나 연극, 영화 등에 어떤 영향을 주는지 기술한다.
		이해 • 소설, 이야기, 시, 그 밖의 인쇄물과 전자 매체 등의 다양한 자료들로부터 주요 아이디어, 사건, 주제 등을 해석한다.
		개입과 개인적 반응 • 대중 매체에 의해, 그리고 문학을 통해 표현되는 다양한 문화적 의사소통으로부터 분기되는 언어, 아이디어, 견해 등에 대한 개방성을 나타낸다.
	11	**전략과 기능** • 비유적 언어, 상징, 패러디, 아이러니 등을 포함하여, 다양한 문학적 장치와 기법 등의 효과를 설명한다.

이해와 반응	11	**이해** • 점증하고 있는 복합적 소설, 연극, 이야기, 시, 그 밖의 인쇄물과 전자 매체 등의 주요 아이디어, 사건, 주제 등에 대해 이해한 바를 나타낸다. **개입과 개인적 반응** • 문학과 대중 매체 작품, 그리고 자신들의 경험을 통해 제공되는 아이디어와 정보 사이의 연관 관계를 밝힌다. • 잠정적인 자세를 취하고, 모호함을 견디고, 다양한 조망을 탐구하고, 하나 이상의 해석을 고려하는 자발성을 나타낸다. • 교실과, 지역, 지방, 국가, 국제적 규모에서 문학 작품과 대중 매체 작품에 나타난 공동체들의 가지각색의 언어와 문화에 대한 존중을 표한다.
	12	**전략과 기능** • 비유적 언어, 상징, 패러디, 아이러니 등을 포함하여 특별한 효과를 창조하기 위한 다양한 문학적 장치나 기법들을 기술하고 적용한다. **이해** • 다양한 형태의 세련된 문학적, 기술적, 정보적 의사소통에서 주요 아이디어, 사건, 주제 등을 쉽게 풀이한다. **개입과 개인적 반응** • 문학 작품과 대중 매체에 반영된 가치, 믿음, 문화 등과 자신들의 그것 사이의 연관 관계를 형성한다. • 문학과 대중 매체가 개인적 정체성과 공동체를 수반하는 의제들에 어떻게 관련되어 있는지 분석하고, 그들 자신의 아이디어, 경험, 공동체 용어를 통해 반응한다.
아이디어 와 정보의 소통	K~1	(해당 내용 없음)
	2~3	**제시와 평가** • 이야기와 시, 극적 연기, 그리고 그들 자신의 작품에 대한 소개를 읽고 듣는 활동을 포함하는 역할 활동에 참여하려는 자발성을 나타낸다.
	4	**제시와 평가** • 쓰거나 낭송하는 시, 이야기, 설명, 정보적 구술 보고, 연극, 개인적 편지, 도해된 그림이나 포스터 등을 포함하여 다양한 개인적, 정보적 의사소통을 고안하고 제시한다.
	5	**제시와 평가** • 쓰거나 낭독되는 이야기, 시, 노래 가사, 설명과 묘사, 정보적 구술 보고, 학교 연극, 간단한 사실적 보고서 등을 포함하여 개인적, 정보적 의사소통을 고안한다.
	6	(해당 내용 없음)
	7	**제시와 평가** • 소설과 논픽션, 서면 요약, 설명서, 보고서, 음성적, 시각적 발표자료, 음성이나 문자로 발표된 견해, 시, 노래 가사 등을 포함하여 다양한 개인적, 정보적 의사소통을 고안한다. • 연설, 뉴스 보도, 연극적 독백 등을 포함하여 형식적 시연의 규칙과 관습을 적용한다.
	8	(해당 내용 없음)

아이디어와 정보의 소통	9	**언어 지식** • 풍자와 패러디, 아이러니 등을 포함하여 발화와 장르의 세련된 형태들이 갖는 점증하는 의장들을 기꺼이 경험하려는 자발성을 나타낸다. **제시와 평가** • 시, 이야기, 개인적 에세이, 구술이나 시각적 발표자료, 기술된 설명, 요약, 논쟁, 편지, 서지 등을 포함하여 개인적, 문학적, 기술적, 학술적 의사소통을 구안한다.
	10	**제시와 평가** • 논쟁, 조사, 기술적 보고서, 음성적 복합 매체적 시연, 시, 개인적 에세이 등을 포함하여 다양한 학술적, 기술적, 개인적 의사소통을 구안한다.
	11	**언어 지식** • 특정한 독자와 목적에 맞도록 형식, 문체, 어조, 어법 등을 조정한다. **소통의 개선** • 문체적 효과를 위해 언어 관습을 능숙하게 사용한다.
	12	**언어 지식** • 다양한 문학적, 비문학적 형식에 사용되는 언어의 관습을 평가한다. **소통의 개선** • 명확함과 의미와 문체를 위해 의사소통을 수정하고 편집하기 위해 적극적인 비평과 송환을 수용하거나 제공하려는 자발성을 나타낸다.

영역(Scopes)의 근거가 내용 기준이며, 목표 능력이기 때문에 브리티시컬럼비아 주의 언어예술 교육과정은 통합적인 교육과정으로 구현되고 있다. 통합은 언어 기능 차원에서도 일어나고 있으며, 텍스트 차원에서도 일어난다. 따라서 브리티시컬럼비아 주 교육과정에서 문학교육과정을 분리해 내는 것이 현실적으로 어려울 수도 있다.

위의 표는 '요구되는 학습 결과'로부터 문학교육 관련 내용 기준을 도출해 낸 것이기는 하나, 읽기 활동의 성격이 텍스트의 성격에 따라 달라질 수 있다는 점은 곤혹스러운 부분이다. 이를테면, "organize their ideas, and adjust their style, form, and use of language to suit specific audiences and achieve specific purposes."는 특정한 조건이 부여된다면 문학교육의 내용이 될 수 있다. 이런 진술은 교육과정 문서 곳곳에 포함되어 있다. 그렇기 때문에 교육과정 문서만으로 브리티시컬럼비아 주의 문학교육과정에 대해 판단하는 것은 쉽지 않을 뿐 아니라 조심스러워야 할 일이기도 하다.

하지만 온타리오 주와 유사하게 초등학교 저학년에서 언어 기능 중심으로 내용 기준이 마련되던 것은 고학년으로 가면서 점차 문화와 문학에 기반을 두어 심화되는 형태를 취하고 있다.

2) 교육과정 개념틀

문화와 문학을 기반으로 하여 언어예술 교육과정의 심화 체제가 형성되는 것은 하위 내용 요소를 조직하는 방식에서 잘 드러난다. 학년군으로 보면 8학년이 경계 지점이 되고 있다. 예컨대 '이해와 반응'을 보자. '이해', '개입과 개인적 반응', '비판적 분석', '전략과 기능'이 하위 내용 요소가 되는데, 8학년에서 모든 하위 내용 요소가 중첩되면서 저학년으로는 '전략과 기능'이 빠지는 대신, 고학년으로는 '비판적 분석'이 빠지는 형태를 취했다. 대개 '비판적 분석'이 변별에 강조점을 두고 있는 데 비해, '전략과 기능'은 설명과 평가처럼 고차적 사고 행위를 동반하고 있다. 아마도 문학의 언어 운용의 관습들('기법', '장치', '요소' 등으로 표현되는)이 상당한 수준의 학습 능력을 요구하고 그것의 분석이나 활용 자체도 높은 수준의 언어활동에 해당하기 때문일 것으로 생각된다. 하지만 어느 학년이든 간에 '이해'와 '반응'은 공통적임을 알 수 있다.

[표 25]는 문학교육의 하위 내용 요소들이 어떻게 조직되어 있는지보여준다. 내용 체계 자체는 주로 '이해'와 '표현'을 분류의 근거로 삼았고, 전체 하위 내용 요소들은 수행 능력을 분류의 근거로 삼아 심화와 확산의 방향으로 펼쳐져 있다. '이해→반응→비판적 분석'뿐 아니라 '작문(창작)→소통→평가', '개인→집단→공동체'가 모두 그러하다. 이 중 '이해와 반응', '아이디어와 정보의 소통'에는 기본적인 지식(전략과 기능, 언어 지식)이 하위 내용 요소로 포함되어 있다. 이는 브리티시컬럼비아 주의 교육과정이 언어 기능보다는 수행력에 초점을 두고 통합

적으로 구성되어 있기 때문이다.

[표 25] 브리티시컬럼비아 주 언어예술 교육과정의 문학 관련 하위 내용 요소

내용 요소	하위 내용 요소
이해와 반응	전략과 기능
	이 해
	개입과 개인적 반응
	비판적 분석
아이디어와 정보의 소통	언어 지식
	작문과 창작
	소통의 개선
	제시와 평가
자아와 사회	개인적 자각
	함께 해결하기
	공동체 만들기

이 표에서 문학교육의 내용은 '이해와 반응', '아이디어와 정보의 소통'의 하위 항목들에 반영되어 있음을 보여준다. '자아와 사회'에서는 포괄적이고 일반적인 내용을 진술하고 있기 때문에 문학교육의 내용으로 포함하기도 어렵지만 배제하기도 어렵게 되어 있다. 그 대신 '언어 지식'은 문법적 지식에 국한되지 않고 담화 관습까지 포괄하고 있기 때문에, 구체적인 내용들을 담고 있다.34)

한편 '작문과 창작'이 그 내용을 담고 있지 않은 것은 중등학교에서 문학을 생산하거나 생산하는 것을 가르칠 수 없다고 여기는 문학적 전통과 관련이 있지 않을까 추정된다.35)

---

34) 위 표에서 굵은 글씨는 문학교육내용이 포함된 하위 내용 요소

35) 이런 점에서 스콜즈(Scholes, R., 1985)의 지적은 미국에만 국한되지는 않는 것으로 보인다. 참고로, 온타리오 주의 교육과정에는 '쓰기 영역'(Writing Domain)에 적지 않은 비중으로 교육내용들이 포함되어 있는데, 통합적인 문학 '쓰기' 활동은 대학 준비 과정에서 시작되고 있다. 하지만 내용상으로는 이 경우도 '창작'(Creating)으로 판단하기에는 어려울 것 같다. 주로 비평 활동에 초점이 두어져 있다.

[표 26]의 개념틀을 통해 교육내용의 계열과 위계성을 살펴보았다. 용어 추출의 대상은 자료는 English Language Arts K to 7 IRP(1996), English Language Arts 8 to 10 IRP(1996), English Language Arts 11 and 12 IRP(1996)로 제한했으며, 전술한 바와 같이 내용 기준이 명시적으로 문학과 관련했음을 나타내는 진술에 한했다.36)

[표 26] 브리티시컬럼비아 주 언어예술 교육과정의 문학교육과정 개념틀

구 분		문학교육과정용어
지식	이론으로서의 문학교육과정 용어	• sequence of the main events • types of literary works • make-believe and reality • 'good' and 'evil' character types • story • mass media narratives • character • literature • poem, dramatic play • poetry • story structure(plot, setting, and characters) • literary element • genre • drama • literary element(setting, plot, climax, conflict) • literary feature • literary technique(the types of conflict, imagery) • imaginary times and places • literary element(plot, climax, conflict, tone, theme, setting, pace) • theme, character, event • dramatic monologue • literary technique and figure of speech(foreshadowing, metaphor, alliteration, simile, onomatopoeia) • novel • author • stereotype • literary technique(figurative language) • stock or stereotypical character

---

36) 참고 삼아 밝히자면, 문학 12(English Literature 12) 교육과정에는 111개의 문학교육과정용어가 규정되어 있다. BCME(2003), Key Literary Terms, *English Literature 12-Integrated Resource Package* 2003, British Columbia Ministry of Eudcation, http://www.bced.gov.bc.ca/irp/englit12.pdf 참조.

지식	이론으로서의 문학교육과정 용어	• sophisticated figure of speech and genre(satire, parody, and irony) • literary technique(symbolism) • tone, mood • literary device and technique(figurative language, symbolism, parody, irony) • complex novel • tentative stance, tolerate ambiguity, explore multiple perspectives, a variety of interpretations
수행	방법으로서의 문학교육과정 용어	• willingness • openness
	평가 행위로서의 문학교육과정 용어	• identify, describe • explain, interpret, paraphrase • apply, demonstrate • analyse, distinguish • create • cite, evaluate • describe, identify, locate • present • demonstrate, explain, present • explain, identify, create • display respect, locate, evaluate

이 표에서 볼 수 있듯이, 선택된 문학교육과정용어의 수는 미국의 경우와 비교했을 때 매우 적은 편이다. 우리와 비교해서도 그 수가 적음을 알 수 있다. 이는 브리티시컬럼비아 주의 언어예술 교육과정이 지닌 특성 때문일 것이다. 브리티시컬럼비아 주의 언어예술 교육과정은 앞서 살핀 다른 주들의 교육과정과는 달리 목표 능력에 근거하여 하위 내용 요소를 도출하고 기준을 제시했기 때문에, 문학에 특화된 진술이 적을 수밖에 없다. 그 대신 용어들은 포괄성이 크고 접근성이 높은 개념들로 선택되는 경향이 나타난다. 이는 읽기와의 통합을 용이하게 해 주는 장점이 있다.

이 표에서는 드러나지 않고 있지만, (바로 그러한 이유 때문에) 집합적 범주로 사용된 용어들 가운데에는 범주에 속한 개념들을 명시하지 않은 것들이 존재하며, 학년을 넘겨 구체화한 것도 존재한다. 예컨대, '문학 작품의 유형'(types of literary works), '문학적 요소'(literary element), '장르'(genre), '문학적 자질'(literary feature) 등은 구체적인 내용을 제시하지 않고 있고, 4학년에 제시된 '일반적인 문학적 요소'는 5학년에 와서야 '배경'(setting), '구성'(plot), '절정'(climax), '갈등'(conflict) 같은 개념들을 포함하게 된다. 용어 선택이 포괄성과 간략화로 나타남에 따른 문제점으로 여겨진다.

[표 27] 브리티시컬럼비아 주 언어예술 교육과정의 학년군별 문학교육과정 개념틀

		K~7	8~10	11~12
지식	이론으로서의 문학교육과정 용어	• sequence of the main events • types of literary works • makebelieve and reality • 'good' and 'evil' character types • story • mass media narratives • character • literature • poem, dramatic play • poetry • story structure(plot, setting, and characters) • literary element • genre • drama • literary element(setting, plot, climax, conflict) • literary feature • literary technique (the types of conflict, imagery) • imaginary times and places	• literary technique and figure of vspeech (foreshadowing, metaphor, alliteration, simile, onomatopoeia) • novel • author • stereotype • literary technique(figurative language) • stock or stereotypical character • sophisticated figure of speech and genre(satire, parody, and irony) • literary technique(symbolism) • tone, mood	• literary device and technique(figurative language, symbolism, parody, irony) • complex novel • tentative stance, tolerate ambiguity, explore multiple perspectives, a variety of interpretations • constructive criticism

지식	이론으로서의 문학교육과정 용어	• literary element(plot, climax, conflict, tone, theme, setting, pace) • theme, character, event • dramatic monologue		
수행	방법으로서의 문학교육과정 용어	• willingness	• openness	
	평가 행위로서의 문학교육과정 용어	• distinguish • identify • compare • describe • interpret • locate • apply • make connections • demonstrate • present • explain • create	• paraphrase • cite • analyse • evaluate	• display respect

이 표를 다시 학년군별로 정리하여 [표 27]처럼 재구성해 보면, '평가 행위로서의 문학교육과정용어'가 대부분 K~7학년에서 제시되어 있음을 확인하게 된다.37) 반면에 8학년 이후로는 '분석하기'와 '평가하기' 정도만 교육과정용어로서 적합해 보인다. 8학년 이전에 '이론으로서의 문학교육과정용어'가 기초적인 문학 용어들로 구성되어 있음을 고려해 보면, 브리티시컬럼비아 주에서는 K~7학년에서는 문학을 드러내지 않으면서도 문학교육을 실행하도록 교육과정이 조직되어 있음을 알 수 있다. 예컨대 6학년의 '이해와 반응'에 속한 "문학 작품이나 대중 매체에 나타난 실재적, 상상적 시공간을 그들 자신의 시공간과 비교한다."

---

37) 여기서도 학년군마다 처음 등장한 용어만 포함시켰다. 예컨대 identify는 모든 학년군에서 등장하는 용어이지만, PreK~4에만 포함시켰다.

같은 내용은 '상상적 시공간'이라는 느슨한 문학 용어에 '비교한다'는
평가 행위를 결합시켰지만, 그 내용은 문학의 속성을 이해하는 핵심적
인 활동을 다루고 있다.

4. 문학교육과정의 해석

가. 개념과 범주들

1) 이론으로서의 문학교육과정용어

미국과 캐나다의 문학교육과정을 언어예술(영어) 교육과정의 틀에 따
라 K~8(K~7), 9~10(8~10), 11~12의 세 수준으로 나누어 살펴보기로 한
다.38)

▶ K~8 수준

미국과 캐나다의 교육과정39)은 공통적으로 문학의 특질, 문학의 유
형, 문학적 요소나 기능(또는 장치), 다양한 문학 형식, 시의 주요 개념,
소설의 주요 개념을 문학교육과정용어로 반영하고 있다. 다만 극 문학
에 대해서는 매사추세츠 주 교육과정과 브리티시컬럼비아 주 교육과정
에서만이 이 수준에서 다루고 있다.

문학의 특질과 관련해서는, '비유적 언어'(M, C, O)로 설명하기도 하고,

---

38) 매사추세츠와 캘리포니아 주 교육과정은 네 개의 수준으로 구분되어 있지만, 캐
나다의 교육과정과의 비교를 위해 편의상 preK~3(4), 4~8(5~8)을 하나로 묶어 살
펴 볼 것이다. 이 두 수준은 학제 상으로는 묶여 있다는 점이 공통적이다.
39) 이하에서는 매사추세츠 주(→ M), 캘리포니아 주(→ C), 온타리오 주(→ O), 브리티
시컬럼비아 주(→ B)로 각각 표시한다.

'함축적'(M), '상상적'(C, B), '허구'(O), '있음직한'(B) 등으로 설명하기도 한다. 전체적으로 이 설명들을 대체할 만한 다른 설명이나 용어는 사용되고 있지 않다.

'작품'과 '텍스트'를 구분하여 쓰고는 있으나, '읽기 영역'과 결합되어 있는 미국의 경우에는 '텍스트'에 대한 세부 단위 독해가 상대적으로 강하게 나타나고 있으며 캐나다에서는 좀 더 전체 읽기에 가깝게 운용되고 있다. '작가', '화자', '서술자', '편집자' 등의 용어는 미국에서 먼저 등장한다.

문학의 요소나 기능, 장치 등에 대해서는 일관된 경향이나 특징이 나타나지 않는다. 다만 언어적 자질로 '유비'(M, C, O), '의인화', '은유', '과장', '상투어'(이상 M, O)가 공통적이다. 그 외에는 '과장', '상투어', '유비' 등을 '문체적 요소'로 규정한다든가(M), '문학적 장치'에 '이미지', '은유', '상징', '방언', '아이러니' 등을 포함시키고, '어휘 선택', '문장 구조', '행 길이', '구두점', '리듬', '반복', '운' 등을 함께 다룬다거나(O), '언어의 자질'로 '두운', '율', '의성어'를, '형식'과 '문체'로 '시형'이나 '장(章)'을, '문체적 장치'로 '암시', '의인화', '유비', '은유' 등을 다룬다거나(O), '문학적 기법'에 '갈등의 유형', '은유'를, '문학적 요소'에 '구성', '절정', '갈등', '어조', '주제', '배경', '속도' 등을 다루는(B) 양상이 나타났다.

대체로 K~8 수준에서는 '유비', '은유', '의인화', '과장' 등이 공통적인 용어로 사용되었다. 집합적 개념으로는 '요소', '자질', '장치', '기법' 등이 하위 개념들을 중첩하여, 혹은 독립적으로 사용되었는데, 각 주 교육과정에 공통적인 부분은 없었다.

다양한 문학 형식으로는 '이야기', '시', '시가', '산문', '허구' 등이 공통적으로 사용되었지만, '장르' 개념은 일부 주 교육과정(M, B)에서만 나타난다. 온타리오 주 교육과정에서는 9~10 수준에서 발견되었고, 캘리

포니아 주 교육과정에서는 '문학 형식'이 그 역할을 대신하고 있었다.[40)]
'전통적 문학'[41)]의 다양한 형식들이 등장하는 것은 PreK~4 정도의 학
년군에서 널리 활용되기 때문일 것이다. 특히 서사 양식에서 형식적 다
양성이 두드러지는데, '민담', '설화', '우화', '그리스·로마·북구 신
화', '판타지', '이야기책', '동화책' 등이 그 예이다. 그 외에도 'Mother
Goose rhyme',[42)] '소설', '단편', '중편 소설', '과학 소설', '위인전', '이
상한 이야기', '역사 소설', '대본', '에세이' 등이 활용되었다.

매사추세츠 주 교육과정에서 '장르' 개념과 함께 '서사 이야기'의 기
능 요소들에 대해 비교적 자세히 다루고 있는 점은 특히 주목할 만하다.
여기서 다루어지는 이야기 문법은 문자 해독 시기를 지나면서부터 대하
게 되는 서사물을 원리적으로 이해할 수 있도록 도울 것으로 판단된다.

소설[43)]의 주요 개념은 '구성'[44)]을 중심으로 '인물', '사건', '배경' 등
이 공통적으로 다루어졌고, 세부적으로는 '갈등'(M, C, B), '인물의 정서
나 동기'(M, O), '시점'(C, O) 등이 공통적이었다. 매사추세츠 주 교육과정
에서는 '서사 이야기'에서와 마찬가지로 '이야기 구조'에 대한 용어들이
추가되어 있었고, 캘리포니아 주 교육과정에서는 '구성의 요소'와 '전
형', '서술' 등에 대한 용어들이, 온타리오 주 교육과정에서는 '시점'과
'지평', '관점' 등의 용어들이, 그리고 브리티시컬럼비아 주 교육과정에
서는 '선·악 인물형'과 '사건의 계기' 등의 용어들이 추가되어 있었다.

시의 주요 개념은 소설에 비해 상당히 소략하게 제시되었다. 공통적

---

40) 11~12 수준에서 'sub-genre'라는 개념이 등장한다.
41) 이 용어는 '전래의 문학'에 가까운 개념으로 사용되었다.
42) 알파벳을 사람에 비유하여 노래한 라임으로 철자 학습에 도움을 주기 위해 사용
   한 일종의 mnemonic rhyme(연상 운)을 말한다.
43) K~8 수준에서는 '이야기'에 오히려 더 가깝다.
44) 각 교육과정들에서는 '구성'에 관한 이해 차이가 주목되었다. 미국의 교육과정에
   서는 '구성'이 '인물', '사건', '배경'을 통합하는 범주로서 사용된 반면, 캐나다의
   교육과정에서는 '사건'과 대비적인 개념으로 사용되었다.

인 것은 '운'과 '율'인데, 그나마도 브리티시컬럼비아 주 교육과정에서
는 따로 제시되지 않았다. 매사추세츠 주 교육과정에서는 '이미지', '목
소리 특성', '분위기', '어조', '소리(두운, 의성어, 운, 도식, 내재율)'처럼 비
교적 많은 용어들이 사용되었고, 캘리포니아 주 교육과정에서는 '율동
적 패턴', '시 형식' 등과 함께 '분위기', '어조', '의미' 등이 다루어지기
는 했지만, 캐나다의 주 교육과정에서는 '운', '율'(O), '어조', '속도'(B)
외에는 따로 찾을 수 없었다. '시'의 문학적(혹은 문체적) 장치(혹은 기법)가
이른바 가장 '문학적'인 특질을 보여주는 것으로 받아들여지고 있다는
측면에서 볼 때에는, 기능 중심으로 운영되는 K~8 수준의 교육과정에
서 '시'에 관한 주요 개념들이 소략한 까닭을 이해할 수 있다.

[표 28] K~8 수준의 문학교육과정용어와 관련한 각 주 교육과정의 비교

매사추세츠 주 (PreK~8)	캘리포니아 주 (PreK~8)	온타리오 주 (1~8)	브리티시컬럼비아 주 (K~7)
literature literary text, literary work sense implied figurative language figurative language(personification, metaphor, simile, hyperbole) stylistic elements(hyperbole, refrain, simile) speaker, reader author, illustrator	literary work theme imaginative form(fantasy, fable, myth, legend, fairy tale) figurative language(simile, metaphor, hyperbole, personification) literary devices (imagery, metaphor, symbolism) literary devices(dialect, irony) word choice, figurative language, sentence structure, line length.	fact, fiction figurative language(simile) features of language(alliteration, rhythm, onomatopoeia) characteristics of form and style(verses, chapter) characteristics of writing form key features of writing form stylistic devices(foreshadowing, personification, simile, metaphor) analogy	literature make believe and reality literary feature literary technique(the types of conflict, imagery) imaginary times and places literary element(plot, climax, conflict, tone, theme, setting, pace)

	punctuation, rhythm, repetition, thyme speaker, narrator, author		
poem, poetry story, prose, dramatic, fiction traditional literature folk tale, fable, Greek myth Mother Goose rhymes, fairy tales, lullabies epic tale (extended simile, the quest, the hero's tasks, special weapons, or clothing, helpers) Greek, Roman, and North mythology mythology(ideas of the afterlife, roles and characteristics of deities, types and purposes of myths) genre	poem, poetry story(beginning, middle, ending), fiction, drama fantasy, storybook, fairy tale, myth, folktale, legend, fable form of prose(short story, novel, novella, essay)	form(poem, story, play) novel writing form(science fiction, biography, mystery stories, historical novel) writing form(novel, short story, biography, script, play, essay, poetry)	poem, poetry story, dramatic play types of literary works genre
rhythm, rhyme image voice quality(volume, tempo, pitch tone) mood, tone sound (alliteration, onomatopoeia, rhyme scheme, internal rhyme)	poetry(rhythm, rhyme, alliteration) rhythmic pattern(alliteration, onomatopoeia) form of poetry (ballad, lyric, couplet, epic, elegy, ode, sonnet) mood, tone, meaning	rhyme, rhythm	
plot plot(exposition,	plot character, setting,	narrative piece elements(plot,	sequence of the main events

conflict, rising action, falling action) structure(magic helper, rule of three, transformation) setting, character, event character's trait, emotion, motivation setting(place, historical period, time of day) characterization (character motivations, actions, thoughts, development)	event plot(cause, influence, event) plot(conflict) elements of the plot(subplot, parallel episodes, climax) setting(place, time, custom) character(trait, motivation, action) character type archetypal pattern, symbol first-and third-person narration credibility of characterization, fact and fantasy point of view(first and third person, limited and omniscient, subjective and objective)	central idea, characters, setting) of story elements in a story function(plot, characters, setting) writer's point of view, writer's perspective, character's point of view, character's motivation	'good' and 'evil' character types character story structure(plot, setting, and characters) literary element(setting, plot, climax, conflict) theme, character, event
dramatic literature (scenes, acts, cast of characters, stage directions) dialogue, play script	.		drama dramatic monologue
	Biographical approach	.	mass media narratives

K~8 수준에서 다루었던 내용에 편차가 발생한 까닭에 9~10 수준에
서는 공통적인 부분이 상당히 적은 것으로 나타난다. '문학적 장치'[45)]

에 해당하는 '회상', '부조화', '유비', '은유', '의인화', '비유적 표현', '의성어', '모순어법', '아이러니', '상징', '암시', '대조', '과장', '개관', '풍자', '패러디' 등은 각 교육과정에 따라 선택적으로 사용되고 있다. 다만 K~8 수준에서 이미 다루어진 '은유', '의인화', '과장', '유비'보다 는 '회상', '모순어법', '아이러니', '패러디', '암시', '과장' 등이 주로 이 수준에서 다루어질 만한 내용일 것으로 판단된다.

'시'의 주요 개념에서는 '목소리'와 '심상', '어조', '분위기', '은유', '상징' 등이 사용되고 있지만, 온타리오 주 교육과정을 제외하고는 용어 선택이 제한적인 편이다. 특이하게도 매사추세츠 주 교육과정에서는 '서사시'를, 캘리포니아 주 교육과정에서는 '목소리'와 '퍼소나'를, 온타 리오 주 교육과정에서는 '제스처'(몸짓, 표정)를 포함시켰다. 이는 매사추 세츠 주 교육과정이 '전통적 문학' 혹은 문학의 역사성을 비교적 강조 하고 있는 점에서, 캘리포니아 주 교육과정이 '인물'과 '서술'과 '시점' 을 특히 강조하고 있는 점에서, 온타리오 주 교육과정이 '작가'와 '독자' 의 소통적 국면에 상대적으로 더 주목하고 있다는 점에서 이해될 만한 부분이다.

소설의 주요 개념으로는 공통점이 거의 발견되지 않았지만, 각 교육 과정이 포함시킨 몇몇 용어들이 주목된다. '암시'와 '아이러니'(M), '내 적 갈등'과 '외적 갈등'(C), '회상', '갈등', '역사·문화적 맥락'(O), '고정 적 인물', '상투적 인물'(B).[46] 이 용어들 또한 각 교육과정의 경향성을 일정 부분 반영하고 있는 것으로 판단된다.

'극'[47]은 9~10 수준에서 강화된 내용이다. K~8 수준에서 이를 다루

---

45) '문체적 장치', '문학적 기법', '말하기 양상' 등이 유사한 집합적 개념으로 사용되 고 있다.
46) K~8(사실은 K~7이다.)에서 이미 '선·악 인물형'을 다루었음을 참조할 것
47) 이 부분은 우리나라 국어과 교육과정에서는 '희곡', 혹은 '극 문학'으로 모호하게 처리되어 있다. 교육내용도 불분명한 상태로 수십 년을 경과해 오면서 거의 유명

었던 매사추세츠 주나 브리티시컬럼비아 주 교육과정에서는 특별히 이와 관련한 추가적 용어들이 발견되지 않았다.[48] 하지만 캘리포니아 주와 온타리오 주 교육과정에서는 상당한 수준에서 내용이 확보되었다. '극 문학의 형식(희극, 비극, 극, 독백극)', 발화 형식('서술', '대화', '독백극', '독백'), 극 문학의 요소('대화', '장면', '구상', '독백', '방백', '성격 특성')(이상 C), '극의 요소(구성, 하위 구성, 인물 특성, 갈등, 극적 구조, 극적 의도, 극적 아이러니, 대화, 무대 지시)'(이상 O)와 같이 오히려 '시'보다 상세한 용어 목록을 포함했다.

'극'에 대한 입장은 교육과정에 따라 차이를 보이고 있다. 매사추세츠나 캘리포니아 주 교육과정에서는 문학을 강조하는 입장이지만, 온타리오나 브리티시컬럼비아 주 교육과정에서는 연행을 좀 더 강조하는 입장이다. 미국 쪽이 '극 문학'에 대한 고려를 하고 있는 것은, 문학과 읽기의 관련성을 높게 본 것과 관련이 있을 것이다.

비평 혹은 메타 인식적 측면에서 캘리포니아 주 교육과정이 '문학 비평 용어'를 다룬 것은 특기해 둘 만하다. 이것은 매우 확장성이 높은 것으로서 교육과정에 명시하지 않았더라도 다양한 개념과 범주를 활용할 수 있도록 한다. '평가 행위로서의 문학교육과정용어'를 내실 있게 학습할 수 있게 하는 것도 비평적 용어들이다.

무실해져 있는 이 부분의 명료화를 위해서 문학교육과정용어의 확정이 시급하다.
48) 이야기 문법을 중시한 매사추세츠 주 교육과정에서는 '극의 구조'를 따로 항목으로 올렸다. 구체적인 내용은 담겨 있지 않지만, 추측컨대 '서사 이야기'나 '소설'의 '구조'에 대응하는 세부 내용이 있을 것이다.

[표 29] 9~10 수준의 문학교육과정용어와 관련한 각 주 교육과정의 비교

매사추세츠 주 (9~10)	캘리포니아 주 (9~10)	온타리오 주 (9~10)	브리티시컬럼비아 주 (8~10)
form(ballad, sonnet, heroic couplets)		literary forms(myth, poem, short story, script, poems, narratives) a variety of genre(novel, short story, play, poem)	
theme	literary devices (foreshadowing, flashbacks) ambiguity, subtitle, contradiction, irony, incongruity	stylistic device(simile, metaphor, personification, imagery, foreshadowing, onomatopoeia, oxymoron, alliteration, symbol) stylistic device(allusion, contrast, hyperbole, understatement, oxymoron, irony, symbol) figurative expression	literary technique and figure of speech(foreshad owing, metaphor, alliteration, simile, onomatopoeia, symbolism) sophisticated figure of speech and genre(satire, parody, and irony) author
imagery, symbolism epic poetry sound (consonance, assonance)	voice, persona, choice of a narrator	poem(image, mood, voice) elements of poetry(stanza forms, rhyme, rhythm, punctuation, free verse, imagery, sound devices) tone imagery rhetorical question, emotional appeal,	tone, mood metaphor, alliteration, simile, onomatopoeia, symbolism

imagery, symbolism epic poetry sound 　(consonance, 　assonance)	voice, persona, 　choice of a 　narrator	gesture, 　intonation, and 　visual aids and 　technology	tone, mood metaphor, 　alliteration, simile, 　onomatopoeia, 　symbolism
foreshadowing, 　irony	character (internal 　and external 　conflicts, 　motivations, 　relationships, 　influences)	narrative 　paragraph(time, 　place, speaker, 　or point of view) elements of the 　short story(plot, 　characterization, 　setting, conflict, 　theme, mood, 　point of view) flashback elements of the 　novel(plot, subplot, 　·characterization, 　setting, conflict, 　theme, point of 　view, cultural and 　historical 　contexts)	novel stereotype stock or 　stereotypical 　character
dramatic structure	form of dramatic 　literature(comedy, 　tragedy, drama, 　dramatic 　monologue) narration, dialogue, 　dramatic 　monologue, 　soliloquy dramatic 　literature(dialogue, 　scene design, 　soliloquy, aside, 　character foil)	elements of 　drama(plot and 　subplot, character 　portrayal, conflict, 　dramatic 　structure, 　dramatic 　purpose, 　dramatic irony, 　dialogue, stage 　directions) monologues, scene	
	terminology of 　literary 　criticism(Aesthetic 　approach) Historical approach	reader's 　background	

　K~8 수준이 문학교육의 시작을 특징짓는다면, 11~12 수준은 언어예술(영어) 교육과정에서의 문학교육의 가능한 범위를 보여준다. 9~10 수준에서 이미 주요 개념들이 나온 까닭에 장르 개념에 가까운 '시', '소설', '극'의 세부 내용들은 소략하며, 그 대신 '비평'적 개념들이 다수 등장하고 있다. 11~12 수준은 온타리오 주 교육과정에 따르면 '대학 준비 과정'에 해당하는데, 다른 주 교육과정도 명시하지는 않았지만 이와 성격이 유사할 것으로 추정된다.

　'문학적 장치'[49]로 제시된 '풍자', '패러디', '우의', '목가', '아이러니', '결말', '상투적 표현', '역설', '희화', '위트', '냉소', '독설', '과장', '둘러말하기' 같은 것은 상당히 높은 수준에서 이해될 수 있는 개념들이다. 각 장르의 하위 개념들―예컨대, 압운, 갈등, 암시, 전형성 같은― 보다 학습하기가 어렵다. 이를 포함한 것은 문학교육이 이를 교수·학습할 수 있을 만큼 충분한 시간과 학습 체계를 확보하고 있다는 뜻이 된다.

　용어 전체의 경향을 살피면, K~8 수준에서 이미 '유비', '의인화', '은유', '과장', '상투어', '상징', '방언', '아이러니' 등이 제시되었고, 9~10 수준에서 '회상', '부조화', '유비', '은유', '의인화', '비유적 표현', '의성어', '모순어법', '아이러니', '상징', '암시', '대조', '과장', '개관', '풍자', '패러디' 등이 제시된 바 있다. 따라서 중복되지 않은 용어로는 '우의', '목가', '결말', '상투적 표현', '희화', '위트', '냉소', '독설', '둘러말하기' 등이 남는데, 이는 문학적 태도와 관련이 깊다.

　이러한 용어 제시의 경향은 11~12 수준의 지향을 일정 부분 나타내는 것 같다. 작품 읽기의 강화로부터 대상에 대한 문학적 태도를 이해

---

49) 다른 용어로는 '문학적 기법', '하위 장르', '수사적 장치', '미학적 장치' 등이 사용되고 있기도 하다.

하고 실행하며 창안하도록 하는 것이 미국이나 캐나다의 문학교육과정이 취하고 있는 방향이지 않겠느냐는 것이다. 특히 이는 비평적 접근의 내용과도 관련된다. 이를테면, 브리티시컬럼비아 주 교육과정은 11~12 수준에서 다음과 같은 용어를 채택하고 있다. '잠정적인 위치 설정', '불명료함에 대한 관대함', '복수(複數)의 전망에 대한 탐구', '해석의 다양성'.

11~12 수준에서 장르의 세부 내용은 체계적인 것과 거리가 멀다. 장르 차원에서 문학에 접근하기보다는 통합적 차원에서 접근하기 때문인 것으로 보인다. 그 대신 캘리포니아 주 교육과정은 '문학사'와 '미국 문학'에 대해 주목했으며, 온타리오 주 교육과정은 '정서적 영향', '작가', '개성', '목소리' 등에 대해 주목했다.

[표 30] 11~12 수준의 문학교육과정용어와 관련한 각 주 교육과정의 비교

매사추세츠 주 (11~12)	캘리포니아 주 (11~12)	온타리오 주 (11~12)	브리티시컬럼비아 주 (11~12)
rhetorical, aesthetic rhetorical devices satire, parody, allegory, pastoral diction, imagery, understatement, overstatement, irony, paradox	subgenre(satire, parody, allegory, pastoral) imagery, personification, figure of speech	rhetorical and literary device(pun, caricature, cliché, hyperbole, antithesis, paradox, wit, sarcasm, and invective) sympathy imagery, analogy, and parallel structures	literary device and technique(figurative language, symbolism, parody, irony)
	literary periods (Homeric Greece, medieval, romantic, neoclassic, modern) American literature (colonial period)		

	poet, reader	extended metaphor emotional impact voice, personality	

point of view		author's choice of
		  narrator
		values,
		  perspectives,
		  world views
			complex novel

dramatic convention
  (monologue,
soliloquy, chorus,
aside, dramatic
irony)
		storyboard,
		  sequence, scene
		dramatic
		  monologue
		tragedy
		dramatic irony	

	author's era
	philosophical,
	  political, religious,
	  ethical, and social
	  influence for the
	  historical period
	Political approach
	Philosophical
	  approach
		criticism	tentative stance,
			  tolerate
			  ambiguity,
			  explore multiple
			  perspectives, a
			  variety of
			  interpretations
			constructive
			  criticism

2) 방법으로서의 문학교육과정용어

미국이나 캐나다의 교육과정에 방법으로서의 문학교육과정용어 자체가 없거나 극히 드문 것은 주로 과제 중심의 문학교육이 이루어지기 때문으로 여겨진다. 교육과정에 '목표'가 제시되기보다는 '기대되는 산출물'이나 '학습 기준'이 제시된 것도 같은 맥락으로 볼 수 있다.

하지만 총론 차원에서라도 학습자의 (미래의) 문학능력을 전망하는 것이 교육과정의 방향 설정을 위해 바람직했을 것으로 판단된다. 또한 브리티시컬럼비아 주 교육과정의 '자발성'이나 '개방성' 같은 능력이 문학과 어떤 관련을 맺는지를 함께 개념화했었더라면 더욱 좋았을 것이다. 캘리포니아 주 교육과정에서의 '독립적 읽기'나 '문학 작품에 대한 친밀감' 같은 것은 능력 수준의 의미 있는 지표로 판단된다.

3) 평가 행위로서의 문학교육과정용어

이론이나 방법으로서의 문학교육과정용어가 같더라도 평가 행위로서의 문학교육과정용어가 다르다면, 그 결합에 의해 만들어지는 교육내용의 수준은 달라질 수밖에 없다.[50] 시에서 어조가 무엇인지 아는 것과 어조의 차이를 변별하는 것과 특정한 어조가 나타나는 까닭을 설명하는 것은 분명한 수준 차이를 가질 수밖에 없다.

이러한 이유 때문에 교육에서는 이론이나 방법으로서의 문학교육과정용어만큼이나 평가 행위로서의 문학교육과정용어의 학습이 매우 중요하다. 특히 기본적인 용어들에 대해서는 실제 교수·학습의 상황 맥락을 통해 사례를 통해 익히는 것보다는 따로 시간을 내어 명확한 개념 정의를 해 주는 것이 교육적이다.

어떤 것들을 기본적인 평가 행위로서의 문학교육과정용어로 삼을 것인가? 참고로, 블룸(Bloom, B. S.)의 분류학에 근거하여 앞서 분석한 용어들과 대응시켜 보면, 다음과 같다.[51]

---

50) 최지현(2005b : 241)에서 문학교육과정용어의 결합 방식에 의해 어떻게 교육내용이 만들어지는지 논의한 바 있다.

51) 그리블(James Gribble)은 블룸의 분류학『논문집 Ⅱ : 감정적 영역(Handbook Ⅱ, The Affective Domain)』이 교육의 '감정적 목적'의 영역을 지식과 객관성으로부터 분리시켰던 것에 대해 비판적 태도를 취한다.(Gribble, 김영천 역, 2005 : 171~173) "감정적 영역에서의 교육적 목적의 성취는 반드시 감정적 반응의 인지적 중심축(cognitive core)에 연관되며, 감정적 반응의 대상이 적절하게 지각되는 방법과 관계가 있다."(178)는 것이다. 이 비판에 동의한다. 이 책에서도 실제로는 통합하여 사용하고 있지만, 인지적 영역과 정서적 영역(게다가 행동적 영역까지)으로 나누고 분리하여 기술하는 대신, 이를 통합하여 — 따라서 당연히 재분류가 요구된다. — 다루는 것이 합당하다고 본다. 다만 이때에는 정의적 영역을 구분하여 다루었던 원래의 문제의식은 그대로 유효해야 한다.

[표 31] 블룸(Bloom, B. S.)에 근거한 '평가 행위로서의 문학교육과정용어'의 체계

분　류		용　　　　　　어
인지	지　각	identify, recognize, outline, **acquire**, notice, **describe**, define
	이　해	explain, **interpret**, comprehend, paraphrase, understand
	적　용	apply, use, demonstrate, **predict**, **relate to**, suppose,
	분　석	**analyze**, compare, contrast, distinguish,
	종　합	create, design, **explain**, generate, plan, rewrite, **summarize**, write, revise
	평　가	compare, contrast, **critique**, **cite**, evaluate, apply, describe, **explain**, interpret, relate, summarize
정서	수　용	describe, **identify**, locate, use, give
	반　응	respond, perform, present, tell, write, **investigate**, **communicate**
	가치화	**demonstrate**, **explain**, present
	조　직	compare, defend, explain, identify, relate, sustain, create, **produce**, design
	내면화	display, **perform**, rehearse, locate, sustain, **imagine**, evaluate

위 표에서 굵은 글자체의 용어들은 각 특성을 대표한다고 판단되는 행위 지표들이다. 이 용어들의 체계를 K~8 수준[52]에 초점을 두고 비교해 보면, 미국의 교육과정에 사용된 용어의 수가 캐나다의 교육과정에 비해 많음을 알 수 있다. 이는 한편으로는 좀 더 다양한 활동의 모습을 요구하는 것이라 해석할 수도 있지만 그것이 문학능력을 정확히 반영할 수 있겠는지에 대해서는 좀 더 검증되어야 할 필요가 있다.

미국의 교육과정에서는 평가 행위로서의 문학교육과정용어의 대부분이 8학년 이전에 배치되어 있음도 볼 수 있다. 용어 수가 적은 것에 비하면, 캐나다의 교육과정에서는 적지 않은 비중의 주요 용어들이 8학년 이후에 배치되어 있다. 정상적인 교육 상황을 가정하였을 때 미국의 경우는 초등학교 때(주로 4~7학년)부터 문학 수업을 위한 기본 개념들을 익혀 중등학교에서 이를 적용, 확장시키게 하는 체제를 취하고 있는 셈이

---

52) 캐나다의 두 주와 비교하기 위해 미국의 매사추세츠 주와 캘리포니아 주 교육과정의 8학년까지를 하나의 학년군으로 묶어 처리하였다.

다. 반면 캐나다의 경우, 초등학교 때에는 문학교육이 '비문학 읽기'와
별반 차별적이지 않은 내용을 갖는 데 비해 중등학교 때부터는 문학교
육의 성격을 분명히 하고 있다.

[표 32] '평가 행위로서의 문학교육과정용어'의 학년군별 분포에 관한 교육과정의 비교

학년	매사추세츠 주	캘리포니아 주	온타리오 주	브리티시컬럼비아 주
K~8 (K~7)	identify recognize acquire compare relate to analyze interpret locate retell restate explain perform develop present respond to apply plan evaluate generate rehearse demonstr-ate	identify describe recognize distinguish compare contrast comprehend analyze determine use understand evaluate explain critique articulate generate define	identify describe predict recognize interpret revise use explain notice respond experiment	distinguish identify compare describe interpret locate apply make connections demonstr-ate present explain create
9~10 (8~10)	contrast describe communic-ate sustain	interpret	select locate compare contrast remove expand adapt summarize outline write rewrite demonstrate present produce	paraphrase cite analyse evaluate
11~12			analyze design create investigate formulate	display respect

나. 개념틀

1) 계열화 양상

문학교육과정용어의 목록이 보여주는 용어들의 계열성은 학습자들이 습득하고 발전시켜야 할 지식의 체계를 반영한다. 하지만 각 용어들이 내용 기준에 의해 계열을 이루었는지 판단하는 일은 쉽지 않다. 각 주 교육과정은 언어예술(영어) 교육과정과 문학교육과정이 통합된 형태로 존재한 까닭에, 계열의 원칙을 알기 어렵거나(M) 용어 목록의 계열을 설정하는 실효성을 떨어뜨리고 있다(C, O, B).

예컨대 비슷한 학년에 설정된 '구성'에 관한 교육내용은 매사추세츠 주 교육과정에서는 '소설'이라는 하위 내용 요소에 포함되어 다루어지고 있지만, 캘리포니아 주 교육과정에서는 '학년 수준에 적합한 텍스트에 대한 서사 분석'에서 일반적인 서사물의 장치나 요소로서 다루어지고 있으며, 온타리오 주 교육과정에서는 '텍스트의 형식 이해하기'라는 하위 내용 요소에서 '극', '에세이' 등과 함께 다루어지고 있고, 브리티시컬럼비아 주 교육과정에서는 '이해'라는 하위 내용 요소에서 다른 '문학적 요소'들과 함께 다루어지고 있다.[53]

---

53) 이에 해당하는 내용은 다음과 같다.
- 구성과 인물화의 요소를 찾아내어 분석하고, 이러한 요소들에 대한 이해를 갈등의 해소에 중심인물들의 특성이 어떤 영향을 미치는지 판단하는 데 사용한다(M 8).
- 구성의 구조적 요소, 구성의 전개, 갈등이 표현되고 해결되는 과정을 평가한다(C 8).
- 장르의 실제 사례에 대한 이해와 해석을 위해 구성, 부차적 구성, 인물 특성, 갈등, 극적 구조, 극적 목적, 극적 아이러니, 대화, 무대 지시 등과 같은 드라마의 요소들에 대한 지식을 사용한다(O 9).
- 구성, 절정, 갈등, 어조, 주제, 배경, 속도 등을 포함하여 문학적 요소들의 사례들을 기술하고 찾아낸다(B 7).

[표 33] 매사추세츠 주 언어예술 교육과정의 문학교육과정용어의 계열 기준

기준 7	읽기 시작하기
기준 8	텍스트 이해하기
기준 9	연관 만들기
기준 10	장르
기준 11	주제
기준 12	소설
기준 13	비소설
기준 14	시
기준 15	문체와 언어
기준 16	신화, 전통적 서사물, 그리고 고전 문학작품
기준 17	극 문학
기준 18	극적 읽기와 공연

[표 34] 캘리포니아 주 언어예술 교육과정의 문학교육과정용어의 계열 기준

문학적 반응과 분석	학년 수준에 적합한 텍스트에 대한 서사 분석
	문학의 구조적 자질
	문학 비평

[표 35] 온타리오 주 언어예술 교육과정의 문학교육과정용어의 계열 기준

쓰기	목적과 독자에 맞는 형식을 선택하기
	글의 아이디어와 정보를 조직하기
	초고 수정하기
읽기	추론하고, 비판적으로 사고하기
	형식과 문체를 이해하기
음성적, 시각적 의사소통	어휘와 음성 언어의 구조를 사용하기
문학 연구와 읽기	텍스트의 의미를 이해하기
	텍스트의 형식을 이해하기
	문체의 요소를 이해하기
매체 연구	매체 및 매체 작품 분석하기
	매체 작품 창작하기

[표 36] 브리티시컬럼비아 주 언어예술 교육과정의 문학교육과정용어의 계열 기준

	전략과 기능
이해와 반응	이해
	개입과 개인적 반응
	비판적 분석
아이디어와 정보의 소통	언어 지식
	제시와 평가
	소통의 개선

최지현(2005b)에 근거하여 각 주의 교육과정에서 사용된 문학교육과정
용어의 계열을 판단해 보았다.54) 각 계열은 다음과 같이 구성된다.

ⅰ. 문학의 특징, 성격, 요소 등에 관한 지식
ⅱ. 문학의 기능, 작용 등에 관한 지식
ⅲ. 문학의 의의, 효용, 중요성 등에 관한 지식
ⅳ. 문학에 관한 지식들에 대한 메타적 지식

이를 준거로 문학교육과정용어를 재분류해 보았다. 이 표에서 교육과
정에 집합적 개념으로 사용된 용어와 그것의 세부 내용으로 제시된 용
어들이 함께 있을 경우에는 집합적 개념으로 사용된 용어만 남기고 나
머지는 생략하였다. 그 결과 가장 두드러지진 부분이 'ⅱ' 계열이다. 집
합적 개념이 가장 빈번하게 사용되었으며, 하위 개념으로서 '시', '소
설', '극'의 세부 내용들도 각각의 계열을 이루었다.

반면 'ⅲ' 계열은 따로 밝혀져 있지 않았다. 전체적으로 'ⅰ' 계열은
체계적이지 못할 뿐 아니라 용어 선택에서 혼선이 보였다. 같은 용어가
다른 집합적 개념55)에 중복되어 포함되기도 했다. 'ⅳ' 계열은 캘리포
니아 주 교육과정이 상세하고 체계적이었다.

---

54) 이에 대해서는 Ⅳ부 3장에서 다시 논의할 것이다.
55) 이미 밝힌 바이지만, '요소', '장치', '기법', '유형', '양상' 등이 여기에 해당한다.

[표 37] 최지현(2005b)에 근거하여 작성한 문학교육과정용어들의 계열

	매사추세츠 주 (PreK~8)	캘리포니아 주 (PreK~8)	온타리오 주 (1~8)	브리티시컬럼비아 주 (K~7)
문학의 특징, 성격, 요소	문학 문학 작품	문학 문학작품		문학
	비유적 언어 함축적 의미	비유적 언어 상상적 형식	비유적 언어 사실과 허구	있음직함과 사실 상상적 시·공간
	문체적 요소 수사적 장치 미학적 장치	문학적 장치 하위 장르	언어 자질 형식과 문체의 특징 문체적 장치	문학적 자질 문학적 기법 문학적 요소 세련된 발화 및 장르 양상
	전통적 문학 서사 이야기 신화 형식	산문 형식	형식 쓰기 형식 문학 형식 다양한 장르	문학 작품의 유형
문학의 기능과 작용	시	시	시	시
	운 율	운 율	운 율	
	심상 소리 상상적 상징 비유적 표현	율동적 패턴 시 형식	심상 시각화	은유 상징 유비 두운 의성어
	목소리 분위기 어조	시인, 독자	분위기 목소리 어조 정서적 환기 태도	어조 분위기
	소설 이야기	이야기	서사 이야기	소설 이야기
	구성 구조	구성	이야기 요소 소설의 요소 서사 단락	문학적 요소 주제
	인물 사건 배경	인물 사건 배경	구성 인물 배경	구성 인물 배경
	아이러니 암시		회상	전형
	시점	서술자 시점	서술자 작가의 관점 세계관	

	극 문학	극 문학	연극	연극
문학의 기능과 작용	극적 구조 극적 관습	극 문학의 형식 극 문학의 요소	연극의 요소 비극	
	대화	서술 대화 극적 독백 독백	극적 독백	극적 독백
	연기		장면	
	스크립트		스토리보드	
문학에 관한 지식들에 대한 메타적 지식		문학 비평 용어	비평	구성주의 비평
		미학적 접근 역사적 접근 전기적 접근 정치적 접근 철학적 접근	독자의 배경 지식	
		문학 시기 미국 문학(식민 시대)		

문학교육과정용어의 목록에는 표면적으로 잘 드러나지 않는 중요한 논의거리가 있다. 그것은 각 교육과정에서 주목한 '복합문화주의'와 '매체' 관련 문학교육과정 내용이다. 이와 관련한 특별한 용어의 목록을 위 표에서, 혹은 독립적으로 발견할 수는 없다. 다시 말해 '복합문화주의'나 '매체'에 대한 독립적인 용어 기술이 없는 것이다. 그 까닭은 무엇일까. 이 논의의 전제가 옳다면, 각 교육과정에서 중요한 관점이나 접근으로 설정하고 있는 '복합문화주의'나 '매체'가 용어 목록에 반영되지 않는 것은 이상하지 않은가.

결론부터 말하자면, '복합문화주의'나 '매체'는 그 자체가 교육과정의 교육내용이 되는 대신, 다른 교육내용들을 통해 실현되도록 설정되어 있다. 그리고 문학교육내용이 그 중 가장 연관성이 높게 나타난다. 따라서 문학교육용어 목록에서도 '복합문화주의'나 '매체'는 용어의 확장 차원에서보다는 오히려 용어의 일반화, 혹은 적용 차원에서 연관성을 갖고 있는 것이다.

복합문화주의적 문학교육은 '지도 원리'(M)나 총론(O) 차원에서 명백하게 밝혀지기도 하고, 내용 기준 차원에서 구체적으로 제시되기도 한다. 앞서 인용한 바 있거니와, 매사추세츠 주 언어예술 교육과정에서는 교육과정 개발의 교육적 관점 중 하나로 "우리가 공유한 문학적 전통을 반영하고 있는 작품들을 다룸으로써, 다양한 장르와 시대, 그리고 문화들로부터 문학을 이끌어낸다."는 규정을 두고 있다. 캘리포니아 주 영어-언어예술 교육과정에서는 '학년 수준에 적합한 텍스트에 대한 서사 분석'이라는 내용 요소에서 "3.4. 하나의 인물형을 어떻게 이용하는지를 추적함으로써 서로 다른 문화에서 온 이야기들을 비교하거나 대조하고, 각기 다른 문화들에 존재하는 유사한 이야기들(예 : 사기꾼 이야기)을 설명할 이론을 만든다."(4학년)거나 "3.5 다양한 장르와 전통을 대표하는 것으로 공인된 미국 문학 작품들을 분석한다."(11, 12학년)[56]는 내용을 포함시키고 있다. 하지만 여기에 독립적인 용어 체계, 혹은 용어들은 보이지 않는다.

캐나다의 경우, 복합문화주의적 문학교육은 좀 더 상세하고 구체적으로 반영되어 있다. 온타리오 주 영어 교육과정에서는 "많은 장르들과 역사적 시기와 문화들로부터 나온 문학 작품을 공부해 가면서, 학생들은 개인적, 사회지향적인 열망에 대해 숙고하게 되고, 가능성들에 대해 탐구하게" 되기를 기대한다.[57] '교양과정'(9, 10학년)이나 '대학 준비 과정'(11, 12학년)에서는 서로 다른 사회적, 역사적 가치나 인식 지평, 그밖

---

56) 그 구체적인 내용은 다음과 같다.
   a. 식민지 시대 이후 미국 문학의 전개 과정을 밟아 간다.
   b. 주요 시대, 주제, 문체 및 유행을 대조해 보고, 각 시대별로 다양한 문화 구성원들의 작품이 서로 어떻게 연관되는지 기술한다.
   c. 인물, 구성, 배경을 구체화하는 데 끼친, 그 당대의 철학적, 정치적, 종교적, 윤리적 사회적 영향을 평가한다.
57) The Ontario Curriculum, Grades 9 and 10 : English, Language, Ontario Ministry of Education and Training(1999) p.2.

의 콘텍스트 등이 문학 작품을 어떻게 형성하고 해석하게 하는지 다양한 개념과 활동을 통해 학습하도록 규정한다. 브리티시컬럼비아 주 언어예술 교육과정은 복합문화주의적 맥락이 가장 두드러지고 핵심적인 내용을 잘 갖추고 있다고 할 수 있는데, 태도 형성과 능력 구비 양면에서 모두 그러하다. 이를테면 문학의 이해와 반응에 '다양한 문화적 의사소통'이 개입함을 알고 그에 대한 개방성을 갖게 하며(10학년) "잠정적인 위치 설정을 취하고, 모호함을 견디고, 다양한 조망을 탐구하고, 하나 이상의 해석을 고려하는 자발성"을 갖게 하고 "교실과, 지역, 지방, 국가, 국제적 규모에서 문학 작품과 대중 매체 작품에 나타난 공동체들의 가지각색의 언어와 문화에 대한 존중을 표"(11학년)하게 한다. 더 나아가 "문학 작품과 대중 매체에 반영된 가치, 믿음, 문화 등과 자신들의 그것 사이의 연관 관계를 형성"하게 하며, "문학과 대중 매체가 개인적 정체성과 공동체를 수반하는 의제들에 어떻게 관련되어 있는지 분석하고, 그들 자신의 아이디어, 경험, 공동체 용어를 통해 반응"하게 한다. 여기서도 역시 독자적인 용어 목록이나 용어들은 보이지 않는다.

다만 크게 아쉽게 여겨지는 것은 각 교육과정이 복합문화주의적 교육내용을 일부 학년에 국한시키고 있다는 점이다. 그것도 대부분이 9학년 이후에 배치되고 있어, 복합문화주의가 무엇인가 어렵거나 복잡하거나 추상적인 과제처럼 여겨지게 한다는 것이다. 이는 미국이나 캐나다가 안고 있는 다인종, 다민족 국가의 정체성과 통합이라는 사회적·국가적 과제와 특별히 관련이 있을 것이다.

하지만 문화에는 정해진 울타리가 없다. 역설적으로 우리에게는 우리가 해결해야 할 다른 차원의 울타리들이 있다는 의미이기도 하다. 그것이 우리에게 복합문화주의가 요구되는 까닭이며, 문학교육과정에 우리에게 요구되는 복합문화주의 교육내용을 찾아 포함시켜야 하는 까닭이다.

'매체'에 대해서도 같은 판단에 도달하게 된다. 매사추세츠 주 언어예술 교육과정에서는 '매체 갈래(Media Strands)'가 따로 있지만, 주로 문학에 준거하여 하위 내용 요소를 설명하고 있으며, 교육과정용어들도 이 목록의 용어들과 다르지 않다.[58) 캘리포니아 주 영어-언어예술 교육과정은 '인쇄물에 대한 개념(Concepts About Print)'(1학년)으로부터 하위 내용 요소가 시작된다. 이는 매우 인상적이지만 매체와 관련한 교육내용은 독립적인 영역을 이루고 있지는 않다.[59) 매체를 통한 의사소통으로 성격 규정이 되어 있지만, 매체성이나 매체 형식, 매체 환경 등에 대한 개념적인 교육내용을 갖고 있지 않기 때문에, 오히려 연관성은 '읽기 영역'에서 다루고 있는 문학 형식—극 문학을 포함하여— 쪽이 더 높다.

온타리오 주 영어 교육과정에서도 마찬가지이다. 매사추세츠 주의 경우와 유사하게 '매체 연구'가 내용 요소로 독립해 있지만, 교육과정용어는 공통적이다. 문학교육에 어느 정도 거리가 있는 내용들도 교육과정 용어로 보면 다른 영역의 내용 요소들과 중첩되어 있다. 브리티시컬럼비아 주 언어예술 교육과정에서 매체는 독립적인 내용 없이 다양한 언어활동 속에 통합되고 있다. 따라서 학년이 올라갈수록 문학과 연계된 활동으로 그 성격이 발전하는 것으로 나타난다. 결과적으로 각 교육과정은 매체와 연관된 문학교육을 위한 별도의 용어 목록이나 용어들을 갖지 않는다.

2) 위계화 양상

일반적으로 위계는 네 가지 방향으로 형성된다. 첫째는 확산형 위계

---

58) 다만 '매체 생산'에서는 다소 차이를 보이는데, 이는 매체 생산이 이해와는 달리 구체적인 작동·조작 능력을 요구하기 때문이다.
59) 다만 7학년 이후 '듣기와 말하기 영역'(Listening and Speaking Domain)에서 '입말과 미디어 의사 소통의 분석과 평가(Analysis and Evaluation of Oral and Media Communications)'를 내용 요소로 다루고 있는데, 교육과정용어로는 역시 독립적이지 않다.

이고, 둘째는 종합형 위계이며, 셋째는 상세화형 위계이고, 넷째는 재개념형 위계이다. 만약 어떤 교육내용이 기초적인 지식에서부터 전문적인 지식으로 발전해 가도록 체계화되어 있다면, 교육내용은 종합형과 상세화형을 함께 취하는 위계성을 갖게 될 수 있다. 만약 어떤 교육내용이 기본적인 지식으로부터 응용 지식으로 발전해 가도록 체계화되어 있다면, 교육내용은 확산형 위계를 갖도록 하는 것이 좋을 것이다.

성장 과정의 학습자를 대상으로 했을 때에는 불가불 학습자의 인지 구조가 구조적으로 발달해 간다는 점을 인정하고 교육내용을 구성해야 한다. 그렇다면, 선택할 수 있는 기본적인 위계화 방향은 두 가지이다. 하나는 학습자가 해당 내용을 이해할 수 있는 학습 능력을 갖출 때까지 이를 교육내용으로부터 유보하는 것이다. 또 하나는 학습자의 학습 능력에 맞추어 재개념화하거나 환언(paraphrase)하여 다루는 것이다.

미국과 캐나다의 문학교육과정은 유보를 통한 심화형 위계화 방향을 택하고 있다. 주요 개념들은 학습자의 학습 능력에 맞게 K~8 수준에서, 또는 9~10 수준이나 11~12 수준에서 처음으로 등장한다. 작품 읽기는 K~8에 집중되지만, 이를 위한 좀 더 심화된 도구적 개념들은 9~10 수준에 집중적으로 등장한다. 11~12 수준에 이르면 이 도구적 개념들은 비평을 위한 수단들이 된다. 이와 함께 어떤 (집합적) 개념이 더 높은 수준에서 다시 등장할 때면 새로운 하위 개념들을 포함하면서 심화되는 양상을 보인다. 점차 집합적 개념에 대한 이해에 접근해 가도록 교육과정을 조직하고 있는 것이다.

부분적으로 재개념화를 취한 예도 있다. K~8 수준에서 '이야기'나 '산문', '단편', '허구적 이야기' 같은 용어로 다루어지던 '서사물'은 9~10 수준에 이르면 '소설'이라는 명칭을 얻게 된다(O, B).

일부 교육과정에서는 '서사'의 문학적 장치나 기법에 대한 학습을 대중 매체 서사로 확장시키기도 한다. 캐나다의 브리티시컬럼비아 주 교육과정이 그러하다. 여기에서는 확산형 위계화도 일부 이루어지고 있는 셈이다.

하지만 '이론으로서의 문학교육과정용어'는 그 자체로는 위계성의 관계를 분명히 드러내지 못한다. '풍자', '패러디', '우의', '목가' 같은 '하위 장르'(C)가 '장르'에 비해 심화된 것인지, 혹은 그것들을 통합한 상위 개념으로서의 '장르'가 더 심화된 것인지 어떻게 판단할 수 있을까. 내용의 복잡성 여부를 가지고 수준의 위계를 정한다면, 필요하지 않은 내용과 필요한 내용의 새로운 경계가 어디서 만들어져야 하는지는 알 도리가 없게 된다.

그보다 위계화 방향을 가장 잘 보여주는 것은 '평가 행위로서의 문학교육과정용어'이다. 전체적으로 보면, 각 주의 교육과정은 '알기(인지하기)'에서 시작하여 '구별하기', '비교·대조하기', '분석하기'로 발전하고, 다시 '설명하기'나 '평가하기'로 심화되는 위계화를 취하고 있다. 하지만 미국과 캐나다의 교육과정이 '평가 행위로서의 문학교육과정용어'에 접근하는 관점에는 차이가 있어서, 매사추세츠나 캘리포니아 주 언어예술 교육과정에서는 K~8 수준에서 대부분의 용어들을 다루고 있는 반면, 온타리오나 브리티시컬럼비아 주 언어예술 교육과정에서는 K~8 수준과 9~10 수준[60] 간의 위계성을 분명히 한다.

다만 계열화를 전제로 한 위계성의 확립은 이루어져 있지 않다. '구별하기'의 의미를 공유하는 용어들 가운데에도 문학능력의 상이한 차이를 반영하는 각기 다른 용어들이 존재할 수 있다. 'identify', 'distinguish', 'divide', 'compare and contrast', 'sort', 'classify' 등은 전후에 배열된 용어들 사이에 어느 정도 인지 능력의 위계성을 설정할 수 있다. 다른 용어들에 대해서도 계열화를 전제로 위계화를 이룰 수 있을 것이므로 이에 관한 좀 더 체계적인 논의와 연구가 필요할 것으로 판단한다.

---

60) 온타리오 주 교육과정에서는 11~12 수준까지 뚜렷한 위계성을 보인다.

미국과 캐나다의 언어예술 교육과정에는 '교육과정 체제'나 '내용 기준' 문서를 통해 영어 교사나 교육 관계자들이 공유해야 할 용어들의 목록이 제시되고 있다. 이 용어 목록은 학생들을 대상으로 만든 것은 아니지만, 필수적이고 핵심적인 것들로 제한적인 선별이 이루어졌다고 판단되는 만큼, 실제 수업 장면에서는 교사가 학생들에게 해당 용어가 지니는 의미나 함축을 알려 주는 모습을 보게 될 수도 있을 것이다.

이 용어 목록에는 문학교육에 관련한 용어들도 포함되어 있다. 아래 표는 각 주 교육과정에 제시된 용어 목록과 문학교육 관련 용어들을 묶어 나타낸 것이다.

매사추세츠 주 언어예술 교육과정에서는 155개 항목이 용어 목록에 등재되어 있다. 그 중 89개가 문학교육과 관련한 용어들이다. 문학교육 과정용어로 판단된 것의 대부분이 용어 목록에 뜻풀이와 함께 제시된 셈이다. 경우에 따라서는 교육과정 문서에 나타나지 않은 용어들도 등재되어 있다(Discourse formal, Iambic pentameter, Protagonist 등).

[표 38] 매사추세츠 주 English Language Arts Curriculum Framework(2001)의 용어 목록

Adjectival, Adjective, Adverb, Adverbial phrase, Allegory, Alliteration, Allusion, Archetype, Argumentation, Aside, Ballad, Character, Characterization / Character development, Chorus, Clause, Cliche, Climax, Cognates, Conflict, Connotation, Consonance, Controlling image, Denotation, Description, Dialect, Dialogue Conversation, Diction, Digraph, Diphthong, Discourse Formal, Drama / Dramatic literature, Edit, Epic, Epigraph, Epithet, Essay, Exposition / Expository text, Extended metaphor, Fable, Fairy tale, Falling action, Fiction, Figurative language, Figure of speech, Fluency, Folktale, Foreshadowing, Genre, Gerund, Grammar, Hero / Heroine, Heroic couplet, Homograph, Homonym, Homonym, Homophone, Hyperbole, Iambic pentameter, Idiom, Image / Imagery, Imaginative / Literary text, Improvisation, Independent clause, Infinitive, Informational / Expository text, Internal rhyme, Irony, Jargon, Literacy, Main character, Main idea, Metaphor, Meter, Monologue, Mood,

Moral, Myth, Narration, Narrator, Nonfiction, Non-narrative nonfiction, Noun, Novel, Onomatopoeia, Onset, Oral, Overstatement, Palindrome, Paradox, Parallel structure, Parody, Participle, Pastoral, Personification, Perspective, Persuasion / Persuasive writing, Phonemic, awareness / Phonological awareness, Phoneme, Phonetic, Phonics, Phrase, Plot, Poetry, Point of view, Prefix, Prose, Protagonist, Pun, Refrain, Resolution, Rhetoric, Rhyme scheme, Rhythm, Rime, Rising action, Root (Root word), Rubric, Rule of three, Satire, Scoring guide, Script, Sensory detail, Sentence, Setting, Short story, Simile, Soliloquy, Sonnet, Standard English conventions, Standard written English, Stanza, Style, Subordinate (dependent) clause, Suffix, Symbol, Symbolism, Synonym, Syntax, Tall tale, Theme, Thesis, Tone, Topic, Traditional narrative, Transformation, Trickster tale, Understatement, Verb, Verbal, Verse, Voice

캘리포니아 주 영어과 교육과정에서는 82개 항목이 용어 목록에 올려 있는데, 그 중 13개 항목만이 문학교육 관련 용어들이다. 용어 목록에 등재된 용어들의 개념 수준을 놓고 보면, 캘리포니아 주 영어-언어예술 교육과정은 매사추세츠 주 언어예술 교육과정에 비해 지나치게 용어 선택을 제한했다. 매사추세츠 주 언어예술 교육과정에 비해 더 어렵거나 혼동될 여지가 큰 용어들이 선택된 것도 아니고, 비평적 접근에 관한 항목들이나 이른바 '하위 장르'에 관한 항목처럼 이론적 관점이나 입장에 따라 다르게 해석될 여지가 있는 것들도 선택에서 배제되었기 때문이다.

[표 39] 캘리포니아 주 English Language Arts, Adopted December (1997)의 용어 목록

active voice, affix, alliteration, alphabetic principle anecdotal scripting, annotated bibliography, antecedent, appeal to reason, appeal to authority, appeal to emotion, appositive, archetypal criticism, archetype, attack, bandwagon, base word, blend, boundary, climax, clustering, complement, compound sentence, concrete image, consonant doubling, decoding, denouement, description, digraphs, discourse, etymology, exposition, expressive writing, false causality, fluency, high-frequency words, historical investigation, homograph, homophone, initial consonants, irregularity, literary analysis, literary criticism, main idea, media sources, metaphor,

> narration, nonverbal, nonsense syllable, **onomatopoeia**, orthography, parallelism, passive voice, persuasion, phoneme, phonics, phonogram, principal parts of verbs, prior knowledge, r-. controlled sound, red herring, **rhetorical strategies**, root word, sight word, standard American English, syllabication, **theme**, thesis, topic, topic sentence, transitive verb, voice, word recognition

온타리오 주 영어 교육과정은 별도의 용어 목록을 가지고 있지 않다. 브리티시컬럼비아 주 언어예술 교육과정에서도 1996년 개정본에는 용어 목록이 없다. 하지만 2005년 개정된 브리티시컬럼비아 주 언어예술 교육과정(K~7)에서부터는 용어 목록이 부록으로 추가되었다. 더욱이 브리티시컬럼비아 주 교육과정에서는 언어예술 교육과정에 제시된 용어 목록과 함께 12학년을 대상으로 한 '영문학 과목'에서 상세한 용어 목록을 제시하고 있기도 하다.

브리티시컬럼비아 주 언어예술 교육과정에 제시된 용어는 모두 69개 항목으로 다른 주의 교육과정에 비해 적다. 하지만 그 중 문학교육 관련 용어는 18개 항목으로 캘리포니아 주 언어예술 교육과정에 비해 많다. 그뿐 아니라 이 항목들은 주로 집합적 개념을 다루고 있다. '비유적 언어', '문학적 장치', '문학적 요소', '시적 언어', '수사적 기법', '문체' 등이 그것이다.

[표 40] 브리티시컬럼비아 English Language Arts K-7 Response Draft(2005)의 용어 목록

> active listening, **alliteration**, alphabetic principle, assonance, big books, **characterization**, choral reading / choral speaking, concepts about books, concepts about print, Conventions, decoding, diction, editing, emergent, environmental print, expository, **figurative language**, fluent / fluency, **form**, **found poem**, **genre**, grammar, graphic organizer, graphophonics or graphophonic cues, guided reading, high-frequency words, **imagery**, interactive writing, invented spelling, just-right texts, listening, listening strategies, **literary devices**, **literary elements**, **literature circle**, **metaphor**, modification, narrative voice, onomatopoeia, onset, phoneme, phonemic

awareness, phonics, phonological/phonological awareness, pictograph, **poetic language**, Proofreading, pull-quote, return sweep, revising/revision, Revision, **rhetorical techniques**, **rime**, self-correcting strategies, semantic, shared reading, shared writing, **simile**, speaking, **style**, subordination, syntax, syntactic, teacher support, text, texts, Text features, visual materials, viewing experiences, wordings, word wall

12학년 '문학 과목'의 용어 목록은 116개 항목을 포함하고 있다. 대부분 K~12 교육과정에 등장한 것들이며, 일부 12학년 '문학 과목'에만 등장하는 것들이 추가되어 있다. '일기'나 '어휘 선택', '착상', '옥타브' 같은 용어들도 포함되어 있는 것으로 보아서는 문학의 경계를 매우 넓고 느슨하게 설정했음을 알 수 있다. 이 용어 목록에는 학생들로 하여금 이 용어들을 문학 작품 읽기의 콘텍스트로 활용하도록 강력하게 요구하는 내용이 담겨 있기도 하다.

[표 41] 브리티시컬럼비아 주 English Literature 12-IRP(2003)의 용어 목록

allegory, alliteration, allusion, analogy, antagonist, anti-Petrarchan, aphorism, apostrophe, aside, assonance, atmosphere, ballad, ballad stanza, blank verse, caesura, caricature, chorus, climax, comedy, conceit, conflict, connotation, consonance, couplet, denotation, dialect, diary, diction, dissonance, dramatic, monologue, elegy, English sonnet, epic, epigram, epigraph, essay, figurative, language, foil, foreshadowing, form, free verse, genre, heroic couplet, hyperbole, iambic, pentameter, image, imagery, in media res, internal rhyme, inversion, invocation, irony, Italian sonnet, kenning, lyric, metaphor, metaphysical, meter, metonymy, mock epic, mood, motif, narrative, narrator, octave, ode, onomatopoeia, oxymoron, paradox, parallelism, parody, pastoral, pentameter, persona, personification, Petrarchan, (Italian) sonnet, point of view, protagonist, pun, quatrain, refrain, rhyme, rhyme scheme, rhythm, Romanticism, satire, sestet, setting, Shakespearean, (Elizabethan), sonnet, simile, soliloquy, sonnet, speaker, Spenserian stanza, stanza, style, symbol, synecdoche, syntax, tercet, terza rima, tetrameter, theme, tone, tragedy, trimeter, villanelle, voice, volta, wit

IV. 문학교육과정의 설계

1. 개관

Ⅰ부 4장에서 교육과정 개념틀과 여기에 동원되는 문학교육과정용어 목록을 검토했던 것은, 이 책의 주된 관심이 교육과정 이해와 개발에 있기 때문이다. 이 개념틀을 Ⅱ부에서 우리나라의 지난 문학교육과정을 살피는 데 적용해 보았다. 또한 Ⅲ부에서 미국과 캐나다의 문학교육과 정을 비교 분석하는 데에도 적용해 보았다. 이를 통해 이 개념틀이 교육과정 이해와 설계에 유용한 해석 도구가 될 수 있을 것임을 시사 받을 수 있었다.

Ⅳ부에서는 이 개념틀을 문학교육과정 설계를 위한 개발 도구로 활용하려고 한다. 문학교육과정은 독립된 교과목으로 설정되어 있지 못하기 때문에 목표 설정에서부터 이 개념틀의 도움이 필요하다. 그런 다음으로는 내용 체계의 구축과 구체화를 위해 이 개념틀이 사용될 수 있다.

2장에서는 문학교육이 설정할 교육목표에 대해 검토한다. 문학교육이 지향하는 인간상과 함께 국어과 교육과의 관계를 검토하고, 이를 포괄적인 목표로 정리해 낼 것이다. 3장에서는 문학교육과정의 내용 요소와 하위 내용 요소들을 추출해 낸 다음, 목표 진술에 이들 요소가 어떻게 결합해야 하는지 살필 것이다. 그리고 4장에서 계열의 의미와 위계성과의 관계를 점검한 다음 '학년군'의 개념을 도입하여 최소 수준의 문학교육과정용어 목록을 제시할 것이다.

Ⅳ부는 Ⅴ부와 연계되어 있다. 따라서 넘나들면서 읽을 수도 있을 것이다. 논리적으로는 Ⅴ부의 1, 2장이 먼저 나오고 Ⅳ부가 전개된 다음, 이를 정리하는 의미에서 Ⅴ부의 3장이 나오는 것이 자연스럽다. 어쩌면 Ⅴ부 전체가 Ⅳ부의 전제로서 기능한다고 할 수도 있겠다.

하지만 나는 의식적으로 구분하여 나누어 썼다. Ⅳ부는 구체적으로는 내가 생각하는 '포스트(post) 7차'의 문학교육과정을 다루고 있지만, 내심 '문학교육과정 개발 도구'를 제시하는 것에 더 큰 의미를 부여하고 있다. 만약 새로운 교육과정이 이름을 얻게 된다면, 그리하여 '제8차 교육과정' 같은 이름으로 실행되고 있는 상황을 맞게 된다면, Ⅳ부에서 구체화한 교육과정 개념틀이 '포스트 8차'를 위한 개발 도구로서 논의될 수 있기를 기대하고 있는 것이다.

2. 교육과정 목표의 설정[1]

가. 문학교육의 성격

1) 문학교육이 지향하는 인간상

다른 어떤 교육과 마찬가지로 문학교육도 결국 인간의 성장을 지향

---

[1] 이 장을 포함하여 2, 3, 4장의 내용들은 최지현(2005b)의 논의에 기초하고 있다. 다만, 원래의 논의가 포괄적이고, 이 책의 Ⅰ부와 Ⅴ부에서도 부분적으로 다루어진 까닭에 상당 부분을 새로 집필하였다.

한다. 어떤 인간상을 교육이 지향해야 할 바람직한 인간의 모습으로 그려내야 할 것인가에 대해서는 문학교육자들마다 다를 수 있을지는 몰라도, 그것은 문학이 그려내는 인간이기도 하고 문학 안에서 꿈 꿀 수 있는 인간이기도 할 것이다. 그것을 문학교육의 이념이라 한다.

그 이념으로 인해 문학교육은 실천의 정당성을 갖게 된다. 문학을 읽고 느낄 수 있는 것, 쓰고 형상화할 수 있는 것은 문학교육이 일상적으로 마땅히 해야 할 교육적 활동이라 할 수는 있지만, 이념은커녕 목적도 되지 못한다. 이념이나 목적의 자각 없이는 행위는 맹목이 되고 결과는 혼란이 된다.

문학교육의 이념을 어떻게 규정해야 할까? 조선시대에는 군자를 이상적인 인간상으로 생각했다. 그렇기 때문에 문학교육도 '재도론(載道論)'이나 '성정론(性情論)'에 근거하여 이루어졌다. 사실은 그렇지 않다고 말하는 것이 맞을지도 모른다. 조선시대에는 평민층에서의 자생적 문학교육도 있었을 것이므로, 군자(君子)와 같은 '특정한' 인간상을 이념으로 삼기는 적합하지 않다. 그렇다면 질적으로 구분되는 둘 이상의 문학교육 이념이 있었다고 하거나 아니면 이 둘을 포괄할 수 있는 문학교육 이념을 생각해야 할 것이다.

그렇다면 '홍익인간(弘益人間)'을 문학교육의 이념으로 삼을 수 있을까? 혹은 제7차 국어과 교육과정이 강조하고 있듯이 '창의적인 인간'을 문학교육의 이념으로 내세우는 것은 어떤가? 유감스럽게도 '홍익인간'은 그 의미의 기원(起源)을 이야기해 줄 자가 없고, '창의적인 인간'은 그 의의를 말해 줄 자와 함께 늙어갈 운명을 안고 있다.

문학의 본질을 말할 수 없는 바에야 문학교육의 본질을 말하는 것이 합당하다고 볼 수 없다. 다만 우리는 문학이 (홍익인간과는 달리) 채워지길 기다리고 있는 열린 개념이고, 문학교육은 문학을 인간의 삶 속으로 이끌어 들어오는 실천임을 말할 수는 있다. 평민 계층의 자생적 문학교

245

육을 포괄하기 위해 문학교육은 인간을 자유롭게 해 왔다고 규정할 수
있다. 그것이 어찌 평민 계층에만 해당하겠는가. 우리가 체제를 넘어서
이상향을 꿈꿀 수 있는 것이며, 몸과 마음의 구속에서 벗어나 자유롭게
말하고 행위할 수 있는 것이며, 일상에 얽매이지 않고 현실을 즐길 수
있는 것이 모두 문학교육이 감당할 역할이며 지향이지 않은가. 게다가
어쩌면 그것은 '인간'의 무게를 벗어던지는 '나—유일자'의 경험을 말
하는 것이 될 수도 있으니, 제도적인 것이든, 혹은 정치적인 것이든, 아
니면 생활적인 것이든 관계없이 인간을 자유롭게 함은 문학교육의 목
적으로 삼을 만하며, 자유로움의 그 너머에 있는 인간은 문학교육의 이
념으로 삼을 만하다.

문학은 인간을 영원히 자유롭게 해 주는 것은 아니다. 그러니 문학교
육이 초월적인 자유인을 이념으로 삼는다고 하는 것은 옳지 못하다. 자
유라고 하는 것도 그 의미가 확정되어 있는 것은 아닐 것이니, 그것을
진리라고 해서도 안 될 것이다. 하지만 진리가 아닐지라도 문학은, 그리
고 문학교육은 인간을 자유롭게 해 줄 수는 있다.

자유는 파랑새와 같은 은유일 뿐이다. 그렇기 때문에 우리는 문학교
육의 이념을 파랑새라고 해도 된다. 파랑새는 우리가 꿈꾸는 그 무엇이
다. 하지만 파랑새는 우리가 꿈꾸는 그 무엇이 아니다.

2) 국어과 교육목표와의 관련성

문학교육과정은 현실적으로 독립된 교과나 과목으로 운영되지 않는
다. 그 대신 국어과 내에서 영역이나 내용으로서, 혹은 범교과적인 통합
교육의 내용으로서 교육과정의 일부를 점하는 것처럼 운영되고 있다.
이것의 합당성 문제는 3장과 Ⅴ부 2장에서 검토하기로 하겠지만, 어쨌
든 현재의 추세대로라면 상당히 오랜 기간 동안 이런 방식의 교육과정
운영이 지속될 것이다.

국어과 교육의 한 부분으로 문학교육은 어떤 교육과정적 목표 설정을 하고 있을까. 제7차 교육과정을 예로 삼아 보기로 하자.

중학교 교육은 초등학교 교육의 성과를 바탕으로 학생의 학습과 일상생활에 필요한 기본 능력과 민주 시민으로서의 자질을 함양하는 데 중점을 둔다. 이러한 전제에서 제7차 국어과 교육과정은 일반 목표로,

가. 심신의 조화로운 발달을 추구하고, 자기 발견의 기회를 가진다.
나. 학습과 생활에 필요한 기본 능력과 문제 해결력을 기르고, 자신의 생각과 느낌을 창의적으로 표현하는 경험을 가진다.
다. 다양한 분야의 지식과 기능을 익혀 적극적으로 진로를 탐색하는 경험을 가진다.
라. 우리의 전통과 문화에 대한 자긍심을 지니고, 이에 발전시키려는 태도를 가진다.
마. 자유 민주주의의 기본적 가치와 원리를 이해하고, 민주적인 생활 방식을 익힌다.

이렇게 다섯 가지 항목을 들고 있다.

일반 목표만으로 보면 중학교 교육-그리고 고등학교 교육 또한-은 통합적인 교육을 지향하는 것처럼 보인다. 하지만 교육과정은 실제로는 10개의 교과로 나뉜 비교적 세분화된 교과 체제를 지니고 있다. 그렇기 때문에 교육 일반 목표로부터 도출되는 영역이 교과별 일반 목표에 직접적이거나, 체계적으로 연계되지는 않는다.

그 대신 각 교과는 교육 일반 목표를 교과 특성에 맞게 구체화하는 방향으로 교육과정적 근거를 세운다. 아마도 이는 교육목표에 따라 영역이 나뉘고 그에 근거하여 교과가 결정되는 논리적 구조 대신 교육목표와 별개로 이미 실재하는 교과가 그 목표를 수용하는 현실적 구조를 취했기 때문일 것이다. 이 문제는 교과 내에서도 그대로 반복된다.

국어과에서는 중학교 교육목표를 받아 다음과 같이 구체화하였다.

국어가 사용되는 맥락과 목적과 대상을 종합적으로 고려하면서 열린 마음으로 국어 사용 양상과 내용을 정확하고도 비판적으로 이해할 수 있는 능력과, 사상과 정서를 효과적이고도 창의적으로 표현할 수 있는 능력을 기르고, 언어와 국어에 대한 기본적인 지식을 바탕으로 언어 현상을 탐구하고 국어 생활에 활용하는 능력을 기른다. 그리고 문학에 대한 기본적인 지식을 바탕으로 문학 작품을 수용하면서 인간의 다양한 삶을 총체적으로 이해하는 능력과 심미적 정서를 기른다. 이를 통해 국어 문화를 바르게 이해하고 존중하며 사랑하는 태도를 길러 성숙한 문화 시민으로서의 역할을 다 하도록 한다.[2)]

위 진술을 분석해 보면, 국어과 교육은 다음과 같은 능력을 목표로 삼고 있음을 알 수 있을 것이다.

1. 국어 사용 상황을 고려하면서 열린 마음으로 국어 사용 양상과 내용을 정확하고도 비판적으로 이해할 수 있다.
2. 사상과 정서를 효과적이고도 창의적으로 표현할 수 있다.
3. 언어와 국어에 대한 기본적인 지식을 바탕으로 언어 현상을 탐구하고 국어 생활에 활용할 수 있다.
4. 문학에 대한 기본적인 지식을 바탕으로 문학 작품을 수용하면서 인간의 다양한 삶을 총체적으로 이해하고 심미적으로 향유할 수 있다.
5. 이를 통해 국어 문화를 바르게 이해하고 존중하며 사랑하는 태도를 길러 성숙한 문화 시민으로서의 역할을 다 할 수 있다.

이 중 다섯 번째는 목표라기보다는 지향에 가깝다. 교육 일반 목표에 "마. 자유 민주주의의 기본적 가치와 원리를 이해하고, 민주적인 생활 방식을 익힌다."가 포함되어 있기 때문에 이를 반영한 것이다. 실제 목표는 네 가지라고 할 수 있겠다.

하지만 독립된 항목으로 설정된 '목표'에는 이와 다르게 진술되어 있

---

2) 교육부(1997), 『초·중등학교 교육과정—국민 공통 기본 교육과정—』, 교육부 고시 제1997-15호 [별책 1], p.22.

는데, 엄밀하게 따지면, 항목화한 목표에는 '나'만이 서술한 목표의 일부를 반영하고 있을 뿐이다. 그 나머지는 교육목표에 달하기 위한 활동이나 양태들로 나타내었다.

> 가. 언어 활동과 언어와 문학에 대한 기본적인 지식을 익혀, 이를 다양한 국어 사용 상황에서 활용하는 능력을 기른다.
> 나. 정확하고 효과적인 국어 사용의 원리와 작용 양상을 익혀, 다양한 유형의 국어 자료를 비판적으로 이해하고 사상과 정서를 창의적으로 표현하는 능력을 기른다.
> 다. 국어 세계에 흥미를 가지고 언어 현상을 계속적으로 탐구하여, 국어의 발전과 국어 문화 창조에 이바지하려는 태도를 기른다.

어째서 서술된 부분에서와 항목화된 부분에서 국어과 목표가 다르게 진술되고 있는 것일까? 추정해 보건대, 그 까닭은 국어과 일반 목표를 구체화하기 위해 내용 요소(Strands)로 도입한 개념들인 '본질', '원리', '태도'를 다시 국어과 목표를 진술하는 데 사용하려 했기 때문이다. 이 내용 요소가 어디서 비롯되었는지는 불명확하다. 그뿐 아니라 관계적으로도 매우 모호한 위상을 갖고 있다. 원칙적으로 이것은 영역(Scopes)으로부터 도출되어야 한다. 하지만 실제로는 그렇게 하지 않았다.

더욱이 제7차 국어과 교육과정은 영역을 목표로부터 이끌어내는 대신, 다른 외적 요인에 의해 결정된 정책적 판단으로부터 이끌어내었다. 고쳐 말하자면, '듣기', '말하기', '읽기', '쓰기', '국어지식', '문학' 같은 '실재하는 영역'들을 그대로 두고 국어과 교육목표를 수용하려 하였던 것이다. 그러다 보니 교육 일반 목표에 부합하는 국어과 교육목표가 아닌 독립적인 국어과 교육목표가 설정되었던 것이다.[3] '본질', '기능', '태도'라는 내용 요소의 등장은, 따라서 국어과 교육목표의 이중적 진술

---

[3] 현재 '새로운 교육과정'의 개정 작업이 부딪친 문제도 바로 이것이다.

과 매우 밀접한 관련을 지닌다. 이 내용 요소는 목표에서 나온 것이 아니라 기존의 '영역'에서 나온 것이다.4)

만약 위의 네 가지 목표로부터 마땅히 도출되었어야 할 영역이 있었다면 그것은 무엇일까.

국어과 교육목표 중 첫 번째 목표는 국어 사용 상황을 고려하면서 열린 마음으로 국어 사용 양상과 내용을 정확하고도 비판적으로 이해할 수 있다는 것이다. 이것은 한편에서는 국어 이해 능력을 가리키고 다른 한편으로는 비판적 판단 능력을 가리킨다. 두 번째 목표는 사상과 정서를 효과적이고도 창의적으로 표현할 수 있다는 것인데, 한편으로는 국어 표현 능력을 가리키며 다른 한편으로는 창조적 의미 생산 능력을 가리킨다. 세 번째로 언어와 국어에 대한 기본적인 지식을 바탕으로 언어 현상을 탐구하고 국어 생활에 활용할 수 있다는 목표는 한편으로는 언어 지식을 가리키고, 다른 한편으로는 지적 탐구 능력을 가리킨다. 그리고 네 번째 목표는 문학에 대한 기본적인 지식을 바탕으로 문학 작품을 수용하면서 인간의 다양한 삶을 총체적으로 이해하고 심미적으로 향유할 수 있다는 것으로 한편으로는 문학 감상 능력을, 다른 한편으로는 인간 이해 능력을 가리킨다.

이들 목표는 일부 중첩되기도 하고, 또 통합적으로 설정하는 것이 바람직한 경우도 있기 때문에 다음과 같이 학습자가 갖게 되기를 기대하는 능력의 형태로 정리한다.

---

4) 참고 삼아 언급하자면, 국어과 교육과정에서 목표로부터 영역이 도출되었던 사례가 없지 않다. 교육과정에는 제대로 표현되지는 않았지만, 제5차 교육과정 시안 확정을 위해 열렸던 협의회(1986. 10. 31~11. 1)에서 제4차 교육과정 개발의 실무자였던 최현섭 교수는 제4차 교육과정이 '실용성의 측면', '지적 능력의 신장', 그리고 '문학 작품의 감상력'을 영역 구분의 준거로 삼았다고 밝힌 바 있다. 그러니까 '표현·이해', '언어', '문학'의 잘 알려진 3 영역 구분은 표상 차원이었던 반면 그 근저에는 국어과 교육의 목표가 영역 구분의 준거로 설정되어 있었다는 뜻이다.

　　1. 의사소통 능력
　　2. 지적 탐구 능력
　　3. 창의적 의미 생산 능력
　　4. 문화 이해 및 향유 능력

영역으로 설정하기 위해서는 이 능력들을 학습 경험의 대상과 내용을 갖는 영역으로 개념화하여 기술해야 하기 때문에 다시 다음과 같이 고쳐 정리한다(최지현, 2005b : 222).

　　1. 사회적으로 의사소통하기
　　2. 지식이나 정보를 탐색하기
　　3. 창의적으로 담화를 생산하기
　　4. 언어문화를 수용하고 향유하기

내가 볼 때에는 이것이 영역이다. 표현을 달리할 수는 있을지 몰라도, 만약 우리가 국어과 교육목표를 합당하다고 판단한다면, 이에 근거하여 위와 같은 영역을 결정하고 내용 요소를 선정하고 성취 기준 및 활동을 기술해야 하기 때문이다. 이렇게 판단할 수 있는 경험적인 증거들도 꽤 있다. 미국 뉴욕 주의 English Language Arts 교육과정은 성취 기준(Standards)으로 학습 내용을 위계화하면서 내용 영역을 '전달과 이해', '반응과 표현', '분석과 평가', '사회적 소통'으로 구분하였다. 캐나다 브리티시컬럼비아 주의 이중언어 교육과정은 위에 제시한 것과 매우 유사한 영역을 제시하였는데, '의사소통', '정보 탐색', '창작적 활동 체험', '문화적 영향 이해'가 바로 그것이다.

심지어 교육과정연구팀이 '새로운 교육과정' 개정 시안을 만들기 위해 다양한 계층과 집단에 설문조사한 내용 중 국어교육의 목표에 대한 설문의 선택지에도 다음과 같은 항목들이 들어 있다. "사회적 요구, 개인적 성장, 범교과적 도구성, 문화 이해와 분석." 설문 결과대로라면 사회적 요구나 개인적 성장이 다른 것에 비해 더 중요할 수도, 혹은 범교과적 도구성과 문화 이해와 분석이 그만큼 심화된 목표 – 모든 학년에서보다는 상급 학년에서 주로 요구되는 목표 – 로 기능하는 것일 수도 있는데, 어느 하나 버릴 것이 없으니 이를 잘 번역하여 각각 목표로 설정하고 영역 결정에 반영하면 된다.

다만 현실적인 측면을 고려하여 '실재하는 영역'[5)]교과를 배제하지 않는다면, 앞서의 영역에는 각기 초점이 되는 '기능' 차원이 있을 것이고 그것의 내용적 구성을 이루는 지식과 수행 차원이 있을 것이므로, 전체적인 내용 체계는 다음과 같은 [표 42]로 구현될 수 있을 것이다.

[표 42] 국어과 내용 체계 모델

내용 영역 \ 기능 영역		듣기	말하기	읽기	쓰기
사회적으로 의사소통하기	지식				
	수행				
지식이나 정보를 탐색하기	지식				
	수행				
창의적으로 담화를 생산하기	지식				
	수행				
언어문화를 수용하고 향유하기	지식				
	수행				

이때 '듣기', '말하기', '읽기', '쓰기'는 언어 사용의 기능 차원으로서 하위 내용 요소의 초점이 될 수 있으므로[6)] 내용 영역과 구분된 축을 갖게 할

---

5) '기능 영역(Domains)'을 내용 영역(Scopes)과 구분하여 설정하는 것은 정책적인 조율과 절충의 산물이 될 것이다. 원칙적으로는 '기능 영역'의 설정이 그에 따라 독립적으로 실행될 수 있는 교육내용을 인정한다는 것을 뜻하지 않는다. 다만 교육내용이 편중되지 않게 설정되었는지를 판단할 수 있게 하는 검증 도구로서 설정의 의의를 얻을 수 있을 것이다.

6) 특히 각각의 언어 기능들이 같은 수준에서 동시적으로 발달하지 않고, 지연과 시차를 갖는다는 점을 고려한다.

수 있을 것이다. 따라서 이에 근거한 위의 매트릭스가 만들어질 수 있다.

[표 43]의 국어과 내용 체제를 통해 현행 국어과 교육과정의 내용 체제를
평가해 볼 수 있을 것이다.

[표 43] 제7차 국어과 교육과정의 내용 체계(교육부, 1997)

영역	내　용		
듣기	• 듣기의 본질 　- 필요성　- 목적 　- 개념　　- 방법 　- 상황　　- 특성	• 듣기의 원리 　- 청각적 식별 　- 내용 확인 　- 추론 　- 평가와 감상	• 듣기의 태도 　- 동기　- 흥미 　- 습관　- 가치
	• 듣기의 실제 　- 정보를 전달하는 말 듣기　　　　　- 설득하는 말 듣기 　- 정서 표현의 말 듣기　　　　　　　- 친교의 말 듣기		
말하기	• 말하기의 본질 　- 필요성　- 목적 　- 개념　　- 방법 　- 상황　　- 특성	• 말하기의 원리 　- 발성과 발음 　- 내용 생성 　- 내용 조직 　- 표현과 전달	• 말하기의 태도 　- 동기　- 흥미 　- 습관　- 가치
	• 말하기의 실제 　- 정보를 전달하는 말 하기　　　　　- 설득하는 말 하기 　- 정서 표현의 말 하기　　　　　　　- 친교의 말 하기		
읽기	• 읽기의 본질 　- 필요성　- 목적 　- 개념　　- 방법 　- 상황　　- 특성	• 읽기의 원리 　- 낱말 이해 　- 내용 확인 　- 추론 　- 평가와 감상	• 읽기의 태도 　- 동기　- 흥미 　- 습관　- 가치
	• 읽기의 실제 　- 정보를 전달하는 글 읽기　　　　　- 설득하는 글 읽기 　- 정서 표현의 글 읽기　　　　　　　- 친교의 글 읽기		
쓰기	• 쓰기의 본질 　- 필요성　- 목적 　- 개념　　- 방법 　- 상황　　- 특성	• 쓰기의 원리 　- 글씨 쓰기 　- 내용 생성 　- 내용 조직 　- 표현 　- 고쳐 쓰기 　- 컴퓨터로 글 쓰기	• 쓰기의 태도 　- 동기　- 흥미 　- 습관　- 가치
	• 쓰기의 실제 　- 정보를 전달하는 글 쓰기　　　　　- 설득하는 글 쓰기 　- 정서 표현의 글 쓰기　　　　　　　- 친교의 글 쓰기		

**국어
지식**
	• 국어의 본질
	  - 언어의 특성
	  - 국어의 특질
	  - 국어의 변천
		• 국어의 이해와 탐구
		  - 음운 - 낱말
		  - 어휘 - 문장
		  - 의미 - 담화
			• 국어에 대한 태도
			  - 동기 - 흥미
			  - 습관 - 가치

	• 국어의 규범과 적용 - 표준어와 발음 - 맞춤법 - 문법		

문학	• 문학의 본질
	  - 문학의 특성
	  - 문학의 갈래
	  - 한국 문학의 특질
	  - 한국 문학의 사적 전개
		• 문학의 수용과 창작
		  - 작품의 미적 구조
		  - 작품의 창조적 재구성
		  - 작품에 반영된 사회·문화적
		    양상
		  - 문화적 창작
			• 문학에 대한 태도
			  - 동기 - 흥미
			  - 습관 - 가치

	• 작품의 수용과 창작의 실제
	  - 시(동시) - 소설(동화, 이야기)
	  - 희곡(극본) - 수필		

[표 42]와 비교해 볼 때, 제7차 국어과 교육과정의 내용 체계에서 이른바 '영역'과 '내용 요소'의 위상은 뒤바뀌어 있다.[7] 하위 내용 요소들 (Sub-strands)도 '영역'에 따라 독립적이라기보다는 서로 중첩되어 있다. 영역 간에 내용적 독립성이 유지되는 기본 조건에 비추어 보면, 이것은 매우 이상하다. '듣기'와 '읽기'를 능동적인 행위로 설정하고 있음에도 불구하고 '정보 전달하는 말 듣기'나 '정보 전달하는 글 읽기'처럼 '듣기'나 '읽기'의 실제를 수동적인 활동으로 규정하고 있는 것도 매우 부적합해 보이는데, 이것도 제7차 국어과 교육과정의 내용 체계가 목표로부터 '영역'이나 '내용 요소'를 도출하지 않고 있음을 보여주는 단적인

---

7) '본질', '기능', '태도'를 도표 상 위로 올리면 이 표는 앞서 보인 표를 시계 반대 방향으로 90도 돌린 것과 같게 된다—사실 이때에도 '본질', '기능', '태도'는 영역보다는 내용 요소에 해당한다.— 이때 하위 내용 요소를 구성하는 원리가 되는 것은 '듣기', '말하기', '읽기', '쓰기', '국어 지식', '문학' 등과 같은 '기능'—여기에 성격이 모호한 두 개의 내용 영역이 추가되겠지만—이다. 따라서 두 도표에서 결정적으로 구분되는 것은 '내용 영역'이 내용 요소 선정의 준거가 되느냐, 아니면 '기능(영역)'이 내용 요소 선정의 준거가 되느냐 하는 점이다. 제7차 국어과 교육과정은 '기능'이 그 역할을 맡도록 했다. 그런데 [표 43]는 하위 내용 요소가 온전히 '기능'에서 도출되는 것도 아님을 드러낸다.

예이다.8)

왜 이런 체제가 만들어졌는지 그 까닭을 모를 바도 아니다. 전술한 바와 같이, 제7차 교육과정은 교육 일반 목표에서 학생 중심적 설계와 문제 중심적 설계를 함께 제시하였다. 하지만 기존의 교과 체제의 강고함을 그대로 놓아 둔 상태에서 교육과정을 구체화함으로써 표방한 것과는 다르게 교과 중심 설계도 그대로 온존되는 문제를 안고 있었다. 그것이 영역 구분에서 재연된 것이다. 예컨대 '듣기', '말하기', '읽기', '쓰기'는 그것이 왜 영역이 되어야 하는지에 대한 진지한 검토가 부족한 상태에서 '영역'으로 굳어져 버렸다. 그것이 왜 '영역'이어야 하는지를 묻는 연구자도 드물었다.

아이러니컬하게도 이러한 내용 체계의 문제는 이 체계를 좀 더 일관되게 유지할 것을 주장하는 논자(노명완 외, 1988)가 "듣기는 입수되는 정보를 처리하는 과정"으로 "읽기는 텍스트로부터 의미를 구성하는 과정"으로 정의하는 것에 이미 배태(胚胎)되어 있었다. 그의 정의에 따르면, '듣기'와 '읽기'는 물질화된 과정, 즉 청음 단계와 문자 해독 단계에서의 대별되는 면은 있어도, '이해'의 심리 과정(mechanism)이라는 핵심을 공유하고 있는 언어 기능이다. 그래서 교육과정에서도 듣기와 읽기의 중핵적인 부분은 내용상 겹쳐 있다. 교육과정 개발자들은 이것이 왜 문제인지 깨닫지 못했을는지 모르지만, 학교 현장에서는 이것이 교육내용의 차이가 아니라 단지 활동의 차이만을 뜻한다는 것을 모르는 사람이 거의 없을 정도이다.9)

'쓰기'와 '말하기'의 교육내용 요소도 같은 문제를 안고 있다. 여기서

---

8) 제대로 설정되기 위해서는 '정보 전달하는 말 듣기'가 아니라 '정보 획득을 위한 듣기'가 되어야 하며 이때에는 교육내용 요소의 준거점은 '텍스트'가 아니라 '목표 능력'이 된다.
9) 만약 목표가 기능 자체에서 나오지 않았다면, 듣기에서는 전략적 국면이, 읽기에서는 과정적 국면이 중요한 내용으로 포함될 수 있었을 것이다.

도 변별되는 것은 '발성 및 발음'과 '글씨 쓰기'10)처럼 교육과정 전체를 포괄하기 어려운 것들에 있지만, 나머지는 동일하다. '듣기'와 '읽기'처럼 중복되는 하위 내용 요소들은 활동 차원에서만 구별될 것이므로, '기능'에 따른 영역 구분은 내용적 적합성뿐 아니라 실효성에서도 문제가 있는 셈이다.11)

제7차 국어과 교육과정의 내용 체계가 만들어내는 문제는 '내용 영역'이 같은 준거에 의해 교육내용이 결정되지 않는다는 것이다. 절충이

---

10) '쓰기 영역'에는 이 외에도 '고쳐 쓰기', '컴퓨터로 글 쓰기'도 포함되어 있으나, '컴퓨터로 글 쓰기'의 경우는 정책적 필요에서 추가된 것이고, '고쳐 쓰기'는 말하기를 '한번 말하고 나면 되돌릴 수 없는 것'으로 오해하게 한다.

11) 완전히 기능 중심으로 영역을 구성하자는 주장도 가능할 것이다. 만약 교육과정의 성격이 그러하고 국어과 교육에 대한 사회적 요구가 그러하다면, 나의 입장에서야 뼈아픈 상황이겠지만, '듣기', '말하기', '읽기', '쓰기'의 기능들을 중심으로 교육과정을 재구성하는 것이 타당하다. 그런데 기능 중심 교육과정이 요구되고 또 실현된다고 해도, 실제로 국어과 교육과정의 내용 체계가 이렇게 만들어질 수 있다고 생각되지는 않는다. 이것은 다음과 같은 이유 때문이다.
첫째, 내용 체계(제7차 국어과 교육과정을 전제로 말했을 경우)에는 언어 기능으로부터 직접적으로 설명할 수 있는 교육내용이 별로 없다. 예) "화제에 알맞은 내용 선정하여 말하기"(화제 부합성 여부의 판단을 말하기가 내려주지 못한다.) 예) "순서를 지키며 대화하기"(turn taking에 대한 판단도 사회적 규약성, 언어 관습 등이 내려준다.)
둘째, 기능별로 나누어 뽑아낸 내용 요소들은 실제의 언어 활동을 제대로 반영하지 못하기 때문에 실효성이 떨어진다. 참조) '대화하기', '요약하기' 같은 언어 활동은 말하기나 듣기, 혹은 쓰기나 읽기 어느 한쪽에 귀속시켜 교육하기가 어렵다. 결국 통합해서 가르치는 것이 합당하다는 뜻이며, 그 통합의 근본적인 이유는 언어 사용의 실제 장면에 능통한 언어 사용자를 길러주는 것이 국어과 교육(언어교육)의 목적이자 목표이기 때문이다.
셋째, 기능에서 직접 도출할 수 있는 교육내용들로는 학년별 내용을 채울 수 없다.
넷째, 자체의 교육내용으로 내용 체계를 채울 수 있다고 해도, 그것이 국어교육의 내용이라고 단정하기 어려운 경우가 있다. 예) "통일성 있게 내용 조직하여 말하기"의 경우, '통일성'을 텍스트의 원리로 볼 것인가, 아니면 말하기의 원리(혹은 말하기의 이론, 혹은 말하기의 구조)로 볼 것인가 하는 점이 분명치 않다. 만약 텍스트의 원리로 본다면, 그것은 기능 중심 교육과정의 근거가 되는 것일까, 아니면 학문-중심적 교육과정의 근거가 되는 것일까? 또한 텍스트의 원리로 본다면, 이는 말하기에 국한되지 않는다. 결국 영역 내 내용들이 영역을 넘나들게 될 것이므로, 영역 설정 자체가 자의적이게 될 수밖에 없다.

나 타협으로 보기에는 내용 간에 연계성이 없으며, 내용 간의 연계성이 주장한다면 영역 설정의 잘못을 인정하는 격이 된다. 하지만 기능을 강조하다 보면 구술 언어와 문자 언어를 과도하게 이질적인 것으로 만들기도 한다.12) '듣기', '말하기', '읽기', '쓰기'와 '문학', '국어지식'의 하위 내용 요소 간 불균형은 '문학'과 '국어지식' '영역'에 대해 지식으로 가르치거나 다른 영역보다 더 많은 시간을 사용하여 활동을 하게 하는 선택을 강요한다.

아마도 이러한 지적에 대해서는 대부분의 연구자들이 동의할 것이다. 그렇기 때문에 영역 조정 문제가 매번 나오는 것일 게다. 하지만 그때마다 교착(膠着)에 이르는 것은 '기능'이 '내용 영역'처럼 자리를 지키기 때문이다. 그리고 똑같은 문제가 다른 한편에서 발생한다. '문학'이 '내용 영역'처럼 자리를 지킨다.

'새로운 교육과정'을 처음부터 다시 설계한다고 가정한다면, 나는 우선 문학교육이 입고 있던 '문학'이라는 '영역'의 옷부터 벗자고 제안한다. 제7차 국어과 교육과정의 일반 목표가 교육적 합목적성과 시대적 가치성을 지니고 있다는 것에 대한 최소한의 합의만 있더라도 우리는 '사회적으로 의사소통하기'와 '지식이나 정보를 탐색하기', '창의적으로 담화를 생산하기', '언어문화의 수용하고 향유하기' 같은 영역에서 문학교육이 취할 수 있는 교육내용들을 확인할 수 있을 것이기 때문이다.

---

12) 7학년 '듣기', '말하기', '읽기', '쓰기'의 학년별 내용에 각 기능의 공통점과 차이점을 알도록 하는 내용이 포함되어 있다. 이 내용이 실제 수업을 차이점을 부각하는 방향으로 치우치게 할 것임은 어렵지 않게 추정할 수 있다. 내용 체계에서도 이를 뒷받침하는 관점이 노출되어 있다. '말하기 영역'에는 대응하는 내용이 없는 '고쳐쓰기'가 '쓰기 영역'에 자리 잡고 있다. 말하기는 한 번 말을 하고 나면 주워 담을 수 없다는 것을 '고치기 불가능한 것'으로 보는 것의 의미로 받아들이는 것일까?

나. 문학교육의 목표

1) 영역의 판단

교육과정 이론에 따르면, 교육과정은 교육목표와 함께 스코프(Scope)와 시퀀스(Sequence)를 핵심 요소로 가지고 있어야 한다고 한다. 이 외에도 통합, 계속성, 분절화와 균형 등을 추가하는 경우도 있다(Allan & Frangcis, 1992 : 293~297). 그 가운데 스코프는 "교육과정에 포함될 범주, 또는 한 교과과정에 포함될 내용 또는 경험의 범주"[13]를 뜻하는 것으로, 세일러(Saylor, J. Galan)의 지적에 따르면, "스코프란 학생들이 학교 프로그램을 계속 처리해 갈 때 학생들에게 제공되는 교육적 경험의 폭, 다양성, 그리고 유형을 의미한다. 스코프는 교육과정 경험을 선정하기 위한 위도(緯度) 상의 축(軸)을 의미한다." 말하자면, 스코프는 교육과정에 어떤 내용을 조직하느냐, 혹은 무엇을 내용으로 포함시키느냐를 결정하는 요인이며 공통적인 주제에 따라 묶여진 목표들의 목록이다. 따라서 무엇을 스코프로 잡느냐에 따라 교육과정의 성격도 달라진다.

무엇을 스코프(Scope)의 번역어로 삼는 것이 적절할지를 판단하게 할 몇 가지 전례가 있다. 초기에는 'Scope'의 음차를 그대로 용어로 사용하였고, 그 뒤로는 '영역'으로 바꾸어 사용하였는데, 국어교육과 관련한 연구로는 박인기(1996)에서 '범위' 혹은 '내용 범위'로 번역된 예가 있다.[14] 하지만 교육학 이론에서는 대체로 '영역'으로 통일한 듯 보인다.[15]

스코프, 즉 영역이 일차적으로 지시하고 있는 것이 교과나 주제 같은

---

13) 서울대 교육연구소 편, 『교육학용어사전』, 하우, 1994 참조.
14) 이 논의를 위해 문학교육이론에서 영역(Scope)에 대해 어떻게 논의하고 있는지를 살펴보았다. 하지만 직접적으로 이 개념을 다루고 있는 예가 적었고, 찾을 수 있었던 몇몇 예에서도 문학교육과정 자체의 내용 분류 근거로 이를 논의하였던 까닭에 현재 논의에 논거로 인용하기 어려웠다.
15) 『교육학용어사전』에는 '영역'으로 옮겨져 있다.

좀 더 큰 단위이다 보니, 이를 '국어과' 내의 영역과 대응시키는 것이 적절한가 하는 점이 의문시될 수도 있다. 하지만 교육과정 이론가들이 스코프가 계층화된 범주로서 의미를 지니고 있다고 말하는 것으로 보아 별 무리가 없을 것으로 판단된다. 경험적으로 보더라도 학교 현장에서는 영역을 '문학 영역'처럼 교과 내 내용 분류 표지로 사용하다가 대학수학능력시험에서는 '언어 영역'이라는 이름으로 교과를 뛰어넘는 내용 분류 표지로 사용하는 등, 여러 층위에서 함께 사용하고 있기도 하다. 따라서 스코프를 '교과 내 영역'에 대해서도 대응시킬 수 있다고 본다.

이 논의에서 스코프와 영역을 새삼 관련지어 논의하는 것은, 우리가 국어과 교육의 영역을 사실상 단순한 분류 표지 수준으로 의미를 제한하여 사용해 온 것의 문제점을 밝히기 위함이다. 지금의 문제도 여기서 비롯되었다. 국어과 교육을 '듣기', '말하기', '읽기', '쓰기', '국어지식', '문학'-가감이 있거나 다르게 조합하는 경우를 포함하여-의 영역으로 나누는 것이 익숙한 까닭에 그것에 영역이란 이름을 붙이는 것에는 그다지 저항감이 없었는데, 실은 이 영역이라는 내용 분류 준거를 여기에 대응시킨 것은 적합하지 못했다는 것이다.

문학이 '영역'으로 굳어졌던 데에도 같은 문제가 자리 잡고 있다. 문학교육 무용론에 대한 대응 요구로서 문학의 독립 영역화가 추동되었던 만큼 그 과정을 이해하지 못할 바 아니지만, 그 결과가 교육적 합목적성에 부합했던 것은 아니었다. 하위 내용 요소들과 활동들이 교육목표를 실현하기에 충분치 못했고, 교육목표 자체도 학습자의 기대되는 문학능력을 제대로 설명하지 못했다.[16] 문학교육의 내용 조직은 어중간

16) 뒤에 다시 다루겠지만, 제7차 국어과 교육과정은 총론에서 세 가지 항목으로 정리된 국어과 목표를 제시하기 전에 교육 일반 목표에 근거하여 네 가지 정도의 목표를 서술하였는데, 이를 문학교육에 적용하여 구체화했을 때 다음과 같은 목표들이 설정될 수 있었다. 문학적 이해 및 감상, 인간과 삶의 탐구, 창작 표현, 고전과 문학적 문화의 향유. 현실의 교육과정 목표는 총론 차원에서는 문학 감상과

한 위상에서 이루어질 수밖에 없었는데, 왜냐하면 문학학의 논리적 조
직 원리와 (학습자의) 문학 체험의 심리적 조직 원리가 뒤섞여 적용되
었기 때문이다. 아울러 문학교육과 국어과 교육의 관계 설정이 모호해
져서 문학교육 논쟁이 치열해졌다. 결과적으로 이것이 문학교육학 이론
발전에 기여한 점은 있겠으나, 교육과정의 운영에는 부정적이었다.

영역의 의의는 그것이 교육목표에 근거하여 내용 분류 준거로 작용
했을 때에는 그것이 학습자들에게 의미 있고 적합한 교육 경험들을 제
공해 줄 수 있게 된다는 것이다. 뒤집어 말해 영역의 교육목표는 (국어
과) 교육의 일반 목표로부터 도출되어 단계별로 구체화되고 체계화될
때 비로소 합당하고 실효성 있는 성취기준이나 활동들을 갖추게 된다
는 것이다.

2) 교육목표의 구체화

영역이 국어과 목표로부터 도출되고 이것에 따라 교육내용 요소들이
구성되게 되면, 제7차 국어과 교육과정의 '영역'들은 자연스럽게 영역
이 아닌 활동이나 내용 차원으로 되돌려지게 된다. 이러한 환원 과정은
문학교육을 '문학 영역'의 교육이 아닌 국어과 교육이자 문학교육 그
자체로서 실현되게 할 수 있다. 말하자면 이때 국어과 교육과 문학교육
은 서로 모순되거나, 층위가 다르거나, 혹은 시기에 따라 무엇인가 유보
가 되는 관계가 아니라 문학교육을 수행함으로써 국어과 교육이 실현
되고, 국어과 교육을 수행함으로써 문학교육이 실현되는 관계를 갖게
되는 것이다.

앞서 현행 국어과 교육과정에 근거하여 국어과 교육목표로부터 '사
회적으로 의사소통하기'와 '지식과 정보 탐색하기', '창의적으로 담화를

___

창작에 치중되었고, '문학 영역'의 학년별 내용은 활동 과제로 삼기에는 이론에로
의 경사(傾斜)가 지나치게 컸다.

생산하기', '언어문화를 수용하고 향유하기' 같은 내용 영역을 도출한 것에 따라 이를 문학교육이라는 차원에서 구체화해 보자. 그렇다면 '사회적으로 의사소통하기'는 문학 작품의 이해와 감상에 대응하며, '문학을 통한 의사소통'이라는 문학교육의 일반 목표로 개념화될 것이다. 또한 '지식과 정보 탐색하기'는 문학의 특수한 실현 방식인 상상적 체험과 대응함으로써 '인간과 세계에 대한 심미적 탐구'라는 문학교육의 일반 목표로 개념화될 것이다. '창의적으로 담화를 생산하기'는 문학적 창조 활동과 대응함으로써 '창작과 창조적 언어 활동'이라는 문학교육의 일반 목표로 개념화되며, '언어문화를 수용하고 향유하기'는 고전의 이해와 대응함으로써 '고전과 문학적 문화의 향유'라는 문학교육의 일반 목표로 구체화될 것이다.

> • 국어과 교육목표로부터 도출된 문학교육의 일반 목표
> 1. 의사 소통 능력→문학을 통한 의사소통
> 2. 지적 탐구 능력→인간과 세계에 대한 심미적 탐구
> 3. 창의적 의미 생산 능력→창작과 창조적 언어 산출
> 4. 문화 이해 및 향유 능력→고전과 문학적 문화의 향유[17]

3. 내용 체계의 구축

가. 내용 요소

국어과 교육과정의 내용 체계를 이루는 준거가 있다면, 그것은 '언어 기능'이 아니라 '언어 문식성'이다. 언어 문식성이 준거가 될 때 몇 가

---

17) 최지현(2005b : 240)의 내용을 약간 수정하였다.

지 고려 요인들이 동반한다. 우선 국어과 교육은 공적 언어의 학습에 초점을 둘 수밖에 없는 이상, 언어 실현의 제도적, 관습적 양식성과 소통적 규범, 그리고 그것의 개선을 모든 교육의 장면에 적용시켜야 한다. 하위 내용 요소와 활동들을 선별하고 진술할 때에도 이 원칙이 적용되어야 한다. 또한 듣기, 말하기, 읽기, 쓰기의 모든 기능들은 실제 언어 수행에서 통합적이고 상호작용적으로 이루어지기 때문에, 개별 장면들을 실제적 상황으로 발전시키게끔 하위 내용 요소들과 활동들을 결합하고 조직해야 한다. 언어 문식성은 단순히 활동을 함으로써 증명되는 것이 아니라 자신이 수행하는 활동을 설명할 지적인 도구를 갖춤으로써 증명되는 것이기 때문에 하위 내용 요소와 그 활동들이 이 도구(핵심적 개념)를 포함하도록 조직해야 한다.

이미 앞서 국어과 교육의 목표로부터 '사회적으로 의사소통하기', '지식이나 정보를 탐색하기', '창의적으로 담화를 생산하기', '언어문화를 수용하고 향유하기' 등을 내용 영역으로 설정한 바 있는데, 여기서는 이것들의 내용 요소로 '지식'과 '수행'을 제시하고, 그 근거와 구체적인 하위 내용 요소의 설정에 관해 논의를 집중하고자 한다.

현재 이루어지고 있는 교육과정 논의에서는 '텍스트',[18] '지식', '기능', '맥락' 등이 내용 요소로 제안되고 있다. 이것들은 쟁점 토론회, 심의회, 연구 협력진 협의회, 개발 협력진 협의회, 공청회 등의 자리에서 우여 곡절을 겪으며, 결과적으로 남게 된 내용 요소 선정의 준거들인 셈이다.

당초 '텍스트', '언어', '사고', '맥락'에서 출발해서 이렇게 바뀐 데에는 각 내용 요소 간의 간섭과 중첩이 논란을 빚게 된 이유가 있었을 것이다. '언어'가 "전통적 의미의 '문법'에 국한된 지식이 아니라, 텍스트

---

18) 텍스트는 활용 가능한 텍스트 군(群)을 대강 묶어 교육과정에 함께 제시하는 것이 바람직할 것이다.

를 수용하고 생산하는 데 필수적으로 요청되는 언어에 관한 지식"[19]으로 설정되어 있지만, 그러기 위해서는 '사고'와도 통해야 하고 사회·문화적 '맥락'에서도 이해되어야 한다. 그러니 종내에는 하위 내용 요소들을 추출할 때 무엇이 '언어'에 있고, 무엇이 '사고', 무엇이 '맥락'에 있을지 판단하는 일이 괴롭거나 자의적인 일로 여겨지기 쉽다.

그렇지 않고 '언어'가 '사고'와 독립적인 준거가 되면 생성적 지식과는 거리가 멀어지게 된다. 또한 '맥락'과 독립적인 준거가 되면 사회·역사적 배경을 지닌 지식과는 거리가 멀어지게 된다. 이것이 최종적으로 갖게 될 모습은 오래 전 교육과정시기의 문법 지식들이 될 가능성이 있다.

하지만, 더 근본적으로는 이들 요소의 선정이 자의적이었기 때문인 이유가 더 크다. 어떻게 '언어'가 '지식'으로, '사고'가 '기능'으로 '그렇게 쉽게' 바뀔 수 있는가. 이들 요소의 변경은 뜻이 모호한 개념을 고치고 명확히 하는 것으로 설명할 수 있다. 혹시 여기에는 '언어'의 준거 설정 배경에 '텍스트'가 '문학 영역'의 대체제로 활용되는 것과 같은 이면적 논리가 있었던 것은 아닐까? 이를테면 그것은 매체가 새로 들어오면서 찾아주어야 할 벤치(bench)의 빈자리도 함께 만들어주면서 과거의 '국어지식 영역'을 수용하는 틀로서 설정되었던 것은 아니었을까? 그러다가 다시 '문학 영역'과 '문법 영역'을 다시 살리게 되면서 이들 요소의 선정 근거가 모호해졌던 것이 아니었을까 하는 의구심인 것이다.

제7차 국어과 교육과정에서의 '국어지식 영역'의 모호했던 위상을 떠올려 보자. 이 비유가 적당하다면, 이 영역은 훨씬 더 크고 강력한 왕국의 영토를 의미할 수도 있었다. '국어지식 영역'은 문법의 작은 집을 포기하는 순간 모든 언어 활동의 지식 차원을 포괄할 수 있기 때문이다.

---

19) 한국교육과정평가원 국어과 교육과정 개정 연구팀(2005), 「국어과 교육과정 심의회(4차)−보충자료−」, 2005. 10. 7, p.6.

그러해야 했음에도 불구하고, 그에 대한 견제가 컸고 그보다 그러려는 의지가 부족했다. 마땅히 그러했어야 한다고 보는 입장에서는 '새로운 교육과정'은 국어지식교육에는 정체가 아니라 생존의 문제 상황이 되어 버렸다. 이것은 정확히 따지자면 '국어지식 영역'의 문제가 아니라 '국어과 교육'의 문제이다. 아주 중요한 교육내용을, 그것도 국어과 목표에서 도출되는 내용 영역과 직접 닿아 있는 교육내용들을 잃게 생겼다.

이것은 국어지식교육만의 문제가 아니다. 그리고 이것은 '닥친' 문제가 아니다. 그렇기 때문에 내용 요소 선정 준거라고 불리는 항목들이 품고 있는 위험성을 벗겨내기 위해서라도 이 항목들을 가능한 한 다양성을 포괄할 수 있으며 서로 변별되는 단순한 항목들로 바꾸어야 하는 것이다.

'지식'과 '수행'은 '아는 것'과 '아는 것을 행하는 것'[20]으로 대강을 나누고, 제7차 국어과 교육과정에 포함되었던 '태도'는 내용 차원에서 수용하는 방안이다. 주지하다시피 제7차 국어과 교육과정에서 '본질'과 '원리'는 둘 다 지식의 형식으로서 개념적으로 상호 간섭하고 내용의 중첩도 심했다. '지식'에 해당하는 각 기능별 '본질'의 진술은 항목은 여럿이나 실제로는 미세한 차이만 보이고 있어서 학년별 내용 진술에서는 항목의 수에 값하는 비중을 지니지 못했다.[21]

'태도' 역시 '흥미, 동기, 습관, 가치' 등의 하위 내용 요소를 나누었지만, 실제로 목표를 설정하고 교수·학습할 수 있는 것은 '가치'뿐이며, '가치'는 인지·정의적 요소를 모두 포함하고 있기 때문에 나중에 따로 교육목표로 설정하는 것도 적절하지 않다고 판단했다. 제7차 국어

---

20) 여기에는 '아는 것을 행할 수 있는 능력의 수준이나 상태'까지 포함된다.
21) 이른바 '언어 사용 기능 영역'에서 '원리'의 하위 내용 요소들은 각기 하나씩의 내용 진술을 취하고 있었던 데 반해, '본질'의 하위 내용 요소들은 하나의 내용 진술만을 취했다.

과 교육과정에서는 이와 독립하여 '실제'라는 내용 요소를 항목으로 두
어 지식의 수행 차원을 다루도록 하였으나 학년별 내용으로뿐 아니라
성취 기준이나 활동으로 진술되지 않아 실효성이 없었다. 또한 분류된
성격이 모호하거나 부적절한 부분도 실제 수업에서 바로 잡힐 가능성
을 갖지 못하게 되었다.[22] 따라서 '태도'나 '활동'을 교육내용으로 포함
하기 위해 나는 이를 '수행'으로 함께 묶어 다루는 것이 바람직하다고
보는 것이다.

　'지식'과 '수행'은 하위 내용 요소로 각기 다음과 같은 것들을 포함한
다.

- **지식**
  ㉠ 대상의 특징, 성격, 요소 등을 아는 지식
  ㉡ 대상의 기능, 작용 등을 아는 지식
  ㉢ 대상의 의의, 효용, 중요성 등을 아는 지식
  ㉣ 대상에 관한 지식들에 대한 메타적 지식

- **수행**
  ㉠ 지식의 관계적 적용
  ㉡ 지식의 적용 과정 / 결과에 대한 평가

---

22) 전술한 바 있지만, '읽기 영역'에서 '정보 전달하는 글 읽기' 같은 요소가 부적절
함의 대표적인 예이다. 이것은 '읽기 영역'의 어떤 교육내용도 말하고 있지 않다.
'읽기'를 능동적이고 적극적인 행위로서 규정하고 있는 교육과정의 취지나 읽기
이론들의 대체적인 논점에 비추어 본다면, 이러한 기술 자체가 문제를 안고 있기
도 하다. '쓰기 영역'에서는 '정보 전달하는 글 쓰기'를 교육내용으로 삼을 수 있
다. 그러나 읽기에서는 정보 전달적 기능이 주된 글을 읽는 경우라도 읽는 목적
에 따라 '정보 획득을 위한 글 읽기'도 될 수 있고, '태도 강화를 위한 글 읽기'도
될 수 있으며, 심지어는 '정서 체험을 위한 글 읽기'도 될 수 있다. 단적으로 말해,
교육과정의 '실제' 항목은 충분히 검토되고 논의되고 검증하는 가운데 내용 요소
의 추출이 이루어진 것이 아니라 다른 '영역'들에 대응시켜 기계적으로 뽑아냈다
는 것이다. 그밖에 '문학 영역'에서 '수필'이 실제로 들어온 점이라든가, '국어지
식 영역'에서 '본질', '원리', '태도'의 요소들에 걸맞지 않게 '표준어와 발음', '맞
춤법' 같은 항목이 '문법'과 같은 무게로 들어온 점 등이 모두 부적절한 예들에
해당한다.

블룸(Bloom, B. S., 임의도·고종열·신세호 공역 : 1983a, 1983b)은『교육목표분류학』에서 지식을 '지식'과 '지적 능력과 기능'으로 구분하였고, 이를 개별자로부터 보편자로 이어지는 지식의 위계(hierarchy)로 설정하였으나, 이 책은 지식이 작용하는 영역과 작용 방식에 각각 초점을 두고 분류한다. 이 범주들은 어느 정도 상호간에 선후적(先後的)이고 조건적인 관계를 가지고 있다고 판단되지만, 그렇다고 전자가 후자보다 낮은 수준이거나 혹은 전자가 후자보다 본질적이라거나 하는 단정을 하기는 어렵다고 보고 있다. 하위 내용 요소로 구체화했을 때에는 같은 학년에서 다루어지는 '지식'의 경우 ㉠이 ㉡보다 다루기 어렵고,[23] ㉢은 ㉡과 ㉣보다, 그리고 ㉣은 ㉠은 ㉡보다 다루기 어려울 것으로 예상된다. 하지만 아마도 많은 경우에 ㉠~㉣은 동일 학년의 하위 내용 요소들 간의 위계성 배치의 더 중요한 고려 요인이 될 것으로 생각한다. 또한 어려운 정도에 따라 학년을 나누어 가며 분산 배열하는 방식보다는 차라리 일부 하위 내용 요소를 선별하는 방식으로 난도(難度)를 조절하는 것이 나을 수도 있다.

지식은 각기 중등학교 문학교육이 다루어야 할 핵심적 개념을 포함하고 있어야 하기 때문에, 이를 문학교육과정의 다양한 원천으로부터 추출하여 유목화하고 '지식'과 '수행'에 따라 분류하는 방법으로 구체화한다.

나. 하위 내용 요소

문학교육과정용어의 세 측면을 놓고 보면, '지식'은 이론으로서의 문학교육과정용어와 대응하며, 이는 '내용 영역의 핵심 개념들'을 의미하

---

[23] ㉡은 ㉠이 아닌, 그보다 먼저 학습한 지식에 대해 발전시키고 있는 하위 내용 요소가 되고, ㉠은 새롭게 학습하게 된 지식이 될 것이기 때문이다.

게 된다. 한편 '수행'은 방법으로서의 문학교육과정용어와 평가 행위로서의 문학교육과정용어에 대응하는데, 이것들은 각기 '내용 영역의 학습을 통해 갖게 될 인식적 / 표현적 능력 수준들', 그리고 '인식적 / 표현적 능력 수준의 행위적 / 기능적 지표들'로 규정된다. 이러한 과정을 거치도록 한 것의 의의는 실제 교육 장면에서 '지식'을 독립적으로 기술하지 않고, '수행'을 통해서만 기술하도록 하며, '수행'을 위해 해당 '지식'을 학습하게 하거나 '수행' 과정에서 학습하게 하는 효과를 얻고, 여기에 사용되는 핵심적 개념들을 문학교육과정용어로 정리하여 교육과정에 제시함으로써 교육의 균질성과 일반성을 확보하게 한다는 점이다.

하위 내용 요소는 문학교육과정용어에 의해 구체화된다. 문학교육과정용어의 요구와 필요성에 대해서는 I 부에서 이미 살핀 바 있다. 즉, 문학교육과정용어는 문학교육목표를 명시적으로 설정할 수 있게 하고, 교육과정에 제시된 교육내용을 구체화할 수 있게 하며, 실제 수업에서 문학(적) 제재의 선정과 학습자의 감상 및 창작 활동, 그리고 문학 수업 평가 같은 모든 교수·학습 활동에 준거를 제공한다. 거시적으로 보면 국가적 차원에서 개발된 교육과정이 동일한 교육의 질을 제공할 수 있게 하도록 하는 의미도 지니고 있다.

이처럼 문학교육과정용어의 요구와 필요성에 대한 합당한 근거는 마련된다고는 하나, 실제로 문학교육과정용어를 선정하고 목록화하는 데에는 야기될 수 있는 몇 가지 이론적 쟁점을 해소할 필요가 있다. 이를 통해 하위 내용 요소의 설정 근거를 확고히 해야 한다.

첫째, 문학교육과정용어의 수를 제한할 것이냐 하는 문제가 있다. 이것은 우선 중등학교 문학교육을 위해 필요한 용어의 총량으로 이루어진 가능한 어휘밭(Word-field)을 만들어 두고, 필요에 따라 선택하여 사용할 수 있게 할 것인가, 아니면 제한된 용어들로 이루어진 최소 목록을 만들어 그 용어들에 대해서는 반드시 교육되도록 할 것인가 하는 문제이다. 전자의 경우는 문학교육 현상에 대한 다양한 접근과 설명을 포괄할 수 있는 장점이 있다. 각 접근에 따라 동원되는 용어들이 다를 것이기 때문에, 이를 고려하여 용어 대조표나 참조 목록을 만들어 제시할 수 있다. 하지만 이 경우 이 용어들은 학습 용어가 아닌 참조 용어가 되고 만다. 그리고 별도의 학습 용어를 다시 정해야 하는 문제가 생긴다.

이것에 대해 현실적으로 택할 수 있는 합리적인 입장은 최소 목록으로 교육/학습 용어를 정하는 것이다. 여기서 교육과정이 불가불 선택의 과정이 될 수밖에 없음을 재확인해 둘 필요가 있을 것이다. 교육내용에 대한 설명의 수준과 층위 역시 선택적이며, 수행의 방법과 절차 또한 선택적이다. 우리가 우선적으로 해결해야 할 문제 중 하나는 모든 학습자들이 공히 함께 배우고 익힐 최소한의 교육내용을 선정하고 관리함으로써, 이를 통해 그 내용에 대한 학습에서 교육 자원의 편중이나 부재로 인해 교육 수준과 질이 현격한 차이 나게 되는 교육의 파행을 미연(未然)에 막는 것이다.

둘째, 문학교육과정용어의 선택이나 의미 규정에 작용하는 담론 환경을 전일적인 것으로 할 것이냐, 아니면 다원적인 것으로 할 것이냐 하는 문제이다. 전일적인 담론 환경을 가질 때, 모든 용어들은 (이상적으로는) 체계적이고 통합적인 설명틀을 갖게 된다. 용어들의 선후 완급(先後緩急)을 따로 정하여 배치할 수도 있고, 학습 결손의 진단과 처리도 어쩌면 매우 간명해질 수 있다. 하지만 이것은 학습자들로 하여금 전이력(轉移力) 높은 이론을 소유할 수 있게 할 수는 있지만 '다양성'과 '불확정성'을 아우르는 문학의 본래적 가치를 놓치게 할 수도 있다.

이와는 달리 다원적인 담론 환경을 갖출 경우에는 문학교육 현상에 대한 다양한 설명의 기회가 형성될 수 있다. 학습자들은 여러 설명 중 하나를 선택해야 하는 어려움을 겪으면서도 동시에 가치의 선택과 삶의 태도 형성에 대한 책임성 있는 자세를 갖게 될 수 있다. 그것은 문학교육의 가장 중요한 목표 중 하나이다. 이러한 이유로 인해 문학교육의 다원적 담론 환경이 보장되는 방향으로 용어 선택이 이루어지는 것이 바람직하다고 본다.

이 두 가지 문제를 통합하여 다시 생각해 본다. 교육담론에서 사용하는 교육용어들의 대부분은 학술용어로부터 비롯된 것이다. 학술담론이 교육담론에 대해 지배적 지위를 갖기 때문이다(최지현, 1994). 문학교육에서 문학이론의 용어들이 많이 사용되는 것도 같은 맥락에서이다. 하지만 그 까닭은 단순히 문학교육과 문학이론이 공히 문학을 다루기 때문인 것은 아니다. 반대로 문학교육이 문학이론의 실천이기 때문도 아니다. 문학이론이 문학을 생산하거나 향유하는 기술적 수단뿐 아니라 사고의 형식을 제공해 주는 것이 사실이기는 하지만, 문학교육이 학술용어로서 문학 이론의 용어들을 많이 사용하는 것은 문학교육의 자체 이론이 제대로 구축되지 못했기 때문이다.

학술용어라는 것이 서로 다른 관점과 이론들의 경합과 대치, 혹은 포섭과 배제 등의 결과물이기 때문에, '어떤' 교육적 대상은 교육 상황(교육과정, 교과서, 교실 담화, 그밖의 교육 담화들)에 따라 다르게 명명되거나 다른 의미가 부여되는, 혹은 다르게 분류되거나 심지어 교육적 대상으로 다루어지지 않게 되는 일이 벌어지게 된다. 적어도 지금까지는 이른바 '지식 교과'나 '지식 교육'의 차원에서 학술담론을 교육담론에 적용시켜 오면서 그 규정이나 명명의 권리를 '외부'의 학술담론이 주장해 왔다.

이것을 특별히 유념해야 한다. 문학교육과정용어의 제한적 용어 목록은 불가피하게 용어의 통일, 조정, 정리에 관한 입장 정리를 요구한다. 만약 우리가 문학교육과정용어의 필요성을 인정하면서도 이를 특정한 관점에서 한정하고 목록화하려 한다면, 그것은 결과적으로 특정한 학술담론을 지지함으로써 교육담론을 학술담론에 직접적으로 예속시키게 될 수도 있다. 이 일은 불가피하게 교육용어의 엔트로피(entropy)를 증가

시킨다. 물론 하나의 이론만을 끌어와서 모든 문학교육현상을 설명하려
할 때에도, 동어 반복이 엔트로피의 증가시킨다. 하지만 여러 이론들이
혼재된 채 들어와서 하나의 문학교육현상을 설명하려 할 때에도 엔트
로피는 증가된다. 설명 사이에 모순이 축적되고 이를 메우기 위해 또
다른 설명들이 동원되어야 하기 때문이다.

답은 분명치 않지만, 문제는 분명해 보인다. 우리는 이론의 전일적인
설명틀을 갖는 대신 경쟁하는 이론들의 설명틀을 함께 가져야 하지만,
동시에 가능한 한 최소 규모의 용어 목록을 가져야 한다. 이것은 모순
되게 보일지 몰라도 불가피하게 선택해야 하는 거의 유일한 방안이다.
그리고 어쩌면 이것이 바로 문학교육학의 가장 유력한 연구와 실천의
방향일는지도 모른다.24)

문학교육과정용어를 선정하기 전에 우선 이 용어의 성격과 근거를
재차 분명히 해 둘 필요가 있다. 이를 다음의 네 가지 항목으로 정리해
둔다.

첫째, 문학교육과정용어는 교수·학습의 도구로서 기능할 수 있어야
한다.

둘째, 문학교육과정용어는 문학교육과정을 이루는 지식의 구조를 집
약적으로 보여줄 수 있어야 한다.

셋째, 문학교육과정용어는 분편화되어서는 안 되며, 통합적 성격을
지녀야 한다.25)

넷째, 문학교육과정용어는 학습자의 성취 기준을 기술할 때 핵심적인

---

24) 문학교육과정용어가 문학 이론으로부터 차용한 주요 문학 용어들의 목록이라고
    단정할 아무런 이유가 없다. 물론 문학교육학의 본격적인 이론 모색이 지난 십수
    년 전부터 있었음에도 문학교육의 이론이나 내용, 방법의 용어들을 생산하여 최
    소한의 목록을 작성해 놓지 못했던 점은 중대한 문제이기는 하지만, 오늘날 문학
    교육이 (문학이론이 아닌) 문학교육이론에 근거하여 이루어져야 한다는 데에는
    이론(異論)을 제기하는 문학교육(학)자가 거의 없기 때문이다.
25) 게다가 교과목의 통합에도 긍정적인 기여를 해야 한다.

용어로 사용될 수 있어야 한다.

문학교육과정용어를 선정할 때에는 그것이 배후로 두고 있는 이론과 개념적, 범주적 등장 배경을 고려하지 않을 수 없다. 어떤 용어이든 진공 상태에서 나오지 않는다. 어떤 용어가 필요하다면, 거기에는 반드시 새로운 대상이 생겼거나 기존의 설명에 한계가 발생했거나 혹은 문학을 보는 근본적인 관점이나 입장이 변화했다는, 어떤 이유가 있게 마련이다. 따라서 용어 선정에는 이 점이 먼저 고려되어야 한다.

이상의 논의를 전제로 하여 문학교육과정용어의 목록을 작성하고 이를 하위 내용 요소로 구체화한다. 이 작업은 문학교육학자와 전문가 집단의 숙의를 통해 이루어져야 마땅하겠지만, 이 책에서는 잠정적으로 제7차 국어과 교육과정의 '문학 영역'과 학교급별 '국어' 교과서 및 교사용 지도서, 그리고 대단위 평가 등에 사용된 주요 용어들을 추출하여 정리하였다.[26]

학년별 내용을 구체화할 때 미국 캘리포니아 주 교육과정처럼 성취 기준과 활동으로 이원화하는 방식으로 이 용어들이 기술될 수 있을 터인데, 이 방법은 교사들이 활동과 교육내용을 혼동하지 않고, 가르쳐야 할 내용과 배워야 할 내용을 뒤섞지 않게 할 수 있다는 장점이 있다. 성취 기준을 제시할 때에는 학년별 진술이 아니라 학년군별 진술을 취하고 학년별 진술에는 목표 대신 활동만 진술하는 것이 타당할 것이다.

---

26) 여기에 다음과 같은 부수적 기준들을 적용하였다.
- 활동의 양상이 아니라 성격에 따라 용어 선정 예) 토론하다(×)
- 여러 관련 하위 개념들이 있을 때에는 상위 개념을 중심으로 선정 예) 장편, 중편, 단편→소설 형식
- 학문적 차원에서 논의될 만한 중요성을 지니고 있으나 학교 현장에서 실제적 쓰임이 매우 적은 것이라면 용어로 다루지 않음 예) 한문학(×)

▶ **이론으로서의 지식 : 내용 영역의 중핵적 개념들**

① 대상의 특징, 성격, 요소 등을 아는 지식

- 문학, 문학 언어, 시어 ‖ 일상 언어*
- 작가, 독자, 생산자, 수용자, 문학 담당층 ‖ 저자, 저자의 죽음
- (문학) 텍스트, 텍스트성
- (문학) 작품, 상호텍스트성, 영향
- 미적 범주, 문학성
- 서정적인 것, 서사적인 것, 극적인 것

② 대상의 기능, 작용 등을 아는 지식

- 문학 양식, 서정 양식, 서사 양식, 극 양식 ‖ 교술 양식
- 시, 소설, 극, 비평
- 문학 형식, 시 형식, 소설 형식, 극 형식
- 내용과 형식, 구조, 미적 구조
- 노래하기, 운율 / 율격, 함축성
- 이야기, 사건, 서사, 구성 ‖ 배경, 무대
- 소재, 주제, 모티프 ‖ 화소
- (∅, 문학, 서정적) 주체, 목소리, 서술자 ‖ 어조, 시점, 초점화
- 화자, 인물, 성격, 갈등
- 모방, 반영, 표현, 생산, 전형 ‖ 전형성, 개연성
- 문학적 사유, 상상, 시적 인식, 역설 / 패러독스, 아이러니 / 반어
- 비유, 상징, 은유, 환유 ‖ 상징체계
- 허구, 이미지 / 심상

③ 대상의 의의, 효용, 중요성 등을 아는 지식

- (심미적, 문화적, 윤리적, 문학적) 감수성, 상상력
- 문학 현상, 문학 활동, 문학 교육
- 문학능력, 문학소통능력, 문학생산능력
- 문학 이론, 담론, (문학, 담론) 공동체
- 문학성, 형상성, 대화성, 개성
- 작가의 의도, 창작 동기, 상호 교섭, 감상, 비평적 접근
- 문학관, 세계관 ‖ 기대 지평, 인식 지평
- 비평적 글쓰기, 문학적 형상화, (텍스트, 작품) 생산, 창작, 창조적 수용

④ 대상에 관한 지식들에 대한 메타적 지식

- 문학사, 고대문학, 중세문학, '개화기문학', 근대문학, 현대문학 ‖ 국
  문학, 구비문학
- 한국문학 ‖ 세계문학, 비교문학
- 고전, 고전문학, (문학적) 전통
- '전통시', 근대시, 현대시 ‖ 근대소설, 현대소설
- '저항문학', '참여문학', '순수문학', '시민문학', '민중문학', '민족문
  학', '친일문학'

▷ 방법으로서의 수행 : 내용 영역의 학습을 통해 갖게 될 인식적 / 표현적 능력 수준들
① 지식의 관계적 적용

- 상상, (상상적, 정서적, 문화적, 심미적, 윤리적) 체험
- 동일시, 감정 이입, 투사, 거리두기
- (텍스트) 생산, (텍스트) 수용
- 형상적 사유, 총체적 인식
- 창조적 언어 사용

▷ 평가 행위로서의 수행 : 인식적 / 표현적 능력 수준의 행위적 / 기능적 지표들
① 지식의 관계적 적용

- 관계적 읽기 / 상호텍스트적 읽기, 상위적 읽기 / 초인지적 읽기
- 알기, 인식하기, 이해하기, 통찰하기, 상상하기
- 모방하기, 재구성하기, 창조하기
- 변별하기, 구분하기, 비교하기, 분석하기, 분류하기, 구체화하기
- 유추하기, 추론하기, 적용하기, 탐구하기
- 구체화하기, 상세화하기, 형상화하기

② 지식의 적용 과정 / 결과에 대한 평가

- 내면화하기, 자기화하기, 대상화하기, 객관화하기
- 공감하기, 분석하기, 해석하기, 비판하기
- 설명하기, 비평하기, 감상하기

* 여기서 '‖'는 교육과정이나 교과서에 직접적으로 제시되어 있지는 않지만 앞의 항목과 관계적
  개념으로 묶이는 것들을 함께 제시했다는 것을 의미한다. 한편 ' / '는 대용적 표현을 의미하며 —
  이때 앞의 용어가 대표 용어가 된다. —, 'ø'는 유사 개념들의 대표 용어에 사용되는 빈자리
  (예 : ø 주체 = 주체)를 의미한다.

다. 목표 / 내용 진술 방식

문학교육의 일반 목표는 국어과 교육의 일반 목표처럼 구체적인 교육내용을 갖추어야만 실제 교육 장면에서 실현될 수 있다. 그러나 한편으로는 이 교육내용이 분명한 목표를 지향할 때에만 가치 있는 교육 활동이 될 수 있음도 간과하지 말아야 한다. 말하자면 교육은 없고 활동만 존재하는 수업으로는 문학교육의 일반 목표가 달성될 수 없다는 것이다.

문학교육과정의 목표 / 내용 진술에는 몇 가지 기본 원칙이 요구된다.

첫째, 목표 / 내용은 성취 기준과 활동(학년별 내용)으로 이원화하여 진술하는 것이 필요하다. 이는 (국어과 교육의 대부분의 교육내용이 그러하듯이) 문학교육의 교육내용이 단일한 기능으로 환원되지 않고 텍스트나 과제에 따라 다양한 수준에서의 활동들을 요구하기 때문이다. 따라서 학년별 내용은 활동 차원에서 기술하며, 이와는 별도로 목표 / 내용은 몇 개의 학년군을 묶어 성취 기준의 형태로 기술하도록 한다.

둘째, 목표의 진술은 명제 형식으로 하되 '지식' 범주는 '이론으로서의 문학교육과정용어'와 '평가 행위로서의 문학교육과정용어'가 결합된 형태―이하에서 '이론＋평가 행위'와 같은 방식으로 표시함―로 나타내며, '수행' 범주는 '이론＋평가 행위＋방법', '방법', '방법＋평가 행위'로 나타낸다. 또한 '지식' 범주는 '-을(를) 안다'로, '수행' 범주는 '-을(를) 할 수 있다'로 나타낸다.[27)

셋째, 성취 기준이나 활동을 기술하는 데 사용되는 '지식' 범주나 '수행' 범주의 하위 개념들은 특정한 이론적 관점에 의해 정의하여 제시하지 않되, 개념적 논란이 있는 것들에 대해서는 유효한 설명이나 접근들

---

27) 여기서 '방법으로서의 문학교육과정용어'는 지식의 형태를 취하고 있지만 실제로는 그것이 가리키는 것은 지식이라기보다는 내면화된 능력의 수준이나 상태이다. 따라서 방법 그 자체만으로 목표 진술이 가능하다.

(approaches) 자체가 교육내용이 되도록 한다.

넷째, 활동은 과제 수행의 형태로 진술하되, 지나치게 상세화하지 않도록 한다.

다섯째, 수준별 교육내용은 활동의 곤란도가 아닌 텍스트의 특성에 따라 변별되도록 한다.

4. 계열 및 위계성의 조직

가. 계열과 위계성

계열(Sequence)은 "교육과정의 종적 조직에 관계되는 원칙"[28]이다. 이것에 의해 교육내용의 선후 관계가 나타난다.

이것은 내용 조직을 어떤 순서에 따라 제시할 것인지에 관한 기준이 되기도 하지만, 계열의 단계를 어떻게 설정할 것인지에 관한 기준도 된다. 순서의 문제에서, 보통 내용 조직은 단순한 것에서 복잡한 것으로, 기능적인 것에서 전략적인 것으로, 개인적 형식에서 관습적이고 집단적인 형식으로 등과 같은 원리들을 가지고 있지만, 국어과 교육과정과 관련해서는 언어 문식성의 높은 수준에 대한 판단이 가장 주도적 원리가 될 것이다. 미국 뉴저지 주(New Jersey State) 교육과정에서는 언어 문식성의 성취 기준(Standards)을 제시하기에 앞서 언어 학습에 관한 네 가지 전제를 제시해 두는데, 이 중 주목되는 점이 세 번째와 네 번째 항목이다.

셋째로, 언어가 복잡한 방식으로 사용되는 것처럼 언어 능력도 복잡

---

28) 서울대학교 교육연구소 편, 『교육학용어사전』, 하우, 1994.

성의 상태에서 증가한다. 언어 학습자들은 그들이 보여주는 관념들과 언어 패턴의 증대되는 고정 관념들로 풍부한 텍스트와 대화들에 동참해야만 한다. 끝으로 학습자들은 그들의 레퍼토리에 언어 기능들을 하나씩 추가하는 방식이 아니라 다양한 층위에서 언어를 사용하고 탐색함으로써 언어에 숙달된다.(New Jersey Core Curriculum Content Standards for Language Arts Literacy 참조)

언어 활동의 복잡성이 증가하면서 텍스트나 활동 차원 자체가 그에 맞추어야 한다는 것은 문학교육과정 자체만 고려해서는 그 의미가 충분히 밝혀지지 않는다. 문학교육은 국어과 교육과정 전체를 변화시키는 교육내용의 계열을 갖게 된다는 뜻이다. 이 계열은 일정한 위계적 조직 원리(principle of hierarchic organization)를 갖는다. 그것은 국어과 교육과정 전체를 질적으로 변화시키는 조직 원리가 되어야 할 것이다.

나. 학년군

여기에 대해 Ⅲ장과 Ⅳ장에서 살핀 결과 얻은 판단은 다음 두 가지이다. 용어의 목록은 문학교육 이해와 수행을 위해 필요한 최소 수준에서 이론적 정합성을 전제로 한 다원적 설명틀을 가져야 한다(이론 층위의 정합성과 최소 요구 수준의 다양성). 용어의 목록은 어떤 문학교육 현상에 대해 서로 다른 설명을 제공해 주면서 이것이 문학에 대한 학습자의 문화적 감수성과 상상력의 발달에 긍정적인 기여를 해 줄 수 있어야 한다(목표 및 내용 체계상의 일관성과 최소 요구 수준의 중층성).

이것은 다음과 같은 일반 원칙을 제공해 준다. 첫째, 문학교육과정용어 목록은 경쟁하는 이론 체계를 반영한다. 다만 이때 목록은 설명이나 가정들의 평면적 진술이 되지 말아야 한다. 둘째, 문학교육과정용어 목록은 성취 기준별 내용 체계를 가진다. 성취 기준에 따라 이론 경합의 유무, 용어의 배경에 대한 설명 정도, 동원하는 용어들의 구조화 정도가 달라져야 한다. 셋째, 문학교육과정용어 목록은 교사·학습자 모두의 교육과정용어 목록으로 구성된다. 교사와 학습자, 교과서와 교수·학습 활동은 모두 용어에 대한 같은 정의(그 정의가 다원적일 경우에라도)를 전제로 이루어져야 한다.

교육과정의 이해는 교육 현상을 보는 철학적 관점에 근거한다. 교육과정의 개발 역시 특정한 철학적 관점이 이끌어 간다. 하지만 총론 차원에서 먼저 개발하고 목표-내용-방법-평가를 기능적으로 축조하는 방식으로 교육과정을 설계한다고 해서, 교육과정의 모든 체계와 내용의 근거가 이로부터 마련될 수 있는 것은 아니다. 연역적 근거가 보증하는 것은 그것이 논리적이라는 판단이지, 그것이 가치 있다거나 필요하다거나 적절하다는 판단은 아니다. 이것은 내용의 체계적 조직화와는 다른 문제이다.

생각해 보면 교육과정의 문제점은 교육과정을 구체화하고 실행하는 과정에서 교육과정철학과 부합하지 못해 발생한 경우도 있었지만, 부합하는 경우라고 해서 발생하지 않았던 것도 아니었다. 제7차 국어과 교육과정이 그러했다. 상세한 교육목표들의 목록이 내용의 체계화의 측면에서 적정한가에 대한 비판이 초기에 있었다. 학년 간 목표 이동이 있어야 하지 않느냐, 각각의 교육내용들이 순환적으로 반복·심화 학습될 수 있도록 재구성되어야 하는 것이 아니냐와 같은 질문들이 뒤이어 제기되었다.

하지만 왜 그 목표/내용이 거기 있어야 하는지에 대한 물음은 보기 어려웠는데, 왜냐하면 우리 대부분이 교육과정 설계자들이 수행한 연역추론의 과정을 알게 모르게 따르고 있었기 때문이다. 교육과정 전체를 유기적으로 구조화하는 것은 분명 매력적으로 보인다. 그래도 우리는 교육과정의 목표와 내용을 구하기 위해 학습자가 무엇을 해야 하고, 또 무엇을 할 수 있는지를 찾아나서야 한다. 그것은 새로운 교육과정이 내건 모토(motto) 속에 있지 않고 현실에 있다.

계열의 순서와 함께 고려해야 할 계열의 위계성은, 현재 공식적으로는 학제에 근거하여 논의하고 있으나 상당수 전문가들의 공유된 입장은 학습자의 국어 능력이 학제적 단위와 일치하지는 않는다는 것이다. 계열의 위계성은 학습자들의 보여주는 발달 단계를 고려한 학년군 체제를 통해 반영된다. 이 책에서는 다음과 같은 학년군 체제를 취하고 있다.

- 초1, 초2 ·························· 1수준
- 초3, 초4, 초5 ·················· 2수준
- 초6, 중1, 중2 ·················· 3수준
- 중3, 고1 ························· 4수준

이러한 단계에 따라 영역과 계열을 표로 나타낸 것이 [표 44]이다. 이 표에서처럼 굵은 글자체의 용어와 보통 글자체의 용어들 간에는 교육과정에 사용하기에 적합한 정도에 따른 차이가 있는데, 여기서 굵은 글자체는 해당 학년의 학년별 내용에 직접 사용할 수 있는 용어를 뜻하며 보통 글자체는 해당 학년의 학년별 내용에서 내용적으로 반영할 용어를 뜻한다.

[표 44] 문학교육과정의 수준별 하위 내용 요소

		1수준(1, 2)	2수준(3, 4, 5)	3수준(6, 7, 8)	4수준(9, 10)
지식	이론으로서의 문학교육과정 용어		· 노래하기 · 이야기, 사건 · 소재, 주제 · 인물 · 모방 · 비유 · 허구, **상상** · 작가의 의도	· **문학, 문학 언어,** 시어‖일상 언어 · **작가, 독자** · **시, 소설, 극,** 비평 · **문학 형식,** 시 형식, 소설 형	· **생산자, 수용자,** 문학 담당층‖저자, 저자의 죽음 · (문학) **텍스트,** 텍스트성 · **문학 작품, 상호텍스트성, 영향**

지식	이론으로서의 문학교육과정 용어			식, 극 형식 • 내용, 형식, 구조 • 운율 / 율격, 함축성 • 서사, 구성 • 배경, 무대 • 주체, 문학 주체 • 목소리 ‖ 어조 • 화자 • 성격, 갈등 • 반영, 표현, 생산 • 문학적 사유 / 발상, 시적 인식 • 상징 • 이미지 / 심상 • (심미적, 문학적) 감수성 • 문학 현상, 문학 활동 • 문학 이론, 담론 • 개성, 대화성 • 창작 동기, 감상 • 문학관 • 문학적 형상화, 창작 • 한국문학 ‖ 세계문학 • 고전, 고전문학	• 미적 범주, 문학성 • 문학 양식, 서정 양식, 서사 양식, 극 양식 ‖ 교술 양식 • 미적 구조 • 모티프 ‖ 화소 • 서정적 주체 • 서술자 ‖ 시점, 초점화 • 전형 ‖ 전형성, 개연성 • 역설 / 패러독스, 아이러니 / 반어 • 은유, 환유 ‖ 상징 체계 • (문화적, 윤리적) 감수성, 상상력 • 문학 교육 • (문학, 담론) 공동체 • 상호 교섭, 비평적 접근 • 세계관 ‖ 기대 지평, 인식 지평 • 비평적 글쓰기, (텍스트 / 작품) 생산, 창조적 수용 • 문학사, 고대문학, 중세문학, '개화기 문학', 근대문학, 현대문학 ‖ 한국 문학, 국문학, 구비문학 • 비교문학 • (문학적) 전통 • '전통시', 근대시, 현대시 ‖ 근대소설, 현대소설 • '저항문학', '참여 문학', '순수문학', '시민문학', '민중 문학', '민족문학', '친일문학'

		•상상 •창조적 언어 사용	•(상상적, 정서적) 체험 •동일시, 감정 이입 •형상적 사유 •창조적 언어 사용 •관계적 읽기	•(심미적, 윤리적) 체험 •투사, 거리두기 •형상적 사유 •창조적 언어 사용 •초인지적 읽기	•(문화적) 체험 •텍스트 수용, 텍스트 생산 •형상적 사유, 총체적 인식 •창조적 언어 사용 •상호텍스트적 읽기
수행	평가 행위로서의 문학교육과정 용어	•알기, 상상하기 •모방하기 •변별하기 •자기화하기	•파악하기, 상상하기 •구분하기, 비교하기 •유추하기 •구체화하기 •내면화하기 •공감하기 •설명하기	•이해하기, 상상하기 •재구성하기 •분석하기, 분류하기 •추론하기, 적용하기 •상세화하기 •대상화하기 •해석하기 •감상하기	•통찰하기, 상상하기 •창조하기 •구체화하기 •탐구하기 •형상화하기 •객관화하기 •해석하기, 비판하기 •비평하기

(위 표에서 둘째 행의 첫 열 행위주체 칸은 "방법으로서의 문학교육과정 용어")

이 표는 학년군이 올라갈수록 문학교육과정용어의 수도 늘어나는 것을 보여주고 있다. 현행 교육과정을 참조하여 정리한 까닭이다. 이 체계에 대해서는 몇 가지 검토 사항이 있기도 하다. 첫째, 학년군이 올라감에 따라 용어 목록이 심화될 뿐 아니라 확장됨에 따라 생기는 학습 부담은 받아들일 만한 것인가? 둘째, 문학교육의 본래적 의미를 살린다는 측면에서 볼 때, 방법이나 평가 행위로서의 문학교육과정용어가 상위 학년군에 배치되는 것은 바람직한 것인가? 셋째, 하위 내용 요소들은 수렴적이어야 하는가, 혹은 확산적이어야 하는가? 넷째, 하위 내용 요소들은 나선형 구조를 취하면서 반복 심화해야 하는가, 아니면 학년군에 고르게 배분하여 심화해야 하는가?

이것들에 대해서는 아직까지 답변하지 않았다. 하지만 우리가 용어의 절대 수를 통제하여 따로 교수·학습 상황에서 사용할 것들을 구분한다면 다른 판단도 가능하다. 교수·학습 상황에서 직접 사용되는 용어

(굵은 글자체의 용어)는 3수준(6~8학년)이 44개로 가장 많고, 2, 3수준(3~8학년)을 합치면 59개로 60% 수준이 된다. 4수준도 국민공통기본교육과정 내에서 설정되고 있기 때문에 전체적으로 보면, 미국의 문학교육과정과 유사하게 중간 학년군에서 필요한 교육적 수단을 얻게 할 수 있다.

다. 성취 기준과 활동

성취 기준을 학습자들이 도달하거나 습득했을 것으로 기대되는 능력의 표준화된 수준을 말한다. 교육과정 이론에 따라서는 이 기준이 학습자들이 수행할 수 있는 기능의 형식으로 제시될 수도 있고, 학습자들이 상상적 체험을 할 수 있을 정도의 문학 작품 / 텍스트로 제시될 수도 있으며, 독립적으로 수행할 수 있는 과제나 숙지된 지식의 정도를 통해 나타날 수도 있다. 하지만 이 책에서는 I 부 4장에서 제안한 방식에 근거하여 다음과 같이 제시한다.

- 첫째, 성취 기준은 과제 진술 형식에 근거하여 제시한다.
- 둘째, 성취 기준은 학년군별로 제시한다.
- 셋째, 성취 기준은 적합한 수준에서의 이론, 방법, 평가 행위로서의 문학교육과정용어를 포함하여 검증될 수 있도록 한다.
- 넷째, 작품 / 텍스트는 해당 학년군의 학습자가 문학교육과정용어를 통해 수행할 수 있는 적합한 대상으로 제한하여 제시한다.
- 다섯째, 학년군에 따라 구체적인 성취 기준에서 포괄적인 성취 기준으로 확장되게 하되, 성취 기준의 수 자체는 달라지지 않도록 한다.

국민공통기본교육과정에서 성취 기준은 네 개의 수준(학년군)으로 구분된다. 반면 활동은 학년별로 다양하게 구체화될 수 있다. '문학적 이해와 감상'과 '인간과 삶에 대한 심미적 탐구'라는 두 개의 내용 영역을 중심으로 예를 들어 살펴보기로 한다.

이 내용 영역의 하위 내용 요소를 2수준(3, 4, 5학년)에서 찾아 비교해 보면, '지식' 범주에서 '인물'을 공통적 요소로 하면서 '수행' 범주에서 '체험하기', '상상하기'와 '비교하기, 내면화하기'로 대별되는 두 개의 성취 기준을 도출할 수 있다(이외에도 다양한 성취 기준들이 도출될 수 있다).

- 문학적 이해와 감상
  - 등장인물에 대해 상상하며 작품을 체험할 수 있다.
- 인간과 삶에 대한 심미적 탐구
  - 등장인물의 행동이나 생각을 나와 비교하여 이해할 수 있다.

이것은 다음과 같은 활동들의 진술로 구체화될 수 있다. 이 활동들은 수행의 적절성과 효과성을 고려하여 학년별로 배열하게 되는데, 이를 학년별 내용으로 부른다. 다음은 적용 예이다.

- 문학적 이해와 감상
  듣기
  - 이야기를 들으면서 간접적으로 소개된 인물의 성격이나 행동을 상상한다.(4학년)
  - 연극이나 영화를 보면서 등장 인물의 대사를 주의 깊게 듣는다. (4학년)
  - 노래나 동시 낭송을 들으면서 말하는이의 심정이나 태도를 상상한다.(5학년)
  말하기
  - 자신을 동시나 노랫말의 지은이라고 상상하고 그 사람의 마음을 짐작하여 낭송한다.(3학년)
  - 이야기 속 인물이 놓인 처지를 상상하고 그 인물의 마음 상태에 어울리는 목소리로 대사를 말한다.(4학년)
  읽기
  - 이야기 속 인물이 왜 그런 행동을 했는지 이해한다.(3학년)

−자신과 비슷한 주인공이 등장하는 이야기를 읽으며 주인공에 대
한 자신의 생각을 정리한다.(4학년)

쓰기

−한 인물의 성격을 행동이나 모습을 묘사함으로써 구체화한다.(4학년)

• 인간과 삶에 대한 심미적 탐구

듣기

−이야기를 듣고 주인공의 모습이나 성격에 대해 설명한다.(3학년)

말하기

−자신이 좋아하는 이야기의 주인공과 자신을 비교해 말한다.(4학년)

−자신이 이야기의 주인공이라면 어떤 행동이나 생각을 했을지 말
한다.(5학년)

읽기

−노래나 이야기에 등장하는 여러 인물들의 특징을 비교한다.(3학년)

−노래나 이야기 속 인물과 비슷한 상황에 처했을 때 자신이 택할
생각이나 행동을 상상한다.(5학년)

쓰기

−위인의 업적을 이야기로 만든다.(5학년)

V. 새로운 문학교육과정의 전망

1. 변명과 믿음에 관한 각서

V부에서는 문학교육학자로서 문학교육의 미래를 전망하는 내 자신의 관점과 입장을 좀 더 분명하게 드러내려고 한다. 대부분의 논의들은 IV부까지의 검토를 통해 어느 정도 그 근거를 갖추게 되었을 것으로 보지만, 다른 어떤 논의들에서는 실증보다는 믿음이 더 요구되는 경우도 있었다. 그것을 V부 논의의 한계라고 평가한다면, 나는 그 평가를 달게 받아들이겠다.

이 논의의 주된 근거가 된 논문 한 편(최지현, 2006)을 『문학교육학』 제 20호에 투고하면서 받은 심사 내용 중에 다음과 같은 논평이 있었다.

> 연구자가 논문 서두에서 밝히고 있는 것처럼 다소 시의성이 떨어질 뿐만 아니라, 우리나라 교육과정 개발에 직접적으로 적용하기에도 어려움이 있다고 판단됨.

나는 이 지적에 동의한다.[1] 동시에 나는 이 논문의 한계가 교육과정

---

1) 그뿐 아니라 여기 인용하지 않은, 연구 설계의 이론적 결함들을 지적한 다른 부분들에 대해서도 대체로 동의하고 있다. 그 지적 덕분에 발표된 논문에서는 (논문 수

연구가 공통적으로 처한 문제적 상황을 보여주고 있다고 단서로 달아 두고 싶다. 나는 이 논문이 적지 않은 논리적 결함에도 불구하고 그때로부터 지금까지 이 책의 한 부분이 되어야 하는 이유를 놓치지 않았다고 생각한다.[2] 하지만 아쉽게 생각하는 것은 바로 그 '연구의 시의성'이다. 왜냐하면 이 문제적 상황은 한 편의 논문에 대해서가 아니라 이 시기의 대부분의 문학교육 담론들에 대해서 벌어졌던 것이기 때문이다.

이를테면 이런 것이다. 교육과정 개발은 총론과 국어과 교육의 방향을 합의하고 결정하는 데에서 시작된다.[3] 총론의 이념형은, 게다가 심지어 국어과 교육의 새로운 목표는 국가 정책의 향방과도 관련이 되겠지만, 대개는 현행 교육과정에 대한 비판적 점검을 통해 도출된다. 그 비판의 근거들은 국어교육에 관한 학술담론의 주류적 '경향'들이다.

비판의 근거가 '경향'이라고 보는 것은, 국어과 교육과정이 변화하는 것이 엄밀한 논리 위에 기초하고 있는 것처럼 보이지 않기 때문이다. 물론 교육과정 논의가 본디 절충에 기초하고 있지 않느냐고 반문할 수도 있겠지만, 제6차 교육과정 이래로 나는 절충보다는 병치(並置)가 근간이 되고 있다고 평가하고 있다.[4] 이 경향은 다양한 학술담론이 하나의 교육과정 담론으로 조화를 이루거나 통합될 수 있을 것 같은 환상을 제공한다. 이 경향은 표상 층위의 유사성—용어의 겹쳐짐 현상—만으로도 교

정의 시간이 부족한 상황이었지만) 어느 정도 논리의 보완을 기할 수 있었다. 이에 대해 뒤늦은 고마움을 표한다.

2) 이에 대해서는 이미 Ⅲ부 1장에서 밝힌 바 있다.

3) 이것이 근본적이고, 이 논의가 근본적 논의이기는 하나, 여기서는, 그에 관해 묻지 않겠다. 나는 좀 더 현실적인 논의를 하려고 하는 중이다. 언젠가 따로 지면을 얻어 수렴적 교육과정 개발에 관한 논의를 전개할 계획이다.

4) '지배적 담론(dominant discourse)'을 처음 개념화하여 사용하면서 학술담론과 교육 담론 간의 관계를 분석해 본 바 있기는 하지만(최지현, 1994), 이 개념은 이미 처음 용어로 사용했을 때와는 달리 단일하다기보다는 혼성적인 것처럼 보이고 심지어는 '비어 있는' 것 같기도 하다. 정재찬(2003)은 이를 '섭렵'의 원리로 설명하기도 했다. 이 문제에 대한 좀 더 구체적인 논의는 2장에서 다루도록 한다.

육과정에 공인될 수 있는 것 같은 오인(誤認)을 하게 한다.[5]

반면 그에 어긋나는 견해가 교육과정 개정 논의 속에 들어갈 수 있는 길은 매우 좁고 굴곡이 크다. 교육과정 개정 연구는 '영역'에 따라 따로 진행되고 전체 체제나 구조는 이와는 독립적으로 검토된다. 이 '영역'에서의 의견은 다른 영역을 건드리는 경우 유보된다. 좀 더 포괄적 논의를 하는 이러저러한 형식의 검토 회의는 다른 회의를 간섭하지 못한다. 다시 말해, 회의들 간에는 서로 독립적인 논의가 이루어진다. 현장 검토 역시 전체 체제에 대한 의견은 수용되지 않는다. 기능적으로 분담되어 있는 일에서 이를 뛰어넘는 논의는 환영받지 못한다.

교육과정 개정을 위한 시안 마련 작업이 한국교육과정평가원에서 이루어지던 2005년에 나는 교육과정 개정 과정에 참여하면서 직접적으로 의견을 내고 있었다. 이 책의 주요 아이디어들이 개념적으로 좀 더 명확해지고 계열화하게 된 것도 이 무렵이었다. 나는 개발 협력 위원이라는 이름의 역할로 이 과정에 참여했는데, 이 역할은 교육과정 심의·검

---

5) 학습자(의 개인차, 흥미, 관심, 능력, 수업 준비도 등), 능동적 생산자, 창의성, 자기 주도적 학습 등과 어울리는 용어들이 교육과정 시안에 대거 사용되었는데, 대표적인 예가 '반응'이다. '반응 중심 접근법'처럼 이 용어도 서술적으로 쓴 것인지, 개념적으로 쓴 것인지 모호하게 남겨져 있다. 스무 번의 사용 예들의 대부분을 차지하는 다음 예들의 의미는 각기 다르다.
  • 말하는 이에 대해 적절히 반응하며 듣는다. reaction
  • 유머와 위트 사용의 의도와 의미를 알고 적절하게 반응한다. correspond
  • 작품에 대한 자신의 반응을 말하기의 목적에 따라 달리 발표한다. make one's attitude
  • 반응 중심 학습법 response(?)
  '반응 중심 학습법'('반응 중심 접근법'이라 하더라도)은 교육의 의도성과 계획성이라는 측면에서 여전히 검증되지 않은 문학 교수·학습 모형(혹은 방법)이다. 이 모형(혹은 방법)이 '교수·학습 운용'이라는 항목에서 인용된 까닭은 그것이 학습자 중심적이라는 이유 때문이다. 하지만 학년별 내용에서 '반응'은 대부분 '듣기, 말하기 영역'에서 사용되었고, '문학 영역'에서는 한 번도 사용되지 않았다. 그 반응의 의미도 '반응 중심 학습법'에서의 그것과 일치한다고 보기 어렵다.

토 위원이나 쟁점 토론회 패널과는 달리 연구 개발자들에 대한 '협력적'인 기여를 하는 것이었다. 따라서 교육과정 쟁점 사항이나 그때까지의 연구 현황에 대한 종합적인 검토보다는 각 영역을 중심으로 실무적이며 기능적인 검토를 하도록 되어 있었다. 어쩌면 이것이 전술한 것처럼 교육과정 개정에 대한 내 견해가 수용되기 힘든, 출발점에서부터의 한계였을지도 모른다.

하지만 교육과정 연구진이 연구의 과정에서 논리적으로나 실천적으로 어떤 문제에 봉착하게 되었을 때 그때까지 연구한 교육과정 방향이나 내용이나 체계를 재고(再考)하게 되는 것처럼 개발 협력진에게도 동일한 사태가 벌어질 수 있음은 당연하다. 내게는 다음과 같은 것들이 출발점에서부터의 문제였다.

- 어째서 교육내용은 교육목표로부터 도출되지 않는가?
- 어째서 영역은 '듣기, 말하기, 읽기, 쓰기, 국어지식, 문학' 같은 것들의 조합이나 재분류로 당연히 전제되고 있는가?
- 어째서 교육과정의 주요 개념들은 개정 과정에서 폭넓게 검토되지 않는가?[6]
- 어째서 내용 요소와 하위 내용 요소들은 교육내용에 근거하여 설정되지 않는가?

내가 제기한 문제들은 교육과정 개정 과정에서 거의 질문되거나 답변되지 않았다. 그만큼 자명했을까? 나는 그렇지 않다고 본다.[7] 시의성이 떨어진다는 문제도 마찬가지인데, 그 까닭은 교육과정 개정 작업이 거의 끝나가는 시점에 이 논문을 발표했기 때문이 아니라 교육과정에 대한 연구자들의 아이디어가 개정 연구·개발 과정에 반영되기에는 논

---

6) 제7차 교육과정의 주요 쟁점에 대한 검토안이 1차안에서 2차안으로 수정되는 과정에서 이에 대한 검토 항목이 빠졌다. 이인제 외(2004 : 64) 참조
7) 나는 이렇게 된 까닭을 다음 장에서 논의할 것이다.

문 이외의 조건이 더 필요했기 때문이다.

어찌 되었든 교육과정 개정 작업은 현장 적합성 검토까지 끝나고 곧 최종적인 검토와 확정이 있게 될 것이다. 이 책이 나오고 얼마 되지 않아 새로운 교육과정이 문서화될 것이므로, 어쩌면 독자들은 여기서 논의한 것들에 대한 동의나 비판 자체를 한동안 유보하게 될지도 모르겠다. 그리고 다시 이 책의 시의성이 문제될 수도 있을 것이다. 하지만 내가 믿기로 교육과정 논의는 그때부터 시작해야 할 당위성이 있다. 만약 교육과정이 교육 현상에 대한 온갖 견해와 가정과 관점들이 경쟁하며 논리화되는 학술담론들에 의해 절충된 모습으로 다시 개정된다면, 그때에는 과정으로서의 절충이 아닌 결과로서의 절충이 되어야 할 것이다. 견해와 가정과 관점들은 은폐됨으로써 무시되거나 선택되는 것이 아니라 공론화함으로써 존중되고 양해되어야 할 것이다. 그것이 전망에 대한 내 견해이다.

2. 2006 '교육과정안'에 대하여[8]

가. 개별화

교육과정 개정안의 확정을 앞에 두고 있는 시점에서 지금까지의 논의 과정에서 드러난 중대한 문제점들을 점검하고 그 배경을 살피는 것은 문학교육과정의 미래를 위해 반드시 필요하다. Ⅰ부 2장에서 논의한

---

8) 국어과 교육과정 개정의 흐름을 「보고서」(이인제 외, 2005b)와 다른 시각에서 함께 비교해 살피고자 한다면 유영희(2005)를 참조할 것. 이 논문은 교육과정 개발자의 내부 시선과 문학교육학자로서의 외부 시선이 서로 교차하고 있는 모습을 볼 수 있다.

것 중에서 교육과정 개발과 관련해서 여기서 주로 관심을 갖는 것은 국어과 교육과정 내에서 문학교육과정을 어떻게 구성할 것이냐 하는 것이지만, 논의의 성격상 국어과 교육과정 전반을 다루지 않을 수 없기 때문이다. 이는 국어과 교육과정에 관한 여러 담론들 '내부'에 이미 문제의 핵심이 자리 잡고 있다는 문제 인식이기도 하다.9)

개정 시안을 만드는 한국교육과정평가원에서는 과거와는 달리 시안 개발 초기부터 연구진 외에도 다양한 급별, 지역별, 계층별, 전공별 관련자들(교수, 교사, 교육행정가 등)을 토론 패널이나 심의 위원, 또는 협력 위원으로 위촉하여 다수의 회의 기회를 마련했으며 토론이나 회의 내용은 신속히 인터넷을 통해 공개하였다. 평가원 측은 이러한 논의 구조와 논의 과정을 자랑으로 삼기도 했다. 그런데 이 과정을 통해 다양한 의견이 수렴되기는커녕 오히려 이견만 부각되는 방향으로 전개되었으며 쟁점은 회의를 거듭하면서 순환하듯이 반복되었다. 더욱이 공교롭게도 각각의 회의들이 상호 연계성 없이 난상 토론으로 끝나 버리고 나면 다음 번 회의의 회의 자료에서는 정리된 내용으로 제시되었던 것이다.

이를 형식적 형평성을 빌린 의도된 전횡으로 해석하는 의견이 많았다. 이 형식적 형평성은 여러 입장과 관점들을 개별자의 수준으로 격하시키고 발언의 무게나 배경과는 관계없이 N분의 1이라는 '파이 조각의 지분'만을 인정하는 실질적 불공정성을 의미하는 것이기 때문이다. 이런 방식의 논의 구조는 개인의 '목소리'를 집단적 요구만큼이나 비중 있게 다루어주면서 동시에 모든 의견들은 개별화하여 중요한 지적마저도 그 의미를 반감시키기에 충분히 효과적이다.

---

9) '내부'를 강조한 까닭은 국어과 교육과정에 대한 여러 담론들 '간의' 충돌이나 갈등이 문제를 야기한 것은 아니었다는 점을 밝히기 위함이다. 담론들 간에 벌어진 논란은 다만 이 문제를 부각시키는 효과를 지녔을 따름이다. 그 동안 열렸던 각종 회의 및 토론회 자료에 대해서는 다음 사이트를 참조할 것.
(http://kice.re.kr/center/data_10.jsp?no=04)

제7차 국어과 교육과정 논의가 시작될 때까지는 이러한 운영 방식이 충분히 의의 있고 효과성도 높았을 수도 있었다. 하지만 그 이후로 학문 공동체의 이론적 성과가 이미 충분히 축적되었고[10] 국어교육학을 전공한 박사 학위 연구자들의 역량이 크게 주목받게 되면서부터는 이미 이번 교육과정 개정 과정의 논의 구조나 논의 과정에 큰 변화가 요구되었던 참이었다. 관련 학회나 역량 있는 전공 연구자들의 참여를 고려하지 않고 산술 평균적 형평성에 얽매어—혹은 이유로 삼아— 논의의 초점을 흐리게 한 것에 대해 의혹이 제기된 것도 같은 까닭이다.

용어법의 불일치는 국어교육학계의 논의 수준을 보여주는 시금석이라 하겠지만, 이것 역시 여러 번에 걸친 토론회를 실질적으로 공전(空轉)시키는 데 일조했다. 1, 2차의 쟁점 토론회를 예로 들자면, 교육과정 개정의 쟁점을 논의하기 위해 패널들마다 자신의 의견을 정리하여 발표하는 기회를 가졌던 이 토론회에서는 최소한 잠정적인 의미로라도 합의하여 사용해야 할 여러 개념이나 용어들이 뒤섞여 논의되었고 그 결과 실질적으로는 소통 불능과 마찬가지의 양상이 나타났다. 그럼에도 불구하고 회의 결과는 표상된 용어들의 '겹쳐짐'에 전적으로 기대어 마치 동의나 합의가 이루어진 것 같은 효과를 나타내었다.[11]

이는 교육과정 개정 논의의 절차적 문제를 다시 상기시킨다. 논의 과정에는 연구진 외에도 쟁점 토론 패널 그룹, 연구 협력 위원 그룹, 심의 위원 그룹, 개발 협력 그룹 등의 공식적인 연구 참여자들이 개입되어 있지만 각 그룹 간의 논의는 독립적이었을 뿐 아니라 개별적이기까지

---

10) 90년대 후반 이후로 '한국문학교육학회'나 '국어교육학회' 등이 출범 혹은 확장 개편되면서 본격적인 학술담론을 생산해 내었음을 주목할 것
11) 이런 까닭에 2차 토론회에서는 한 패널이 1차 토론회에서 자신이 제안했던 바를 철회하는 일도 있었다. 이 예에서처럼 용어의 일치가 이루어지지 않은 상태에서의 토론은 고의성을 갖지 않더라도 얼마든지 발언의 의도를 왜곡할 수 있게 한다는 사실을 보여준다.

했다. 각종 회의들은 공통적으로 앞서의 여러 논의들을 바탕으로 하여 쟁점을 구체화하거나 줄이거나 하나의 안으로 확정하는 내용을 안건으로 삼고 있었지만, 진행 과정에는 결정의 권한에 대한 어떤 전제나 근거 설정도 없었다. 회의에서 사용될 개념이나 용어들의 의미에 대한 최소한의 합의 과정도 결락되어 있었다. 십여 년째 반복되고 있는 '기능(技能)'의 성격에 대한 일시적 논란이 있기는 했으나 논의의 본령은 아니었다. 연구진은 몇 개월을 '언어', '사고', '맥락'이라는 이른바 '내용 요소 선정 준거'를 중심으로 교육내용 체제를 구체화해 왔지만, 이 준거들이 어째서 왜 거기에 있어야 하는지 제대로 설명한 적이 없었다. 또 그것들이 기존의 개념이나 범주들과 어떻게 변별되며, 각 개념들은 서로 어떻게 관련되고 또 변별되는지도 명료하게 밝힌 바 없었다.

사실 이러한 문제들은 표면에 드러난 '증후(症候)' 같은 것으로서 오히려 해결하기에 덜 곤란하다. 절차적 문제들은 서로 다른 담론들 간의 조율 과정에서 나타나기에 충분히 유념하고 조심하는 것으로 해소될 수 있다. 하지만 이러한 문제들을 표면으로 부각시켰던 내적인 문제는 결코 간단치 않으며 어떤 의미에서는 서로들 회피하고 있는 듯 보이기까지 한다.

나. 단절

교육과정 개정에서 전문적 역량과 실천적 역량을 모아 가장 먼저, 그리고 가장 역점을 두어 해야 할 것이 학습자의 필요와 시대적 요구에 맞는 교과나 과목의 모습을 결정하는 일이다. 문학교육과정은 독립된 교과나 과목으로 설계되거나 실행되지 않아 왔기 때문에 아마도 연구개발자들은 이 문제를 처음부터 쟁점이나 검토 사항으로는 고려하지 않았던 것 같다. 하지만 교육과정 개정이 요구되는 시점에서 새로운 교

육과정을 고려할 때에는, 반복되더라도 반드시 다시 검토하고 숙의해야
할 주제들이 있는 법이다. 문학교육의 방향과 성격을 어떻게 정할 것인
지를 국어과 교육과정 틀 내에서 혹은 틀을 넘어서서 살펴야 한다는 것
이다.

문학교육과정과 관련한 내용은 교육과정 개정의 전체상을 통해 간접
적으로 짐작할 수밖에 없으므로, 국어과 교육과정의 총론 차원에서 문
학교육에 대해 어떤 교육과정적 고려를 했는지를 살피기로 하자.

한국교육과정평가원이 국어과 교육과정의 전체적인 윤곽을 그리기
위해 개최한 제1차 쟁점 토론회(2005. 6. 1)에서는 사실 이에 관한 전문가
들의 견해가 제시되기도 했다. 원래 정해진 주제는 '국어과의 내용 영
역을 어떻게 정할 것인가'였다.

하지만 내용 영역이라는 것이 전제 없이 도출되는 것이 아니기 때문
에 토론회의 패널들은 내용 영역의 근거 논리로서 국어과 교육의 방향
과 목적에 대해 발표하거나 국어과 교육의 성격을 말하거나 국어과 교
육의 교과적 특성을 따지는 등의 논의에 좀 더 주력하였다.[12]

이러한 패널들의 의견에 대해 회의를 주관한 평가원 측은 곤혹해 했
다. 그 직접적인 원인은 논의가 철학적 관점과 입장을 밝히는 방향으로
전개된 까닭에 쟁점이 만들어지지 않은 데 있었지만, 좀 더 본질적으로
는 이러한 논의가 나올 것을 예상하지 못한 데 있었다.

> 오늘 오신 선생님들은 모두 아시겠지만 현 여섯 영역 중 각 영역의
> 가장 전문자로 판단하여 모시게 되었습니다. 여러 가지 얘기들이 나왔
> 습니다만, 국어교과는 다른 교과와의 관계에서 경쟁관계에 있을 수밖
> 에 없고 나름의 독자적 정체성을 확보하는 것도 중요합니다. 그래서 오
> 늘 1차 쟁점 토론회에서 국어교육 영역 어떻게 구분할 것인가에 대한

---

12) 이 토론회의 전사된 내용이 이인제 외(2005b)의 부록에 실려 있다. 이하 관련 내
용은 이 보고서를 참조할 것.

문제를 특별히 부탁드렸는데, 성격, 목표 등에 관련된 여러 문제를 다루어주셔서 2차 토론회 주제를 어떻게 잡아야 할지 고민이 됩니다. 2차 토론회 주제에 대한 이야기는 토론이 끝나면 합의하도록 하겠습니다. 선생님들께서 보내주신 발표 자료를 저희들도 오늘에서야 볼 수 있었습니다. 그 내용을 정리한 것이 지금 나누어 드린 표입니다. 혹시 패널 분들께서 저희가 요약한 것이 잘못되었거나 발표하신 내용과 동떨어진 것이 있다면 수정해주시고, 국어교육내용 영역 어떻게 구분하는 것이 정말 학문적, 이론적, 실제적으로 적합한지에 대한 종합토론을 시작하겠습니다.

1부 의견 발표에서 2부 종합 토론으로 넘어가면서 나온 사회자의 이러한 발언에는 두 가지 대목에서 새겨 읽어야 할 사항이 있다. 첫째, 평가원은 쟁점 토론회의 패널을 '여섯 영역'의 '전문가' 가운데 선정하였다. 사회자는 국어 교과가 다른 교과와 경쟁 관계에 있음을 밝히면서 '독자적 정체성'을 확보하는 노력을 주문했는데, 발언의 맥락상 묘하게도 토론회 패널들 간에 경쟁 관계가 있으며 따라서 독자적 정체성을 어떻게 주장할 것인지를 묻는 것 같은 형국이 되어 버렸다.

둘째, 평가원은 국어교육의 내용 영역은 분명한 쟁점이 만들어질 것이라고 보면서도 성격이나 목표 등에서는 그럴 것으로 판단하지 않았다. 그리고 쟁점 토론회의 특성상 이것들은 논의 주제가 되지 않을 것을 가정했다. 연구 개발자들이 제시한 10대 쟁점에 이 주제가 포함되어 있기는 했지만, 실제 검토된 내용은 '목표 설정이나 구체화'에 관한 것이었다기보다는 '목표 제시 방법'에 관한 것이었다.13)

두 차례에 걸친 쟁점 토론회의 쟁점은 열 가지였지만, 실제로는 한 가지 쟁점에 집중했다. 2차 토론회의 1부 사회자는 이것이 "국어과 교육과정에서 매우 중요한 문제"라고 밝혔고, 2부 사회자는 더 나아가

---

13) 2005년 6월 23일 열린 '연구 협력 위원 1차 협의회'에서도 검토된 것은 '어떻게 제시할 것인가'에 관한 내용이었다.

"가장 중요한 쟁점이자 어려운 문제"라고 밝혔다. 그 때문에 나머지 쟁점들은 거의 다루어지지 않았다.[14] 과연 영역 확정이 가장 중요하고 어려운 문제였을까? 그래서 쟁점 토론회에서 이 문제에 집중했던 것일까?

순서로 보자면 영역 확정이 아니라 교육내용(목표) 설정이 우선이고, 중요하고 어려운 것으로 따지자면 영역 확정이 아니라 내용 구체화가 중하고 어려운 것이다. 그런데 평가원은 영역의 문제를 '영역 이기주의'의 문제틀 속에서 이해하고 쟁점 토론도 그 맥락에 있는 것으로 이해했다. 이 때문에 쟁점 토론회에서는 쟁점이 정리되는 것이 아니라 오히려 극명해지는 상황이 발생하기까지 했다.

2차 토론회에서도 패널들은 영역 논의의 근거가 되는 관점과 입장을 드러내었는데, 그 가운데 영역 구분을 단면적 차원에서가 아니라 입체적 차원에서 고려해 보아야 한다는 의견이 있었다. 이 의견은 2005년 12월 7일 연구 협력 위원 4차 협의회에서도 유사하게 제시되었다. 하지만 결국 개정 과정에는 반영되지 않았는데, 사실은 6월 23일에 있었던 연구 협력 위원 1차 협의회에서도 한 참석자가 2차원적 구분이라는 말로 유사한 접근을 했을 때 평가원에서는 현실적인 시간 부족을 들어 난색을 표명했던 문제였다.

개발 과정을 놓고 보면, 평가원의 이러한 반응이 자연스럽지 않은 것이었다. 1차 쟁점 토론회가 6월 1일에 있었고, 이때 영역 구분의 문제가 핵심이었다. 토론회는 난상 토론으로 전개되었으나 결론 없이 끝났고, 2차 쟁점 토론회가 7월 1일에 다시 개최되었는데 이때에도 핵심 쟁점은 영역 확정 문제였다. 그러니까 쟁점 토론회에서는 6, 7월 기간이 영역 구분이나 확정과 관련하여 주된 논의 시기였던 반면, 연구 협력 위원

---

14) 이 토론회에서 사회자는 10개의 쟁점 중 7개가 내용에 관한 것이라 하였는데, 이 말의 이면에 영역 확정 논의가 쟁점의 주요 부분들을 포괄할 수 있을 것이라는 암시가 있었던 것이라 판단된다.

협의회에서는 그 기간 중 영역 문제는 이미 시기적으로 늦은 것으로 언급되었던 것이다.[15]

이 과정은 결국 각 논의 단위들이 서로 계기적으로 논의를 발전시키는 숙의(熟議)의 구조가 되지 못한 채 단절적으로 운영되었음을 보여준다. 그러한 끝에 교육과정 시안에서는 국어과의 성격과 국어과 교육의 목표가 다음과 같이 제시된다.

국어 교과는 한국인의 삶이 배어 있는 국어를 창조적으로 사용하는 능력과 태도를 길러, 개인·사회·학문적 삶에서 자신의 언어를 정확하고 효과적으로 사용하게 하고, 미래 지향의 민족의식과 건전한 국민 정서를 함양하게 하며, 국어 발전과 국어 문화 창달에 이바지하려는 뜻을 세우게 하기 위한 교과이다.(교육과정 시안, p.1)

언어활동과 언어와 문학의 본질을 총체적으로 이해하고, 언어활동의 맥락과 목적과 대상과 내용을 종합적으로 고려하면서 국어를 정확하고 효과적으로 사용하며, 국어 문화를 바르게 이해하고, 국어의 발전과 민족의 국어 문화 창조에 이바지할 수 있는 능력과 태도를 기른다.

가. 언어활동과 언어와 문학에 대한 기본적인 지식을 익혀, 이를 다양한 국어사용 상황에 활용하면서 자신의 언어를 창조적으로 사용한다.

나. 국어 텍스트를 수용하고 생산하는 지식과 기능과 맥락을 익혀, 다양한 유형의 텍스트를 비판적으로 수용하고 맥락과 목적과 대상에 적합한 내용으로 텍스트를 생산한다.

다. 국어 세계에 흥미를 가지고 언어 현상을 계속적으로 탐구하여, 국어의 발전과 미래 지향의 국어 문화를 창조한다.

(교육과정 시안, p.2)

제7차 국어과 교육과정 때와 비교해 변화한 것은 무엇일까? 국어과

---

15) 만약 시기의 문제가 있었다면, 쟁점 토론회나 연구 협력 위원 협의회, 그리고 개발 협력 위원 협의회는 모두 영역과는 무관한 쟁점을 가졌어야 했다. 이것이 정상적인 것으로 보이지는 않는다.

의 성격에서 "정보화 사회에서"가 "개인·사회·학문적 삶에서"로 국어 학습자의 상황 조건이 바뀌었다는 점과 국어과 교육의 목표에서 '가'항에 "자신의 언어를 창조적으로 사용한다."를 '나'항에서 빌려와 추가하고 '나'항에서 '국어 자료'를 '텍스트'로 일반화한 다음, '정확하고 효과적인 사용'을 '목적과 맥락과 대상에 적합한 사용'으로 바꾸며, '다'항에서 '태도'를 삭제한 점이 바뀌었다. 새로운 교육과정이 '부분 개정'의 의미를 갖고는 있지만 필요한 경우 '전면 개정'도 허용한다고 했던 취지에 비한다면, 국어과의 성격과 국어과 교육의 목표 설정은 거의 변하지 않은 것이다.[16]

물론 결정적으로 바뀐 부분이 한 군데 있기는 하다. 국어과 교육의 목표에서 '나'항의 '국어 사용의 원리와 작용 양상'이 '지식과 기능과 맥락'으로 바뀐 것이 그것인데, 이는 제7차 국어과 교육과정이 내용 요소로 '본질·원리·태도'를 설정하여 목표의 각 항에 넣었던 것에 비추어 보면 충분히 이해될 만하다. 결국 '가'항은 '본질'로서의 성격을 탈각(脫却)시켜 버렸고, '다'항에서도 '태도'를 버렸으니, 새로운 교육과정은 '지식·기능·맥락'이라는 내용 요소를 핵심으로 갖는다고 선언하고 있는 것이라 볼 수 있겠다.

유감스럽게도 이 내용 요소들은 충분한 논의 끝에 합의되거나 절충된 것은 아니다. 게다가 이것이 단어 수준에서 목표에 추가된 것이 어떤 변화를 갖는지, 즉 그것이 교육과정 개정에 어느 정도의 의미를 갖는지 설명하기 어렵다. 다만 교육과정 개정의 계기는 '주5일 근무제의 도입'에 있었고, 수업 시수(授業時數)의 변동이 생겼고, 교육내용 조정이 필요했는데, 그 참에 현행 교육과정에서 논란이 된 부분을 다르게 바꾸었다는 의미가 남을 따름이다.

---

16) 심지어 '텍스트'라는 용어의 사용 문제는 앞으로도 계속 논란이 될 것으로 보인다.

어떤 계기로 인해 교육과정 개정이 필요했든 간에, 그러한 계기에는 반드시 교육과정에 대한 전면적인 반성과 성찰이 호응해야 한다. 그것이 교육하는 자의 의무이다. 그 의무가 충분치 못했다는 것은 놀랍게 변개(變改)한 하위 내용 요소들과 우아한 화장(化粧)에 머물러 있는 국어과 교육의 성격과 목표가 직접 보여주고 있다.

다. 병치(竝置)

논란의 중심에 이른바 '영역'이 있음은 앞서 설명한 바 있다. 3영역설이든, 4영역설이든, 혹은 6영역설이든 간에, '본질·원리·태도'이든, '언어·사고·맥락'이든 간에, '영역'은 빠지지 않는 쟁점이었다. 따라서 문학교육 역시 '영역'이라는 쟁점으로부터 논의가 시작되었다.

국어과 교육과정에서 문학교육은 어떤 위상을 지니는가. 그리고 국어과 교육에서 문학교육은 무엇을 해야 하는가. 또 문학교육은 어떤 목표를 가지고 어떻게 구조화되어야 하는가. 기왕 지나온 길이고 많은 사람들이 숱하게도 살펴본 길이기에 여기에 집착하지 말고 앞을 보자고 할 수도 있겠지만, 따져 보니 우리는 그동안 문학교육을 '문학 영역'으로 환치시켜 생각하면서 이 질문을 충분히 해 보지 못했다.

우리는 교육과정이 전문가들의 숙의 과정을 통해 이해되고 설계되고 개발된다고 생각한다. 그리고 이를 두고 '교육과정은 절충과 타협의 산물'이라고 설명한다. 이 말은 일리가 있다. 교육과정은 이론과 달리 언제나 상충하는 이해관계 속에 놓여 있다. 그렇다고 교육과정을 가리켜 누군가가 전면 투쟁에서 일군 완전한 승리와 획득한 전리품이라 할 수도 없으니, 비유로 삼자면 주류적 세력과 그렇지 못한 세력들 사이의 어디쯤에서 만들어지는 긴장감 도는 전선(戰線)이 오히려 적절한 비유가 될 것이다. 우세와 경향은 있을지라도 적절히 타협하고 절충한 현실태가 교육과정일 것이라는 뜻이다. 교육과정 이해나 개발에서 숙의를 강조하는 것도 절충과 타협의 교육적 합목적성을 구하기 위함이다.

하지만 실제의 모습은 꼭 그런 것만도 아니다. 교육과정은 절충과 타협으로서 설명하기가 부적절한 이러저러한 현상들을 보여준다. 이미 제5차 교육과정 이후로 층위나 비중이 상이한 교육내용들이 병행 진술된다든가 상반되거나 대비되는 교육내용들이 위계적으로 배열되는 양상이 나타나고 있음은 II부에서 살펴본 바와 같지만, 교육과정 시안에서도 이 문제는 해소되지 않았다.

시안에서 '문학 영역'은 영역으로 존재하지 않다가 시안에 대한 공청회가 열리기 두 달 전쯤에 다시 영역으로 '회귀'했다. 회귀하기는 했지만, 원점이 될 수 없는 묘한 위치로 자리 잡게 되었다. 이를테면, '문학 영역'은 '읽기 영역'과 변별성이 더욱 없어졌다. 예컨대,

- 텍스트의 인물의 가치관이나 사고방식을 비판적으로 이해한다.
- 텍스트에 나타난 역사적 상황을 이해한다.

인용된 학년별 내용들은 같은 학년에 기술된 서로 다른 영역의 항목이다. 어떤 영역에 속한 것으로 판단되는가.

- 영화나 드라마의 인물의 가치관이나 사고방식을 비판적으로 이해한다.(7-읽-5)
- 작품에 나타난 역사적 상황을 이해한다.(7-문-4)

서로 다른 두 영역은 무엇으로 변별되는가? '텍스트'로는 '영화나 드라마'가 모두 '극'으로서 '문학 영역'에 포함되지만, 다른 영역에서도 이를 '텍스트'로 삼을 수 있기 때문에 사실상 변별되지 않는다. '텍스트'로 변별되지 않는다면, '내용 요소'17)에서 변별되어야 한다. 두 항목의

내용 요소는 다음과 같다.

- 영화의 매체 특성 이해하기
- 영화의 서사 구조 파악하기
- 주요 인물의 성격 및 인물 형상화 방식 파악하기
- 영화에 나타난 인물의 가치관이나 사고방식에 대해 의견을 제시하며 토론하기(7-읽-5)

- 작품에 드러난 시대 상황 파악하기
- 작품에서 인물이 시대 상황에 대응하는 방식 파악하기
- 작품 속에 드러난 역사적 상황 이해하기
- 작품 속에 드러난 시대 상황과 독자가 느끼는 오늘날의 현실 상황을 비교하기(7-문-4)[18]

이것들을 시안에서 제시한 '내용 체계'[19]에 대응시켜 보면,

7-읽-5
- 영화의 매체 특성 이해하기→문학의 본질과 속성 / 문학의 양식과 갈래
- 영화의 서사 구조 파악하기→내용 이해
- 주요 인물의 성격 및 인물 형상화 방식 파악하기→내용 이해
- 영화에 나타난 인물의 가치관이나 사고방식에 대해 의견을 제시하며

---

17) 교육과정 시안에서는 이렇게 명명하고 있으나, 이 층위에 어울리는 개념은 오히려 '하위 내용 요소'이다.

18) 원고가 탈고된 시점에 최종 시안의 내용에 약간의 변동이 생겼다. 아마도 2006년 말까지도 계속 변동이 있을 것이다. 하지만 내가 알기로, '영역' 간의 간섭과 병치는 해소되지 않았으며, 해소되지 않을 것으로 예상된다.

19) '문학 영역'의 내용 체계는 아래와 같이 제시되었다.

지 식	수용과 생산	맥 락
문학의 본질과 속성	내용 이해	수용·생산의 주체
문학의 양식과 갈래	감상과 비평	사회·문화적 맥락
한국 문학의 역사	작품의 창조적 재구성	문학사적 맥락
	작품 창작	

토론하기 → 감상과 비평

7-문-4

- 작품에 드러난 시대 상황 파악하기 → 사회·문화적 맥락
- 작품에서 인물이 시대 상황에 대응하는 방식 파악하기 → 내용 이해
- 작품 속에 드러난 역사적 상황 이해하기 → 사회 문화적 맥락
- 작품 속에 드러난 시대 상황과 독자가 느끼는 오늘날의 현실 상황을 비교하기 → 작품의 창조적 재구성

내용 체계에서도 변별되지 않는다. 이것이 예외적이거나 특수한 예인 것은 아니다. 같은 학년의 '쓰기 영역' 5번 항목과 '문학 영역' 5번 항목도 이런 방식으로 겹쳐져 있고, 그밖에도 '텍스트'가 겹쳐지는 곳에서는 거의 예외 없이 이러한 중첩이 발생한다. 어째서 이러한 내용의 겹쳐짐이 발생한 것일까? 그것은 '병치' 때문이다. 이미 Ⅱ부 4장에서 이러한 현상을 확인한 바 있다(제7차 교육과정에서의 병치 현상).

병치는 간섭하지 않고 그 대신 탈가치를 내면화하게 한다. 그렇기 때문에 횡적으로 다른 것에 영향을 미치지 않고 종적인 영향력을 갖는다. 우리가 맞닥뜨린 문제의 핵심 부분에 있는 이른바 '영역'도 바로 이러한 병치의 사후적 결과이자 '새로운 교육과정'을 개발하는 과정에서 논의 없이 당연한 것으로 전제하게 만든 병폐이다.[20]

---

20) 한 가지를 더 들어 보기로 하자. 9, 10학년의 '수준과 범위'에는 다음과 같은 텍스트들의 목록이 제시되어 있다.
- 다양한 해석의 가능성이 열려 있는 시나 시가
- 인물의 내면세계나 내적 갈등이 드러나는 짧은 서사
- 일상이나 사회 제도에 대해 의문을 던지고 성찰하도록 하는 작품
- 창작 당시나 이후에 많은 반향을 일으킨 작품
- 근대 문학사에서 널리 인정된 작품

우리는 '문학 영역'을 위해 많은 시간이 허락되어 있지 않을 것임을 잘 알고 있다. 현행 교육과정보다 더 적은 시간으로 문학 수업을 해야 할 것이다. 그 시간 동안 정전(正典)과 문제작과 함축성이 높은 작품과 성찰적 작품 등을 모두 다룰 수 있을까? 해당 작품들을 한두 작품씩 다루는 것은 교육적 성취를 보장할 수 있을까? 혹은 그 중에서 선택적으로 다루어도 된다는 뜻일까? 이러한 목록이 가능

3. 새로운 문학교육과정을 위한 제언[21)

한때 국어교육과 문학교육이 경쟁적 관계인 것처럼 여겨진 때가 있었고, 국어과 교육의 한 영역으로서 문학교육이 수행된다고 여겨진 때도 있었다. 과거형으로 쓰기는 했지만, 후자(後者)는 사실상 현재형에 가깝다. 다수의 국어교육 연구자들이 이를 국어교육과 문학교육의 적절한 조화로 인정하고 있기 때문이다. 문학교육을 전공하지 않은 연구자들 중 일부는 이러한 입장을 문학교육에 대한 자신의 '개방적 태도'로 이해하기도 한다. 다른 한편에서 일부 문학 연구자들이나 문학교육 연구자들은 국어교육을 뛰어넘는 문학교육의 요구를 제기하기도 한다. 그들은 문학교육의 고유한 본질과 역할이 국어교육—혹은 국어과 교육—의 경계 밖에 여전히 있다고 당연시한다.

나는 근본적인 것은 오히려 일치한다고 믿는 편이다. 다시 말해 문학교육의 고유한 본질이나 역할을 따지면 따질수록 그것은 국어교육—혹은 국어과 교육—의 그것과 오히려 가까워질 수밖에 없다고 보는 것이다. 차이는 미세한 것에서 극대화될 뿐이다. 앞서 "국어과 교육의 한 영역으로서 문학교육이 수행된다고 여겨진 때도 있었다."며 과거형 진술을 한 까닭은 현상의 여하에 관계없이 이러한 인식은 이미 낡은 것이 되었다고 보기 때문이다. 국어과 교육으로서의 문학교육도 있고 그 자체로

한 까닭은 '이러한 작품들을 9학년이나 10학년쯤 가야 비로소 다룰 만하다'고 보기 때문이다. 그 특성상 형상적인 질서와 함축적인 의미들을 장르 관습으로 갖는 '텍스트'들은 그것을 이해하기 위해 더 높은 인지 수준과 공감적 능력, 독서의 경험과 생활 체험 등을 요구한다고 가정된다. '텍스트'들은 계속 다음 학년으로 미루어지고 어쩔 수 없이 9학년이나 10학년이 되면 미루어 두었던 '텍스트'들을 모두 다루어야 하는 사태를 맞게 된다. 하지만 여기 목록으로 제시된 '텍스트'들은 같은 계열에서 형성된 위계성을 지니고 있지 않다. 다만 우리가 쉽거나 어렵거나, 고급이거나 그렇지 않거나를 임의로 가정하고 있을 뿐이다.

21) 이 장의 내용은 부분적으로 최지현(2005b)에 기초한 것이다.

고유한 문학교육도 있는 것이 아니라, 문학교육의 궁극에는 국어교육-
혹은 국어과 교육-에서도 발견할 수 있는 공통된 교육적 원리와 목표와
실현 방식이 있는 것이다.

이를 국어교육-혹은 국어과 교육-의 심화로서의 문학교육이라 부르자고 제
안한다. 국어교육-혹은 국어과 교육-을 심화하면 할수록 문학교육의 본령
(本領)이 바르게 보인다는 뜻이다.[22] '새로운 교육과정'은 이러한 모습을
띠어야 하지 않을까 생각한다. 선택 심화 과목으로서가 아니라 국어 교
과의 기본 과목으로 문학을 기대한다는 뜻이다. 이에 대한 좀 더 구체
적인 이야기를 다음 절에서 논의하고자 한다.

가. 어떤 교육과정을 만들 것인가

교육과정 개념틀을 세우려 할 때, 우리는 이 개념틀에 사용될 문학교
육과정용어들을 먼저 선정하고 범주화하게 된다. 이때 용어들의 목록은
그 자체로는 용어의 과다(過多), 혹은 적·부적합의 여부를 판단할 수 없
다. 반드시 어떤 문학교육에 복무하려는 것인지를 파악한 이후라야 판
단할 수 있다. 따라서 II부와 III부에서 살핀 통시적 사례나 공시적 비
교 사례들을 직접적으로 활용하기는 어려울 것이다. 다만 우리는 우리
의 과거 경험에서 교훈을 얻고, 다른 나라들의 현황에서 참조를 얻을

---

22) 우한용(1997 : 44)은 "국어과 내에서 언어와 문학은 교과적 독립성을 유지하되,
'국어교과'라는 교과개념에 통합되는 것이어야 한다. 여기서 '국어과'라는 개념은
영어사용권에서 English라는 명칭으로 수행되는 교육이나 불어권에서 Français나
독어권에서 Deutsch라고 되어 있는 과목의 성격에 대비될 수 있을 것이다. 이는
국어과에 언어의 여러 국면이 통합적으로 포함되는 구조를 상정해야 한다는 점
을 시사한다."고 밝히고 있다. 이 말이 명시적으로 드러내는 뜻은 분명하지 않지
만, 각주에서 그 뜻을 분명히 한다. "(외국의 경우 : 인용자 주) 초급 학교에서는
언어의 규범적 측면을 가르치고 학교급이 높아질수록 문학을 중심으로 한 언어
문화를 다루고 있다는 점은 시사하는 바가 크다."

수 있을 것이다.

앞서의 논의들은 우리가 앞으로 맞닥뜨리게 될 교육적 과제와 관련한 의미 있는 단서들을 제공하고 있다고 생각된다. 그 중 하나가 기능적 목표가 아니라 내용 기준이 교육과정의 중심이 되어야 할 것이라는 것이고, 다른 하나가 국어과 교육과정과 통합된 교육과정으로 개발할 수 있을 것이라는 것이다. 그와 함께 두 가지의 시사점도 더 얻을 수 있는데, 하나는 복합문화주의의 수용이고, 또 하나는 문화-매체의 확대이다. 전자는 문학교육과정 자체에 비교문학적 자장(磁場)을 확대시키는 것으로, 후자는 '매체' 과목의 성격을 문학교육의 확대라는 차원에서 재규정하는 것으로 어느 정도 현실화할 수 있을 것으로 생각된다.

이 네 가지 선택의 방향에 대해 이하에서 기술할 것이다.

1) 내용 기준 중심 문학교육과정

일반적으로 교육목표들은 기준으로 제시된다. 하지만 어떤 기준이 어떤 학교급이나 학년에 설정되어야 하는 근거가 무엇인지 밝혀진 경우는 없었다. 특정 기준이 다른 기준보다 더 일찍, 혹은 더 늦게 배치되어야 하는 까닭도 밝혀진 바 없었다. 이것은 마치 우리나라 중등학교 국어과 '문학' 영역의 <본질>에 제시된 다음의 기준들 간에 실질적인 변별점이 존재하지 않는 것과 유사하다.

- 7학년   (1) 소통 행위로서의 문학의 특성을 안다.
- 8학년   (1) 작품은 사회적, 문화적, 역사적 상황을 바탕으로 창조된 세계임을 안다.
- 9학년   (1) 한국 문학의 개념과 특질을 안다.
- 10학년   (1) 문학의 기능을 안다.

그 까닭은 (위 인용에서와 같이) 연관된 기준들에서의 용어들이 거의 유사한 함의를 가지고 있기 때문이다. 이렇게 본다면, 기준에서의 문학교육과정용어들은 그 자체의 교육적 요구와 가치로 인해 교육과정 상의 목표 체계를 구축한다기보다는 오히려 외재적 판단에 의해 문학교육과정용어들의 배치가 결정된다고 보는 것이 정확할 것이다. 위 기준들은 모두 '안다'는 목표 행동들로 기술되어 있다. 학년 간의 차이는 앎의 대상에서 발생한다. 하지만 앎의 대상이 어떻게 배치되고 계열화하는지의 근거는 알 수 없다.

목표 중심의 교육과정 기술 대신 내용 기준 중심의 교육과정 기술을 선택하는 것이 이 문제를 해소하는 하나의 방안이 될 수 있을 것이다. 이것은 교육내용에 대한 개별 학생들의 다양한 수준에서의 접근성과 수행성을 포괄할 수 있으면서 동시에 이 학생들을 한 학년, 또는 한 학급에 수용하여 교육할 수 있게 한다. 하지만 이 내용 기준은 문학 자체에 초점을 두고 있어서는 안 될 것이다.

미국과 캐나다의 문학교육과정은 내용 기준 중심 교육과정의 서로 다른 실혀내를 보여주고 있다. 미국은 문학에 대한 교육으로서의 전형적인 교육과정을 취하고 있다. 문학적 이해의 심화에 초점을 두고 있고, 문학교육과정용어의 수도 매우 많다. 하지만 실제 동원되는 교육과정 개념틀은 기능적이다. 이것은 우리의 문학교육의 지향과는 어느 정도 거리가 있다고 판단된다. 반면 캐나다의 문학교육과정은 문학과 인간 능력 발달의 관련성을 여하히 맺을 것인가에 좀 더 주목한다. 잘 짜여 있기로는 브리티시컬럼비아 주의 교육과정이 그러하지만, 지나치게 적은 문학교육과정용어로 구성된 교육과정 개념틀은 문학교육과 일반적인 영어 교육 사이의 경계를 모호하게 할 우려도 있다.

교육과정 개념틀을 짜는 데 있어서 문학교육과정용어의 수와 요구 능력은 최소 요구 수준을 취하는 방안이 선택해 볼 만한 대안이다. 이러한 관점에서 캘리포니아 주 문학교육과정처럼 문학적 이해의 심화에 초점을 두되, 문학사와 문학적 접근으로 수렴하는 접근법을 취할 수 있을 것이다.

2) 문학 기반 국어과 교육과정

교육목표 설정과 관련하여 특히 주목할 점은 문학교육을 위한 교육과정 개념틀이 우리 식의 '문학 영역' 같은 독립 영역을 전제하거나 고려하고 있지 않다는 사실이다. 앞서 살펴본 바와 같이 미국과 캐나다의 언어예술 교육과정은 각 주의 교육적 관심의 방향에 따라 읽기와 결합되거나 읽기 안에 포함되거나 혹은 통합적으로 적용되는 등 각기 다르게 운영되고 있었다. 하지만 문학교육은 일정한 지분의 의미를 갖는다기보다는 기능적 영어교육이 점차 문학 기반의 영어교육으로 발전하도록 설계되어 있다는 점에서는 공통적이었다.

이와는 대비적으로 우리의 문학교육과정은 미국이나 캐나다의 문학교육과정과는 '이중의 교차'를 보이고 있다. 최지현(2005a)에서 추출한 문학교육과정용어의 목록을 볼 때, 저학년에서 고학년으로 옮겨가면서 문학교육과정용어의 수와 비중이 늘어나고 있었다. 그런가 하면 미국과 캐나다에서는 문학교육과정용어의 수가 학년이 올라감에 따라 줄어들고 있었다. 말하자면, 우리는 미국이나 캐나다와는 달리 학년이 올라가면서 좀 더 강화된 문학적 지식을 요구하고 있는 것이다. 하지만 자국어 교육과정과 문학교육과정의 관계 설정 면에서 보면, 우리는 문학교육과정을 국어과 교육과정에 통합시키려는 노력을 기울였던 반면, 미국과 캐나다에서는 언어예술 교육과정을 문학교육과정으로 강화해 가는 양상을 띠었다.

이러한 교차적 양상을 놓고 어떤 선택이 이론적으로나 교육적으로 합당한지 판단하는 것은 쉽지가 않다. 문학교육과정용어의 계열과 위계가 문학능력의 발달에 어떤 영향을 주는지에 대한 실증적이거나 이론적인 연구가 없었기 때문에, 용어 목록이 어떻게 구성되어야 할지에 대해서도 단언하기 어렵다. 하지만 용어로 표현되는 개념과 범주가 문학적 사고의 틀과 도구를 제공해 준다는 전제와 일정한 수준의 문학능력을 상정하여 중등학교 문학교육과정이 구성된다는 전제를 놓고 볼 때, 공식적으로 사용될 용어 전체의 수는 백 개 이내의 범위 내에서 결정되는 것이 합당할 것이고, 전체 배열은 중등학교 초반에 전체 체계를 갖추는 방향으로 이루어지는 것이 바람직할 것이라 생각된다. 이러한 체계를 전제한다면, 초등학교 교육과정에서는 지금보다 용어 수가 늘어야 할 것이며, 고등학교 교육과정에서는 오히려 줄어드는 것이 마땅하다.

다만 문학이 갖는 언어 능력 차원에서의, 언어 양상 차원에서의, 언어 문화 차원에서의 고급성과 풍요성과 다양성을 놓쳐서는 안 될 것이다. 따라서 용어의 수와 별개 차원에서 국어과 교육과정은 문학 기반 교육과정으로 구축되어야 한다고 보는데, 이는 브리티시컬럼비아 주의 언어예술 교육과정에서 확인할 수 있었던 것처럼, 문학을 독립된 영역으로 고립시키기보다는 내용 기준의 영역(scopes)을 설정하여 읽기나 쓰기 등과 통합적으로 구성하는 방안을 말한다.

전술한 대로 국어과 교육과정의 목표는 문학교육과정의 목표로 구체화할 수 있으므로, 이를 통해 문학 기반 국어과 교육과정을 구성하는 일은 그다지 어려운 일은 아니다. 또한 이렇게 함으로써 국어과 교육과정과 문학교육과정을 문학과 언어의 본질에 부합하며 교육적 정당성을 갖출 수 있는 방향으로 통합할 수 있게 할 것이다. 더 나아가 국어 능력(문학능력)의 요구 수준을 어떻게/어떤 근거로 결정할 것인가에 관한 국어교육(문학교육)의 근본 문제를 해결하는 과제에 대해 정당한 입장과 접근을 갖출 수 있게 할 것이다.

3) 복합문화주의적 접근의 문학교육과정

복합문화주의(複合文化主義)에 대한 관심은 순혈주의(純血主義)에 대한 비판과 같은 맥락 속에 있기는 하지만, 한국이 다양한 인종과 민족의 '도가니'가 되거나 '모자이크' 같은 공간이 되었기 때문은 아니다. 따라서 이것은 여전히 한동안은 현실적인 문제로서보다는 관념적인 문제로서 중요성을 갖게 될 것이라고 예상된다. 다시 말해, 복합문화주의가 정작 중요한 의미를 갖는 분야는 경제나 사회, 문화 등이 아니라 교육일 것이라 예측인 것이다.

문학보다는 문학교육이 복합문화주의를 더 빨리 호흡할 수밖에 없는 이유도 같은 이치이다. 이미 오래 전부터 국문학, 또는 한국문학의 정의 내리기가 쉽지 않은 문제가 되었듯이, 항상 경계에 의해 가두어지지 않는 문학의 특성은 문학교육에서 반드시 중요하게 고려해야 할 내용이 되었다. 개념적, 이론적인 논의에서가 아니라 실용적 측면에서도 범위의 경계 위를 넘나드는 다양한 문학 양상들이 재검토를 요구하고 있는 것이다.[23]

그동안의 문학교육과정은 '세계문학'을 일정 비율 이상 수용하여 다루어 왔다. 하지만 '세계문학'의 본질은 '비교문학'이어야 함에도 불구하고, 실제 논란의 대상이 되는 것은 '번역문학'으로서의 성격 여부였다. 여전히 '세계문학'은 '한국문학'과 대비적 개념으로, '보편문학'으로, '서양문학'으로 자명한 존재처럼 되어 있었다. 이것이 야기한 문제들이 크고도 많다는 것이 또한 문제이다. 예컨대 문학 수업에서 '고전문학 형식'은 '고전문학 작품'을 읽기 위한 방편으로 동원되는 지식이 되어 있다. 하지만 캘리포니아 주 문학교육과정에서는 고전 형식들을 문학의

---

23) 대표적인 것이 '재외 한국인 문학'의 귀속 문제일 것이며, '한문학'의 성격 문제일 것이고, 앞으로 논의할 '비교 문학'의 규정 문제일 것이다.

형성과 개념을 이해하는 계기적 지식으로 삼아 가르치게 하고 있다. 같은 맥락에서 우리가 고전문학 형식들을 우리 문학의 일반 이론을 학습하는 계기적 지식으로 가르칠 수 있을 것이다.

복합문화주의적 접근의 문학교육과정은 다양한 문화권의 문학 작품을 문학교육과정에서 수용하는 것을 의미하지 않는다. 그 대신 일반 문학 이론이라는 범주를 비교문학적 영역으로 옮기는 것을 고려해 볼 필요가 있다.

4) 이원적 심화 교육과정

새로운 국어과 교육과정에서 '매체'와 관련한 과목이 신설될 것이라고 한다. 개발자들은 이를 캐나다나 호주, 영국 등의 영어(언어예술) 교육과정에서 찾아낸 의미 있는 발견이라고 판단하고 있는 듯하다. '매체' 과목이 신설된다면, 이 과목에서 다루어지게 될 내용들은 무엇이 될까. 영화, 연극, 광고(-문, -지, -포스터, -영화/-영상), 인터넷 담화 같은 것들을 상정할 수 있을 것이고, 매체의 속성으로 본다면, 녹음한 음성이나 전화, 책, 잡지, 텔레비전 방송, 라디오 방송 등도 모두 다루어야 할 대상으로 추천될 것이다. 하지만 그러고 나면, 듣기나 말하기, 읽기, 쓰기의 활동이 독립적으로 교육내용을 구성할 수 있을지가 논란에 휩싸이고 만다.

'매체'를 과목으로 신설하자는 것은 모든 매체 형식을 '매체'라는 맥락에서 새롭게 다루어야 한다는 취지가 있기 때문은 아닐 것이다. 긍정적으로 해석하면, 오히려 사회적으로 이미 정착된 양식화된 매체성에 대한 국어교육적 요구가 있기 때문일 것이라 본다. 인터넷 글쓰기는 여전히 '작문' 과목에서 다룰 수 있고, 라디오 방송극은 여전히 '화법' 과목에서 다룰 수 있기에, 유력한 교육 자료로는 앞서 언급한 영화나 연극, 광고, 게임 같은 것이 제격일 것이다.

이러한 양식들은 모두 문학의 파생물로서도 의미를 지닌다. '문학' 과목에서 다룬 바 있고, 또한 앞으로도 다룰 수 있다는 것이다. 다만 '극'의 중심에 있는 '연극'이 그간 문학교육에서 제대로 다루어지지 못했던 점을 상기할 필요는 있을 것이다. 제대로 다루지 못하면서 오히려 '희곡'이나 '극본'을 극의 중심에 두었던 파행도 있었다. 이런 점을 고려해 보면, '매체' 과목의 신설은 필요한 일이 될 수 있다. 이 과목은 '문학'의 또 다른 면모를 다루는 교육 영역이 될 수 있기 때문이다.

이원적 심화 교육과정은, 문학교육과정이 심화 과정에서 '문학'과 '매체'로 이원화하는 교육과정을 나타내기 위해 만든 개념이다. 과목 이름으로는 '문학1'과 '문학2'가 더 어울린다. 이것이 캐나다의 영어과 교육과정이 취하고 있는 매체교육의 방향이다.

나. 어떻게 교육과정을 구체화할 것인가

1) 교육과정 개념틀의 설계 방향

Ⅱ부에서 살펴본 바와 같이 지금까지의 국어과 교육과정에서 '문학 영역'은 '문학의 본질'을 전제한 뒤 이를 가능한 한 쉽게 기술(記述)하는 방식으로 내용을 선정하고 구체화해 왔다. 제7차 교육과정이 '문학 영역'의 하위 내용 요소를 '문학의 본질', '문학의 수용과 창작', '문학에 대한 태도'로 정한 것도 문학을 중심에 둔 발상에 근거한 것이었다. 하지만 이 책 Ⅲ부에서 우리는 미국과 캐나다의 문학교육과정이 선택한 방식을 보았는데, 이는 문학을 어떻게 쉽게 풀어낼 것이냐 하는 문제의식이 아니라 어떻게 언어생활을 확장하고 심화하게 할 것이냐 하는 문제의식에서 문학교육과정을 모색하는 방식이었다. 이를 문학 기반 언어 예술 교육과정이라고 하였다.

문학 중심과 문학 기반의 차이는 선택에 기초한 것이지만, 그 선택이 가져오는 결과는 매우 다른 것이다. 교육적 초점도, 의도하고 있는 문학능력도 다르다. 만약 우리가 통합적 언어 능력으로서, 심화된 언어 능력으로서, 그리고 대부분의 학습자에게 요구하거나 기대할 수 있는 언어 능력으로서의 문학능력을 갖추기를 원한다면, 우리는 문학이 중심이 되는 국어과 교육이 아닌, 문학교육으로서의 국어과 교육을 상정하고 이를 위해 노력해야 한다.

새로운 교육과정을 개발하고 구체화함에 있어서 문학 기반 교육과정의 개념틀을 취하려 한다면, 이 개념틀을 설계하기 위한 다음과 같은 이론적 가정이 필요하다.

▶ 학습자의 문학능력 발달에 대한 가정

문학교육이 사고력과 밀접한 관련이 있다는 점에 주목할 때, 학습자의 능력 발달이 사고의 기능적 분화를 따를 것이라고 보는 것은 충분히 개연성 있는 가정이다. 이러한 가정에서는 학년이 올라갈수록 학습자들이 더 상세하고 분화된 개념들을 가지고 문학 작품 / 텍스트를 대할 수 있게 될 것이고 문학적 체험도 더 미시적으로 다양해지고 풍부해질 것이라고 예측하게 된다.

우리는 문학교육에 이러한 측면이 있음을 인정해야 한다. 아울러 작품 / 텍스트에 대한 부분적이고 개별적이던 학습자의 체험이 점차 통합되는 방향으로, 그리고 작품 / 텍스트 전체에 대해 이루어지는 것으로 발전하게 된다는 것도 함께 인정해야 할 것이다. 하지만 이보다 더 중요하게 받아들여야 할 것은 이러한 발달이 일정한 단계를 거칠 때마다 질적인 변화를 겪을 수 있고, 특히 급격한 성장을 특징으로 하는 학령기 학습자들에게서는 그 변화의 의미가 더 클 수 있다는 점이다.

그렇다면, 우리가 학습자에게 기대하는 문학능력은 전반적으로 보면 낮은 학년에서 높은 학년으로 올라갈수록 통합적이고 확장된 개념과 범주를 동반하는 능력 수준일 것이다. 특히 문학교육에서는 학습자의 인지적 발달과 정서적 발달이 통합적으로 이루어지며, 정서적 발달은 그 자체가 통합적인 발달 경로를 취하게 될 것이다. 이를 문학교육과정은 반영해야 한다.

▣ 교육적 체험에 대한 가정

학습자의 문학능력 발달에 대해 가져야 할 또 다른 가정 중의 하나는 창조적 체험이 수용적 체험을 이끈다는 것이다. 아동의 그림 그리기 과정을 관찰해 보면, 표출적 욕구의 충족이 충만할수록 그림 그리기의 동기 형성이 잘 활성화되는 것을 볼 수 있는데, 다른 체험들에서도 이와 같은 양상이 나타난다. 말하자면, 학습의 기본 조건이 되는 내적 동기는 우연히 주어지는 것이 아니라 학습자의 창조적 체험에 의해 주어진다는 뜻이다.

이 말은 우리로 하여금 문학에 대한 이해로부터 문학 수용과 창작이 발달한다는 보는 가정 대신 문학 수용과 창작으로부터 문학에 대한 이해가 발전한다는 보는 가정을 갖게 한다. 문학 작품 / 텍스트를 향유할 수 있기 위해서는 개념적 도구가 반드시 선행해야 하는 것은 아니라는 뜻이다. 물론 개념적 도구가 주어져 있을 때 자신의 체험을 명료화하는 장점은 분명 있겠지만, 지금 우리가 주목하고 있는 것은 그 체험을 이끄는 힘이다.

그렇다면 교육내용의 배열에서도 이를 고려하는 것이 합당할 것이다. '대상의 특징, 성격, 요소 등을 아는 지식' 이전에 '대상의 의의, 효용, 중요성 등을 아는 지식'이 다루어질 수도 있고, '지식의 관계적 적용' 이전에 '지식의 적용 과정 / 결과에 대한 평가'가 다루어질 수도 있으며, '시'를 모르더라도 문학적 체험 속에서 그 가치를 느낄 수 있게 할 수 있고, 감상 이전에 창작이 이루어지게 할 수도 있다. 이는 마치 1수준에 해당하는 1, 2학년 학생들이 이론으로서의 문학교육과정용어를 배우는 것 없이도 문학적 상상과 창조적 언어 사용을 할 수 있을 것으로 기대하게 되는 것과 같은 이치이다.24) 이런 점에서 교육내용을 구체화할 때 단선적인 계열화나 위계화는 바람직하지 않다.

2) 문학교육과정용어의 목록화

제7차 국어과 교육과정에서 본문 각주와 '용어 해설'이 사용됨으로써 교육과정 문서에 대한 오독을 상당 부분 줄였던 것은 마땅히 높이 평가되어야 할 것이다.25) 하지만 문학교육과 관련한 용어는 많게 잡아도 다섯 개에 불과하여, 실질적인 용어 목록에 값하지 못했다.

이 문제에 대해 이 책에서는 문학교육과정용어가 최소한의 필수적 교육용어로서 이해되는 것이 바람직하다는 관점에서 대략 백 개 안팎의 용어 수로 제한된 목록을 제안하였다. 이 수는 현행 대학수학능력시험에서 사용되는 용어들의 수와 거의 일치한다. 평가가 교육의 실제 장면을 불가불 반영하게 되어 있기 때문에, 사용된 용어들은 최소한의 합의 목록을 만들 수 있게 하는 근거가 될 것이다.26) 또한 연역적으로 추론된 사고 과정에서 인위적으로 도출된 개념이나 범주들이 아니라 교수·학습의 실제 과정을 고려하여 제시되고 검증되고 수정되었던 개념이나 범주들이라는 점도 긍정적으로 평가될 수 있을 것이다.

향후 국어과 교육과정과 문학교육과정 개발에서는 용어 목록의 체계화를 위한 연구와 실행에 더 많은 관심과 노력이 필요할 것이다. 만약

---

24) Ⅳ부 4장 나항의 [표 44] 참조.
25) 교육부(1999), 「중학교 교육과정 해설(2) – 국어, 도덕, 사회」 "교육과정에 사용한 주요 용어 해설" 참조.
26) 이에 비해 보면 교육과정의 용어 수는 너무 적고, 교과서의 용어 수는 지나치게 많다. 이는 앞서 밝힌 바 있다.

'문학 영역'이 없어지는 대신 문학 기반 국어과 교육과정이 실행될 바탕이 마련된다면, 용어 목록은 지금보다 느슨한 개념들을 갖게 되는 대신 전이성은 높아지고 적용 대상은 다양해질 수 있을 것이다. 개념들의 범주 관계가 바뀌게 될 것이므로, 학년군에 따라 배열될 용어들의 수(數)나 비중도 달라질 것이다.

이제 지금까지 논의해 온 바를 근거로 문학교육과정용어의 목록을 구축하는 과정에서 지켜야 할 원칙들을 정리해 본다.

▶ 목표 및 내용 체계상의 일관성

용어 목록은 일관되게 문학교육의 목표 달성에 부합되어야 하며 제시된 목록 내에서 적합한 범주 관계를 갖추어야 한다. 하위 내용 요소나 학년별로 목표 / 내용 진술을 할 때에는 최종적으로 완성될 용어 목록을 고려하여 선택하도록 함으로써 '지식'과 '수행'의 각 계열에서 편중되거나 소략해지지 않도록 유의해야 한다.

상이한 이론적 기원(起源)을 갖는 용어들은 용어들의 '겹쳐짐'이 생기지 않도록 그 기원과 가정을 밝혀둘 필요가 있다. 이를 바르게 나타내기 위해서는 교육과정 문서에 용어 목록을 제시하는 한편, 「해설」에서 그 용어의 의미를 밝히도록 한다.

이러한 기준에서 보면, 예컨대 '은유'는 낭만주의적 견해(은유1)와 모더니즘적 견해(은유2)가 구분되어 목록에 제시되어야 하며, 그렇게 나누어 싣는 까닭을 「해설」에서 밝혀야 한다.

▶ 최소 요구 수준의 다양성

문학을 설명하는 이론들에 대한 평가는 문학교육과정을 이해하거나 개발하는 데에서 우선적으로 이루어지게 된다. 문학교육의 지향과 목표 설정이 구체적으로는 문학에 대한 이론적 설명들에 대한 평가를 통해 이루어지기 때문이다. 교육적으로 바람직한 문학교육과정 개발은 평가가 지배적인 단일한 관점에서 이루어지기보다는 선택할 만한 몇 가지 관점들의 경쟁을 통해 이루어지는 것이다. 단일한 이론을 문학교육에 강요하는 것도 바람직하지 않지만, 다양한 이론들이 병치되는 것도 바람직한 일은 아니다.

용어 목록은 다양한 이론적 가정이나 판단들이 경합하는 문학교육의 특성에 맞게 작성되어야 한다. 이때 용어들은 해당 이론 전체를 설명하기 위해 체계화되어야 하는 것은 아니다. 역으로 용어들은 해당 이론을 합리화하기 위해 세분되어야 할 필요도 없다. 아마도 '지식'과 '수행'의 하위 내용 요소에 포함될 정도라면 각 요소별로 대응되는 개념과 범주들은 몇 개 이내로 조정될 것이다.

이렇게 용어로 들어온 것들은 해석의 권위로서 학생들에게 제공되기보다는 경합하는 관점들로서 제공되어야 한다. 이 이론들은 리트머스(litmus) 같은 '지시약'이 아닌 '시료(sample)'여야 한다는 것이다.

절충보다 설명의 부재(不在)가 문제를 만든다는 관점은 여러 경쟁하는 이론들을 단일한 이론으로 정리하는 것보다 이론들 자체를 보여주자는 쪽으로 판단을 이끈다. 분편화를 배제하는 방법은 지식의 체계를 제대로 보여주는 것이 될 수도 있지만 각각의 지식들이 어떤 가정에 기대고 있었는지 밝혀주는 것이 될 수도 있다.

이러한 기준에서 보면, 예컨대 '작가' 및 '독자'와 '생산자' 및 '수용자'는 별개로 제시되기보다는 같은 계열에서 제시하고-학년군에서는 달라지겠지만-27), 차이와 그 배경을 학습하게 하는 것이 바람직하다.

---

27) 학년군에서 달라지는 것을 문학능력의 발전 경로로 이해하는 것은 현실적으로 택할 수밖에 없는 선택의 논리이다. 이러한 선택에서는 단선적 논리도 또는 그와는 상반된 '병치'의 논리도 배제되어야 하므로, 교육내용으로 구체화하는 것이 쉽지는 않을 것이다. 교육내용의 선택에서 선후(先後)의 조건은 불가피하게 학습자들로 하여금 나중의 것이 더 나은 선택이 되는 것처럼 여기게 할 수 있다. 이러한

용어 목록에 사용된 용어들은 자의적이거나 일상화된 수준에서 환언되지 않아야 한다. 그러기 위해서는 용어의 목록은 계통적으로 제시 구조를 취하는 것이 바람직하다. 즉, 어떤 용어는 그 용어의 대응 개념이나 모 개념 속에서 선택되고 배열된 것임이 밝혀져 있어야 한다. 용어 선택에 있어서도 개별 문학용어보다는 집합적 개념이나 범주 체계화에 도움이 되는 용어들을 우선하도록 한다.

이러한 기준에서 보면, 예컨대 '구성'은 '인물'이나 '사건' 등보다 먼저 선택되어야 하며, 이 용어가 사용되는 맥락에서는 '구조'나 '모티브'가 함께 사용되지 않도록 하는 것이 바람직하다.

▸ 최소 요구 수준의 중층성

지식의 제공이라는 맥락에서는 정확하고 세분화된 문학교육과정용어가 문학에 대한 이해나 문학 향유 능력을 제고할 것이라는 가정을 유보하는 대신, 범주 체계를 반영하거나 집합적 개념이 되는 소수의 용어들로서 최소 요구 수준에서의 최대 교육적 가능성을 모색하게 하는 것이 필요하다.

문학 기반 교육과정을 상정한다면, 언어 기능의 사용에 두루 활용될 수 있는 용어들을 우선적으로 선택한다. 이때에는 전술한 바와 같이 일상화된 수준으로 환언되지 않도록 유의한다. 용어들은 학년군별로 수준이 나뉘어지고, 다시 교육과정 문서에 제시되는 것과 「해설」에 제시되는 것, 그리고 실제 교수・학습 상황에서 교사가 활용할 수 있는 것 등이 구분되어 사용될 것이므로, 목록에서는 용어의 수준과 범위를 함께 제시한다.

진화론적 가정(진화론에 대한 오해에서 비롯된 것이기도 하지만)을 방지하기 위해서 교사는 이러한 선택의 과정이 목적론적이지 않음을 밝혀주어야 한다.

이러한 기준에서 보면, 예컨대 3수준에서 '형식', '표현', '생산', '발상' 등은 교육과정 문서에 사용하지만, '문학적 형상화'는 「해설」에서 이를 풀이하는 용어로 사용하고, 교수·학습 상황에서는 교사가 이를 이 용어들을 구체화하면서 일상적 용어(또는 다른 분야의 일반적인 용어들) 차원에서 '문학적'이나 '문학적 형상화', 또는 '형식', '표현', '생산', '발상' 등의 의미를 풀이하는 것이 바람직하다.

3) 몇 가지 추가적 고려 사항

가치 있는 지향만으로는 가치 있는 교육과정의 실현을 담보할 수 없다. 국어과 교육과정의 기반으로서, 내용 기준 중심 교육과정이자 이원적 심화 교육과정으로서, 복합문화주의적인 교육과정으로서 문학교육과정이 실현될 수 있기 위해서 추가적으로 고려해야 할 사항들을 열거하면 다음과 같다.

▶ 선별된 개념과 범주들에 대한 학습이 필요하다

교육에 동원되는 필수적 개념들은 선별적으로 제시되어야 하며 이를 통해 교육의 공통성과 균질성이 확보될 수 있어야 한다. 이를 위해 필수적 개념들의 수는 일정하게 한정되어야 하며, 이렇게 한정된 개념들에 대해서는 반드시 학습이 이루어지도록 요구되어야 한다. 특히 문학 능력을 측정하고 평가하기 위해서는 해당 학년군에 설정된 평가 행위로서의 문학교육과정용어 각각의 의미가 학습자들에게 숙지되어 있어야 하며, 그것이 어떻게 실현되는지에 대해서도 상호 충분히 이해하고 있어야 한다.

▶ 성취 기준과 활동은 이원화되어야 한다

성취 기준과 활동은 진술된 문장 형식만으로 보면 매우 흡사해 보인

다. 하지만 성취 기준은 문학 교수·학습 과정에서 이루어질 수 있는
다양한 활동들을 추상화하여 표준으로 삼은 것으로서, 활동 그 자체와
는 구분된다.

실제 교수·학습 상황에서 활동은 다양하고 학습자는 즐겁고 교실
분위기는 활기찬데 정작 수업은 성취 기준에 부합하지 않는 일들이 적
지 않게 일어나는 것은 교사들이 활동과 성취 기준을 혼동하기 때문이
다. 이러한 문제를 야기하지 않기 위해서 교사는 성취 기준으로부터 다
양한 활동들을 구체화해 낼 수 있어야 하며, 다양한 활동들이 성취 기
준에 부합되도록 사전 설계를 잘 해 두어야 하겠지만, 이 둘이 동일하
지 않다는 것도 항상 인지하고 있어야 한다.

▣ 필독 작품 목록이 교육과정에 제시되어야 한다

문학교육과정에서 교육목표 / 내용을 설정하고 평가하기 위해 용어가
중요한 것처럼, 그 용어가 실제 적용되는 체험 상황에서는 문학 작품 /
텍스트가 중요하다. 문학 작품 / 텍스트는 문학교육과정용어들의 선택만
큼이나 문학교육의 수준과 질을 규정한다. 그렇다면 문학교육에 적합한
문학 작품 / 텍스트는 문학교육과정용어만큼이나 적절히 선별되거나 제
한될 필요가 있다. 말하자면 문학교육에 필수적인 개념이나 범주들처럼
해당 학년군에서 학습자들이 읽어야 할 권장 작품 / 텍스트 목록이 교육
과정에 제시되어야 한다는 뜻이다.

이는 교육과정 문서 부록에 저자(著者)나 작품들의 목록을 포함시키거
나(매사추세츠 주), 별도의 웹 데이터베이스를 구축하여 분류 가능한 광범
한 서지 사항을 제공하거나(캘리포니아 주), 아니면 통합 자원 패키지(IRP)
속에 구체적인 서지 정보나 구입 경로까지 제시하는 방식(브리티시컬럼비
아 주)28)으로 실현될 수 있다. 물론 이러한 선별과 제한은 교육과정 개
발자들이 할 수 없으며, 하기에 적합하지도 않다. 그 대신 전미영어교사

협회(NCTE : The National Council of Teachers of English)에서 선정한 권장 도서
목록의 작품이 문학 수업의 '교재'29)로 광범위하게 선택되는 예를 참조
할 수 있을 것이다. 이 협회에 대응할 만한 단체나 조직이 우리에게 없
는 것도 아니다. 필요하다면 관련 학회 등에서 상당한 기간 동안 논의
를 진행하여 그 결과를 반영하는 방법도 좋을 것이다.

---

28) 다음 그림은 브리티시컬럼비아 주 언어예술 교육과정의 8~10학년 IRP의 '부록
B : 학습 자원'에 실린 내용의 일부이다.

The Cremation of Sam McGee

Author(s): *Service, Robert*

General Description: This classic poem is a vivid fantasy tale of harsh living and death in the north. It was inspired by visits to Canada's north and is beautifully illustrated by Ted Harrison's paintings. Introduction by Pierre Berton.

Audience: *General*
ESL - intermediate to advanced language proficiency; beautiful, large, colourful illustrations; rhythmic language; Canadian content

Category: *Student, Teacher Resource*

Curriculum Organizer(s): *Comprehend and Respond Self and Society*

Grade Level:

K/1	2/3	4	5	6	7	8	9	10	11	12
						✓	✓			

Year Recommended: *1995*

Supplier: *Nelson Canada - Library Division*
1120 Birchmount Road
Scarborough, ON
M1K 5G4

Tel: (416) 752-9100 (ext 261)   Fax: (416) 752-9646

Price: $11.96

ISBN/Order No: 542324

The Cremation of Sam McGee

General Description: Thirteen-minute video features an Arctic setting as the backdrop for this vivid portrayal of Service's poem. Accompanying viewing guide provides ideas for student activities.

Caution: *The video shows a frozen corpse being transported and placed in a furnace which serves as a crematorium. The corpse is revived by the warmth of the fire and comes back to life.*

Audience: *General*
ESL - visual representation provides access to the poetry

Category: *Student, Teacher Resource*

Curriculum Organizer(s): *Comprehend and Respond Self and Society*

Grade Level:

K/1	2/3	4	5	6	7	8	9	10	11	12
						✓	✓			

Year Recommended: *1995*

Supplier: *B.C. Learning Connection Inc.*
c/o Learning Resources Branch (Customer Service)
878 Viewfield Road
Victoria, BC
V9A 4V1

Tel: (604) 387-5331   Fax: (604) 387-1527

Price: $20.00

ISBN/Order No: ILA067

미디어 유형과 간략한 내용, 활용상의 유의점과 관련 학년 수준, 관련된 교육과정
의 내용 요소와 하위 내용 요소, 심지어는 구입 경로(전화 번호 등)와 가격, ISBN
번호까지도 제시되었다.

29) 미국이나 캐나다의 교과서는 대개 라이선스(license) 방식으로 공급되기 때문에 학
생용 교재는 저렴한 연습책을 쓰거나 교사가 허가 받은 만큼 복사하여 사용하게
된다. 이 때문에 문학 수업에서는 교사들이 작품을 교재로 활용하기도 한다.

| 참고문헌 |

▨▨▨ 교육과정 문서

■ 매사추세츠 주 언어예술 교육과정

English Language Arts Curriculum Framework, Massachusetts Department of Education (Febrary. 1997)

English Language Arts Curriculum Framework, Massachusetts Department of Education (June, 2001)

Recommended RreK-12 Instructional Technoloy Standards, Massachusetts Department of Education(October. 2001)

Supplement to the Massachusetts English Language Arts Curriculum Framework, Grades 3, 5, and 7 — Grade Level Standards for Vocabulary, Reading, and Literature, Massachusetts Department of Education(May, 2004)

■ 캘리포니아 주 영어-언어예술 교육과정

Reading / Language Arts Framework for California Public Schools-Kindergarten Through Grade Twelve, California Department of Education(1999)

English-Language Arts Content Standards for California Public Schools-Kindergarten Through Grade Twelve, California Department of Education (December, 1997)

English-Language Development Standards for California Public Schools-Kindergarten Through Grade Twelve, California Department of Education(July, 1997)

■ 온타리오 주 영어(언어) 교육과정

The Ontario Curriculum, Grades 1-8 : Language, Ontario Ministry of Education and Training(1997)

The Ontario Curriculum, Grades 9 and 10 : English, Language, Ontario Ministry of Education and Training(1999)

The Ontario Curriculum, Grades 11 and 12 : English, Language, Ontario Ministry of Education and Training(2000)

The Ontario Curriculum, Grades 12 : The Ontario Secondary School Literacy Course (OSSLC), Language, Ontario Ministry of Education and Training(2003)

■ 브리티시컬럼비아 주 언어예술 교육과정

English Language Arts K to 7 Integrated Resource Package, British Columbia Ministry of
        Education(1996)
English Language Arts 8 to 10 Integrated Resource Package, British Columbia Ministry of
        Education(1996)
English Language Arts 11 and 12 Integrated Resource Package, British Columbia Ministry
        of Education(1996)
Communications 11 and 12 Integrated Resource Package, British Columbia Ministry of
        Education(1998)
English Literature 12 Integrated Resource Package, British Columbia Ministry of
        Education(2003)
BCME(2003), Key Literary Terms, English Literature 12—Integrated Resource Package
        2003, British Columbia Ministry of Eudcation

■ 한국의 국어과 교육과정

문교부(1955, 1963, 1969, 1973, 1981, 1987), 『중학교 교육과정』.
교육부(1992), 『제6차 국어과 교육과정』, 대한교과서주식회사.
교육부(1994), 『중학교 국어과 교육과정 해설』, 대한교과서주식회사.
교육부(1997a), 『초·중등학교 교육과정－국민 공통 기본 교육과정－』, 교육부 고시
        제1997-15호 [별책 1].
교육부(1997b), 『제7차 중학교 교육과정－국어』, 대한교과서주식회사.
교육부(1997c), 『제7차 고등학교 교육과정－국어』, 대한교과서주식회사.
교육부(1998), 『초등학교 교육과정 해설 Ⅲ』, 대한교과서주식회사.
교육부(1998), 『초등학교 교육과정 해설(Ⅲ)－국어, 도덕, 사회－』, 대한교과서주식
        회사.

■ 그밖의 교육과정

New Jersey Department of Education, New Jersey Language Arts Literacy Curriculum
        Framework, Fall 1998

■■■■ 국내 논저

강경호(1991), 「제3차 교육과정기의 국어과 교육」, 『건국어문학』 제15·16합집, 건국대학교, pp.475~504.

강내희(2004), 「문화연구와 "문형학"-문학의 새로운 이해」, 『한국언어문화』, 14, 한국언어문화학회, pp.1~14.

경규진(1993), 「반응 중심 문학교육적 방법 연구」, 서울대학교 대학원 박사학위논문.

경규진(1995), 「문학교육을 위한 반응 중심 접근법의 가정 및 원리」, 『국어교육』 87·88집, 한국국어교육연구회, pp.1~23.

고영화(2000), 「문학사 교육에서의 장르 지식의 성격에 대하여-조선 초 국문 시가를 중심으로」, 『선청어문』 28, 서울대학교 국어교육과, pp.567~585.

공태영(1999), 「역사용어에 관한 이론적 검토와 학습 방안-중학교 국사교과서를 중심으로」, 『역사교육논집』 1집, 역사교육학회, pp.319~358.

곽병선(1991), 『교육과정』, 배영사.

구영산(2001), 「시 감상에서 독자의 상상 작용 연구-정서체험을 중심으로」, 서울대학교 대학원 석사학위논문.

구인환 외(1988, 2001), 『문학교육론』(제4판), 삼지원.

구인환 외(1999), 『문학 교수·학습 방법론』, 삼지원.

권순긍(1999), 「교과서의 변천과 문학교육의 방향-고등학교 『국어』 교과서를 중심으로」, 『문학교육학』 제4호, 한국문학교육학회, pp.189~218.

권오현(1992), 「문학소통이론 연구-문학텍스트의 소통구조와 교수법적 기능-」, 서울대학교 대학원 박사학위논문.

권재일(1995), 「국어학적 관점에서 본 언어지식 영역 지도의 내용」, 『국어교육연구』 제2집, 서울대학교 국어교육연구소, pp.159~175.

김광해(1996), 「국어 지식 교육의 위상」, 『국어교육연구』 제3집, 서울대학교 사범대학 국어교육연구소, pp.21~45.

김남희(1997), 「현대시 수용에 관한 문화 기술적 연구」, 서울대학교 대학원 석사학위논문.

김대행 외(2000), 『문학교육원론』, 서울대학교 출판부.

김대행(1992), 『문학이란 무엇인가』, 문학사상사.

김대행(1995), 『국어교과학의 지평』, 서울대학교 출판부.

김대행(1996), 「국어과 교육과정 분석과 수준별 교육과정 개발」, 『교육과정연구』 14-2, 한국교육과정학회, pp.21~42.

김대행(1997), 「국어과 교육의 목표와 영역」, 『선청어문』 25, 서울대학교 국어교육과, pp.31~51.

김대행(1998), 「사고력을 위한 문학교육의 설계」, 『국어교육연구』 제5집, 서울대학교 사범대학 국어교육연구소, pp.5~28.

김대행(2000), 『문학교육 틀짜기』, 역락.

김대행(2002), 「국어교과학을 위한 언어 재개념화」, 『선청어문』 30, 서울대학교 국어교육과, pp.29~54.

김대행(2002), 「내용론을 위하여」, 『국어교육연구』 제10집, 서울대학교 국어교육연구소, pp.7~37.

김대행(2005), 「교육과정의 기반을 위한 단상」, 『함께 여는 국어교육』 62호. 서울 : 전국국어교사모임, http://naramal.or.kr

김동환(1999), 「심화과목으로서의 문학교육의 미래」, 『문학교육학』 제18호, 한국문학교육학회, pp.277~299.

김두정(2003), 「학교 수준 교육과정의 개발 및 운영 : 캐나다 학교의 사례」, 『비교교육연구』 제13권 1호, 한국비교교육학회, pp.191~215.

김미순(2001), 「길 찾기 : 수업일기에 담긴 나의 실패들, 노력들」, 『월간 중등우리교육』 139, 월간 중등우리교육, pp.172~175.

김미혜(2000), 「비판적 읽기 교육의 내용 연구-비평 담론의 생산 과정을 중심으로-」, 서울대학교 대학원 석사학위논문.

김민환(1991), 「교육과정 연구 모형으로서의 기술공학적 접근에 관한 비판적 논의」, 『교육과정연구』 v.10. no.5, pp.63~80.

김민환(1995), 「역사적 관점에서 본 교육과정 탐구 패러다임의 변천(1)-기술공학적 접근의 형성에 관한 재음미」, 『교육과정연구』 13, 한국교육과정학회, pp.213~227.

김봉군(1996), 「문학교육과정의 성격과 구성의 원리」, 『문학교육과정의 연구와 실천 방향』, 제7회 국어교육연구발표대회, 한국국어교육연구회.

김봉석(2000), 「현대 교육과정 담론에서 교육과정 지식의 근대성」, 『교육과정연구』 v.18. no.2, pp.269~296.

김상욱(1994), 「문학교육의 목표 규정을 위한 시론」, 『국어교육연구』 창간호, 서울대학교 사범대학 국어교육연구소, pp.41~63.

김상욱(2000), 「문학교육과정의 내용 선정과 그 조직화」, 『한국초등국어교육』 제17집, 한국초등국어교육학회, pp.145~162.

김상욱(2005), 「국어과 교육과정 내용의 발전 방향」, 『국어교육학연구』 제23집, 국어교육학회, pp.219~240.

김수천(1999), 『교육과정과 교과』, 교육과학사.

김수천(2002), 「우리나라 초·중등학교 교육과정 구조의 변천에 관한 연구 : 교과 체제 변천을 중심으로」, 『교육과정연구』 20-2, 한국교육과정학회, pp.149~178.

김시연(2001), 「아이들이 주인공이 되는 국어 수업」, 『월간 초등우리교육』, 월간 초등우리교육, pp.139~143.

김은전(1979), 「국어교육과 문학교육」, 『사대논총』 19, 서울대학교 사범대학.

김재복(1996), 「교육과정의 내용조직 유형에 관한 연구」, 『교육과정연구』 제14권 제3호, 한국교육과정학회, pp.73~93.

김재춘(2002), 「국가교육과정 연구·개발 체제의 문제점과 개선방향 : 제7차 교육과정 연구·개발체제를 중심으로」, 『교육과정연구』, 제20권 제3호, 한국교육과정학회, pp.77~97.

김재춘(2002), 「잠재적 교육과정의 재개념화 필요성 탐색」, 『교육과정연구』 제20권 제4호, 한국교육과정학회, pp.51~66.

김정우(2003), 「국어과 교육과정에서의 정의교육 범주의 검토」, 『문학교육학』 제12호, 한국문학교육학회, pp.11~40.

김종건(2001), 「문학교육에서 사용되는 용어 문제」, 『우리말글』 23, 우리말글학회, pp.191~218.

김종서·이영덕·이홍우(1982), 『교육과정』, 서울대학교 출판부.

김종철(2001), 「문학교육의 문화론적 관점」, 『국문학과 문화』, 월인, pp.85~102.

김중신(1994a), 「서사 텍스트의 심미적 체험의 구조와 유형에 관한 연구」, 서울대학교 대학원 박사학위논문.

김중신(1994b), 「문학작품의 선정과 배열에 관한 고찰-문학작품 독서의 범주」, 김대행 외, 『독서체계연구 1단계』, 서울대학교 국어교육연구소, pp.217~230.

김중신(1995), 『소설감상방법론연구』, 서울대출판부.

김창원(1991), 「문학교육목표의 변천 연구(1)-광복 이후 고등학교 국어과 교육과정을 중심으로-」, 『국어교육』 73·74, 한국국어교육연구회, pp.53~74.

김창원(1992), 「문학교육과정 설계의 절차와 원리 : 목표 및 내용의 조직」, 『국어교육』 77·78, 한국국어교육연구회, pp.343~362.

김창원(1996a), 「문학교육과정의 구성 원리」, 『문학 영역 교육과정 내용의 체계화 연구』 2, 서울대학교 사범대학 국어교육연구소.

김창원(1996b), 「문학교육과정의 구조화 탐색」, 『문학교육과정의 연구와 실천 방향』, 제7회 국어교육연구발표대회, 한국국어교육연구회.

김창원(1997), 「문학교육 연구 방법론의 비판적 검토」, 『문학교육학』 제1호, 한국문학교육학회, pp.228~253.

김창원·김혜영·유영희 외(2003), 「문학 영역 및 과목의 교육과정 개선 방안 연구」, 교과교육공동연구 보고서(2003-030-A00009), 한국학술진흥재단·한국교원대학교 교과교육공동연구소.

김혜영(2002), 「문학적 체험 형성의 수사적 조건 연구」, 『국어교육연구』 7집. 국어교육학회, pp.309~332.

김호권·이돈희·이홍우(1992), 『현대교육과정론』, 교육출판사.

노경주(1999), 「교사·학생 상호작용에서 교환되는 교실 언어의 유형 연구」, 『교육사회학 연구』 제9권 제2호, 한국교육사회학회, pp.97~119.

노명완·박영목·권경안(1988), 『국어과 교육론』, 갑을출판사.

노진한(1992), 「문학교육과정에 대한 재고」, 『선청어문』, 서울대학교 국어교육과, pp.313~332.

박삼서(2002), 「교과서 개발과 편수용어」, 『한국학술용어 : 문제점과 방안』, 한국학술단체연합회 학술대회 자료집.

박삼서(2003), 『국어교육과 생활, 문화, 철학』, 국학자료원.

박수자(2003), 「국어과 교육과정과 활동 중심 국어 교과서의 관계 고찰」, 『어문학교육』 제26집, 한국어문교육학회, pp.99~125.

박순경(1992), 「'실천성 : 교육과정의 언어'에 대한 재이해」, 『교육학연구』 Vol. 30. No.4, 한국교육학회, pp.19~35.

박순경(1993), 「교육과정에 있어서의 은유에 대한 한 비판적 논의」, 『교육학연구』 Vol.31. No.1, 한국교육학회, 179~195.

박영목(2005), 「국어과 교육과정의 새로운 방향」, 『국어교육학연구』 23, 국어교육학회, pp.5~30.

박영민(2004), 「국어과 교육과정 용어의 진술과 개념-통일성, 응집성, 일관성을 중심으로」, 『독서연구』 제11호, 한국독서학회, pp.181~206.

박영배(1996), 「지식의 본질과 교육과정 내용의 관련성」, 『인문연구』, 영남대학교 인문과학연구소.

박윤우(2003), 「7차 교육과정에 나타난 '문학문화'론의 몇 가지 문제」, 『현대문학의 연구』 19, 한국문학연구학회, pp.33~56.

박인기(1992), 「적합성과 다양성의 선순환(善循環)구조를 위하여」, 『현대 비평과 이론』, 봄호, 한신문화사, pp.54~71.

박인기(1994), 「문학교육과정의 구조에 관한 연구」, 서울대학교 대학원 박사학위 논문.

박인기(1996), 『문학교육과정의 구조와 이론』, 서울대학교 출판부.

박인기(1997), 「문학교육과정의 평가」, 우한용 외, 『문학교육과정론』, 삼지원.

박인기(2000), 「제7차 국어과 교육과정의 목표에 대한 검토」, 『한국초등국어교육』, 제16집, 한국초등국어교육학회, pp.33~55.

서덕현(1993), 「국어과 교육과정의 내용 영역에 관한 소고」, 『국어교육』 81, 한국국어교육연구회, pp.203~222.

서울대학교 교육연구소 편(1994), 『교육학 용어 사전』, 하우동설.

손민호(2001), 「수업 개선 준거에 대한 반성적 고찰-일상적 수업의 변화 가능성의 이해를 중심으로-」, 『열린교육연구』 v.9. no.2, pp.25~44.

신경미(1994), 「사고와 언어의 관계에 대한 Vygotsky 이론 고찰」, 이화여자대학교 대학원 석사학위논문.

신경일(1994), 「공감의 인지적, 정서적 요소 및 표현적 요소간의 관계」, 『연구보』 제29집, 부산대학교 학생생활연구소, pp.1~37.

심영택(1992), 「학문중심 국어과 교육과정의 문제점 연구」, 『국어교육학연구』 2집, 국어교육학회, pp.145~169.

양옥승(1991), 「교육과정의 기초로서의 Vygotsky의 발생학적 인식론」, 『교육과정연구』, 10-1, pp.3~16.

양정실(2005), 「문학교육과정의 '본질' 영역에 대한 비판적 검토」, 『국어교육』 116, 한국어교육학회, pp.105~124.

염은열(2005), 「국어 활동 영역과 문학 영역의 관계 설정에 대한 연구」, 『문학교육학』 제18호, 한국문학교육학회, pp.249~276.

오경종(1998), 「교과교육에서 가르치는 교육내용과 배우는 교육내용—문학교육과 관련하여—」, 『제주교육대학교 논문집』 27, 제주교육대학교, pp.7~47.

우한용 외(1997), 『문학교육과정론』, 삼지원.

우한용 외(1998), 『문학교수·학습방법론』, 삼지원.

우한용(1988), 「문학교육과 장르론」, 『선청어문』 16, 서울대학교 국어교육과, pp.103~113.

우한용(1992), 「문학교육과정론의 전제조건」, 『논문집』 제44집, 한국국어교육연구회, pp.1~27.

우한용(1997), 『문학교육과 문화론』, 서울대학교 출판부.

유명숙(1996), 「정전 논쟁 : 그 허와 실」, 『안과 밖』, 1996년 하반기 / 창간호, 창작과 비평사, pp.110~134.

유성호(2002), 「화자의 양상에 따른 시 교육의 여러 층위」, 『문학교육학』 제10호, 한국문학교육학회, 197~215.

유성호·박영민·유충열(2005), 「학습용어 설정을 통한 국어교과서 진술의 개선 방안 연구」, 『청람어문교육』 30, 청람어문학회, pp.53~89.

유영희(2005), 「국어과 교육과정 개정 논의의 현황—문학교육과정과 관련하여」, 『문학교육학』 제18호, 한국문학교육학회, pp.173~207.

유종호(1995), 『시란 무엇인가』, 민음사.

이경섭(1988), 「지식에 의한 교육과정 내용의 통합」, 『교육과정연구』 7, 한국교육과정학회, pp.217~247.

이경섭(1995), 「교육과정 내용선정에 있어서의 주요쟁점」, 『교육과정연구』 13, 한국교육과정학회, pp.175~189.

이경섭(1999), 『교육과정 쟁점 연구』, 교육과학사.

이경섭·이홍우·김순택(1993), 『교육과정—이론, 개발, 관리』, 교육과학사.

이대규(1988), 「문학교육과정 구성의 전제 조건」, 『이화어문논집』 10, 이화여자대학교 이화어문학회.

이도영(1997), 「언어 사용 영역의 내용 체계에 대한 연구」, 서울대학교 대학원 박사 학위논문.

이도영(2000), 「제7차 국어과 교육과정의 내용에 대한 비판적 고찰」, 『한국초등국어 교육』 16, 한국초등국어교육학회, pp.57~77.

이미경(2001), 「문학교육에 있어서 문학사 교육의 위상과 역할」, 『국어교육』 104, 한 국국어교육연구회, pp.323~345.

이삼형 외(2002), 「국어교육학」, 소명출판사.

이삼형(1994), 「국어과 교육내용 설정의 두 축-내용의 합목적성과 수준-」, 『한국국 어교육연구회논문집』, 한국국어교육연구회, pp.21~44.

이삼형(2005), 「국어과 교육과정 내용의 틀」, 『국어교육학연구』 23, 국어교육학회, pp.169~186.

이성영(1995), 『국어교육의 내용 연구』, 서울대학교출판부.

이용숙 외(2001), 「수준별 교육과정에 적합한 교과서 내용구성-국어 교과서를 중 심으로」, 『교육학연구』 Vol.39. No.2, 한국교육학회, pp.351~380.

이용주(1986), 「국어교육에 있어서의 문학의 위치」, 『봉죽헌 박붕배박사 회갑기념논 문집』, 회갑기념논문집발간위원회.

이용주(1995), 『국어 교육의 반성과 개혁』, 서울대학교 출판부.

이용주·구인환·김은전·박갑수·이상익·김대행·윤희원(1993), 「국어교육학 연 구와 교육의 구조」, 『사대논총』 46집, 서울대학교 사범대학.

이은성(1976), 「중등교육과 학술용어」, 『어문연구』, 한국어문교육연구회, pp.337~344.

이인제 외(2004), 「국어과 교육과정 실태 분석 및 개선 방향 연구」, 연구 보고 CRC-2004-4-3, 한국교육과정평가원.

이인제 외(2005a), 「국어과 교육과정 개선 방안 연구」, 연구 보고 RRC-2005-3, 한국 교육과정평가원.

이인제 외(2005b), 「국어과 교육과정 개정(시안) 연구 개발」, 교육인적자원부 보고 서, 한국교육과정평가원.

이해성(1996), 「잠재적 교육과정과 정치사회적 기능」, 『목원대론문집』 30집, 목원대 학교, pp.95~107.

임규홍(2002), 「7차 국어과 교육과정에 쓰인 언어학 용어에 대한 연구」, 『어문학』 제77호, 한국어문학회, pp.175~200.

장경렬(1994), 「신비평, 무엇이 여전히 문제인가」, 『현대비평과 이론』 7호, 한신문화 사, 1994 봄·여름.

전윤식(1992). 「Vygotsky의 ZPD개념에 입각한 아동의 잠재능력과 교수 효과성의 측 정」, 『교육학연구』, Vol.30. No.2, 한국교육학회, pp.151~175.

정일환·주동범(2004), 「미국과 캐나다의 교육체제와 교육개혁동향」, 『비교교육연 구』 제14권 2호, 한국비교교육학회, pp.197~218.

정재찬(1996), 「현대시 교육의 지배적 담론에 관한 연구」, 서울대학교 대학원 박사
학위논문.

정재찬(1999), 「7차 교육과정 국어과 문학 영역의 비판적 상세화－평가와의 관련성
을 중심으로－」, 『청주교육대학교 교육대학원 논문집』 v.1. no.1, 청주
교육대학교, pp.123~149.

정재찬(2003), 『문학교육의 사회학을 위하여』, 역락.

정재찬(2005), 「국가 경쟁시대의 국어교육과 문화교육」, 『국어교육』 117, 한국어교
육학회, pp.287~325.

정재찬(2006), 「현대시 교육의 방향」, 『문학교육학』 제19호, 한국문학교육학회, pp.387
~409.

정준섭(1995), 『국어과 교육과정의 변천』, 대한교과서주식회사.

정현선(1998), 「인문학으로서의 국어국문학 / 사회과학으로서의 국어교육연구－미디
어 교육 연구의 예를 통한 국어교육연구 방법론에 대한 이론적 고찰」,
『국어교육연구』, Vol.5, 서울대학교 국어교육연구소, pp.253~273.

정혜승(2002a), 『국어과 교육과정 실행 연구』, 박이정.

정혜승(2002b), 「국어과 교육과정이 교과서에 반영되는 방식에 관한 연구－중학교
국어과 교육과정 ‘내용’을 중심으로」, 『한국어학』, 한국어학회, pp.229
~258.

정혜승(2005), 「제7차 국어과 교육과정의 비판적 분석과 대안 모색－내용을 중심으
로」, 『국어교육학연구』, 23집, 국어교육학회, pp.53~89.

진영은(2003), 『교육과정－이론과 실제』, 학지사.

최경희(1993), 「문학교육의 목적과 내용에 관한 연구」, 『한국언어문학』 31, 한국언
어문학회, pp.543~561.

최미숙 외(1998), 「국가 교육과정에 근거한 평가 기준 및 도구 개발 연구－고등학교
국어－」(연구보고 RRE-98-3-3), 한국교육과정평가원.

최미숙(2000), 「국어교육 평가의 원리와 실제－통합의 원리를 중심으로」, 『국어국문
학』 제126권, 국어국문학회, pp.101~121.

최영환(1994), 「국어교육의 목표와 내용 체계」, 『국어교육학연구』 4, 국어교육학회,
pp.85~112.

최인자(1993), 「작중인물의 의미화를 통한 소설 교육 연구」, 서울대학교 대학원 석
사학위논문.

최정연(2001), 「교실문을 열고 나선 국어 수업」, 『월간 중등우리교육』 135, 월간 중
등우리교육, pp.158~160.

최지현(1994), 「한국 현대시 교육의 담론분석－1940년대 저항시를 중심으로」, 서울
대학교 대학원 석사학위논문.

최지현(1996), 「현대시교육론의 반성과 전망」, 김은전 외, 『현대시교육론』, 시와시

학사.

최지현(1997), 「한국 근대시 정서체험의 텍스트 조건 연구」, 서울대학교 대학원 박사학위논문.

최지현(1998a), 「문학 감상 교육의 교수학습모형 탐구」, 『선청어문』 25, 서울대학교 국어교육과, pp.309~357.

최지현(1998b), 「문학정서체험, 교육내용으로서의 본질과 가치」, 구인환 외, 『문학교수학습방법론』, 삼지원.

최지현(1998c), 「이중 청자와 감상의 논리」, 『국어교육연구』 5집, 서울대학교 국어교육연구소, pp.323~355.

최지현(1999), 「언어 자료로서 문학의 교육적 가능성」, 『문학교육학』 제4호, 한국문학교육학회, pp.115~134.

최지현(2000a), 「국어과 교육에서 정의적 교육내용」, 『국어교육학 연구』 11집, 국어교육학회. pp.27~46.

최지현(2000b), 「문학교육에서 정전(正典)과 학습자의 정서체험이 갖는 위계적 구조에 관한 연구」, 『문학교육학』 제5호, 한국문학교육학회, pp.53~99.

최지현(2001), 「시교육과 문화적 감수성」, 김은전 외 공저, 『현대시교육의 쟁점과 전망』, 월인.

최지현(2003), 「감상의 정서적 거리-교육과정변인이 문학감상에 미치는 영향」, 『문학교육학』 제12호, 한국문학교육학회, pp.41~67.

최지현(2005a), 「중등학교 문학교육과정 설계를 위한 교육과정용어 선정 및 범주화에 관한 연구(I)-제7차 국어과 교육과정에서의 문학교육과정용어 기술(記述)을 중심으로-」, 『문학교육학』 제17호, 한국문학교육학회, pp.327~422.

최지현(2005b), 「국어과 교육과정과 문학교육과정」, 『문학교육학』 제18호, 한국문학교육학회, pp.209~248.

최지현(2006a), 「중등학교 문학교육과정 설계를 위한 교육과정용어 선정 및 범주화에 관한 연구(Ⅱ)-미국과 캐나다의 영어과 교육과정과 문학교육과정용어-」, 『문학교육학』 제20호, 한국문학교육학회, pp.199~297.

최지현(2006b), 「문학교사는 존재하는가」, 주제 발표 : 문학교육 연구의 질적 연구와 양적 연구, 한국문학교육학회 제43회 학술발표대회 발표 자료집.

최혜실(1992), 「문학교육에 있어서 배경 지식의 문제」, 『국어교육』 79, 한국국어교육연구회, pp.295~309.

한명숙(2002), 「문학교육의 정서 탐구」, 『청람어문교육』 v.24, 청람어문교육학회. pp.231~268.

황규호(2003), 「교과교육과정 구성에서의 폭과 깊이 문제」, 『교육과정연구』 제21권 제3호, 한국교육과정학회, pp.321~341.

■■■■ 국외 역서 및 논저

Allan C. Ornstein, Frangcis P. Hunkins, 김인식 역(1992), 『교육과정 : 원리, 과제, 전망』, 교육과학사.

Applebee, A N, & Purves A C.(1992), Literature and English Language Arts-Topics and Issues within Curricular Categories, *Handbook of Research on Curriculum : A Project of the AERA*, Macmillan Publishing Company.

Archbald, Douglas, A.(1998), *The Reviews of State Content Standards in English Languega Arts and Mathematics : A Summary and Review of Their Methods and Findings and Implications for Future Standards Development*, Washington, D. C. : National Education Goals Panel.

Barnes, Douglas.(1975), *From Communication To Curriculum*, Penguin Books.

Bloom, Benjamin S. ed.(임의도・고종열・신세호 공역, 1983), 『교육목표분류학 : 교육목표의 분류 및 평가의 실제 / 제1권 : 지적 영역』, 교육과학사.

Bloom, Benjamin S. & Bertram B. Masia(임의도・고종열・신세호 공역, 1983), 『교육목표 분류학 : 교육목표의 분류 및 평가의 실제 / 제2권 : 정의적 영역』, 교육과학사.

Bruner, J. S.(1973), *The Process of Education*, 이홍우 역(2005), 『브루너 교육의 과정』, 배영사.

Burz, H. L.(1997), *Performance-based Curriculum for Language Arts*, CA : Corwin Press.

Carter, Candice C. & Dewayne A. Mason(1997), *A Review of the Literature on the Cognitive Effects of Integrated Curriculum*. Chicago, Illinois : Annual Conference of the American Educational Research Association.

Davies, I. K.(1977), *Objectives in Curriculum Design*, Mcgraw-Hill Book Company Limited.

Donahue, Patricia & Quandahl, Ellen, eds.(1989) *Reclaiming Pedagogy : The Rhetoric of the Classroom*, Southern Illinois UP.

Doubrovsky, S. & Todorov, T.(윤희원 역, 1996), 『문학의 교육』, 도서출판 하우.

Eggleston, John(1989), 김종석・성용귀(1989), 『교육과정 사회학』, 형설출판사.

Eisner, Eliot W.(1992), Curriculum Ideologies, *Handbook of Reasaerch on Curriculum : A Project of the AERA*, Macmillan Publishing Company.

Eisner, Elliot W.(1975), *The Perceptive Eye : Toward the Reformation of Educational Evaluation*, Washington D. C. : A Paper Presented at the Annual meetings of the American Educational Research Association.

Eisner, Elliot W.(이해명 역, 1983), 『교육적 상상력 : 교육과정의 구성과 평가』, 단국대학교 출판부.

Fairclough, Norman(1989), *Language and Power*, Longman.

Finn, C., Petrilli, M., & Vanourek, G.(1998), The State of State Standards, Washington D. C. : Fordham Foundation.

Fish, Stanley(1980), *Is There a Text in This Class? : The Authorrity of Interpretive Communities*, Cambridge : Harvard UP.

Gagné, Robert M.(1985), *The Conditions of Learning and Theory of Instruction*, CBS College Publishing.

Gagné, Robert M.(한준상 · 김종량 · 김명희 공역, 1991), 「교수 방법과 교육과정」, 『교육과정논쟁』, 집문당.

Gandal, M.(1997), *Making Standards matter : An annual fifty-state report on efforts to raise academic standards*. Washington D. C. : American Federation of Teachers.

Giroux, Henry A.(1994), Reading Texts, Literacy and Textual Authority, in ed. Richter, David H., *Falling into Theory*, Bedford Books of St. Martin's Press.

Giroux, Henry A.(최명선 역, 1990), 『교육이론과 저항』, 성원사.

Giroux, Henry A.(한준상 외 공역, 1988), 『교육과정논쟁』, 집문당.

Goodlad, J.J.(1979), *Curriculum Inquiry : The Study of Curriculun Practice*, New York : McGraw-Hill.

Graff, Gerald(1987), *Professing Literature — An Institutional History*, Chicago Univ. Press.

Gribble, J.(나병철 역, 1996), 『문학교육론』, 문예출판사.

Harold Bloom(1973), *The Anxiety of Influence*, Oxford University Press.

Hedegaard, M.(1990), The Zone of Proximal Development as Basis for Instruction. In L. moll(ed.), *Vygotsky and Education : Instructional Implications and Applications of Sociohistorical Psychology*, Cambridge : cambridge University Press, pp.349~371.

Hills, P. J.(장상호 역, 1987), 『교수, 학습, 그리고 의사소통』, 교육과학사.

Joftus, S. & Berman, I.(1998), *Great Expectation? Defining and Assessing Rigor in State Standards for Mathematics and English Language Arts*. Washington D.C. : Council for Basic Education.

Kecht, Maria-Regina, ed.(1992), Pedagogy Is *Politics : Literary Theory and Critical Teaching*, Urbana and Chicago. : Univ. of Illinois Press.

Marsh, Corin J.(박현주 역, 1996), 『교육과정 이해를 위한 주요 개념』, 교육과학사.

Marzano, R. J.(2001). *Designing a New Taxonomy of Educational Objectives*. California. : Corwin Press, Inc. 강현석 · 강이철 · 권대훈 · 박영무 · 이원희 · 조영남 · 주동범 · 최호성 역(2005). 『신교육목표분류학의 설계』, 아카데미

프레스.

McNeil, J.(1996), *Curriculum*(5th ed.), New York : Harper Collins.

Morton, Donald and Zavarzadeh, Mas'ud, eds.(1991), *Theory / Pedagogy / Politics : Texts for Change*, Univ. of Illinois Press.

Nelson, Cary, ed.(1986), *Theory in the Classroom*, Univ. of Illinois Press.

Ornstein, Allan C. & Francis P. Hunkins(김인식 역, 1990), 『교육과정 : 원리·과제·전망』, 교육과학사.

Pinar, William F.(2004), *What is Curriculum Theory?*, 김영천 역(2005), 『교육과정이론이란 무엇인가?』, 모음사.

Sarup, M.(한준상 역, 1992), 『신교육사회학론』, 문음사.

Scholes, Robert(1985), *Textual Power : Literary Theory and the Teaching of English*, 김상욱 역(1995), 『문학이론과 문학교육－텍스트의 위력』, 도서출판 하우.

Schubert, William H.(1992), 『교육과정 이론』, 연세대학교 교육과정연구회 역, 양서원.

Stotsky, Sandra(1997), *State English Standards : An Appraisal of English Language-Arts / Reading Standards in 28 States*. Complete Edition, Washington D.C. : Thomas B. Fordham Foundation.

Stotsky, Sandra(2005), *The State of State English Standards*, Thomas B. Fordam Foundation.

Taba, Hilda(이경섭 외 역, 1982), 『교육과정론』, 형설출판사.

Tyler, R. W.(1949), *Basic Principles of Curriculum and Instruction*, Chicago : Univ. of Chicago Press.

Vygotsky, L. S.(1962). *Thought and Language*. A. Kozulin(Ed) Cambridge, Mass : The MIT Press. 신현정 역(1985). 『사고와 언어』, 서울 : 성원사.

Vygotsky, L. S.(1978). *Mind in society : The Development of Higher Psychological Processes*. Cambridge, Mass : Harvard University Press.

Walker, D. F.(한준상·김종량·김명희 공역, 1991). 「교육과정 연구의 문제」, 『교육과정논쟁』, 집문당.

William F. Pinar, Reynolds, William M., Slattery, Patrick & Peter M. Taubman(김복영 외 역, 1995), 『교육과정 담론의 새 지평』, 원미사.

▌문학교육과정용어 ▌

이 용어 목록은 문학교육과정 개념틀에 사용할 만하다고 판단되는 용어들을 수준·등급·
유형에 따라 분류한 것이다. 현행 교육과정을 바탕으로 하였기 때문에 잠정적인 목록으로
보는 것이 합당하겠으나, 새로운 용어 목록을 작성함에 있어 잠정적이더라도 일정한 준거
가 있어야 한다고 보아 제시해 둔다.

〈예시〉 알기(1-가-C)
- '알기' : 표제어
- '1' : 수준(학년군)
  ※ 1수준(1, 2학년)
  　 2수준(3, 4, 5학년)
  　 3수준(6, 7, 8학년)
  　 4수준(9, 10학년)
- '가' : 등급(교육과정 문서 제시 수준)
  ※ '가'등급(교육과정에 제시)
  　 '나'등급(교육과정 해설에 제시)
- 'C' : 유형(문학교육과정용어의 유형)
  ※ 'A'유형(이론으로서의 문학교육과정용어)
  　 'B'유형(방법으로서의 문학교육과정용어)
  　 'C'유형(평가 행위로서의 문학교육과정용어)

가나다순

ㄱ

갈등(3-가-A)　　　　　고대문학(4-나-A)
감상(3-가-A)　　　　　고전(3-가-A)
감상하기(3-가-C)　　　고전문학(3-나-A)
감정 이입(2-가-B)　　　공감하기(2-나-C)
개성(3-나-A)　　　　　관계적 읽기(2-나-B)
개연성(4-나-A)　　　　교술 양식(4-나-A)
'개화기문학'(4-나-A)　　구분하기(2-가-C)
객관화하기(4-나-C)　　 구비문학(4-나-A)
거리두기(3-가-B)　　　구성(3-가-A)

비판하기(4-가-C)
비평(3-가-A)
비평적 글쓰기(4-가-A)
비평적 접근(4-나-A)
비평하기(4-가-C)

ㅅ ··············

사건(2-가-A)
상상(1-가-B)
상상(2-가-A)
상상력(4-가-A)
상상적 체험(2-가-B)
상상하기(1-가-C)
상상하기(2-가-C)
상상하기(3-가-C)
상상하기(4-가-C)
상세화하기(3-나-C)
상징(3-가-A)
상징 체계(4-나-A)
상호 교섭(4-나-A)
상호텍스트성(4-가-A)
상호텍스트적 읽기(4-나-B)
생산(3-가-A)
생산자(4-가-A)
서사(3-가-A)
서사 양식(4-나-A)
서술자(4-가-A)
서정 양식(4-나-A)
서정적 주체(4-가-A)
설명하기(2-가-C)
성격(3-가-A)
세계관(4-가-A)
세계문학(3-나-A)
소설(3-가-A)
소설 형식(3-나-A)

소재(2-가-A)
수용자(4-가-A)
수필(3-나-A)

'순수문학'(4-나-A)
시(3-가-A)
시 형식(3-나-A)
'시민문학'(4-나-A)
시어(3-가-A)
시적 인식(3-나-A)
시점(4-가-A)
심미적 감수성(3-나-A)
심미적 체험(3-가-B)
심상(3-나-A)

ㅇ ··············

아이러니 / 반어(4-가-A)
알기(1-가-C)
어조(3-가-A)
역설 / 패러독스(4-가-A)
영향(4-가-A)
운율(3-가-A)
유추하기(2-나-C)
윤리적 감수성(4-가-A)
윤리적 체험(3-가-B)
율격(3-가-A)
은유(4-나-A)
이미지(3-가-A)
이야기(2-가-A)
이해하기(3-가-C)
인물(2-가-A)
인식 지평(4-나-A)
일상 언어(3-나-A)

1-가-B

상상
창조적 언어 사용

1-가-C

상상하기
알기
자기화하기

1-나-A

창조적 언어 사용

1-나-C

모방하기
변별하기

2-가-A

노래하기
사건
상상
소재
이야기
인물
주제

2-가-B

감정 이입
동일시
상상적 체험
정서적 체험

2-가-C

구분하기

내면화하기
비교하기
상상하기
설명하기

2-나-A

모방
비유
작가의 의도
허구

2-나-B

관계적 읽기
창조적 언어 사용
형상적 사유

2-나-C

공감하기
구체화하기
유추하기
재구성하기
파악하기

3-가-A

갈등
감상
고전
구성
구조
극
내용
독자
목소리

문학교육과정용어

문학
문학 언어
문학 이론
문학 형식
반영
발상
배경
비평
상징
생산
서사
성격
소설
시
사어
어조
운율
율격
이미지
작가
창작 동기
표현
함축성
형식
화자

3-가-B

거리두기
심미적 체험
윤리적 체험
창조적 언어 사용
투사
형상적 사유

3-가-C

감상하기

분석하기
상상하기
이해하기
재구성하기
적용하기
해석하기

3-나-A

개성
고전문학
극 형식
담론
대화성
무대
문학 주체
문학 현상
문학 활동
문학관
문학적 감수성
문학적 사유
문학적 형상화
세계문학
소설 형식
수필
시 형식
시적 인식
심미적 감수성
심상
일상 언어
주체
창작
한국문학

3-나-B

초인지적 읽기

3-나-C

　대상화하기
　분류하기
　상세화하기
　추론하기

4-가-A

　근대문학
　문학 교육
　문학 양식
　문학 작품
　문학 텍스트
　문학사
　문학성
　문학적 전통
　문화적 감수성
　미적 구조
　비평적 글쓰기
　상상력
　상호텍스트성
　생산자
　서술자
　서정적 주체
　세계관
　수용자
　시점
　아이러니 / 반어
　역설 / 패러독스
　영향
　윤리적 감수성
　저자
　전형
　한국문학

4-가-B

　(문화적) 체험

창조적 언어 사용
총체적 인식
텍스트 생산
텍스트 수용

4-가-C

　구체화하기
　비판하기
　비평하기
　상상하기
　탐구하기
　해석하기

4-나-A

　개연성
　'개화기문학'
　고대문학
　교술 양식
　구비문학
　국문학
　극 양식
　근대소설
　근대시
　기대 지평
　담론 공동체
　모티프
　문학 공동체
　문학 담당층
　미적 범주
　'민족문학'
　'민중문학'
　비교문학
　비평적 접근
　상징 체계
　상호 교섭
　서사 양식

저 자 **최 지 현**

서원대학교 국어교육과 교수

1964년 서울에서 출생하여 서울대학교 사범대학 국어교육과와 동 대학원 국어교육과(교육학박사)를 졸업하고 1997년부터 서원대학교 교수로 학생들과 함께 공부하고 있다. 문학교육과 심리학, 문화 연구, 커뮤니케이션 이론 등이 만나는 지점에서 형성되는 간학문적 주제들에 관심을 가져 왔으며, 최근에는 교육과정과 교수·학습에 관한 연구서를 집필하고 있는 중이다. 「한국 근대시 정서체험의 텍스트 조건 연구」를 비롯한 60여 편의 논저를 발표했고, 문학교육비평사이트인 '리테두넷(http://litedu.net)'을 운영하고 있다.

문학교육과정론 ■ ■ ■

인 쇄 2006년 10월 10일
발 행 2006년 10월 20일

저 자 최 지 현
펴낸이 이 대 현
편 집 권 분 옥
펴낸곳 도서출판 역락
　　　　서울 성동구 성수2가 3동 301-80 (주)지시코 별관 3층
　　　　전화 • 3409-2058, 3409-2060 / FAX • 3409-2059
　　　　홈페이지 • http://www.youkrack.com
　　　　이메일 • youkrack@hanmail.net
　　　　등록 • 1999년 4월 19일 제303-2002-000014호

정 가 17,000원
ISBN　89-5556-508-9-93800

■ 파본은 교환해 드립니다.